查文荣◎著

LILI MINGXIAN

黎里名贤

经济日报
出版社

图书在版编目（CIP）数据

黎里名贤 / 查文荣著. -- 北京：经济日报出版社，
2021.12
ISBN 978-7-5196-1050-0

Ⅰ. ①黎… Ⅱ. ①查… Ⅲ. ①散文集-中国-当代
Ⅳ. ①I267

中国版本图书馆 CIP 数据核字（2021）第 280013 号

黎里名贤

作　　者	查文荣
责任编辑	王　含
责任校对	蒋　佳
出版发行	经济日报出版社
地　　址	北京市西城区白纸坊东街 2 号（邮政编码：100054）
电　　话	010-63567684（总编室）
	010-63584556　63567691（财经编辑部）
	010-63567687（企业与企业家史编辑部）
	010-63567683（经济与管理学术编辑部）
	010-63538621　63567692（发行部）
网　　址	www.edpbook.com.cn
E - mail	edpbook@126.com
经　　销	全国新华书店
印　　刷	成都兴怡包装装潢有限公司
开　　本	710mm×1000mm　1/16
印　　张	17
字　　数	300 千字
版　　次	2021 年 12 月第一版
印　　次	2022 年 4 月第一次印刷
书　　号	ISBN 978-7-5196-1050-0
定　　价	78.00 元

序

张舫澜

乡贤是在一方土地之间有着极高的威望，深得此间乡民信赖，品德、才学为乡人推崇敬重的人，是乡村社会贤达的简称。乡贤文化是我们中华民族优秀传统文化的重要组成部分，是扎根于家乡土地、凝聚各类人士的文化纽带。

唐朝《史通杂述》记载："郡书赤矜其乡贤，美其邦族。"明朝，朱元璋第十六子朱曾撰《宁夏志》列举"乡贤"人物，开始建乡贤祠。凡进入乡贤祠的人既要有"惠政"，又要体现地方民众的意志。清代，各地不但建有乡贤祠，还把乡贤列入当地志书。

苏州市吴江区黎里乡贤文化研究会于2016年初成立筹备会，得到了汾湖高新区及黎里古保会领导的关注和支持，又经苏州市吴江区社科联和区民政局的批准，并于2017年1月8日在黎里古镇隆重举行成立大会，查文荣仁棣当选了黎里乡贤文化研究会的会长。4年多来，他收集了大量的乡贤文化资料，丰富了研究会的藏品，近年来相继举办了"黎里历代名人扇面展""黎里老照片展""黎里历史碑拓展"，并与我合编《禊湖画舫——黎里历代书画印人作品集》，深得各界的好评。

黎里古称梨花村，这里水网发达，是典型的鱼米之乡。这里也是吴越交界之地，早在春秋战国时期就是古战场之一，因此有御儿浤、鬼头潭和打铁港这样的地名。因此，地处这里的先民，身上不但具有心气平和的一面，又不乏刚毅的性格。

黎里自古文风鼎盛。西晋的张翰因秋风而谋归，在家乡元荡之滨设塾施教，开一代文风。唐代陆天随晚年流连鸭栏泾，写下了许多动人的诗篇。到了宋元明清，更是隽秀辈出，或入朝为官，勤政为民；或隐于小镇，热心慈善；或在改朝换代之际，忠贞殉国；或一生从事教化，兢兢业业……像这样的人物，就是我们所说的乡贤。

我的忘年之交查文荣仁棣出生于黎里农村，从小热爱书画篆刻，后来又加入分湖诗社，是诗社的秘书长，所以文荣仁棣可以说是诗书画印皆通。在古镇和区社科联领导的重视和指导下，文荣仁棣一心致力于乡贤文化资料的收集，相继出版了多部有关黎里乡贤和黎里地方文化的作品。在地方文献的收集方面，即使在企业和家庭经济遇到困难时期，只要遇到有价值的资料，他总是想方设法购买下来。据说有一次在孔夫子旧书网看到一套有价值的地方文献，但是囊中空空，他就向诗友石爱芝女史借了5000元先买了下来。

文荣仁棣的黎里地方文献资料非常广泛，包括军事、医学、体育、教育、音乐、书画、碑拓、照片、信札、实物等各个方面达一万多件，所涉及的黎里历代乡贤达数百人呢！

去年春节，文荣仁棣拿了一部他的新作《黎里名贤》样本给我看，要求我为他写一篇序言，同时对该书提出意见。我建议他从大黎里范围考虑，把芦墟、莘塔的张翰、袁黄、陆燿等名贤加进去。所谓"名贤"，是乡贤中的典范，是乡贤中的佼佼者，简而言之，就是著名的贤人。《黎里名贤》加进了张翰、袁黄、陆燿等名贤，真是锦上添花。

是为序。

2021 年 9 月 5 日于分湖之滨清河书屋

（作者系中国民间文艺家协会会员、中国民俗学会会员、江苏省吴歌学会副秘书长、苏州市吴江区黎里乡贤文化研究会名誉会长、分湖诗社社长）

目录

CONTENTS

◎张　翰

季鹰倦作曹掾客　早趁秋风归莼乡

吴江三高祠供奉了 3 位贤哲，他们分别为春秋战国时期的范蠡、西晋的张翰和唐代的陆龟蒙，其中张翰为吴江本地人，即今黎里镇莘塔社区东联村元荡边上弥陀港人。他是吴江泰斗式的人物，吴江之所以称为"鲈乡"或"莼乡"，就是因其而得名。

张翰，字季鹰，西晋文学家。张翰父亲是三国孙吴的大鸿胪张俨。张翰为人放纵不羁，而有才名，写得一手好文章，都说他有阮籍的风度，所以给他一个称号叫作"江东步兵"。在诵读唐宋诗词时，常常会遇到"秋风鲈脍""莼羹鲈脍"的典故，这就出自张翰"莼鲈之思"。下面再把上面的"莼鲈之思"的典故用白话文叙述如下：

一日，会稽人贺循奉命前往洛阳，所乘船只停泊在阊门，贺循在船中抚琴一曲。张翰恰好经过，听到琴声，便上船拜访。两人虽素不相识，却一见如故，互相钦佩和喜悦。张翰问贺循的去处，方知是要去洛阳，于是他说："正好我也有事儿要去洛阳。"便和贺循同船而去，连家里人也没有告知。

齐王司马冏执政时期，征召张翰为大司马东

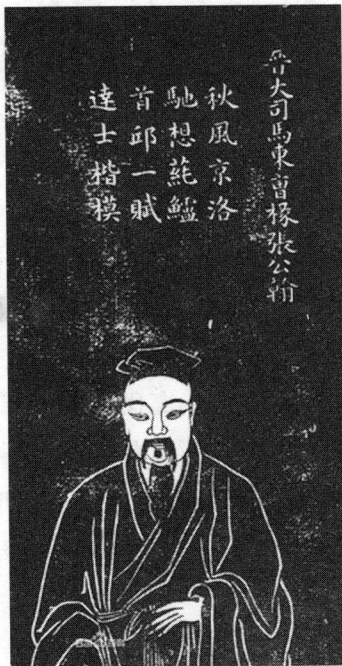

张翰像

曹掾。张翰告诉同郡的好朋友顾荣说："现今天下纷纷扰扰，灾祸战乱都没有停止。您名声远播四海，想要退出政坛很难。我本来就是生活在山林之中，对现实社会没有抱持期望。您要明智地来思虑前进或是后退的规划。"顾荣握住他的手怆然说："我也想跟你一起采南山的蕨草，饮用三江的清水。"

金宝恒书法

张翰一日见秋风起，想到故乡的菰菜、莼羹、鲈鱼脍，说："人生最重要的是能够适合自己的想法，怎么能够为了名位而跑到千里之外来当官呢？"于是弃官还乡。不久，齐王司马冏兵败，张翰得免于难，世人都认为他的弃官是看准时机。政府因为张翰私自离开职位就开除了他的公职，张翰却由着自己的性子来，不愿意为了名利去束缚自己，有人问他说："您可以一时生活很快乐，难道你没想过百年之后的名声怎样吗？"张翰回答说："给我百年之后的名声还不如现在给我一杯酒。"

"秋风起兮木叶飞，吴江水兮鲈正肥。三千里兮家未归，恨难得兮仰天悲。"这是张翰的《秋风歌》，又叫《思吴江歌》。张翰因见秋风起，乃思吴中菰菜、莼羹、鲈鱼脍，实质是他远离是非之地的一个托词。这首《秋风歌》当是他思归时即兴吟成。

由于张翰离我们时代久远，所以有关张翰的资料就比较少。前些年分湖诗社同仁对张翰故里东联村弥陀港进行了一次走访，我写了一篇稿子，再将自己收藏的清代《赋海大观》《百城烟水》《吴江县志》中收录的未曾发表过张翰的诗赋和陈志强、张舫澜两位老师编著的《张翰》中历代诗人的题咏等汇成此文，以飨读者。

三寻张翰墓

"秋风起兮木叶飞，吴江水兮鲈正肥。三千里兮家未归，恨难禁兮仰天悲。"张翰的这首《秋风歌》奠定了他成为吴江诗圣的地位，同时，将元荡的莼菜和鲈鱼推给了世人，尤其到了唐宋时期，诗人李白、崔颢、白居易、皮日休、元稹、张志和、辛弃疾、苏东坡、欧阳修、米芾、陆游等都对张翰的旷达心怀表示赞赏，写下了无数"莼鲈"诗篇。所以说，千百年来，"去吴江品尝一下莼菜和鲈鱼"，似乎也成了一种文人的时尚。

张翰回到黎里后，烟水卜筑，托意莼乡，在元荡边设教授徒以终老。后来，当地村民为了纪念张翰，在元荡边为他修了墓建了祠堂。

据史料记载，宋元祐年间，吴江知县王辟在吴江筑三高祠。同时将张翰原墓和祠堂也做了进一步修缮。

到了明代，张翰祠堂进一步扩建，还请进了其他神灵，佛道兼容，并名为"敬信庵"。这样一来，香火日旺，北厍、芦墟、周庄、昆山、青浦等地的香客也远道而来，张翰仍然受到众生的膜拜。

明清交替，黎里分湖一带备受兵火之痛，敬信庵也遭到破坏。同治九年，吴江知县黎庶昌询问张翰之墓，具书一通，并赠黎里徐晋镕帛、米、酒、肉。徐晋镕写了长诗五十韵和亲手所植的梅花两盆回赠，并告知张季鹰墓所在。于是黎庶昌实地走访，为修整立石，并禁止在墓的周围种植和采伐。

后来经太平军的侵扰，使得敬信庵面目全非，遗迹

采访金宝恒

张翰墓

已淹没于蒿莱之中。进入民国后，张翰墓基本保持原样，但敬信庵已改成"弥陀港小学"。对于以后的张翰墓的情况，史料记载并不多。

到了 21 世纪，国泰民安，经济日上，张翰的形象似乎已经淡出了世人的视线，开发的步伐加速了遗址的毁坏。

2014 年 1 月 19 日，分湖诗社"东联雅集"将在东联村举行。在这里举行诗社年终集会，具有一定的意义，因为东联村是张翰的出生地，我们可以更好地来纪念这位伟大的诗人，也希望当地政府能将张翰及张翰墓重视起来。

张舫澜社长曾先后两次来东联村对张翰墓进行走访。当时有位金保恒先生对墓了解甚多，据他说，包产到户后，他分到的农田就是原来张翰墓地。为了让我们也感受到当时的氛围，张社长决定再一次寻找金先生，遂有了今天这次"三寻张翰墓"之举。

2013 年 12 月 28 日，由笔者驾车，在分湖诗社社长张舫澜先生的带领下，徐忠明、张建林、吴子偕随从，对东联村会场进行了一次看查，并对张翰墓遗址进行了一次寻访。东联村沈书记委托小沈热情地接待了我们。通过寻访，我们看到如今的弥陀港只保存了庵前荡的部分残水，敬信庵和东边的墓已无影迹可寻，西弥陀港虽然保存完好，但两边的建筑均建成了高楼大厦，已少了理想中的那一种淳朴的美感。张社长建议继续寻找金保恒先生，可是问了许多村民，都不知金先生的下落。

说来也巧，小沈与金先生住在同一小区，轻车熟路，半小时左右我们从东联到达莘东社区，找到了金先生。金先生知道我们的来意，便打开了话匣子："张翰祠堂和张翰墓居弥陀港中部地带，墓西约 40 米处为敬信庵，墓占地 50 平方米，封土高 1.5 米。1937 年抗日战争全面爆发，学校被迫关闭闲弃。20 世纪 50 年代，曾建立三人保管小组，插牌明示。到了 1974 年，墓碑和木神位被村民毁掉。墓中挖出一石函，长约 1 米，宽约 0.3 米，高约 0.3 米，上有两孔，直径 0.15

米，并有圆盖密封，据说被推入庵前荡中。"金先生接着说，张翰后裔仍在东弥陀村，有东张、西张两支系。现存元荡北隅的"张师港村"也是后人用来纪念这位张翰先生的。金先生所说的正好填补了民国以后张翰墓所缺失的这段历史。

后来，我虽然因事没有参加这次具体的雅集后活动，但我还是画了一幅《莼乡清吟图》来纪念这次活动。

由于张翰离我们时代久远，有关张翰的资料并不多。黎里乡贤文化研究会文史陈列馆珍藏了康熙《吴江县志》、康熙《百城烟水》、光绪《吴江县志》《吴江县续志》、光绪《赋海大观》等典籍，汇集了部分诗赋，同时参考了吴江文史专家陈志强和张舫澜先生编撰的《张翰》收录的诗文，汇总后分为张翰的《诗赋篇》和历代文人吟诵张翰及遗迹的《怀古篇》附于文后。

诗赋篇

将别贵阳感赋

严城风急起骊歌，此日开樽唤奈何。老去和戎怜物绛，市中屠狗忆荆轲。
蛮天落木秋容淡，夜雨孤镫别泪多。为问东南诸将帅，几时边徼议横戈。

杂诗三首（其一）

暮春和气应，白日照园林。青条若总翠，黄华如散金。
嘉卉亮有观，顾此难久耽。延颈无良涂，顿足托幽深。
荣与壮俱去，贱与老相寻。观乐不照颜，惨怆发讴吟。
讴吟何嗟及，古人可慰心。

周小史诗

翩翩周生，婉娈幼童。年十有五，如日在东。香肤柔泽，素质参红。

团辅圆颐，菡萏芙蓉。尔刑既淑，尔服亦鲜。轻车随风，飞雾流烟。
转侧猗靡，顾盼便妍。和颜善笑，美口善言。

再过回公寺

山州风土极边头，二十年中复此游。青鬓已随人事改，碧溪犹绕寺门流。
轻寒剪剪侵驼褐，小雪霏霏入蜃楼。为问劳生几时了，不成长抱异乡愁。

赠石德固

西湖之月清无尘，橘中之乐犹避秦。向来所见止此耳，渠亦岂是真知津。
如君眼孔乃许大，万事付之尘甑堕。儿能诗书又肯播，著脚世间看踏破。
青巾玉带桃李花，日斜空望紫云车。布衣谁识隐君子，一马瘝然何处家。

金郊驿

山馆萧然尔许清，二更枕簟觉秋生。西窗大好吟诗处，听了松声又雨声。

万宁宫朝回

宿雨初收变晓凉，宫槐恰得几花黄。鹊传喜语留鞘尾，泉打空山辊鞠场。
已觉云林非俗境，更从衣袖得天香。太平朝野欢娱在，不到莲塘有底忙。

赠张弋阳诗

（一）

时道玄旷，阶轨难寻。散缨放冕，负剑长吟。
昆弟等志，托兹幽林。玄墨澄气，虚静和心。

（二）

唯我友爱，缠绵往昔。易尚去俗，携手林薄。

轻露给朝，遗英饱夕。逍遥永日，何求何索。

（三）

潜光重阴，抱悴如荣。绝路既续，舍我遄征。
刺带皇域，升降都城。爰赖爰慕，忡予中情。

（四）

负薪弗克，耕者妨力。仲仪弹弦，顾瞻先职。
遗其绵绵，忧心惨恻。乃抗乃拔，释我绕邑。

（五）

将逝命驾，陟彼郊圻。和鸾摇响，载驱载驰。
言告分别，言告言归。心怨辞苦，张高弦哀。

（六）

杨柳可卷，去在斯时。流液可年，岂云旋归。
行役必偕，伤我长离。借喻孤禽，矜翼翩栖。

（七）

昔我唯乐，群居多跱。今我斯怀，缠绵万里。
人亦有分，或通或否。行矣免致，我诚永已。

豆羹赋

乃有孟秋，嘉菽垂枝挺荚，是刈是获，充箪盈簏。香铄和调，周疢赴急。时御一杯，下咽三叹。时在下邑，颇多艰难。空匮之厄，固不辍欢。追念昔日，啜菽永安。

杖　赋

唯万物之品分，何利人之独贵。中神性之极妙，岂给口之至味。虽至味之御内，乃靡失乎身外。含少壮之自然，假扶我之攸赖。良工登乎层峦，妙匠鉴乎林阿。顾盼乎晞阳之条，投刃乎直理之柯。方圆适意，洪细可手。蹰踟旦夕，欲与永久。仪制则于一寻，假饰存乎首尾。莹牙为其眉额，朗金为其觜距。

怀古篇

赵十四兄见访

唐·王昌龄

客来舒长簟，开阁延清风。但有无弦琴，共君尽尊中。
晚来常读易，顷者欲还嵩。世事何须道，黄精且养蒙。
嵇康殊寡识，张翰独知终。忽忆鲈鱼脍，扁舟往江东。

（录自《全唐诗》）

行路难（其三）

唐·李白

有耳莫洗颍川水，有口莫食首阳蕨。含光混世贵无名，何用孤高比云月？
吾观自古贤达人，功成不退皆殒身。子胥既弃吴江上，屈原终投湘水滨。
陆机雄才岂自保？李斯税驾苦不早。华亭鹤唳讵可闻？上蔡苍鹰何足道？
君不见吴中张翰称达生，秋风忽忆江东行。且乐生前一杯酒，何须身后千载名？

（录自《全唐诗》）

维扬送友还苏州

唐·崔颢

长安南下几程途，得到邗沟吊绿芜。渚畔鲈鱼舟上钓，羡君归老向东吴。

（录自《全唐诗》）

过南岳入洞庭湖

唐·杜甫

洪波忽争道，岸转异江湖。鄂渚分云树，衡山引舳舻。

翠牙穿裹桨，碧节上寒蒲。病渴身何去，春生力更无。

坏童犁雨雪，渔屋架泥涂。欹侧风帆满，微冥水驿孤。

悠悠回赤壁，浩浩略苍梧。帝子留遗恨，曹公屈壮图。

圣朝光御极，残孽驻艰虞。才淑随厮养，名贤隐锻炉。

邵平元入汉，张翰后归吴。莫怪啼痕数，危樯逐夜乌。

（录自《全唐诗》）

偶　吟

唐·白居易

人生变改故无穷，昔是朝官今野翁。久寄形于朱紫内，渐抽身入蕙荷中。

无情水任方圆器，不系舟随去住风。犹有鲈鱼莼菜兴，来春或拟往江东。

（录自《全唐诗》）

酬友封话旧叙怀十二韵

唐·元稹

风波千里别，书信二年稀。乍见悲兼喜，犹惊是与非。
身名判作梦，杯盏莫相违。草馆同床宿，沙头待月归。
春深乡路远，老去宦情微。魏阙何由到，荆州且共依。
人欺翻省事，官冷易藏威。但拟驯鸥鸟，无因用弩机。
开张图卷轴，颠倒醉衫衣。莼菜银丝嫩，鲈鱼雪片肥。
怜君诗似涌，赠我笔如飞。会遣诸伶唱，篇篇入禁闱。

（录自《全唐诗》）

西塞山泊渔家

唐·皮日休

白纶巾下发如丝，静倚枫根坐钓矶。中妇桑村挑叶去，小儿沙市买蓑归。
雨来莼菜流船滑，春后鲈鱼坠钓肥。西塞山前终日客，隔波相羡尽依依。

（录自《全唐诗》）

松江秋书

唐·陆龟蒙

张翰深心怕祸机，不缘菰脆与鲈肥。如何徇世浮沉去，可要抛官独自归。
风度野烟侵醉帽，雨来秋浪溅吟衣。无人好尚无人贵，吟啸低头又掩扉。

（录自清乾隆《吴江县志》）

再泛吴江

宋·王禹偁

二年为吏住江滨，重到江头照病身。满眼碧波输野鸟，一蓑疏雨属渔人。
随船晓月孤轮白，入座晴山数点春。张翰精灵还笑我，绿袍依旧惹埃尘。

（录自《全宋诗》）

吴　江

宋·陈尧佐

平波渺渺烟苍苍，菰浦才熟杨柳黄。扁舟系岸不忍去，秋风斜日鲈鱼乡。

（录自清乾隆《吴江县志》）

松江渔者

宋·范仲淹

江上往来人，但爱鲈鱼美。君看一叶舟，出没风波里。

（录自清乾隆《吴江县志》）

过吴江

宋·王赟

吴江秋水灌平湖，水阔烟深恨有余。因想季鹰当日事，归来未必为莼鲈。

（录自《中吴纪闻》）

戏书吴江三贤画像三首（选一）

宋·苏轼

浮世功名食与眠，季鹰真得水中仙。不须更说知几蚤，直为鲈鱼也自贤。

（录自清康熙《吴江县志》）

三高祠三首（选一）

宋·襄赞元

鲈鱼色鲜盘脍缕，莼羹香滑煮龙涎。可怜水月交光夜，一笛西风自卷帘。

（录自明嘉靖《吴江县志》卷之十二）

三高亭·次韵答吴江周县尉

宋·范成大

垂虹亭上角巾倾，鼍怒龙吟醉不听。安得对君浮天白？想应嗤我汗新青。
梦魂舞蝶随春草，时节宾鸿点暮汀。湖海扁舟须及健，莫教明月照星星。

（录自清康熙《百城烟水》）

吴江莼

宋·杨万里

蛟人直下白龙潭，割得龙公滑碧髯。晓起相传蕊珠阙，夜来失却水精帘。
一杯有味宜醒酒，千里何须更下盐。可是士衡煞风景，却将擅腻作清纤。

（录自明弘治《吴江志·集诗》）

秋晚杂兴十二首之一

宋·陆游

冷落秋风把酒杯，半酣直欲挽春回。今年菰菜尝新晚，正与鲈鱼一并来。

（录自《陆游诗集》）

题三高祠

宋·姜夔

越国伯来头已白，洛阳归后梦犹惊。沉思只有天随子，蓑笠寒江过一生。

（录自清康熙《吴江县志》）

三高祠

宋·姜夔

不贪名爵伐功劳，勇退深虞复患遭。甫里闲居耕钓乐，范张高处陆犹高。

（录自明弘治《吴江志·集诗》）

张翰

宋·叶茵

脍鲈元不动乡思，拂袖西风已见几。江上如今来往客，但言鲈脍不言归。

（录自清乾隆《吴江县志》）

松江亭（选三首）

宋·杨紘

（一）

鲈鱼应候年年熟，鹢鸟成行处处飞。甫里先生应笑我，不如张翰弃官归。

（二）

伤哉西晋日陵夷，新贵争先旧德稀。归向江头嗜鲈脍，可怜齐掾独知几。

（三）

畴昔江东张步兵，老来于此最留情。鲙鲈且佐一杯酒，不博人间身后名。

（录自明弘治《吴江志·集诗》）

和周县尉三高亭有感而作

宋·吴瑟

江城秋日易西倾，独雁鸣空感客听。旋买鲈莼供酒绿，自芟杞菊荐蔬青。
莫思西子同轻舸，且阅东流涨旧汀。今代天随原不辱，可怜两鬓欲星星。

（录自清康熙《百城烟水》）

三高祠

宋·刘寅

江流东去日滔滔，谁把功名等一毫。若使今人同古调，不应江上只三高。

（录自明弘治《吴江志·集诗》）

三高祠

宋·杨友夔

长桥度已尽，有亭枕江湄。常时闭其门，为问祀者谁？
范蠡具明哲，功成学鸱夷。烟波五湖上，风月一西施。
张翰轻线冕，归及鲈鱼时。生前一杯足，何以身后为？
鲁望栖甫里，有田常苦饥。不应州府辟，彰此胸中奇。
并为吴越人，名与日月垂。相去二千载，乃今同一祠。
壁间面如生，凛然人在兹。我本江湖客，于焉起遐思。
死者不可作，来者讵可期。手持一钓竿，浩歌孰从之？

（录自明嘉靖《吴江县志》卷之十二）

三高祠

宋·袁聘儒

功成但可将身去，逃难安贫适所遭。三子有灵应共笑，一时何意故为高。

（录自明嘉靖《吴江县志》卷之十二）

三高祠（选一）

宋·张涣

两鬓萧然衣渍尘，西风瑟瑟水潾潾。纯鲈一箸无多子，此味能知有几人？

（录自清康熙《百城烟水》）

三高亭怀范石湖

宋·周邲

苑脆鲈肥酒细倾，浩歌悲壮欲谁听？沉迷簿领头将白，弹压江山眼自青。
鱼跃紫鳞冲苇岸，鸥翻白雪下沙汀。西风散发危亭上，醉倚丰碑照日星。

（录自清康熙《百城烟水》）

三高祠

宋·孙寅甫

靓妆一笑缚英雄，老去扁舟计已穷。客子不为儿辈事，醉呼明月酒杯中。

（录自清康熙《百城烟水》）

鱼

宋·金嘉谟

瑟瑟秋风起，松江鲈正肥。自从张翰后，谁肯弃官归。

（录自明弘治《吴江志·集诗》）

三高祠

宋·陈直卿

乘兴鲈鱼苑菜，扁舟茶灶笔床。不载西施归去，高名千古流芳。

（录自明弘治《吴江志·集诗》）

菱 白

宋·许景迁

翠叶森森剑有棱，柔条松甚比冰轻。江湖若借秋风便，好与苑鲈伴季鹰。

（录自明弘治《吴江志·集诗》）

三高祠

宋·郭绍彭

三君异代同清节，百祀流芳共一祠。岂但吴江夸美绩，要教今古慕英姿。
寒江钓雪堪供脍，夜月垂虹直可骑。著脚岂容成默默，只缘题好愧留诗。

（录自明弘治《吴江志·集诗》）

三高祠（选一）

元·王恽

西风淅淅动高梧，目送浮云任卷舒。自是归心感秋色，不应高兴为鲈鱼。

（录自清康熙《百城烟水》）

三高祠

元·陈孚

君不见洛阳记室双鬓皤，不忍荆棘埋铜驼。西风忽忆鲈鱼馆，归来江上眠
秋波。

又不见甫里先生心更苦，河朔生灵半黄土。夕阳蓑笠二顷田，口诵羲黄思太古。

二君隐沦岂得已？一生不及鸱夷子。吴宫鹿走越山高，脱缨径濯沧浪水。

丈夫此身系干坤，岂甘便老菇蒲根？古今得失一卮酒，我欲起酹汀鸥魂。

（录自明嘉靖《吴江县志》卷之十二）

三高祠

元·黄潜

三贤同一隐，所遇时则异。不擅水云乡，讵展英雄气？

粳鱼足充肥，薇蕨何臞瘁？二者谁最优？聊书俟清议。

（录自清康熙《百城烟水》）

谒三高祠，望江上诸山为书赐别全希言

元·倪瓒

白鸥飞处夕阳明，山色隔江青黛横。试看三高祠下水，悠悠中有别离情。

（录自清康熙《吴江县志》）

三高祠（选一）

元·善住

季鹰倦作东曹掾，千里思归独向东。鲈脍莼羹暂时事，不知尘世几秋风。

（录自明弘治《吴江志·集诗》）

莼　线

元·黄君瑞

鲛人绣满水仙裳，地轴天机不敢藏。水媵冷缠琼缕滑，翠钿清缀玉丝香。

江湖有味牵情久，京洛思归引兴长。欲剪吴松缝不得，谩拖秋思绕诗肠。

（录自明弘治《吴江志·集诗》）

吴江鲈

元·成廷珪

网船初破秋江水，网得鲈鱼三尺强。贯柳穿来犹自活，芼莼烹出喜新尝。
坡翁比尔谋诸糁，张翰因渠忆故乡。老客何由沾此味，令人南望仰高堂。

（录自明弘治《吴江志·集诗》）

吴江莼菜

元·韩奕

采莼春浦作羹尝，玉滑丝柔带露香。却笑张翰未知味，秋风起后却思乡。

（录自明弘治《吴江志·集诗》）

垂虹桥兴

明·沈清友

晚天移棹泊垂虹，闲倚篷窗问钓翁。为甚鲈鱼低价卖，年来朝市怕秋风。

（录自清乾隆《吴江县志》）

三高祠

明·谢常

灵祠瞰澄江，翠飞远层城。采菊荐寒泉，重门扣高扃。
遗像纷在列，中有三高名。彼哉陶朱公，往事奚足称。
夫差昔构怨，勾践乃奋征。朝唯越溪女，莫进吴门兵。
才雪会稽耻，扁舟载娉婷。如何遗种书，赐剑咷祸婴。
知退虽可尚，怀玉亦可贞。铸金粤所宜，庙食此曷应。
纵云白骨枯，难趁青史评。英烈子胥魂，怒涛激哀声。
鸥革信不浮，鸟喙将何鸣。余生千载后，来游几扬舲。
濯足江水寒，悲歌愤填膺。垂虹月皎皎，雪滩风泠泠。

苏台花自红，越绝草不青。吊古重回首，渔歌起迥汀。
缅怀翰与蒙，千古有余清。

（录自明弘治《吴江志·集诗》）

三高祠
明·高启

功成不恋上将军，一舸归游笠泽云。载去西施岂无意，恐留倾国更迷君。
洛阳忽忆脍鲈肥，便趁秋风问钓矶。犹恨季鹰归未早，不邀二陆共船归。

（录自明弘治《吴江志·集诗》）

戊午季冬溯日家果亭陈黄公自武林还，过松陵送余返舍泊舟三高祠
清·徐崧

旅棹兼程返，烟波梦几宵？倾尊添绛蜡，题句寄空瓢。
剩雪林中阁，残阳野外桥。茅堂依水畔，风竹响萧萧。
故里荒祠在，遗风百世高。声名流震泽，歌咏续离骚。
钓冷空滩雪，松生静夜涛。无能淹客驾，幽径满蓬蒿。

（录自清康熙《百城烟水》）

三高祠
清·张大纯

千载高风有几人？斜阳古庙半荆榛。霸图如梦空流水，心事逢秋漫忆莼。
到处云山供翰墨，一江烟雨寄丝纶。行藏偶尔分朝市，当日何心作逸民？

（录自清康熙《百城烟水》）

三高祠和瞿甫（选一首）
陈希恕

江上秋风冷，孤臣泪眼枯。要知归思急，不独恋莼鲈。

（录自《梦琴诗草》）

季鹰墓

陆映澄

　　在二十九都南役圩，俗名"二图港"，或呼"弥陀港"，一作"泥涂港"。墓在敬信庵西旁，存残碑，字难辨认。荒祠一所，标题"晋高士张翰"。村民都姓张，殆其苗裔欤。《吴地记》及《吴郡图经续记》谓："翰葬横山东五里，坟亡。"盖皆不足据也。

　　陀港横山孰是非，一坟屈沈说纷歧。只看碑碣荒祠迹，千古高人或在斯。

（录自《分湖百咏》）

◎袁　黄

报国愿捐七尺躯　卜居还著四训书

　　芦墟袁家，号称文献世家，藏书从天文、地理、历书、兵刑、水利、医学等无所不具，约2万余卷。这些书是袁黄的高祖袁杞山在儿子袁菊泉入赘芦墟徐家时所赠，对于造就袁氏俊杰，起了不可低估的作用。这些俊杰包括袁杞山自己，他的子孙如袁菊泉、袁祥、袁仁、袁黄、袁俨、袁仓、袁蘅、袁惕三、袁荫槐、袁嵩龄、袁召龄、袁庆宗、袁湛存等等。

　　袁黄著述如下：《周易补传》《河图洛书解》《虞书大旨》《周礼直解》《石经大学解》《中庸疏意》《论语笺疏》十卷，《孟子笺疏》七卷，《史汉定本》《纲鉴补》三十九卷，《群书备考》《京都水利考》《宝坻劝农书》《宝坻政书》《袁

袁黄

氏政书》《赋役新书》《历法新书》《皇极考》《祈嗣真诠》《训儿俗说》《袁生忏法》《净行别品》《静坐要诀》《四训》《诗外别传》《两行集斋》十四卷，《八代文腴类选》《文规》《闽中十子诗》三十卷，《评注八代文宗》《补春秋义例》。

避居吴江

芦墟袁氏始祖是从河南陈州（现河南周口市淮阳县）迁到江南。到元代，太高祖袁富一从浙江桐乡崇福迁到分湖之南的嘉善陶庄。

袁黄（号了凡）的高祖袁顺字巽之，号筠庄，又号杞山，人们习惯叫他袁杞山。"元末家颇饶"，可见袁家在陶庄是大族。"杞山先生豪侠好义，尚气节人，有急投之，不论寒暑早暮，辄倾身赴之。"家有田地40顷，在当地确实富有。

《袁氏家训·家难篇》记："靖难师渡江定金陵，人有献叔英著作，并交游往来文字，而吾父始挂名党籍矣。时黄子澄在姑苏，密谋匡复，往来于予家甚数……"

也就是说，1399年至1402年靖难之变，袁杞山参与了反对朱棣夺位事件，后事败露，遭苏州许千户追杀。"谋叛"永乐新朝，是灭门之罪。在这生死的关头，袁杞山马上将妻子寄在舅父处，自己逃到吴江北门。觉得前途无望，留下绝命诗，便投河自尽。袁杞山的绝命诗云："北风萧萧秋水绿，木落松陵野老哭。周武岂不仁，乃耻食其粟。生无益于时，九死又奚赎？吾将从彭咸，宁葬江鱼腹。"

袁杞山效法屈原投江，被松陵居民吴三贵救起。吴三贵等问清缘由，知袁杞山是位忠义之士，相留在松陵避居。明洪熙元年（1425）有"复归田土令"仍迁回陶庄。袁杞山的长子袁颢遣戍北平后赦归，仍守陶庄故居。

1920年，柳亚子先生在为芦墟文友袁翼青父亲的《悟生丛草》作序，序中说，早在宋朝末年，袁氏先祖，曾从文天祥北行，后一起殉难于柴市口，"成仁取义，大节炳焉，数传至杞山先生，负文经武纬之奇，抱故国旧君之痛，誓不北面燕藩，流离奔窜，垂老始宁厥居，唯以教子为务。浸昌浸炽，著书满家"。

袁杞山在吴江避居，从此立下家规：子嗣不得考科举为吏。后得一子袁颢（字孟常，号菊泉，1414～1494）。袁菊泉出生时，其母因时常哭泣，体弱无乳，便寄养在芦墟徐孟彰家。

菊泉一度回陶庄，恢复袁姓。后徐家主人年纪逐渐衰老，要求菊泉住在徐家，索性招赘为婿，菊泉便入籍吴江娶徐孟彰女儿为妻，还曾"充二十九都二副扇一册里长"。"二十九都"即芦墟、莘塔一带。里长，相当于现在的社区主任一职。

袁杞山将田房授予弟兄，而所蓄书万余卷，全部给菊泉。菊泉将这些书全部带到芦墟，因为他知道，这些书的价值远远超过房产。于是，袁菊泉废寝忘食，尽读父书。初读易，作《周易》《奥义》8卷，次读书，读诗，读礼，都能洞其阃奥，最后读春秋。又作《春秋传》30卷。袁菊泉之学，自象纬、舆地、三式、九流靡所不窥。又认为医术虽为小道，但可以藏身，可以晦名，可以济人，可以养亲，于是留心医术，作《脉经》《针经》各一卷。

芦墟徐家是业医世家，袁菊泉在岳父徐孟彰的指导和自己的刻苦下，不久，医名传四乡。凡有叩门求诊的人来，则以太素脉，悬断祸福，劝其积德。

祖母徐氏卒，感其淑顺，不复娶堂，后构一室，名曰杞菊山房，左图右书，焚香晏坐。初10年，凡有客人来，只谈名理，不轻为人诊，远方有客来恳求医者，遣兄弟代之；又10年，不能接客，唯闭户著书；又10年，屏书籍不阅，交游尺牍皆不启封。但时常走出户外，盘桓松菊下。最后不出户，达多年。甲寅年九月朔日，遣人呼至榻前，悉以先世遗书授袁祥，又过了9天，沐浴更衣，出坐正寝，亲友毕聚，相与诀别，不多时，欢然而逝。

入赘叕家

袁菊泉共生3个儿子，长子袁祯；次子袁祥，字文瑞，号怡杏；第三子袁禧，禧4岁时，袁菊泉夫人去世。现在芦墟诸袁家浜均为长子袁桢和三子袁禧的后代。袁祥一直与父亲菊泉同床，早晚得到菊泉的教诲，而且好问善记，袁菊泉非常宠爱他。

有一次，袁菊泉和儿子袁祥去嘉善叕恒轩家做客。到了叕家，袁祥见邑侯馈赠给叕恒轩鹿一只，他从未见过真正的鹿，只是在图画中见过，所以非常喜爱它，与其他儿童在一边逗鹿。叕恒轩见袁祥逗鹿时，表现与别的小孩不同，问是谁家子。边上一位朋友指着坐在一边的袁菊泉说，是袁先生仲儿。

殳恒轩便走到袁祥身边，用手指着鹿，并说一个"鹿"字，要袁祥作对。袁祥笑道："龙。"殳恒轩大喜，夸他出口不凡："故家儿，固应尔耶。"殳恒轩问他为何对龙而不对羊，袁祥说："公家之鹿，唯龙可以对之，若论其类，虽羊足矣。"

殳恒轩只有女儿，而无生子，非常喜欢眼前这个聪明的小袁祥。于是找到袁菊泉，乞为养婿。当时袁祥才6岁，虽然年纪尚小，但一想自己还有两个儿子，而且殳家家庭条件不差，加上殳兄也是位正直君子，医德高尚，亦兄亦弟，所以同意了这桩娃娃亲，让袁祥留在了殳家。

殳恒轩延师教导袁祥，袁祥读书过目成诵，日记万余言，然性亦易忘。上自五经，下至左、国、史、汉、老、庄、列、杨、韩非、吕览之属，通册诵记，殳恒轩想考考他，凡是近期袁祥所读之书，自首至尾，无一字遗误。而时间稍隔几天前所读的，却记不起来。当时袁祥15岁，殳恒轩大怒，以为是不肖子，并杖策袁祥。袁祥便拿了书逃走了，潜匿在萧寺之中，闭关一年，埋头苦读。

殳恒轩后来找到袁祥，问他："匿此何为?"袁祥说："温旧业耳。"殳恒轩再问："旧所读书，曾温遍否?"袁祥说："熟矣。"殳恒轩就叫他背诵，固然滚瓜烂熟，于是邀请他回家。可是袁祥却说："吾徒记其词，未能悉其理也。"于是又留在萧寺数月，直到这年冬天回殳家成婚。

袁祥结婚后一月，即归省芦墟菊泉翁。到了丁亥年（1667）21岁，菊泉问袁祥是不是读一读家中的藏书，袁祥说愿学家传学术，这样又在芦墟居住了3年。这3年，他寒不拊火，暑不挥扇，闭户潜思，夜里有时默坐达旦而不寐。有时回武塘，去看看岳丈殳恒轩和他的夫人，一年中也不过10多天罢了。这样下来，他在天文、地理、历律、兵法、水利等方面无不深谙。

袁祥自归芦墟数载，博览群书，俨然一位饱学之士。但是在岳父殳恒轩看来，袁祥一事无成，殳恒轩就对袁祥的父亲袁菊泉说："男子负奇禀灵，上之，不能腰金策肥，显当世，建鸿猷，次之，犹当执一艺以成名。二郎泛滥若万倾波，一无所就。吾医，君亦医也，盍教之业医为治生计。"菊泉说："恒轩言是也。"

于是，殳恒轩叫他回武塘，闭门读医书。过了几月，尽通其理。但是袁祥心思不在行医，他豪气勃勃，经常与当地的名士外出游历，名士也经常到殳家来聚会，场场爆满。殳孺人是位贤母，经常私下里塞给袁祥银子，并不时备酒食，以待宾客，而且尽量不让殳恒轩知道。

不久，殳孺人病逝。但是，家中还是冠盖络绎，殳恒轩可不高兴了，当然袁祥也看得出来，认为这里并不是他的久留之地，但又不忍抛下妻子，于是在附近僦室以居。

当时因为是入赘殳家，芦墟的财产全部让给了叔伯，而且与殳氏结婚只生了个女儿。殳恒轩便早早择钱萼为孙婿，殳家产业全部归钱萼，袁祥无所得。茕茕一身，瓶无斗粟。为了生计，开始卖药，每日得到了钱即闭门谢病，即使有强叩门的，他也不开门。但是钦佩他的人却越来越多，有的还是富豪，出手大方，而袁祥仅取百钱，余者掷还。后来袁祥一直居住在芦墟。有一天，父亲袁菊泉对他说："汝无子，不可不娶。平湖朱学博，为人正直，有一女儿，吾已遣人请婚矣。"于是，袁祥与朱氏成婚，朱家很富有，朱氏又善持家，于是在东亭桥畔构筑新居。又在正堂东植杏数十株，构轩其上，题曰：怡杏轩。

轩的后面有园，四围栽竹，种药草30余种，名为种药圃。垒石为山，对山为楼，曰云山阁，阁后是雪月窝。园中凿池，种莲养鱼，曰半亩池。池上架小桥，名五步桥。沿池植芙蓉，名芙蓉湾。园的南面，尽植蔷薇，以木架之，名蔷薇架。月夕花晨，袁祥与良朋益友赋诗其中。而且把父亲也接了过去。后来袁菊泉去世，参加吊唁的来自数郡，以致室不能容，河畔建有巨舫，就连巨舫内也座无虚席。吊者络绎，厝棺3月而葬。

骚坛饮誉

袁祥生子袁仁（1479~1546），字良贵，号参坡，是袁了凡的父亲。袁仁博览群书，以医为业，又以贤能闻名于地方，曾被选为耆宾，主持地方的祭典。袁仁与郁九章、谭舜臣、沈檗、平湖陆文选、包凭，沈周、唐伯虎、文徵明等为诗文好友。袁仁还与大学者王阳明、王艮、王畿等有交往。袁仁写得一手好字，以致当时所谓的赵孟頫书法，大多出自袁仁的手笔。

袁黄在《一螺集》序中云："吾父参坡先生，博学攻铅椠，吴文学渊薮时髦擅菁华之誉者踵相接也，然皆无当吾父。吾父之文，根本六经，不钻深，不吊奇，言言关世教，非徒作也。其诗则涵养性灵，以悟为则，视汉魏而下，漠如矣。取欧阳公沧海一螺之喻以名集，志谦也……"文中肯定了父亲在文学方面的成就，感叹没有保存好父亲的遗著，但即使是遗稿所剩无几，日后也要收罗以谋再版，传至后世，但最终没有如愿。

袁仁在中年以后，曾一度赴两广，做蔡半洲的幕僚。蔡半洲是福建人，时以兵部右侍郎兼金都御史，提督两广军务，征诸徭，客有荐先君者，抱经世才，洞识韬略，故召袁仁做参谋。袁仁不习官场生活，自己说自己非常懒散，便自名为百懒道人，不久归里。

袁仁归家后，还常与苏州名士交往，如书画家沈周、文徵明、祝枝山、唐伯虎等都是他的至交，他曾与文徵明一起探讨艺事，有《寄文征仲》："诗拟开元字永和，吴门小隐旧曾过。骚坛有雪谐鸣鹤，笔塚无云负白鹅。细草愁生今夜雨，空山落尽隔年萝。相逢欲话雕虫事，为问先生意若何。"诗中盛赞文徵明在诗书画方面的杰出成就。

大画家沈周曾赠袁仁墨竹一幅，欣喜之余袁仁作《画竹谢沈启南》诗，诗云："昨见石田子，惠我一幅竹。萧然展阅生清风，丹凤翩翩下淇澳。仿佛坐我潇湘旬，叶叶飞霞起华屋。见竹如石田子，高节凛然凌众木。一枝独倚岩谷寒，江水滔滔为谁绿。为君深贮莫轻开，葛陂风雨愁龙歍。"

好友唐伯虎过世，袁仁无比悲痛，遂作《哭唐伯虎》诗："敝屣残裘折角巾，石湖零落更伤情。十年知己灯前泪，两字功名地下尘。茂苑有诗曰大历，长沙无赋吊湘津。思君不见愁如织，门掩黄昏月色新。"

慈云演算

嘉靖十二年十二月十一日（1533 年 12 月 26 日）袁了凡出生，这年离他祖父袁祥上门到魏塘镇殳家为婿，刚好 80 年。袁了凡是袁仁的第四子，此时袁仁已55 岁，老来得子，欣喜不已，他以祥瑞之征来记述这件事，对袁了凡寄予厚望，为其取字"庆远"。

　　袁了凡先生，本名袁黄，初名袁表，字坤仪。8 岁拜王畿为师，短短两年，即能出口成章、提笔成文，天文、地理、农业、水利、文学、数学、兵备无所不学，可是朝廷一纸令王老师赴南京就任兵部之职，袁了凡只能在父亲的指导下学习。在袁了凡 14 岁那年，父亲带他到南京拜访老师，王老师云："最称颖悟，余爱之。"归后父亲袁仁仙逝。

　　袁了凡奉母之命到慈云寺上香，为父亲超度。虔诚摆好贡品以后，他退出殿来，遇到了一位老者孔先生。孔先生是云南人，早年得邵子传授《皇极数》，为人演算前程，无不灵验。

　　孔先生的出场如同神仙，"修髯伟貌，飘飘若仙"，两人相见，孔先生就说出了袁了凡的心事："子仕路中人也，明年即进学，何不读书？"随后，孔先生给了凡的终身做了测算："县考童生，当十四名；府考七十一名，提学考第九名。明年赴考，三处名数皆合。复为卜终身休咎，言：某年考第几名，某年当补廪，某年当贡，贡后某年，当选四川一大尹，在任三年半，即宜告归。五十三岁八月十四日丑时，当终于正寝，惜无子。"算命是一回事，准不准还要看具体人生的经历，而袁了凡用 10 多年的经历证明，孔先生预测的结果让人心服口服，因为，"凡遇考校，其名数先后，皆不出孔公所悬定者。"尽管中途有一些事情刚开始略不同于孔先生的预测，但最后还是丝毫不出孔先生所料，使得了凡更加相信命运中的安排，人生一切都是"进退有命，迟速有时"，所以了凡对人生的态度转为"淡然无求"了。

　　嘉靖二十九年（1550）袁黄 17 岁，考中秀才，此后，袁黄先后 5 次参加乡试，都以失败告终，"直至丁卯年（1567），殷秋溟宗师见余场中备卷，叹曰：'五策即五篇奏议也，岂可使博洽淹贯之儒，老于窗下乎？'遂令县申文准贡。"就是说袁黄在 34 岁才考中贡生。之后，他特意入山找云谷禅师来，说明了凡心底对于自己的命运隐隐有所不甘。心理能量即使被压抑住了，只要与自己真正心意相背，也会暗涌不断，让人不停追寻。恰恰是这次拜访，改变了了凡后半程人生轨迹。

立命之学

了凡与云谷禅师对坐于室,三昼夜未曾片言,只是睁眼静坐。这番表现让云谷禅师颇为惊讶,以为了凡是不起心动念的觉悟之人。了凡如实相告自己被孔先生算定的人生。云谷禅师听罢大笑,告诉了凡:"我待汝是豪杰,原来只是凡夫。"哈哈,我以为你是豪杰,却原来是个傻瓜。

云谷禅师告诉了凡:人是不可能没有妄想心的,只因了这颗妄想心,所以大家的思维模式大同小异,怎么可能不被命数锁定呢?只有大善大恶之人,因为一意行善一意作恶,二者皆无止境,所以算不定。而你20年来,深深认同被算定的命数,不做任何转变,还不算傻瓜吗?《六祖坛经》里有一段记载:僧人法达从小念诵《法华经》,已经念了数千遍。自觉了得,找到慧能大师挑战,大师一语道破他的心结:"心迷法华转,心悟转法华。"法达豁然觉醒,原来自己一直以来只是执着于念经,却根本没有领悟经义。了凡也是一样,貌似勘破生死,其实是执着于生死,20年活得只如一日,活着的目的就是等死。云谷禅师点化了凡:"命由我作,福自己求。"命运是由自己造作而成的,人的性格、思维、行为、习惯组合形成自己的命运。

云谷禅师谆谆剖白:不仅是科第这件事。人生境界,是由人的格局、胸襟、眼界造就的。你既然知道错了,就下定决心,把之前导致不科第、不生儿子的种种习性,洗心革面,尽情改过。务必积德,务必包容异见,务必和蔼慈爱,务必戒酒不熬夜,涵养精气神。然后,禅师说出恒久流传的金句:"从前种种,譬如昨日死;从后种种,譬如今日生。"指明方向:如果能痛改前非,就能超越命数,活出一个全新的自己。

云谷禅师授以"立命之学"记《功过格》,持《准提咒》,忏悔发誓,行善事求取功名,求生子,以改善命运,遂改号"了凡"。36岁礼部科举考试竟然考了第一名,同年秋考中了举人,孔先生算的命开始变化了。

47岁上夫人果然生了儿子,取名"袁天启"。52岁果然考中了进士,朝廷派到宝坻县当知县(县长),任职7年(1586~1592)才退休。

53 岁命中当死，竟平安度过。一夜梦神人告以："只下令减轻宝坻县农民田租 1 件善事，万民受福，就相当于做了 10000 件善事。"于是捐献工资请幻余禅师在五台山斋僧一万做了功德回向。69 岁时为教育儿子袁天启，将终身经历、感悟写成《了凡四训》一书（内分立命之学、改过之法、积善之方、谦德之效 4 章）传世。此书佛教清末民初印光大师、当代净空法师都竭力提倡，所以流传甚广。袁了凡先生成为世人行善修德、改善命运的杰出典范。

袁了凡先生前半生（0~35 岁）的命被孔先生算定，后半生（36~74 岁）孔先生算的就不应验了，这说明命运不是铁定的，命运就是前世的因果报应，善有善报，恶有恶报，只要今生力行众善，是可以得到改善的。

黎里苦读

袁了凡和毛仁山是明代黎里的两位贤哲，他们从小在一起切磋，在各自的任上兢兢业业，深受当地百姓的爱戴和敬仰。他们的道德学养泽被后世。《黎里志》载有袁了凡写给毛仁山的一封书信，通过此信可以想见两人的交情和处世之道。

毛仁山，名寿南，字宇征，黎里人。初任浙江山阴知县，因治县有功，遂擢升陕西道监察御史，四品朝列大夫，著有《仁山诗文集》。

袁了凡和毛仁山在同一年（即明万历十四年）考取进士。袁了凡年轻时曾在黎里船长浜里居住过，清代冯寿朋的《黎川棹歌》云"一曲清流可种藻，船长浜上了凡居。高人已去留遗躅，人过花前犹式闾"即指此事。

船长浜在黎里镇西南，一条窄窄的小河浜仅可供一小舟通过。这里远离繁市，景色清幽，是读书治学的好地方。这里或许曾经留下过袁了凡与毛仁山两人交往的足迹。其实袁了凡生活在黎里的这几年，正好是在遇到云谷上人之后的这段犹豫和觉醒时期，为他日后从政打下了基础。这里顺便提一下，袁了凡在朝鲜之战时（1593 年末），写信给刚刚在陕西上任的毛仁山的信，信如下：

得我丈入台之报，实喜而不寐。军书旁午，日无暇晷，不得寄片言为贺。妻子南还，孤身绝域。六十老翁，驱驰兵革间。诗书长摈，弓马初习。塞外苦寒，积雪成冻。赖经略虚怀，群策毕举。三军齐奋，倭歼有期。幸得成功，即当挂冠辽阳，高飞物外矣。

尊嫂曾来否，令郎辈几位在京。缙绅间孰最相知，朝夕与谁相处，此须留意。昔朱晦翁送子从学于东莱，告之云："虽是同学，亦不可无亲疏之辨。交得其人，则有疑可问，有过可规。有缓急可倚仗。不然，无益也。然择而后交则多益，交而后择则多怨。吾丈慎之。

同县同年四人，我丈已登枢要，沈定庵升宪司，弟亦备员部属，独叶道及尚淹县令。关、盐二院皆同年，其余各院倘可进言者，幸为嘘植，此天涯兄弟之至情，而亦我丈慈念故人之大义也。塞外不能具礼，空函相候，特布寸忱，不尽。

从信的开头，我们便知毛仁山有荣升之喜，由知县擢升为陕西道监察御史，而"弟亦备员部属"一句可知，是袁黄已任兵部职方司的主管。"得我丈入台之报，实喜而不寐"，袁黄为自己的好友荣升感到高兴。信中备述北方寒冷的天气，而妻子和孩子已经回到吴江，自己孤身北疆，因为兵务繁忙，平时也就顾不得寂寞了。所幸战事顺利，回家也指日可待。

信中袁黄又问起了毛仁山的家庭情况，特别提到子女的教育、择友等问题。在这方面毛家是非常重视的。毛仁山的父亲毛衢严以教子，所以毛仁山兄弟双双中得进士，成为国家的栋梁。到了仁山辈，重视有加。

范仲淹裔孙范允临曾对仁山的《训诸郎君读书砥砺》和《劝师勤诲》写了一短文："万石君家子弟，雍雍肃肃，一禀庭训，至指树数马……此数行，更亲于谢太傅身教，传之世世子孙无绎夷。"

陈仁锡对毛仁山的手书庭训写道："君父一也，事父如事君。王言则丝之、纶之。父祖手泽，何不尔尔。宋欧苏两文忠题飞白御书云，山辉如白虹，水变而五色者，至宝之所在也。又曰，凡所见者当耸然而作，如望旄头之尘，听属车之音，相于勉为忠厚，而耻为浮薄。毛侍御子孙永保此训，必有荣光起而瞩天者矣。"

因此，毛仁山的儿子毛以燧于明万历二十八年中举。曾任山东武定州学正，后调云南任按察使副使漕储道。毛以燧与吴江周宗建、吴焕、孙枝芳等人号称"松陵八骏"。

宝坻训士

宝坻文风衰落已久，凡作文章的人，向以先生为宗师。先生来到宝坻后，学林士子们都高兴地认为得到了名师，先生也诚恳地以教化为要务。每月初一、十五都要到县学，亲自为生员们讲解经义。先生陈述的大义，大都出乎普通老师的教育和课试之外，听者无不心中领悟而神情欢愉。先生还时常约生员亲自指导学业，亲自给予批点阅读。根据当时所作文章判断生员的人品好坏，县内生员们因感动而奋起。他们知道文章与行为合而为一的学问，大家纷纷认为，先生著述的《会约》，是科举考试的指南。后来，整理编辑成《训士书》。

一、科考中，经书的义理剖析最为细致，人品的高下一看便知。国家设此文体是用来磨砺当世豪杰。而豪杰之士应该从儿童时开始学习，竭尽心力求思维缜密周到。这样就能把心的精深微妙形之文字。凡学习经书义理的人，大都以用心明察事理为本领，文字的宛转曲折，围绕中心不累赘重复。

二、国家设科举选取读书人做官，目的在于求得真才实能的人共同治理天下。设立学馆，也是为教育培养人的真才实能。参加科考，不只是撰述文字。然而读书人应科举考试，在学馆读书，往往只追求阐述经书的义理，议论时政向朝廷献策。这类人认为擅长于此，虽士大夫的操行低劣，无害于科举高第，其他全不用理会。操有这种心理的读书人，不仅失去古代圣贤著书立说的本意，也远未理解当今朝廷育才的本意。周敦颐先生说："士要以贤，贤要以圣，圣要以天作为修养的准则。"

三、明朝文论有知名度的，大家公认的首先应该推崇唐川先生。读书人沾染的风气越来越低下，许多不注重解发述明真实道理，却崇尚追求虚夸不实的言辞。这里有一个极为简易的方法：在家多孝贮时，就爱兄长，求学之人如果真的有孝亲敬长之心，态度柔和，行走时放慢脚步走在长者之后，有理不需抗争，有难不应推牌。久而久之，胸中违逆之气就会一天天消除。多交忠顺互助的朋友。字间自然的法则中正，这样提述出来的文章一定雅正不凡，成为上品。

四、察看人只需看他是否含蓄蕴藉，就可以看出他思想、为人的深浅。燕赵一带的人士惊慨重情，缺少温婉大方的仪态，所以北地的文章大都有过于直白、少含蓄的毛病。然而，前人还能以洒脱见长，而今人则肤浅平庸陈腐，粗劣之极。希望求学、举业之士必须读书明理，深入探求士之根本，有十分见识只发出二三分文字水平，使圣贤的意图了然于心。文字应如鼓瑟弹奏，节奏疏密相间，婉转而含义深刻，余音绕梁，韵味不绝。

五、有许多不求上进的读书人把书搁置一边，信口而说，言谈无据。还有一些偶尔读读书的，又沉迷于迂腐不切时用之言，专门研究堆砌辞藻，拘泥于解说以合乎注解，又拘泥于训诂以合乎经文，这样离圣贤的本意日行渐远。

六、前人文字用词虽朴实，但说理很精深。如唐荆川"郑人使子濯源子很卫"，其注中说：观察师父、从师父的朋友身上便可以看出他的品行。这样的话真是发朱熹注所未发。现在虽然理学光大恰逢其时，但不要信程子朱子所说而疑惑孔子孟子。

七、程子说：著书立说之道，在于不使懂得道德的人嫌恶，不使没有道信的人迷惑。孟子也说：语言浅近而意思深远，是有益的话。大概是语言不浅近则众人容易迷惑，意思不深远则君子容易生厌恶。你今作文，一定要用明白浅易的语言，阐发深长精深微妙的道理，使品读之人显而易见又回味无穷，这样才为合乎规定。

八、文章最忌讳有卑下鄙俗之气，须包容宇宙，藐视古今。高处迫近天空，低处透彻深渊，这样或许才可以压倒元稹、白居易。然而，这也不必刻意仰慕高远，只需要心念超脱世俗，光明洁净。也不必另立门户，只需要流连于日常饮食、说话或沉默、取与舍之间，顺时追求合理，公正宽厚，便不为鄙陋浊秽所污染了。

九、用文章交会朋友，原是进入圣道之门的老方法。南方的生员合成立文友会，你们也应就时立会，不论人数多事。朋友有不完善之处，就坦诚相告，有好的品行则舍弃自己而向其学习。还需要在文章之外提出疑难，请教别人或一起讨论，相互拓展胸怀，显示内心世界。相互勉励名节，不自负不夸。直言无隐，宛若虚无。追想昔日的朋友，在圣明之朝和圣人门下相互切难低霜，其益处是可以想见的。

十、民众长寿于勤劳，早死于安逸。农民及工匠商人常年勤劳活动，读书人是何等人？因何独享安逸？先辈读书人制成三年图表，每个月分30天，每日分作3个格，如清晨学习没懈怠，就用朱笔在上格画一道；中午没懈怠，就在中格画一道；傍晚没懈怠，就在下格画一道。没学习就空着，用以自我检查。

天应嘉谷

万历戊子年先生到任时，宝坻已连续大涝5年了。袁了凡先生亲自到田野中，指导百姓对沥水进行疏导，使积水得以全部下泄。大水退去后，田野上忽然生长出一种奇异的草，嚼食其根和茎都有甜味，晒干后碾磨则能成为面粉。这种草在田野中到处生长，百姓才得以充饥。

当时有人劝先生将此事申报朝廷，先生不从，作《野谷解》一文回答。文中说：我进士及第授官为县令，任宝坻知县时正遇罕见沥涝，五谷不收已经好几年了。富人成了穷人，穷人大多被饿死。我长期学习文章，并不通晓世上的事务，不知道该怎么办，幸而得到上司的信任，得以核算减少不必要的开支4300余两。其他如县内历年供给所需的四轮车、采石民夫等全得以免除，于是百姓才稍得休养生息，逃走的人渐渐回归，四方游离的百姓有的也来定居。然而当时请求赈济，仓中没有现成的粮食。商议借贷，则民间没有富裕人家。百姓聚在一起没有吃的，只会生出变乱。我每天都心下不安，忧愁不止。

十月里，积水退去，土地显露，有一种野小米生出，其果实比谷粒稍大，比支籽略小，其苗高不过三四寸，而结果实很多，百姓以此作为度荒的食物。客人拿此物给我看，而且请求说这是不同寻常的祥瑞，应该上报朝廷。我说：不是这样。颂扬天下太平的人急于用与天象相符之物为祥瑞，考核政绩的人则先看人事治理的情况。我治理宝坻以来，偷窃和劫夺财物的盗贼未得平息，百姓争斗的事还时有发生，虽然有好的谷物出现，哪里值得称为祥瑞？我听说圣明的君王修养德行、减少刑罚，那么上天感应就长出好的粮食。今朝廷下诏书使监狱不动刑罚好几年了，倘若以这个为祥瑞，也当应在圣明的君主和贤良的宰相，不能应在一个县令身上。祥瑞应在皇上和宰相，而我这样向上通报，道德低下的人可能做出，而我却不能这样做。《春秋》中记灾害而不记祥瑞，岂是没有深意吗？况且说不耕作就获得是不吉祥的，而我治学还未离诵读阶段就已名满天下，治理还未离开书案就已使治下的百姓一致颂扬，这样也是不劳而获。上天就是这样训教于我的，就是因为惧怕修身自省不够，才隐瞒这样的事。

己丑年三月至五月，宝坻大旱。遍地蝗虫几乎把禾苗吃尽。先生祷告求雨于神庙，祷文刚读完，就见一朵阴云起自西南方，大雨随之而下，第二天又接着下雨，雨水充分浸润土壤，使蝗虫和幼虫死亡殆尽。而被蝗虫咬食的禾苗，一棵就变成数棵，收获成倍。御用监仰斋的戴太监作《异政传》赠与先生，文中大略说：我掌管的监马坊土地大部分在宝坻，名义上是征芦席税，其实是征谷物的田租。连年大涝，百姓多有逃亡的，所征到的税不及十分之一，被征收的人往往因此获罪又无处申告。戊子年，了凡袁公来任宝坻知县，减轻刑罚，缓征赋税，使百姓得以休养生息。这时期逃亡的人渐渐回归，又担心百姓缺少吃的。忽然天生异草，味道甜美可食，百姓借以充饥而尽力耕种。到秋天有收成，田野中又生出野稗草，虽然高不过几寸，但结果实却很多，因此四方的游民纷纷来此落户，而使荒地全部得到开垦。第二年春天大旱，了凡袁公作祷文祷告天地，一场大雨后，蝗虫全死，禾苗被咬处一棵变成数十棵。不仅如此，海滨的百姓多有顽劣不守法之人，衙门传呼不来，征调不听，不用严厉的刑罚，大多会拖欠赋税和债务。先生的信义足以使百姓心服。今年我到宝坻，按照京城前辈和王公大人的约定，一切事务都取决于先生。先生出一便条而百姓们都遵从，不等督促都会聚交税，愚昧迟钝的人献纳诚心，骄横跋扈的改变旧习性，这都是先生治理得特别优异之处啊！宝坻的土地一半为宦官所占据，不向县里交税，也多有不守法纪、残虐百姓的事情发生。县内百姓有的闭门绝食等死，有的赤裸着在树上上吊，前后死的人无法计算，历任县官对宦官都无可奈何。先生来到后，太监王公铭依仗司礼张公公的宠幸，又掌管东厂，盛气凌人。先生不与计较，用平和的气度与之相待。这人听了先生的言语后，心内惭愧，进而折服。先生因而与之约定：所辖宦官到宝坻，由县里代为催征赋税，宦官不得自行拘禁、侵扰百姓。从此，历年来宝坻的如许公公、戴公公等，都相继遵守约定，不敢私自审理一个讼状，不敢擅自杀害一个百姓，海滨的百姓得以免除横征暴敛之苦。先生不用话语，就使他人感受到宽和，与人并排而立，便能使人感化，其能感动人达到这样的境界。

南稻北栽

袁了凡先生到宝坻后，看到荒地很多，而这里大部分地区正闹饥荒，百姓面带菜色，流离失所。于是先生决心开垦荒地，改善民生。《宝坻政书》记载：了凡先生组织里甲、村民开垦荒地时，制定了详细的垦荒规划。对那些草木茂盛、土质肥沃的田地全下令种植谷物；土质稍差的种植豆、麦、黍、稷等作物，不做具体约束，各随其便；对于盐碱不堪的荒地，了凡先生下令开沟引水排泄碱气，然后再兴种植；对于低洼多水的地段则下令种植芦苇，增强地力。他在制定完规划后，责成人编制成垦荒图册，交给各里长督责开耕。就这样，了凡先生在不到一年的时间内，就在宝坻开辟出面积几乎是原先四分之一的土地，为后来宝坻农业的发展和百姓生活的改善做出了积极贡献。

袁了凡是江南人，江南自古以来就是稻米的重要产区。他从小耳濡目染，了解许多农业技术，人们说他"见土辨色，即知其宜种何谷"。正因如此，袁先生到了这里后，发现当地的许多土地没有得到充分利用，农业方面有着很大的改善空间，不禁感慨："只凭习惯栽种，不观察环境，不分辨土壤，茫昧而种，茫未获。"通过多次实地了解，先生想到可以在宝坻种植水稻，而且一旦成功，便可大面积推广。当时，朝廷也有意在北方发展水稻生产。应该说，在北方种植水稻是一项浩大的工程，无论从环境、技术和重树人们的观念哪方面讲，都是一项挑战。但是，先生有一种特殊的文人情怀，这种情怀包含着农业情怀、民众情怀和国家情怀，这种情怀使他怀抱一种强烈的责任感，更让他从开始就对这项工程投入了满腔的热情。

我们知道，种植水稻，要有水资源，有土地，再有就是具备适宜的气候。了凡先生首先了解的就是水资源。宝坻属于北方，雨量集中于 7~9 月份，按照现在的科学测量数值来看，多年平均降水量不足 700 毫米，按理说不适合水稻生长，但境内有潮河、鲍丘河等几条河流通过，水资源丰富，虽然南部地区经常发生洪水，但这也为种植水稻提供了充足的水源。了凡先生对当地和周边水域进行了详细的考察，他认为，只要能把灌溉系统修好，是可以栽种水稻的。当时人们还没有现在的标准认识，按现在的自然情况和科学说法，这里处在中国东部暖温带半湿润季风区，是中国东北地区地下水资源储量最丰沛的地区，而且水质优良。地表水年可调剂量为 2.5 亿~3 亿立方米，多年平均径流量为 15.35 亿立方米。不过，不管用现在还是过去的评价标准和描述方式，按当时的情况，地表流经的河流已经可以为农业生产提供充足的水源了。

再有就是土地。宝坻地处平原地区，土地辽阔，特别是有许多荒芜的土地。这里的荒地主要是南部地区的荒地，当时黄庄以南方圆百余里都是盐卤荒地，种植一般作物是困难的。

有了水和土地，再就是气候了。北方气候是否适合水稻生长？这里夏季气温很高，日照时间也长，种植水稻应该是可行的。为了确认水稻能否在这里生长，袁了凡在葫芦窝村（今属天津市宝坻区林亭口镇）进行了水稻的"南稻北栽"种植试验。选择这里，主要是考虑到该地离水源较近，交通也比较方便，比之南部地区路途较近，方便观察。经过试种，水稻长势喜人，并取得了很好的收成。

自然条件具备了，但要让一种南方的植物在北方被成功种植，技术也是必需的。要让民众对农学熟悉，对技术了解，袁了凡想到了编写一本书来宣传水稻种植，指导人们掌握技术，推广水稻生产。经过努力，《劝农书》很快被刊印出版，从而实现技术的推广。

黄庄以南方圆百余里都是盐卤荒地，种植一般作物是困难的。了凡先生发现那里虽然大部分是盐碱地，但水资源却很丰富，于是认为此处值得积极开发，方法是通过种植耐盐植物改良土壤，将其转化为丰产田。对此先生在上书中写道："濒海之地，潮水往来，淤泥常积，有成草丛生，其地初种水稗，斥卤既尽，渐可种稻。"经过了凡先生的努力，大片盐碱不毛之地就这样通过改良转化为丰产田，进而改善了宝坻百姓的生活。

《劝农书》和《皇都水利考》

了凡先生著有两部农学专著，分别是《劝农书》和《皇都水利考》，其中《皇都水利考》为《四库全书》存目。这两部书均为先生在宝坻任上所作，并刻印发行。

袁了凡先生于明万历十六年（1588）起在宝坻任知县5年。作为一位有责任感的文人，袁了凡先生来到这里后，看到老百姓连温饱都不能实现，不禁心情沉重。改善民生，造福当地，成了先生心中最强烈的愿望。为此先生多次到田野地头查看情况。先生在家乡就熟悉水稻的种植，有许多农业生产知识。见这里荒地很多，水资源又很丰富，很适合种植水稻，他就想，如果能在这里种植水稻，那会给百姓带来不少好处。但引种水稻是一件大事，所以先生先在葫芦窝村建设了水稻"南稻北栽"试点。经过试种，水稻的种植很快获得了成功。

推广水稻生产，技术培训是至关重要的。先生是一名文化人，但不是呆板的文化人。为了让更多人对农学熟悉，对技术了解，先生想到了一种文化人最熟悉的方法，就是编写一本书，用以宣传水稻种植的好处，指导人们掌握技术，从而推广水稻种植。经过努力，先生亲自编写的一部指导农业生产的专著《劝农书》（也叫《宝坻劝农书》）完成了，并很快刻印出版。

《劝农书》分天时、地利、田制、播种、耕治、灌溉、粪壤和占验8个章节，共一万余字。除了介绍前人古法外，本书主要是向当地农民普及新的作物品种与对应的耕作技术，还介绍了开垦荒地等方面的技术，并由先生手绘辅图17幅。作为农业技术专著，这部书是直接编给种田的农民看的，所以有很强的针对性。

《劝农书》促进了京畿之地水稻的推广种植，当地"随地数民，积年荒地皆开成美田""维时宝坻民尊信其说，联相动劝"，获得了好收成。这就是这部书的

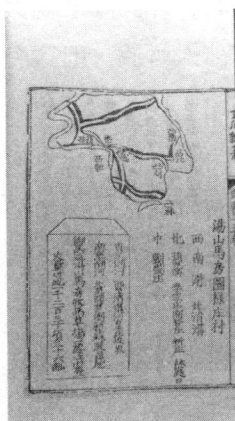

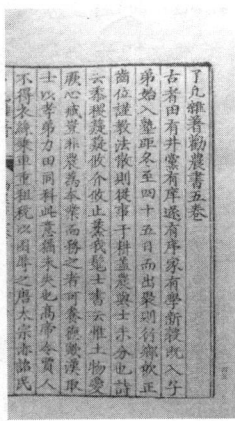

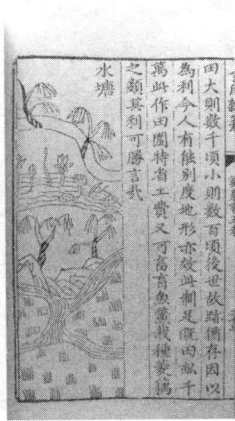

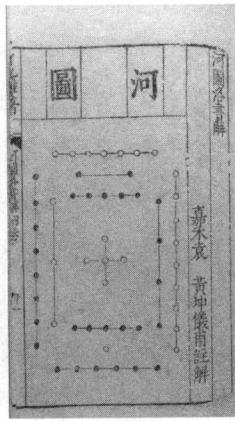

袁黄著作

真正价值所在。

当时，明翰林杨起元见到《劝农书》时非常高兴，认为："非宝坻兴而谁兴?"并称将携此书归江南，劝说家乡父老推广实行，以兴当地。

这部书虽然当时被分发到广大百姓手中，只是在 400 多年后，原版已不存。浙江嘉善图书馆现存有一部《了凡杂著劝农书》5 卷，此书为明万历三十三年（1605）建阳余象斗双峰堂刻本。

袁了凡先生在任时还撰写了另一部重要的专著《皇都水利考》。当时这里多发大水，先生在宝坻任职期间，先后对北易水、南易水和卫河等流经华北的主要江河、湖泊进行了考察。根据考察中所做的调查记录和沿途思考的一些问题和形成的想法，先生写成了《皇都水利考》一书。

在书中，先生反复阐述了京畿之地垦荒种植的好处，如在《论能内田制》中感叹"江南无寸土不耕，而能内荒老弥目"。在此基础上，他也采取了许多有效果的措施。有专家称，《皇都水利考》对当今的生态保护和水利建设，仍具有较为重要的参考价值。这是袁了凡先生在历史上的又一大贡献。

喜收义子

袁黄有一位好友，名叫叶重第。叶重第是江苏省吴江县人，万历四年（1576）中举，时年 19 岁。万历十四年（1586）中进士。会试时，礼部尚书杨贞复一见叶的试卷，便击节称赞，考官们也决定立其为会元，却被人所放。但这个消息已经在考生中传开了。叶重第的美名越传越远。人们称颂他"文章奇宿耸秀，气冲霄汉"。

袁黄与叶重第有着特殊缘分：两家有数代交往，都住在分湖流域，且都是书香世家，年轻时就经常在一起游玩。不止如此，两人都出自太史杨贞复之门，又是万历丙戌的"同榜"进士。了凡先生比叶重第年长 20 多岁，但年龄的差距并没有形成代沟，他们相处得亲如兄弟。了凡先生考中进士后，先在苏州、松江一带查粮，后被授任宝坻知县。叶重第中进士后被授予浙江山阴县知县一职，但归省时父亲去世，于是在家守制 3 年。3 年期满后，叶重第要去北京赴任。此时，夫人正好有喜，并且还有一个月左右就要生产。叶重第已经提前知道这次可能要去北方任知县，想到上任的地方与家乡南北相望，相距千里，往来不便，便携母亲和家眷一同前往。

叶绍袁

　　叶重第自家乡江苏赴北京接受任命，一路向北。20多天后，即明万历十七年（1589）农历十一月二十三日早晨，进入山东临清县。这里位于河北、山东和河南交界处，紧临运河。一路旅途颠簸，夫人几近临产。于是，他们在这里的客栈住了下来。

　　第二天早晨，夫人顺利生产。叶重第欣喜之余，想到朝廷任命不可耽误，决定自己先行入京去接受任命，等回来再接母亲和夫人一行。于是安顿好家人后，就往京城而来，到京后即被任命为河北玉田县知县。接到任命后的叶重第匆匆赶回，接自己的母亲及夫人。他哪里知道，在他走后的这些日子，孩子受水土影响，生了怪病，幸亏家中女眷找到了当地一位高明的医生才将孩子医治好。

　　叶重第回来后听闻此事，不觉心有所动。他到玉田上任后，忙于政务，不觉已经时至春节。新的一年开始了，夫妻俩说起孩子的事情时，想起在他们家乡吴中有一个风俗：如果担心孩子不能平安长大，可以找一户人家代养。夫妻二人为了让孩子健康成长，便商议把孩子寄养在别人家里。可千里之外，初来乍到，到哪里去找一户让人放心的人家呢？

　　叶重第夫人姓冯，书香望族之后。万历皇帝曾给冯氏颁一敕命，赞她"宦族储贞，儒英俪美。秉孝慈而襄内政，操勤俭以佐外修。尔夫力学成名，牧民著绩，尔之敬助多矣"。此时冯氏见夫君为难，就提醒他："你的好朋友袁黄不是正好在宝坻任知县吗？"一言惊醒梦中人。叶重第对了凡先生最了解，也最信任，闻言立刻兴奋起来：对啊，自己怎么没想起来呢？

　　袁黄善良有才，宝坻与玉田又相邻，如果能托他抚养，孩子一定可以得到很好的照顾，也有了一个好先生，可以更好地成才啊！很快，叶重第就在兴奋中来到宝坻，找到自己的好友。

了凡先生已经知道了叶重第到玉田任职一事。家乡的好友，一同考中进士，这会儿又都在相邻的两个县城任知县，真是缘分啊！此时，正是了凡先生到宝坻任知县的第三年了。了凡先生见到好友免不了一番畅谈。当听闻叶重第想要将爱子交予自己抚养时，先生一边笑着点头应允，一边说，此事在梦中已有征兆。于是叶重第在兴奋中将4个月的儿子抱到了宝坻。正因如此，他们给孩子取名叫宝生，意思是在宝坻生长。

了凡先生有一子，名袁俨。此时正好10岁，此时又收一义子，二人心中都很高兴。这时，天气还比寒冷，他们都生长在南方，为了防寒，了凡先生和夫人都特别重视孩子的穿着。好在宝生出生在北方，容易适应这里的环境。此后，从咿呀学语，到成长记事，了凡先生和夫人对叶绍袁（宝生的大名）都关爱有加，呵护成长，认真教导，在这孩子身上倾注了大量心血。这才有了后来的"叶叶交辉，一门风雅"午梦堂。

体察犯人

"知错能政，善莫大焉。"就是说，一个人做了错事，如果真心悔过，就是一大善举。在释家文化中，每个人都值得以慈悲相待，即使犯了过错，只要真心忏悔，也明示其可以重新走入正途。正如"苦海无边，回头是岸"的引导，更有"放下屠刀，立地成佛"的开示。悔过自新往往是靠心的觉悟，这是我们现在哲学上所说的"起决定作用的是内因"。而有重要影响的外因是什么呢？是"点化"。换言之，有针对性地教育、引导都是可以起到巨大作用的因素。

中国传统文化中，常有关于劝诫的故事。教化，是人类社会中的一项伟业。袁了凡先生作为一名知县，自觉修身立德，在与人相处时自然有一种超然的心态，愿意帮助他人，把做善事、行善举作为一大乐事。而对待狱内犯人，先生更有自己的心愿，就是注重教化，让他们发自内心地认识到自己的过错，从而迷途知返，树立善念，真正走上正路。

为了达到更好的教化效果，了凡先生决定从多方面对这些犯人加以影响。

一是关心他们的身体。他规定不可轻易用刑，在他的《谕僚属用刑文》文中对此有记述：用刑要谨慎。因为其他的事犯错误可以改正，而刑罚一旦加于百姓身上，再后悔已无益于事。惩罚犯人，要"大抵责人，正欲耻之，非欲戕之，宜少不宜多。故堂上刑不常用；即用，三板五板足以示惩矣"。他还规定：罪犯有小病，狱警便要禀告官员派医调治。如依然像以前那样到大病了才上报，要追究狱卒的责任。

二是关心他们的生活。袁了凡先生要求负责监狱的狱卒，尽量照顾在押犯人的生活，保证其有饭吃。同时规定：要有净水喝。县城中用水较远，须从外边挑来，所以监舍和仓库中供水较难。为了保障用水，先生要求在监狱各处安放水缸，每天雇人挑水贮满，每月给银2钱4分。先生说，这件事要认真对待，不可废弃，因为这样做花费很小但益处很大。同时先生还规定，冬天，对无棉衣的囚犯要酌量发给御寒衣物。

要定期打扫监狱卫生。先生认为，狱中瘟疫全由腐烂不洁的气味所致。于是他招募了20名成年男子，由他们负责夜间值班看守，每天轮二人打扫，使这里洁净。对犯人的枷具和铺盖也要时常清理，先生本人则不时前来查看。他规定，在初一、十五两天，4个衙门要专门统一检查卫生，如各处不洁净就要责备狱警。

三是积极讲解教化。先生认为，只要良心不灭，感化他们便很容易。先生说，在审案时，应该以帮助教育感化为主，如君臣、父子、兄弟、夫妇、朋友5种人伦关系中有相互侵犯的，需要反复劝导使之明白道理。大体来说，审案"须论之以道理，责之以大义"，然后进行刑罚，这样才会有益处。他还提出，近代往往民众情由还未表达，而国法已于施加，有些人受完责罚都还不知道自己犯了何罪，这样怎么能教育感化百姓呢？

在为政的过程中，袁了凡先生对犯罪的百姓都会反复劝导，告之以理，令其悔悟。空闲时，先生还常常亲自到监狱中，对犯法的人讲为善得福、为恶得祸、善有善报、恶有恶报的道理，当时就有人听过后感动得流下眼泪。为了感化犯人，先生还让他们读书，希望通读经典能让他们明白道理。他让狱卒看到有真心实意改过向善的犯人时，要列名上报，以便多给口粮以示优待。了凡先生的苦心没有白费。犯人们渐渐感受到先生的教化，并互相劝勉说："有官如此，奚忍负之!"意思是：有这样的好官，我们怎么能辜负他呢？

万历十七年（1589）七月十七日，大雨如注，监狱的围墙倒塌，监内的犯人却一个也没有逃走。也正是因此，社会风气越来越好。这些罪犯不只自己向善，他们出狱后，也会把自己的新认识告诉周围的人。特别是那些过去常在一起惹事的人，这些人本来是有些不良习气的，因为离狱犯人的现身说法，自然也起了觉悟之念，认识到过去的不足，于是开始一起做好人，在周围行好事，受到众乡亲的夸赞。

袁黄非常谨慎用刑，常终日不笞一人，经月不本人一罪，县中刑具，皆依律改正。他认为，后世的儒生有人说，不施行井田制、不实行封建制、不施肉刑而能使天下太平的，从来未有。这是以肉刑当作圣人治世的好办法，这话是因不明白儒家经典所导致的错话。先生刚到宝坻时，查核刑具，发现本县的刑枷重的在百斤以上，轻的也不下八九十斤。先生说：按照律法，枷的重量不许超过 20 斤，还要用干木做成，今重成这样，是不合法条的。于是命人按规定重新制造轻枷，将丢弃的旧御叠堆于监狱墙下。过了一段时间，先生说应将旧枷拆掉，命人开启枷堆，则发现长出两株芝草：一生于地上，在木枷的空隙处，一株生在枷上，发出五色耀眼的光彩。他还认为，人之十二经脉，皆在手足指上，使用夹棍，痛连五脏，切勿轻用。县里人争相用诗歌歌颂这件事，这里不能全收录，只抄录其中三首。其一：昔人愁绝处，此日忽逢春。雀散青天月，芝生绿水滨。瑞云铺肺石，秀色动固宾。仔细看灵物，还疑狱有神（御史萧九功）。其二：渠阳日暖百花开，两朵新芝出夜台。雨露满天春树晓，青蝇飞尽一声雷。其三：野有垂棠口有碑，使君深爱洽茅茨。青风不道图固陋，直送天恩列紫芝（山人顾与奇）。

军事才能

宝坻南部濒临大海，北部靠近边境。袁黄曾作《倭防初议》《边防二议》《复抚按边关十议》《阅视八议》《答王道尊军民利病议》等上报朝廷。

袁了凡先生认为，宝坻沿海地域面积宽广，其中哪几处为要冲？哪里为平缓地带？过去有无设立报警台和瞭望敌情的土堡？船只与各项器具及巡守官军或兵丁各有多少？历年是否存在或已经湮灭革除？今要逐一加以查勘。或者某地为要害应怎样重新修建把守？哪项官兵可以分布巡守？那项器械可以用作设置防备？一应防御机要事宜怎样指定负责？或某地方定期涨水，敌寇必不可至则可以免议？等等。

袁了凡先生还经查得知，倭寇自后汉开始与中国交往，历经唐朝和宋朝，全能依礼朝见进贡，入侵的事很少，侵入这里更少。他们离辽东很远，离福建、浙江很近。当初来中国内地是经辽东而至，其路道迂回不便。再有，莱、登一带礁石很多，行船多有障碍，所以北方防倭寇似可放缓。立国之初，海盗曾经到过宝坻，被于、杨两位将军全部俘获。其后曾又一次侵入辽东，被刘将军全部歼灭，没留后患。自此以后，再无倭寇警报。即使在嘉

戎装像

靖末年，朱纨制造事端，倭寇任意残杀和迫害东南沿海一带，而登、莱、辽、蓟却安然无事。但还是要查议海滨要害及防倭寇策略，提前准备。

再说燕京之地，东南濒海，敌寇自南而来则由天津卫直沽，而宝坻在北，正当其要冲。嘉靖二十九年，境内东北部外族作乱，边远处空虚，将天津、梁城的军队全调到边关，海口已空，防守无人了。

袁了凡先生认为，国家所设置的城池，有的关系到一方的利害，有的关系数百里的利害。如宝坻的城池，则为关系一方之利害的，有一个县令率领防守也就够了。梁城设所建城，则关系数百里的利害，因为海上贼寇登岸，必由梁城所而入内地，于此处不加戒备，旦夕之间即可迫近京城了。这就是说，该所守卫的虽是一个城，而所庇护的则不止数百里，这是将帅们的职责。所以自五代时刘仁恭驻守燕地，即建城池，设置兵马。明朝一直沿袭这样做。近来开始撤防，这不是长久之计。

因此，袁了凡先生提出了防倭数议：一、议冲要和平缓地带。二、议报警台。三、议调拨军土。四、议水军。五、议救援。六、议钱粮。七、置器械。

八、论水战与陆战不同。九、论倭寇战术与北方游牧族群战术不同。

凡想有充足的军备，必须先有充足的军饷，无军饷就没有军队。袁了凡先生又提出了"复抚按边关十议"：一、革除供养军队的虚费。二、裁除行台所派军队的冗杂人员。三、谨慎于抚恤奖赏的时机办法。四、订立马匹交易的好制度。五、恢复旧时耕种定额田地。六、扩大种植厚利。七、兴筑水利险阻。八、增加将官供给。九、论轻车之便利。十、查器械之冒混。

宝坻县为边境防务久被废止，袁了凡恳请皇上恢复旧时制度、专门差遣以求安定事。蒙密云道案验，蒙阅视穆公案验前事批复："该县知县袁黄呈报边关利弊的情况和建议很是详细全面，不再有所改议。我今受上司公文督促，于大义上不敢缄默，谨按照八件事依各款回答。极知道自己愚昧不通事理，但二十年来逢人便问，遇事便行咨询，很用了一番苦心。请体察我见解虽不高明，却是真心诚意而加以教诲。"

袁黄为边境防务又列出阅视八议：一、积蓄钱粮。二、修险隘。三、练兵马。四、整器械。五、开屯田。六、理盐法。七、收塞外马。八、散逆党。在袁黄任宝坻知县的第四年，在《答王道尊军民利病议》又提出了4个观点：一、修水口以资地险。二、设外险以守要害。三、谨间谍以得虏情。四、设工匠慎重筑防。

出征援朝

万历二十年（1592），日本派出20万大军攻朝鲜，朝鲜国王紧急向明廷求援。明廷知道日本出兵之意不只在朝鲜，便派兵东征。此时正是了凡先生任宝坻知县第五年，他在接受朝廷任命、赴京升兵部职方司主事后，于万历二十一年（1593）受命出征援朝。赴京这年，叶绍袁4岁。先生赴朝后，袁夫人带着两个孩子回到吴江芦墟分湖居住下来。

袁了凡出征援朝，即参加了"明万历朝鲜之役"，这是袁了凡一生中最为辉煌的业绩，也是他从仕途巅峰跌到谷底的一个转折点。

万历二十年，日本军队进犯与我国一江之隔的邻国朝鲜。四月，入侵者结集了 20 万陆、海军兵力在釜山登陆，并很快占领了朝鲜沿海的釜山镇和东莱城，接着又长驱直入，攻打古都平壤。同年八月平壤失陷，从而使朝鲜半岛局势处在千钧一发之际。

在历史上，我国与周边的某些国家或部落存在宗藩关系，长期以来我们对这些地方有防务上的义务。而且朝方向明朝政府请求派兵援救。袁了凡在《上兵部石尚书书》中提到了"日者朝鲜使至，痛哭请师"，说明朝鲜的军事形势异常吃紧。

当然，明朝政府也意识到，倭寇之图朝鲜，意实在中国，而我兵之救朝鲜实所以保中国，如若纵容日本侵吞朝鲜，其后果不堪设想，故义无反顾地组织出征，支持朝鲜军民抗击日寇、收复失地的斗争。

同年七月，明朝政府派先锋戴朝弃、史儒，率领 2 万中国官兵雄赳赳、气昂昂地跨过了鸭绿江。副总兵祖承训、游击王守官带大部队继后进入朝鲜。十二月再次派出了以提督李如松为大将、兵部主事袁了凡为随军参赞的增援部队出征。

袁了凡赴朝鲜是由"经略"（驻朝鲜军事长官）宋应昌奏请朝廷而确定的。当时他的职务为"军前赞画"（参谋长），并兼督导支持朝鲜的军队。这次发生在朝鲜半岛的抗日战争，起始于 1592 年（朝鲜宣祖二十五年，明万历二十年，日本文禄元年），至 1598 年结束，亦称为"朝鲜壬辰卫国战争"。

是年，袁了凡与 4 万多名增派的中国官兵，冒着岁尾的风雪，乘渡船抵达鸭绿江的对岸。在渡江前，袁了凡给老友伍容庵写了封信。信中他描述了三军开拔时，"旌旗蔽日，金鼓如沸，马鸣萧萧"的壮观景象；抒发了准备为国捐躯的雄心壮志。

渡江后，袁了凡和李如松部与朝鲜军队并肩作战，抗击侵略者。在朝鲜的生活十分艰苦，那里的冬季到处冰天雪地，援军在原野上扎营，有时找不到取暖、做炊的柴火，袁了凡便和将士们一样，晚上和衣而睡。刺骨的寒风从营房的缝隙里钻进来，有时甚至冷得睡不着觉，只好半夜爬起来，打几套拳头暖和暖和身子再躺下。

朝鲜盛产大米，但官兵们却吃不到热腾腾的米饭。即便到了新年，也是清汤寡水，吃食根本不能与国内相比。有时打了胜仗，官兵们三五成群地在莽原上走马逐兔，弯弓射雉，获取各种猎物。然后燃起篝火，割鲜而烤食，算是庆功宴了。

在朝鲜的生存环境是险恶的，袁了凡在《谢祝邻初大尹书》中，以"狼虎为朋，鸿毛为命"来比喻自己的处境。"报国捐躯御虎狼，天山一箭泪千行。不辞独树频遭雪，但愿群枝尽向阳。"他在《朝鲜闻报》（4 首）中袒露了自己精忠报国的襟怀。

袁了凡虽然是文官，但他熟知兵法，足智多谋，对历史上的攻守战例做过全面研究分析，并把这些成果应用到实战之中。中国援军在战略反攻中高招迭出，其威名使日寇闻风丧胆。

但在平壤战役中，袁、李由于战术问题发生分歧。袁了凡坚决反对李如松采用"以诱兵迎战倭寇"的战术，并下令禁止李部诸将"割敌尸级报功"的做法。双方为此发生激烈争吵，李如松为之极为恼怒，竟然独自引兵东去。

平壤收复后，袁了凡率领部下及 3000 名朝鲜兵，担任扼守城池的任务。倭寇贼心不死，多次前来反攻，均被袁了凡部击溃。而李如松部打了胜仗，自以为很了不起，产生了骄傲和轻敌思想，后来被日寇击败了。李想推卸责任，遂以 10 项罪名弹劾袁了凡。

了凡很快地被朝廷革职。于是，他便回到老家，闭户著书。直到天启元年（1621），吏部尚书追叙袁了凡的"东征"功勋，赠尚宝司少卿。清乾隆二年（1731），了凡入祀魏塘书院内"六贤祠"。浙江巡抚纳兰常安撰《祠堂记》，称赞袁了凡"挥击奄竖，九死不悔"。

卜居赵田

袁了凡被朝廷革职，解甲南返，正值槐树花开之时。他在《初归》一诗中这样写道："萧萧战马忆三韩，门掩疏槐五月寒。我仆既痛姑进酒，君恩未报独凭栏。青山不逐流年变，玄思空随短鬓残。为问黄粱曾熟否，而今不作梦中看。""三韩"是朝鲜半岛的马韩、辰韩、弁韩这 3 个部落，也是古时候朝鲜的代称。初归之时，失落之情油然而生，再加上家庭经济窘迫，他在《与吴海舟待御书》云："五月十八日（注：1593 年 6 月 16 日）抵家……今登第凡八年而归，四壁萧然。幸弟妇（指了凡的妻子）及儿辈上年八月先归，收本年之租，稍可支持，不然口食且不给矣"。可见其清廉之风。

了凡归田后，写了不少诗词作品，但所作诗文，不自珍惜，散佚过半。翻阅他仅存的诗作，有关家居生活的有《卜居》《林居》《赵田新居》和《感兴》等10多首。

了凡举家搬入赵田新居的时间，应该是在万历二十二年（1594）。袁了凡当年也确实希望这里成为其人生最后的一个"宁静港湾"。那么，袁了凡被罢官后为什么不住在嘉善，而要卜居于吴江赵田呢？了凡先生在所撰的《叶重第墓志铭》中有"庚辰年，得陆龟蒙遗址于分湖之滨，卜筑居之"，他是效仿了前贤陆龟蒙，故卜居于此。

实质上，吴江与浙江嘉善北部的分湖仅一湖之隔，两个地方风土人情相近，且有着千丝万缕的联系。这里水网纵横，迂回曲折，江浙两省之间水与水贯通，地与地接壤。有的地方甲省的田镶嵌在乙省的圩区内；有的地方乙省的竹林延伸到甲省的地块上，甚至还有一座庭院横跨两个省份的情况。了凡的高祖袁顺因在"靖难之役"中"与黄子澄谋匡复，事席出逃"，后曾定居吴江"以训蒙为业"，袁顺的后代一直到袁了凡的父亲袁仁，大都寄迹在吴江芦墟。另外，赵田本身这个地方风水好，是历史名人蛰居之地，是宋太祖赵匡胤十一世孙、南宋遗民、元代画家赵孟頫（赵子昂）旧居之地，故名赵田。赵孟頫曾为钱重鼎绘《分湖水村图》，明代文学家李日华在《题赵子昂水村图》中这样写道："盖宋既南阵，以

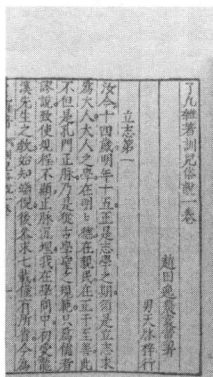

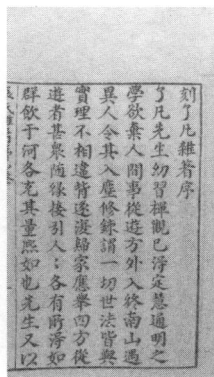

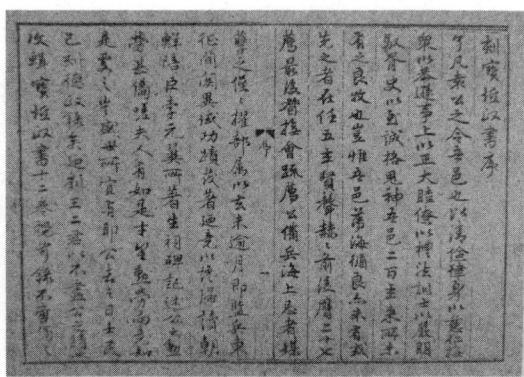

袁黄著作

湖、秀为扶风冯翊诸皇孙，邸第棋布焉。子昂兄弟，尤以风流翰墨相映带。钱德钧所居分湖，正子昂书画舫出没啸咏其间者。"

了凡晚年在赵田卜居，建"万卷楼"以藏家传典籍（其父袁仁亡故，遗书 2 万余册）。建造"万卷楼"，就是抱着"在此耕读传家"之意，楼建成不久，又在"所居东北隅隙地，建盘石庵，为退老游息之所"。天启年间，袁氏"万卷楼"等建筑毁于大火。其儿子袁俨（若思）积资修复宅第，重建藏书楼。

袁了凡归隐吴江赵田，过起了名副其实"农家人"的生活，自己每天除了著书立说、教子侄辈读书识字外，便与周边村子里农夫、捕鱼者和打柴的人打交道。还与方外人士打交道，他有《泗洲禅院》为证："树绕清溪溪绕门，疏桐滴露月黄昏。蒲团昨夜开金钥，一寸春风遍八垠。"袁了凡有《念奴娇·题村叟屋壁》："袖手春林散翠鬟，莫嫌此地少青山。酒逢社日添酬应，花到开时费往还。松老大，竹平安，柴荆虽设不常关。旁人方讶茅檐窄，鸽户蜂房去半间。"

袁了凡除了忙于著书立学、传道布业、教育晚辈，还在老家嘉善兼任了一些社会职务。曾受聘担任万历《嘉善县志》的主笔，到嘉善学宫授课，还经常参加嘉善文学社团组织的一些活动。在生命的最后 10 年，了凡先生总是扶杖行走于吴越之间，频繁往返于分湖两岸，为了浙江嘉善和江苏吴江两地的社会公益事业献智出力。有诗为证：三韩归来忙得欢，杖藜屐印分湖畔。自训逸农赵田变，草庐门泊武塘船。

1602 年，袁了凡 69 岁，他根据自己的亲身经历，给儿子讲述了改变命运的过程，并成书名《训子文》。其后为启迪世人，遂改为《了凡四训》，至今依然为芸芸众生起着明晓世事的指引作用。

◎ 赵磻老

奠基黎川称一老　圣堂修成感盛恩

理政有方　忠于职守

赵磻老，山东东平人，生于北宋宣和二年（1120），卒于南宋庆元六年（1200），享年 80 岁。其父不详，伯父赵野，北宋宣和五年（1123）官至门下侍郎（副宰相），北宋重臣欧阳修族孙欧阳懋的女婿。21 岁时，赵磻老就凭岳父遗泽补官入仕。

绍兴三十年（1164），赵磻老为宝应县主簿，同年二月，曾以奉使礼物官随同知枢密院叶义问出使金国，三月礼成返回。干道六年（1170），赵磻老再次以书状官随奉使祈请国信史、诗人范成大使金。这次出使主要是"求陵寝地及更定受书礼"，也就是正式向金方提出归还河南北宋诸帝的陵寝地以及更改受书仪必须跪拜的礼仪，所以风险很大。由于范成大等人竭智尽虑，据理力争，全节而归。其间自然应有赵磻老的功不可没，因而范成大对他有较高的评价，"……尔

赵磻老

以文儒有气节，慨然与俱"，并把他推荐给丞相虞允元。后经虞丞相考察，赵磻老擢升为正言（相当于拾遗，掌规谏）。以后，赵磻老的仕途颇顺，从干道八年（1172）到淳熙三年（1176）4 年中，他先后出任楚州、庐州知州及两浙转运副使。出任楚州知州时，正值该地两次遭受兵燹，百姓极度贫苦，磻老上书朝廷，要求蠲免绸绢之贡，获得孝宗帝下诏恩准。由此，赵磻老于干道九年（1173）以尚书户部员外郎除直秘阁知庐州。庐州是包拯的故里，磻老为树包拯的形象，翻修了郡学，在学宫内重塑包公塑像，以教化乡里。同时四处搜罗包公的遗著，详加整理校勘，印行了《包孝肃公奏议》一书，鼓励庐州学子，继承前贤昌泽，使庐州风气为之大变。淳熙三年（1176）三月三日，赵磻老以朝散郎、直密阁、两浙转运副除直敷文阁知临安府。淳熙五年十一月初七离任。

赵磻老虽然出任临安府才短短 2 年，由于敬业有所作为，也多次获得当局的器重，甚至幸获孝宗皇帝和太上皇赵构的誉赏。据《宋会要辑稿》职官六十二之二记载：淳熙四年五月十六日，诏知临安府赵磻老除（授）秘阁修撰，"以磻老弹压有方，职事修举，故有是命"，对赵磻老理政有方、忠于职守进行嘉奖。

淳熙五年（1178）二月，赵磻老除代理工部侍郎兼知临安府。同年三月，赵磻老受到太上皇恩赐。据南宋王应麟《玉海》卷四十八《熙淳太上皇帝御书》载："五年三月七日，太上书陆机《文赋》及团扇等赐工部侍郎赵磻老。四月一日又赐王元之《待漏院记》并御书扇。"这些御赐物品，足以看出赵磻老的政绩之佳。

归隐水村

正当他与太上皇赵构翰墨往来之时，临安府募兵虚报招兵数，出了舞弊事件。宋代实行募兵制，用巨额军费养兵，因此，多报一名军士，可吃空粮五六分钱粮。淳熙五年（1178）十一月，殿前都指挥使司招兵吃空粮，东窗事发，赵磻老由此放罢，据《江西通志》卷九十六载："赵磻老……坐殿司招兵事谪饶州，遂家焉。"

赵磻老被贬饶州后，决意隐退，于是相中原先任两浙转运副使工作过的嘉兴府（今浙江嘉兴市）邻近，四面环湖的古村落梨花村落户。梨花村系今苏州市吴江区黎里镇，与吴江和嘉兴二地都相距 15 公里左右。

早在唐代，诗人陆龟蒙曾归隐黎里，在黎里镇南鸭栏泾筑鲁望别墅，陆龟蒙还在此养鸭而闻名。而周边的天随桥、陆家村、陆家荡等也因此而得名。

陆龟蒙是苏州人，年少年时就很有才气，但是，每逢考试，可能是临场发挥不好，始终没有考上功名。唐干符时，寇乱纷起，为避兵乱，便随同湖州刺史张搏畅游苏湖两州。在苏其间，主要散迹于吴淞江、震泽、莺湖、梨湖、分湖等地，并东泛淀泖诸湖。

到了晚年，陆龟蒙扁舟蓬席，来到黎里。当来到鸭栏泾这地方，两岸桃红柳绿，简直就是世外桃源，所以他还将自己比作陶渊明。他还喜欢垂钓，所以将黎里比作子陵滩。

陆龟蒙在《别墅怀归》中有"水国初冬和暖天，南荣方好皆阳眠。题诗早忆复暮忆，见月上弦还下弦。遥为晚花吟白菊，近炊香稻识红莲。何人授我黄金百，买取苏君负郭田"。"早忆复暮忆"是陆龟蒙喜欢黎里别墅的远离尘嚣、平静闲适的生活。沈翼苍颔联"此中本安稳，世上尽惊湍"，既是道出了陆氏的本性，也是沈翼苍对于清静之地的向往。

陆龟蒙除了作诗、垂钓和领略湖光山色之外，最大的乐趣就是养鸭，他养的鸭非常有灵性，他每每纵情于岸滩、沿河、芦苇之间，一群群鸭子总是不约而同地和他一起畅游水国，戏嬉打闹，相互追逐飞翔。而且他养的鸭子被人称为"能言鸭"，所以一直有一则趣闻代代相传，延说至今。连大文豪苏东坡闻听以后写下了"只因养得能言鸭，惊破王孙金弹丸"之句。

赵磻老一向敬佩陆龟蒙，如今在政治生涯中遇到这样不愉快的事，归隐是他的心愿。说是归隐，实则上赵磻老来到黎里，并没有静心休养，却干了 3 件大事：一是调停黎里本土居民与北方移民的矛盾，由村升格为乡镇；二是整治市容；三是建造园林。

开昌文运

值得一提的是，赵磻老不仅当过官，也是南宋中兴有名词人。据崔海正《南宋齐鲁词人考述》（中国文联出版社 2000 年 4 月版）一卷载："赵磻老现存《拙庵词》一卷……《全宋词》据典雅本录，计十八首。"另据南宋陈振孙《直斋书录解题》（上海古籍出版社 1987 年版第 541 页）载：赵磻老有"《拙庵杂著》三十卷外集四卷"。现今杭州西溪"秋雪庵"内"两浙词人祠"奉祀两浙词人名录的"宦游"中，赵磻老榜上有名。因此他在黎里归隐期间，不遗余力提倡读书，在他带动下，镇上学风大增，促使黎里文化大踏步迈进。据载，全镇历史上出过特奏名状元 1 名（南宋淳祐甲辰科）、进士 50 名、举人 120 名、秀才无数。

山不在高，有仙则名。隐居花园浜的赵磻老，是他提高了黎里的文化品位，奠定了黎里成为江南十大古镇之一的基础。18 首词录于下：

满江红

见说春时，新波涨、二川溶溢。今底事、沙痕犹褪，石渠悭碧。人意不须长作解，兴来便向杯中觅。纵茂从修竹记山阴，千年一。

薰吹动，春工毕。桥上景，壶中日。况梅肥笋嫩，雨微鱼出。只恐延英催入觐，不教绿野长均逸。任多情、胡蝶满园飞，狂踪迹。

满江红（用前韵）

西郭园林，湖光净、暮寒清溢。明日上，近环山翠，远摇天碧。粉泽兰膏违俗尚，岩花磴蔓从谁觅。问近来、铛脚许何人，吾其一。

欢乐事，休教毕。经后夜，思前日。想无心不竞，水流云出。物外烟霞供啸咏，个中鱼鸟同休逸。又何须、浮海访三山，寻仙迹。

满江红

潇洒星郎，吹绿鬓、胜游霞举。秋又半，月磨云翳，籁传风语。太一青藜光对射，中流荡漾莲舟舞。戏人间、今夜水精宫，前无古。

吾家是，蓬山侣。歌舞袖，苹花渚。拟问津斜汉，乘槎南浦。谒帝通明今得便，素娥拍手心先许。笑画阑、三十六宫秋，花如土。

念奴娇（中秋垂虹和韵）

冰蟾驾月，荡寒光、不见层波层碧。几岁中秋争得似，云卷秋声寂寂。多谢星郎，来陪贤令，快赏鳌峰极。广寒宫近，素娥不靳余力。

夜久露落琼浆，神京归路，有云翘前迹。当日仙人曾驭气，只学神交龟息。今夜清尊，一齐分付，稳是乘槎客。天津重到，霓裳何似闻笛。

水调歌头（和平湖）

梅仙了无讼，拄笏看西山。山涵秋晓，水光磨荡有无间。自是灵襟空洞，更望风云吞吐，浩渺白鸥闲。高诵远游赋，独立桂香阑。

谩常谈，如观水，要观澜。物情长在，人生何用苦求难。随我一觞一咏，任彼非元非白，唯放酒杯宽。富贵傥来事，天道管知还。

永遇乐（寿叶枢密）

香雪堆梅，绣丝蹙柳，仙馆春到。午夜华灯，烘春艳粉，月借今宵好。衮衣摇曳，簪缨闲绕，共祝大椿难老。望台躔、明星一点，冰壶表里相照。

诞弥令节，欣欣物态，共喜重生周召。八鼎勋庸，九夷姓字，策杖孤鸿杳。鸦啼鹊噪，兰馨松茂，把酒共春一笑。管如今、盐梅再梦，夜铃命诏。

醉蓬莱（同前）

听都人歌咏，便启金瓯，再登元老。山色溪声，与春风齐到。补衮工夫，望梅心绪，见丹青重好。鹊噪晴空，灯迎诞节，槐堂欢笑。

正是元宵，满天和气，璧月流光，雪消寒峭。今夜今年，表千年同照。万象森罗，一清莹，影山河多少。玉烛调新，彩眉常喜，寰瀛春晓。

醉蓬莱（同前）

记青蛇感异，后日扶颠，太平人瑞。壮岁弹冠，有经邦高志。晚上文墀，载严霜简，便云能交际。紫极旋枢，金蝉映衮，干坤开霁。

底事当时，饮江胡马，一望云旗，倒戈投赟。此片丹心，几风声鹤唳。烟息尘收，水明山丽，只五湖相记。今夜华灯，火城信息，千年荣贵。

鹧鸪天（同前）

堂上年时见烛花。青毡还入旧时家。芝函瑞色回春早，绿野东风转岁华。

催召传，稳铺沙。曡尊今日枣如瓜。诞辰更接传柑宴，莲炬通宵唤草麻。

鹧鸪天（同前）

白日青天一旦明。旧时勋业此时情。延英再许裴公对，商鼎须调傅说羹。

千万载，辅宗祊。擎天八柱愈峥嵘。将军犁却龙庭后，岁傍龟山奏太平。

生查子（答洪丞相谢送小冠）

章甫不如人，翠绾垂杨缕。纤手送来时，罗帕缄香雾。

貂蝉懒上头，渭水知何处。风月共垂竿，脱帽须亲付。

生查子（洪舍人用前韵索冠答谢，并以冠往）

朝路进贤归，厌听歌金缕。不恋玉堂花，豹隐南山雾。

漉酒未巾时，暑槛披风处。子夏不兼人，并与诗筒付。

生查子（再和丞相）

金门一免时，离绪纷如缕。想像切云高，晓日罗昏雾。

峨冠补衮人，不是无心处。欲效贡公弹，衣钵知谁付。

生查子（再和舍人）

斜日下平川，楼角销霞缕。摆尽浊尘缨，画栋萦非雾。

平生许子穷，今到知音处。约伴玉簪游，好梦从天付。

南柯子（和洪丞相约赏荷花）

世上渊明酒，人间陆羽茶。东山无妓有莲花。隐隐仙家鸡犬、路非赊。

积霭犹张幕，轻雷似卷车。要令长袖舞胡靴席。须是檐头新霁、鹊查查。

南柯子（和谢洪丞相）

体质娟娟静，花纹细细装。翠筠初得试新忙。睡起鬓云撩乱、趣泉汤。

多病心常捧，新词字带香。管教涂泽到云窗。办下谢君言语、巧如簧。

浣溪沙

懒画娥眉倦整冠。笋苞来点镜中鬟。承恩容易报恩难。

鬓发未饶青箬笠，素鳞行簇水晶盘。流觞元自不相干。

浣溪沙（和洪舍人）

刘氏风流设此冠。今谁将去伴珠鬟。君家兄弟二俱难。

驰去请观流汗马，钓时休等烂银盘。明朝吟咏有方干。

◎周元理

勤勉老诚辉麟阁　濂溪世范泽万民

寄迹外家

《周氏家乘》记载南陵公周奇龄从武林迁黎里时，在黎里捐祀田 300 亩，作为族中创建"周氏义庄"的首笔启动基金，并指出这笔基金中已将他母亲留给他的首饰等一起凑合在内了。南陵公来黎时，首先提存出筹建义庄的启动基金，用于寿恩堂建房的资金并不多，南陵公为人低调，从不张扬，首建时，寿恩堂仅建造西落，并不宽敞，时在 1700 年左右。后周奇龄的儿子周昴娶了黎里好友陈永祺之女，1705 年 12 月周昴之子周元理出生，2 年后次子周元瑛降世。

周元理

康熙五十一年（1712），年仅 26 岁周昴突患重病，临终前，最放心不下的是两个儿子，周元理 7 岁，周元瑛 5 岁，周家当时并不富裕，所以，周昴一再嘱托妻子陈氏，要将一双儿子抚养成人。陈夫人出身黎里望族陈家，她的弟弟陈鹤鸣、陈时夏表示一定帮助姐姐渡过难关。这样，陈家有 5 个子弟，再加元理和元瑛，共 7 个孩子一起在青照楼读书。青照楼处于鹤寿堂后河，在一个初具规模的园林内，这里四季有景，环境优雅，是读书的好去处。

他们先读《三字经》后是《百家姓》《千字文》和《神童诗》。老师教读了 2 年多时间，接着四书五经，先《大学》《中庸》《论语》《孟子》，再《诗经》《左传》《书经》《礼记》《易经》。四书五经教完，老师增加《东莱博议》和《古文观止》，说可以不背诵，但要求熟读，用了近 5 年时间。接下来，老师让学生们开笔，花 3 年时间学做八股。八股完篇后，老师让大家不断练习反复揣摩，背诵名家八股，准备参加科举考试。

15 岁周元理参加秀才考试，没能进学，继续温书，熟读并背诵八股名文；16 岁至 18 岁，连考二次，仍旧没有考上，直到 19 岁得中秀才。

自从考取了秀才，周元理开始支撑门户。周元理从小节俭，常以《朱子家训》的"一粥一饭，当思来处不易；半丝半缕，恒念物力维艰"自律。平时周家立有规矩，一家七八口，每餐只一荤一素一汤。每当喜庆大礼或者来了贵客，八仙桌上必须上齐 8 个菜，按照家乡习俗，必用蹄子，叫作蹄子八样头，蹄子是八菜之首。周元理亲自叫人制作一只楠木蹄子，宴请客人时，客人桌上放的是真蹄子，自家桌上就用楠木蹄子，浇一点红烧肉汤，充充样子，等到吃好，这个楠木蹄子清洗晒干，以备下次再用。

灵鹫读书

周元理伯父周昱，与杭州宁峰庵方丈相熟，乾隆元年（1736）让周元理、周元瑛兄弟前去宁峰庵读书。宁峰庵山清水秀，树木葱茏，静谧幽深，是读书好去处。此处有一奇石叫飞来峰，又名灵鹫峰。连续 3 年，兄弟在此读书，所以称灵鹫读书。

在灵鹫读书时，为了更好揣摩应考，兄弟俩将自己的文章修改润色，刻印成册。后又将自家制义和陈家 5 位表兄弟的文章，搜罗起来，编订成上下两册《青照楼天崇名文选》，反复研读。乾隆三年秋闱，周元理顺利中举，8 年后凭"大挑"任知县，从此开始了政治生涯。

周元理

乾隆四十一年（1776），周元理回杭州，重访宁峰庵，灵鹫峰、冷泉亭风采依旧，当年的方丈及僧众都已经不在。尽管物是人非，但是周元理无法忘怀当年烹香茗、吃素斋的温馨之情，他拿出白银，奉于新任方丈，为宁峰庵增加几亩薄田，供饭僧之用。

回到京城，周元理请宫廷画家华冠画一幅《灵鹫读书图》。华冠以写实手法描绘周元理，巨石侧畔，手执书本，独自静思。周元理十分满意，亲笔题诗一首，诗云："镜里萧萧白发新，聊凭初地写吟身。环青飞翠窗间色，清明疏钟物外因。三竺林泉天下最，一生面目本来真。少年结习陈编在，不是江湖学散人。"诗后附有跋文："余昔读书武林之宁峰庵，庵近飞来层峦，在牖焚香啜茗，晨夕呫唔，往往与梵音松声互相酬答。时复雌黄艺薮，采择成编，有青照楼之刻，迄今四十余年矣。公余之暇，追念前游，犹仿佛在冷泉灵苑间也。爰属华生图之，而系以诗。"

周元理又请同僚、友人为之题字题诗，有薛田玉、刘墉、英廉、嵇璜等10余位。后来，周元理孙子周光纬将《灵鹫读书图》刻成石碑，安置于五亩园红蕉馆碑廊内。世事沧桑，现在《灵鹫读书图》已不知所踪，石碑仅五六块现保存在柳亚子故居碑廊。

去思之碑

周元理于乾隆三年（1738）考中举人，次年赴京春榜无名，接下来连考2次，都未能得中进士。乾隆十一年（1746），周元理凭大挑一等分发直隶蠡县任知县。3年后，调任清苑县令。

清苑地处省会交汇之处，属京畿重地。上任后，地方上头面人物纷纷请酒示好，周元理都予以谢绝，并制定了一系列规章制度。他劝勉各位将钱用在刀口上，多多为民造福，扶持农桑生产。周元理带领乡民兴修水利，浚通河道，修筑清苑城墙。将历年积存下来的案件，一一复核，凡是存有疑点的案子，重新理出慎重分析审理，使得许多冤案得到平反，百姓无不称颂。

周元理干练有才，在同僚中脱颖而出，既深得民心，又得直隶总督方观承青睐，经方氏力荐，周元理凭"卓荐"擢任广东万州知州。由于清苑修城工程尚未完工，继续留任。没多久，又特旨擢任霸州，仍因筑城而留清苑。

清苑筑城期间，有个部属小吏，手持伪造公文，到处招摇撞骗。一天，小吏骑马疾驰来到清苑修城工地，出示伪札，狮子大开口要钱要物。周元理仔细审阅，看出破绽，押送法办。此事上报朝廷，乾隆皇帝知道了周元理的才干，清苑城墙修筑竣工，授元理易州知州。清苑百姓恋恋不舍，远送出境，含泪相别。后在清苑为这位地方官立下了一块"去思碑"。

平步青云

易州 4 年，周元理敢于担当，大刀阔斧废除苛条律令，百姓大受益处。乾隆二十三年（1758），经有司保举，周元理升迁宣化知府。周元理临行时轻车简从，而且选择傍晚出发。可是易州百姓很快得到消息，纷纷前来送行，长长的相送队伍竟达数里之长，时过半夜，仍旧攀着元理车辕不肯松手，最后周元理含泪而别。

乾隆二十四年（1759），母亲陈太夫人去世，周元理按惯例丁忧返里，守孝 3 年。二十七年（1762）初，乾隆帝第三次南巡，直隶地当要冲，宫馆、驿传、车马、刍牧诸役，多数官员操作不当，因而滋事扰民。在京大臣推荐周元理，认为他老成持重，料能担当此任。

周元理接到任命，即刻就职。乾隆帝巡行途径直隶，周元理统理后勤，井井有条，事情繁杂，却丝毫不扰乡民，因此得到乾隆帝信任。

同年五月，元理补广平府知府。当时广平正患水灾，百姓遭难。周元理陪同大学士武毅谋勇公和兆公一起勘察灾情，亲临一线抗灾救灾，安抚百姓。从广平府调天津府，周元理到任后，整治津门五闸及永定、子牙两淀，亲赴治河工地，劳心劳力，效果明显。此后河流顺畅，十数年没有水患灾情，百姓得以安居。同年冬，又调保定府，周元理体察民情，大小事务，梳理井井有条，但凡民众合理建议，必定虚心采纳。

乾隆三十年（1765），周元理晋升直隶清河道，清河道管理直隶保定、正定二府及易州、赵州、深州、翼州、定州5个直隶州。三十三年（1768），升任直隶按察使，管理直隶河北省刑事及科举事务。三十四年（1769），升任直隶布政使，管理直隶河北省民政及财政事务。三十六年（1771），升任山东巡抚，致力治理济南小清河，成效显著，不到半年，擢升直隶总督，2年后加封太子少保。四十五年（1780），迁兵部左侍郎，九月擢工部尚书。乾隆四十六年（1781）十一月，元理引疾乞休，乾隆帝加封太子少傅。

治水修桥

周元理在36年从政生涯中，兴修水利是他干得最多也最出色的实事，为北方的农耕生产贡献巨大。

周元理上任伊始，治水是他为国为民的头等大事。每到一处任职，总是亲临一线勘察地理环境、河流分布，寻访百姓了解历年汛情、水患动态。集思广益，条分缕析，制定切合实际的治水规划。乾隆三十年（1765），周元理由保定知府晋升清河道道台。

清河道，是京畿治河要地，清河道道台属治河要职。周元理一到清河道，立马深入勘探河道，四处走访百姓，提出治河方案，上报朝廷，得到认可后踏实执行，成效显著。

乾隆三十六年（1771），朝廷命周元理配合尚书裘曰修、总督杨廷璋去青县沧州勘察水情。裘、杨两公问周元理："是改造河道？还是改造河道上的闸门？"周元理经过实地调查，心中有底，回复两公说："应当改造河道。"加快河道泄水速度是正确举措，决不能在河道中再加建石坝拦阻。沧州河道多有弯曲，河水夹带的泥沙石块容易在弯曲处淤积停顿，于是汛期来临，洪水漫溢而出，酿成灾害。遵照周元理规划，挖深河道，裁曲就直，于是水流通畅，大海快捷，汛期水患就此排除。

次年三月，直隶京畿一带，汛情严重，乾隆命周元理勘察整治。年已 67 岁的周元理，亲临实地勘察天津天门的海河叠道，马不停蹄检查宛平、大兴、良乡、房山、涿州等 20 多个州县全部河道及地理。发现这里河道堤岸好多处久未整修，有的地段上年做过疏浚，可是施工马虎，没有取直不算，还没有深挖，河床几乎同地面平齐。无怪乎大水一来就淹没农田，危及民居。周元理细心规划，河道全部疏通深挖，弯曲处尽数取直，堤坝逐一加固加高。

农田收成关系到千家万户，关系到国计民生，周元理认真对待，全力以赴，取得相当好的功效。对于某一地方，历年汛情水患动态，正反两方面的经验与教训，周元理都认真记录，挤出时间，整理历年的资料和正反两面的经验和教训，记载总结，不下数十万言，刊印成册，留待后人治河参阅。

治理河道，少不了修桥建桥，周元理修建的桥梁多不胜数，其中安济桥值得一说，此桥河北省《衡水县志》对此有记。河北省衡水市滏阳河是河北至北京、山东至山西的水、陆交通枢纽。早在明代天顺年间，滏阳河上就建造石桥，但是这里水流湍急，石桥建成不几年，就被大水冲毁。但这是交通要道，必须建桥，因此 200 多年来，毁了就建，建了又毁。乾隆三十五年（1765），直隶总督方观承上奏朝廷，河北衡水滏阳河石桥坍塌多年必须立即重建。乾隆准奏，朝旨下达给清河道周元理。当年五月，

周元理骑马图

周元理调集人马，征集能工巧匠，带领众人踏勘地形地貌，汇集历代建桥资料，总结经验教训。周元理认定，筑实桥基是建桥成功与否的根本。开工后，周元理每天都亲临现场，从器械到石料，从石匠把头到普通石工，无不关心，并且了然于胸。历时 1 年又 5 个月，一座七孔石拱桥横跨两岸，桥长 116 米，两侧各有望柱 58 根，柱顶雕有石狮，栩栩如生；望柱石栏的浮雕图案，形态各异。周元理请人绘图上报朝廷，乾隆看了十分欣喜，特赐书"安济桥"作桥名。安济桥建成至今250 多年，历经风雨侵蚀、车来船往，桥体完好保存，安济桥至今仍在交通方面发

挥作用。安济桥是河北省现存最大的古石桥，"衡桥夜月"列为衡水八景之一。

平定叛乱

乾隆三十六年（1771），周元理晋升直隶总督，政务之外兼掌军务。早在乾隆十六年，山东寿张王伦秘密加入白莲教的支派清水教。三十六年自称教主，并以"运气"替人治病、教授拳术等方式，在兖州、东昌等地收徒传教，他的信徒大都是贫苦农民和游民。乾隆三十八年八月，王伦利用清水教的谶言，决定组织教徒于是年秋起事，并任命了军师、元帅、总兵等官职。清水教原议十月起义，因泄漏，寿张县派兵剿捕，不得不提前于八月二十八日起义，参加者数千人。是日夜，王伦率众千人，头裹白巾，手持大刀、长枪，攻入寿张县城，杀死知县沈齐义，九月初二攻破阳谷，初四又据堂邑。在击败清军兖州总兵惟一和山东巡抚徐绩的围剿后，北上直逼临清。临清是南北水路交通的枢纽，扼据潜运要冲，关系匪浅，因此清王朝对这次起义极为重视。此时山东的绿营怯懦无能，早已腐化失去战斗力的旗兵更不足以镇压叛军。总兵惟一"素以勇略自夸"，被起义军打得丢盔卸甲。寿张营游击赶福身系满洲，由署后墙缺跳出，避贼而逃。乾隆帝派大学士舒赫德为钦差大臣，特选健锐、火器二营禁卫军1000名，由额附拉旺多尔济、都御史阿思哈率领，赶赴临清。九月下旬，清军大队密集，叛军被包围在临清旧城。立即命令周元理会同河南巡抚何煟等扼守要害，严饬文武官员妥密巡防，控制王伦叛乱蔓延。周元理得令率部快速集结军队，指挥布政使杨景素、总兵万朝兴、副将玛尔清阿驻守临清西岸，阻止王伦。大学士舒赫德奉命率部汇合进剿，王伦被迫渡过运河向西逃窜，正好同玛尔清阿部相遇，被玛尔清阿部夺得浮桥，王伦乱军退守临清旧城。周元理命万朝兴督兵自临清旧城西北进攻，又命玛尔清阿部夺取临清北水关浮桥西岸，烧掉浮桥，断绝王伦向西逃窜。接着，各军团团合围，临清迅速被官军攻下，王伦自焚而死，叛乱平息。周元理汇报战况之后，又向乾隆上疏："山东逆匪王伦聚众图谋不轨，先有邪教而起，有白莲、白阳、清水等各种名色。始则念经聚会，敛钱骗哄，渐则散布邪言，习拳弄棒，以致流为谋逆。欲除邪教之根，惟有力行保甲之法。现已通饬各属，逐细查造，设立循环二簿以及门牌，如有不法事端，即令首报，官民容隐，分别查参治罪。"
乾隆认为说得在理，特将周元理疏折抄寄各省督抚，严令实力奉行。

垦荒修陵

平定王伦叛乱后，周元理又做了一件利国利民的好事，值得一说，就是复垦
京畿荒地。

清初，满洲贵族和八旗官兵在直隶圈地十五六万余顷，所圈之地大多因地质
贫瘠和水沙地质，耕种困难，收成微薄，逐渐被废弃。乾隆三十八年十二月，周
元理会同户部右侍郎蒋赐棨勘察八旗荒地，建议将圈地中的荒地，招揽流徙的佃
户、流民，组织复垦，兴修水利，期间免租免税，8 年以后才得征收赋税。建议
被朝廷采纳，荒废的土地逐渐开垦出来，不仅增加了粮食，更主要的是安定了民
心，保障了京畿的富足和安定。

周元理从政 36 年，为官清正，爱民如子，他最大的功劳在于治水为农，包括
植树保土、修桥铺路、开垦荒地，等等。每当地方遭受重大水旱灾害，必定为百
姓向朝廷请求蠲免赋税；每到一地，抓紧清理历年积案，好多冤狱因他的努力而
得到平反；为百姓增建义仓，以备灾年；设置留养局，收留无家可归流浪儿；积
极修缮扩建学堂，抓紧教育，培养人才，甚至以文人而兼管军事。周元理是一位
不可多得的好官，乾隆相信他，古稀之年还留任整整 6 年时间，正式告老还乡后
仅 3 个多月就与世长辞，真可谓鞠躬尽瘁，死而后已。

黎里周宫傅祠堂第三进主祭厅，安排有半副銮驾。銮驾源于銮舆，原是皇帝
及皇后的车驾，逐渐演化成为出巡仪仗。周宫傅祠堂半副銮驾，是乾隆母亲孝圣
皇太后赐予周元理的。

乾隆四十二年（1777），孝圣皇太后自感年迈，需要整修百年后泰墓。这年
春天，乾隆下旨命周元理督造泰东陵。

泰东陵坐落在河北易县，位于雍正帝泰陵东北约 30 里东正峪，是清西陵 3 座
皇后陵规模最大的一座。早在乾隆二年（1737）开始营建，乾隆八年（1743）初
步建成。陵寝由南至北依次为：三孔石拱桥 1 座、栏板平桥 3 座、东西下马碑、

朝房、班房各 2 座、隆恩门 1 座、陵恩殿 1 座、东西燎炉、东西配殿、重檐大殿 1 座、陵寝门 3 座、方城、明楼、宝城、宝顶、地宫，左侧还有神厨库及库外井亭。到乾隆四十二年，34 年过去，陵寝部分设施有所损坏，还有的需要增建，尤其是宝顶和地宫，需要着意经营。遵照皇太后和乾隆帝圣意，周元理精心筹划认真施工，前后 5 月，尽心尽力，如愿竣工。皇太后非常满意，乾隆帝十分欣慰。

修寺一则

乾隆四十四年（1779）三月，由于直隶下属井陉县知县周尚亲生事扰民，借故敛财。周元理作为直隶总督，累及对直隶下属官员祖护失察、过失严重。乾隆下旨直督一职暂由英廉署理，降为三品衔，着令监修正定隆兴寺。除此之外，乾隆特命周元理"自行论罪"。当时自行论罪，多数是自罚银两。深深自责的周元理，下狠心自罚白银 5 万两。直隶总督每年俸银 16000 两，元理将去年、今年及明年全部俸银奉出解给直隶藩库，不足之数，好友嵇璜、英廉等群僚资助。当时薪俸，每一两正俸，可例支白米一斛。元理及其随行生活，主要靠白米维持。元理一向轻车简从，不讲排场。在正定寺一年半，不带家人仆从，尽量节省开销。

隆兴寺建成，元理又捐出白银 1000 两，偕同乐善施主，合力置办 500 亩良田，作僧饭田，增建平屋 20 间，供和尚居住。乾隆四十五年秋，隆兴寺修复竣工，面貌一新。元理被召回京，授左副都御史，仍兼署直隶总督印务。皇太后闻知，专门前往进香，观后大为赞赏。

此后，皇太后多次到隆兴寺及周边寺庙进香，车马、轿子，乾隆均令周元理安排，元理办事认真周到，一切妥帖入微，皇太后十分满意。

关于监修隆兴寺赎罪，周元理真诚自责，乾隆四十六年（1781）作有《重修隆兴寺碑记》，碑记对宦海浮沉颇多感慨："惟自念仕直几四十年，峻陟崇班，前任直督者九载。兹在工所，复叠邀高厚，一岁三迁，进秩冬卿，扪心夙夜，真无可以报称。倘在工旷日靡费，臣心更何以安？幸今未两载而藏事。窃愿自今以往，莅官兹土与主持此寺者，于殿宇时加修葺，接众之田更为计其久长。庶余稍有以仰副皇上大加修造之深仁也。"

修寺二则

清代早期，正是日本德川幕府时期，中国和日本都奉行锁国政策，日本仅在唯一的开放口岸长崎对中国和荷兰两个国家开放，对于尚处强盛的清政府带有敬畏之意，时不时进贡给清帝国一些物品。而到了乾隆中后期，各国的科技不断发展，清政府仍旧闭关锁国，尤其是沿海的军事设施相当落后，看到这一点，日本人想通过制造一些事件，看一看清政府的反应。

有一年春节前，日本国进献了一对巨型蜡烛送到金銮殿，要乾隆放在金銮殿的两侧。乾隆后来将这对蜡烛转送河北正定隆兴寺。等到下一年的元宵节，隆兴寺举行元宵灯会，方丈召集全寺寺僧，举行了隆重的点蜡烛仪式。仪式进行到一半的时候，只听得两声巨响，硝烟四起，寺宇被炸毁，寺僧信徒伤亡不计其所。

原来，日本人想要炸死乾隆皇帝和一班文武大臣，企图制造动乱后，打进京城，征服中国，再吞并中国周边的国家，实现它的大东亚共荣圈的目的。可是这位高傲的清朝统治者，对于小小的日本岛国又偏偏不放在眼中，认为它兴不起什么大浪来。这是日本人首次对清政府的挑衅，可以说是首战告捷。通过这一事件，使贪婪的日本人在中国好像看到了希望。确实，自明治维新以后，日本跻身于世界强国之列，开始对中国动武，这是后话。

乾隆皇帝认为，这对蜡烛是他自己送给隆兴寺的，是自己犯的错，于是，想叫人修建并重建有关屋宇，而对日本方面没有作出任何反应。那叫谁去负责督建隆兴寺呢？乾隆想到了和绅，可是那和珅狮子大开口，要申请多少多少经费才能完工。于是乾隆叫来了工部尚书周元理做一个预算。经过踏勘，算下来，所需经费仅是和珅的一半还不到。乾隆就将此工程交给了周元理督办。经过一年半的时间，隆兴寺终于焕然一新。

御赐宝物

黎里周氏第一幢建筑命名为寿恩堂，东西两落，前后六进，分别有乾隆皇帝御笔题写的两块匾额。

乾隆三十六年（1771）三月，周元理晋升山东巡抚，皇上东巡，护驾随行。同年十月，再晋直隶总督，稍后加封太子少保。直隶总督是9位最高级别封疆大吏之一，总管直隶、河南、山东军民政务。其他总督都是正二品，直隶总督从一品。

周寿恩堂西落为正落，第三进正厅堂匾"寿恩堂"是乾隆皇帝亲笔所题。上款"赐臣直隶总督周元理"，中间"寿恩堂"，落款"乾隆三十六年腊月御笔"。

据《珍档巡礼》期刊2011年第七期介绍，周元理直隶总督"敕谕书"，珍藏在河北省国家档案馆，乾隆手书，楷体，黄底，黑字，周边饰有龙纹，正文39行，975字。在清代，直隶总督及巡抚共有75人，留下任职敕谕的仅此一件。

乾隆题写第二块匾额是在周元理古稀之年。乾隆四十年（1775），周元理70岁，要求告老还乡。乾隆觉得周元理是个难得的人才，忠诚厚道，谨勤能干，挽留了他。这年十二月十四，周元理生日，乾隆特传上谕，请元理进见，为他过生日。御书"旬封绥寿"额及冠服朝珠上方珍物以赐，计自开府以来赐黄褂花翎、御笔诗章、书籍墨刻及克食等件。

"旬封绥寿"是乾隆赐予的第二块匾，上款"赐臣直隶总督周元理"，落款"乾隆四十年十二月御笔"。周家安排在寿恩堂东路成园后开鉴草堂。

乾隆第五次下江南途中，驻毕苏州行宫，缅怀姑苏胜迹，企望历代名贤，生发出无限感慨，他手绘了一枝古梅，苍劲老成，怒放新花，右边以道媚劲健的书体录下了唐代宰相宋景的《梅花诗》。回京后，乾隆将《梅花图》赐予周元理。元理得画后，刻成石碑，安置于黎里禊湖书院之中，老梅吐露新花，祈求家乡能够走出更多的人才。乾隆的梅花图已经不知去向，《梅花碑》至今保存于黎里文保所内。乾隆御赐给周元理宝物，人们最为乐道的就是福字，因为周家有个赐福堂，人们习惯叫它周赐福堂。周元理为官期间得到斗大的御赐"福"字前后共有

13 个。黎里周家乾隆四十五年翻建一幢新居，由于连续得到皇帝赐福，因此正厅取名"赐福堂"。周家选出 9 个御书"福"字，制成 8 块匾额，悬挂在赐福堂上，无锡籍大学士嵇璜赠予"赐福堂"匾。乾隆 9 个"福"字，再加嵇璜"赐福堂"中的一个"福"字，共计 10 个"福"，所以此厅又名"十福厅"。其实乾隆御赐给周元理宝物远远不止这些福字。

1775 年，周元理年届古稀，乾隆召他进京，专门为他"称庆"，即做寿，这是非常特殊的待遇。乾隆当场赐写"旬封绥寿"4 字。赐穿黄褂花翎；赐御用湖笔，笔管上有"赐福苍生"4 个金字；赐御制七律；赐珍贵书籍、墨迹拓片，还有"克食"，就是能够帮助消化的山楂、水果等食物。值得一说的是，赐紫禁城骑马和赐黄马褂。

紫禁城骑马，又称"赏朝马"。紫禁城作为宫禁重地，严禁骑马入内。明代没有赐紫禁城骑马礼制。康熙年间，年老高官经皇帝特许，可以骑马上朝。乾隆即位，准许贝子以上满族亲贵在紫禁城骑马。

黄褂，即黄马褂。明黄色，属于帝王专用颜色，一般贵族只能用金黄色，平民只能用杏黄色。明黄最名贵，皇帝之外，只有少数专心为皇帝服务者才特许上身。清朝规定，三类人可以穿黄马褂。一、皇帝出行时，各内大臣、御前大臣、御前侍卫等随从，穿黄马褂以壮行色；二、皇帝狩猎校射时臣下围猎出色，赐穿黄马褂；三、因有特殊武功得以赏穿黄马褂。周元理以文人而知兵，多次建有军功，尤其是平定山东王伦，功劳不小，因而赐穿黄马褂。

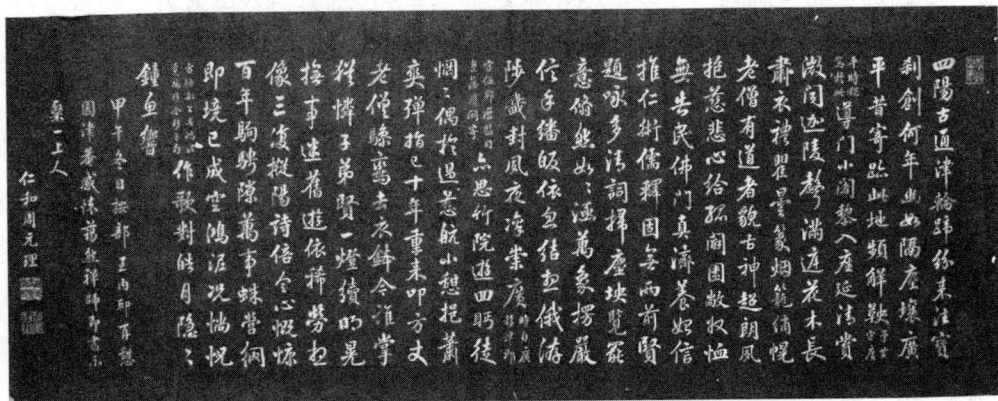

周元理书法

周元理赐紫禁城骑马与赐穿黄马褂后，当时的宫廷画家华冠曾为他画过一幅像，现收藏在故宫博物院。

乾隆四十六年十月九日，周元理同乾隆帝在重华宫联句，赐茶与晏，并玉如意一枝，御制三清茶诗碗一套，御题沈周画轴一帧，赐表里九端佩刀，等等。

君臣唱和

周元理在直隶总督任上，乾隆多次赐诗并同周元理联吟。乾隆赐诗有 3 次，介绍如下。

第一次是在乾隆三十八年（1773）二月，皇上巡行天津，接见周元理，加封太子少保衔，当场赐书七律一首：三辅群瞻首善风，文濡武谐寄攸同。河工綦重永期晏，民气稍苏漫诩丰。昔以旬宣职克尽，今惟节钺任逾崇。佐人人佐道斯异，挈要无过虚与公。

七律主要意思是说京畿一带风气良好，区宇乂安，文武攸同。周元理勤于治河，成效卓著，民气复苏，其功莫大矣，所以赞誉日多。周元理自任职以来，恪尽职守，朝廷格外倚重，堪当大任。周元理乐于助人，务实求真，因而很少差失而达无私公正的境地。

此诗后来镌刻成碑，碑石通高 312 厘米，宽 84 厘米，厚 26 厘米，碑首雕蟠龙，碑额刻篆书"御制"二字。碑文共 6 列，诗文后刻着"癸巳暮春，赐直隶总督周元理"。碑石现在保存在河北省保定市莲池东碑刻长廊内。

第二次是在乾隆三十九年（1774），周元理奏报，京畿久旱得雨。乾隆欣然提笔，又作一首七律：批询近况才发去，已得优膏迅报来。同我勤民惟稼穑，告卿筹岁莫徘徊。早禾结穗增实矣，晚黍抽苗滋畅哉。永定更称流顺妥，锁眉缯处一时开。

七律主要意思是说：御批手札刚刚发出，上天好像又降膏霖，接得周元理报来庄稼得雨好消息。君臣同心勤于农事，丰收在望，不必再有忧虑了。晚黍抽苗滋畅，苗壮成长。永定河流水顺遂，朝廷上下紧锁的眉头终于得到了缓解。

周元理接到皇上赐诗，恭和一律，录如下：近依畿辅承恩数，擎垂天章特赐来。每顾封疆真窃忝，时因晴雨致低徊。全河效顺有由矣，连岁逢秋共庆哉。敢不勤民赓圣咏，云飞五色几回开。

乾隆皇帝的赐诗，周元理每一首都有和作，镌刻于石。由于年代久远，历次兵燹，仅存以上作石刻。

第三次是在乾隆四十一年（1776）二月，皇上巡行山东，周元理继续道途供帐，安排食宿，乾隆接见周元理时，又赐七律一首，录如下：微职洊臻幕府开，京畿最久更长材。事无巨细无弗悉，民有艰难有赖培。莫诩驾轻斯易耳，可知责重益覆哉。道途供帐宁须亟，夏谚犹惭为度来。

七律主要意思是说：周元理京畿任职以来，多年来堪称贞干之才。事情不论大小没有不了然于胸，百姓艰难之处全都仰仗其操持。人们不要以为驾轻就熟，其实是责任重大，一路上周元理精心安排，井然有序，百姓用夏谚称赞他，周元理反认为觉得过誉而羞愧。

周元理儿子升士曾将乾隆皇帝所赐之诗全部刻成石碑，安排在五亩园碑廊内，后五亩园衰败，诗碑散失，目前黎里文保所还保存一块。

2015年秋，乾隆皇帝第一、第三两首七律，请黎里籍书画家马伯乐以行书写定，镌刻成石，镶嵌于周宫傅祠堂第三进庭院东墙上。

◎ 陆 燿

雄才卧虎坛坫将　廉吏高名冰洁心

方丈送子

陆燿

陆氏先人可溯者，起自明洪武，家世务农，七传而至高祖。陆燿记述如下：

祖父君亮，讳照然，始业儒，与杨维斗先生廷枢共读书于芦墟泗洲寺僧舍。遭乱隐居，生五子，授一经外皆令治生，长陆采元，次为陆燿曾祖陆广生（字埈元），又次垣元、圻元、堵元。广生且读且贾笃于教。家中年有田数十亩，屋一区，里有贫困者，愿质为仆，广生予之值而焚其券，尤爱《资治通鉴纲目》及宋名臣言行录，每夜阖门则呼子女仆人于东西序，正容端坐，说古今人奢俭勤惰，门祚所以兴衰之理。广生又生子五，长即陆燿祖父陆铨，次铭、铉，镒、钟。铨长子陆瓒（虔实），国子监生三礼馆誊录议叙授山西保德州吏目，次麟洲、凤池。

陆瓒先娶母金夫人早逝，继娶朱夫人，未弥月而又卒，两次失偶，侘傺不自得。等到从业于何焯时，何与陈故有姻连，何先生命其弟小山先生为之做媒，就陈宅结褵而授书于其家。母亲陈氏，其先世自浙之海宁迁往吴江芦墟。吴中女红类娴箴黹，芦墟僻在乡隅，从事于纺织有许多人家，于是陈夫人尽弃所学而学焉。

陆瓒与陈夫人结婚二年，妻子久不怀孕，因此她认为对不起陆家。丈夫总是安慰她，叫她不要着急，并与夫人说，泗洲寺里有送子观音非常灵验，我们一起去烧香，肯定能够如愿。这样每逢初一月半，夫妻双双虔诚地前往泗洲寺烧香，风雨无阻。

泗洲寺主持法号德明与陆瓒常来常往，或是谈诗，或是论文，德明爱好书法，而陆瓒的隶书在江浙一带已非常有名，德明的书法也长进了不少。

过了一年，突然有一天晚上，德明慌慌张张来敲陆家的门。原来，芦墟有弟兄俩，他们租了泗洲寺在西寺边上一间废弃的货房制造假币，时间一长，假钱在吴江一带泛滥，官府悬立赏格，实力访拿，并张贴告示，有举报者赏银50两，知而不报者治以重罪。没有不透风的墙，终于在泗洲寺西寺将兄弟俩抓获。

原来，这位兄长本来是江苏江宁宝泉局的一位炉匠师，他非常刻苦，除了能熟练掌握炉匠的全部技术，而且懂得其他各道工序，因为工钱之事与负责人闹翻，回到芦墟老家无所事事。兄弟俩在一偶然机会，决定私造钱币，但是如果在家里搞，会被左邻右舍发现，因为私制钱币可是杀头之罪。经过一个月的踏看，泗洲寺西寺基尚有二间破屋，这里离泗洲寺有好几百米，还有一片树林相隔，西面也远离民房。寺僧和百姓都不能顾及之地，更不用害怕官府会到这里查巡。深藏密处，可以大干一番。

兄弟俩被遣送到吴江县衙后，立即开庭审理。在事实面前，兄弟俩供认不讳。在听到县官宣布将俩人处决时，兄弟俩都说是自己的主意。县官一看，兄弟俩人性未灭，有意宽恕其中一位，只要有一人承担主责并正法，也就可以上报结案。哥哥说，我的小孩已经长大成人，而弟弟的小孩尚不足周岁，于心何忍，所以恳求知县将自己正法。弟弟死活不肯，最后由知县拍板将大哥处决，弟弟吃官司一年，罚没所有赃物。

但是，事情并没有到此结束。知县认为，泗洲寺虽然对制假币一事并不知晓，但长期提供场所而从不顾问，也罪所难容，要捉拿主持问罪。当天夜里消息传到德明耳朵里，德明就急急忙忙来敲陆瓒的家门，将事情的经过简略地说了一遍。

陆瓒一听，马上要德明在自家的内室先避一下。过了不到一个时辰，果然几个衙役来敲陆瓒的门，陆瓒开门一看，为首的是自己的学生徐植。徐植双手抱拳，向老师行了一个大礼，并说道：先生在上，受学生一拜。学生奉命缉拿泗洲寺方丈，各处基本搜寻都不见踪足，唯有老师家里没有查寻。陆瓒一听，心中想道，德明藏于内室，想必徐植也不至于去内室搜查，于是同意衙役进屋。过了一会几个差役向徐植禀明，除了陆氏内室未进，其他各处均没有德明的身影，碍于老师的面子，徐植哪好再开口到内室一查，只得告别老师回去交差。

看着徐植远去，陆瓒马上进内室将德明扶到客厅相商，三人一致认为官府肯定要再次查寻，不如后半夜雇船出逃。陆瓒马上联系了一渔民，三更后送德明往杭州方向驶去。

半年过去，德明的下落杳无音信。陆瓒却一直想着德明的处境，日有所思夜有所梦，有一天夜里三更敲过，陆瓒梦见德明怀抱一个刚出生的小孩来到门口，对陆瓒说道："陆兄，以前你们夫妻来泗洲寺求子不得，这次我是来还愿的。"说完放下小孩，往门里轻轻一推，只见那个小孩瞬间化成一道青光，使满室生辉，遂飞入陆瓒夫妇帐中，德明飘然而去。陆瓒从梦中惊醒，发现妻子捂着肚子说：肚中略有不适。陆瓒将刚才的梦与陈夫人一说，两人觉得很奇怪。到了早上，陈夫人肚痛依旧，于是找大夫把脉。这脉一搭，大夫向夫妇俩道喜，说陈夫人已怀孕5个月。夫妇俩兴奋无比，前往泗洲寺谢观音菩萨。

十月怀胎，一早分娩。1703年陆瓒夫妇终于喜得一子。陆瓒认为，这个孩子是上天所赐，上天派德明送上门的，回想当时情景，一道青光，耀人眼目，不如就名燿，字青来，号朗夫，希望儿子心如朗月，聪颖明慧，将来平步青云，而且以清廉为政。正如陆瓒所愿，陆燿后来成为清中期的一代廉吏。

科场奋励

陆瓒孝谨闻于乡里，两个弟弟皆由他操办结婚。后家贫不能自存，来到了京师求生，50余岁始以誉录三礼馆议叙授山西保德州吏目，又署代州吏目和曲沃县典史，因家境贫，薪俸无多。当时隶书这一书体刚刚兴起，便发愤为书，遂书艺大进，上司嘉其操守，常借口索取墨宝而给予丰厚的回报，陆瓒却把这些钱全部用于修葺保德官舍都等。陆瓒先后从仕8年因病辞归，并在家乡当了一名塾师。陆瓒自京回，见陆燿出入内庭，费用不支，于是每日染翰操觚，易金接济陆燿。所以陆燿说："先人之于书，未尝一日少辍，手摹《西岳华山碑》至二百余遍，以隶自书《千字文》。"并认为：像当时顾云美、郑谷口这样的书法家，也没有像家父这样勤奋。

由于父亲陆瓒一直在外为官，陆燿便在陈太夫人的教导下，笃志于学，虽家中无隔宿之储，却从不以贫穷而自戚，奋励以贤达自期。

陆燿在家乡有一位老师，是莘塔的迮尚志（字倍功），他的先世是中州人，宋南渡时迁到吴江，是吴江的大姓。有迮霖的以孝友力穑起家，号悫惠处士，是尚志的五世祖。尚志的父亲迮文英与族兄迮云龙切磋行业，后云龙以博学鸿词征为诸侯宾客，交游满天下。而迮尚志以一亩之居，蓬蒿翳如，足不出闱域，独与陆燿的父亲为淡水交，平日谈艺茗瓯荈具连日夕不去，乡里人把称他是位迂生。陆燿11岁时，父亲将游京都，就把陆燿托给迮尚志，向先生问业，这样5年下来，全由迮先生教导。这位迮先生室外杂植竹木桑榆，就请陆燿的父亲以隶书写了一额，名静念。之后的10多年，他益究心濂洛诸儒之书，就对陆燿说，余近知禅陆之非静念适坠彼术，当乞尊公易写静学二字。当时陆燿的父亲宦游三晋，听到迮尚志的话，怀常欣赏，写好静学二字寄给他。迮尚志居处常闭门不出，也不见一人，遇作小诗则与僧德亮倡酬，这位德亮本是沈文悫公方外之友。所谓雪床者是也。藏书并不多，但是都非常整洁。于天文星象三礼之图用功极深，去世后散轶无传，年54。

后来，陆瓒一家又回到京师。陆燿经人举荐，受业于礼部尚书董邦达的门下。董氏擅长书画，文章为世人所重，对政绩与政声追求更是毕生不渝。他曾对学生说："世人庸俗之见，以为人品是一件事，功名是另一件事。其实，砥砺人品而建立的功名，才是真功名。建立功名而不失去人品，才是真人品。"陆燿目睹恩师的言谈举止、待人接物，在耳濡目染中立下了"崇实黜虚"的志向。

在董邦达门下学习的，除了陆燿，还有小他一岁的纪晓岚。两人俱是董氏的高足，极受器重。但两人性格殊异，"和而不同"。二人之所以能和睦相处，多赖陆燿的迁就和包容。陆燿性格沉静，"落落穆穆，不甚与人较短长"，而纪晓岚却"少好嘲弄，往往戏侮"。两人相处时，陆燿没少受纪晓岚的调笑和欺辱。但陆燿却"不以为忤"，还曾对人言："晓岚易喜易怒，其浅处在此，其真处亦在此。"纪晓岚听闻此语后，犹如醍醐灌顶，有知己之感，遂与"青来（陆燿字青来）尤其相善"。陆燿故去多年后，他还感慨地说："若青来者，可谓不负师言矣。"

两人约为知己后，互相砥砺研磨，学问都有精进。二人的科举之路，也是好事多磨，以落第失落起步。先是陆燿乡试屡屡不中，后来纪晓岚又因丁忧而无法应试。

乾隆十七年（1732），29岁的陆燿终于考中了举人。但在随后的皇太后六旬大寿恩科会试中，他又遗憾地名落孙山。而这一届的恩科，纪晓岚因尚在丁忧期间所以无法参加。

乾隆十九年（1754），又逢会试年。这次陆燿与纪晓岚共同上京应试。踌躇满志的二人，稍后的命运却截然不同。幸运的纪晓岚殿试高中二甲第四名，入选翰林院庶吉士；不幸的陆燿再度折戟，饮恨不已。

知己鱼跃龙门，自己沉居蛰伏，陆燿虽衷心为纪晓岚高兴，内心却也难逃"相对剥夺感"的煎熬。他在向纪晓岚祝贺的同时，也生了怀才不遇、迷茫前路的感叹。不过他的失落感没有持续多久，便迎来了人生的可喜转机。在随后公布的副榜——"明通榜"上，陆燿之名位居前列。

为了解决基层教育人才匮乏的顽疾，朝廷自雍正五年开始，会从会试落第的举子中，选取若干文理明通的考卷，另出一个明通榜。被该榜录取的举子，大多会被派往地方担任基层教育官员——教谕。

陆燿的好运还在继续。他的考卷不仅通过审核，还因"针砭时弊、求真实务"成为榜中的翘楚，赢得考官的鼎力举荐。最终，他得以打破常规，入选为从七品的内阁中书。

内阁中书与教谕，品阶虽然相同，仕途前景却不可同日而语。内阁中书一般由朝考后的进士担任，掌管撰拟、记载、翻译、缮写。任职到了一定年限，不仅可以外放同知或知州，甚至还能充任军机章京。所以当陆燿入选内阁中书后，纪晓岚也上门热情恭贺。

到了乾隆二十八年（1763），当了9年内阁中书的陆燿，提拔为户部主事。3年后，他又凭着政绩升为户部员外郎。乾隆三十三年，陆燿在京察中位列一等，经过吏部引见，加一级升为郎中，成为户部中层官员。

乾隆三十五年（1707）八月，在京师任职16年的陆燿，得到了一次外放的机会。根据朝廷起初的安排，他即将赴云南大理担任知府。得到外放消息后，陆燿却以老母需赡养为由而相辞。陆燿一生侍母至孝，母亲生病时一定亲自在旁。循例请改近省，其年十一月补山东登州府知府。

抵御入侵

陆燿到任登州不久，山东寿张发生了一起教徒反清事件。在这次事件中，登州虽与寿张有百里之遥，但陆燿居安思危，沉着应对，先后起草了《登州戒士示》《与汪观察书》《与汪观察论御贼启》《申明约束示》等，稳定民心，保一方平安。

乾隆三十九年，寿张白莲教王伦造反，百姓久享太平，一闻贼起，互相恐动，强者有幸逃生，弱者被劫制为前行，流言四布，遂有党羽盈千之讹，难民纷纷拥入济宁。有人顾虑良奸不辨，要求关闭城门，陆燿却说："关门是示怯的表现，且把难民也拒之门外，又于心何忍。"大开城门后，陆燿安坐其间，并出《晓谕济宁民示》，制定守御之方，不日便平定叛乱，人们称陆燿镇定有方略。陆燿制定了《申明约束示》：（一）白昼城厢铺户照常开设，不得关闭迁徙，摇惑人心。（二）遇面生可疑之人，立即告知防汛兵役加以盘查。（三）各家门首多设盛水器具，常令满贮，以防夜间失火，乘间被劫。（四）多备头把灯笼，以防暮夜之间猝有警急，各自燃点，照料门户。（五）各制精锐器械，昼夜防守，遇有警急，各自为卫。（六）民兵须常在要隘处所，不得四散游行，急切呼应不灵。（七）绅士所辖民兵，每日各自查点，须令闻呼即至，毋听远离滋事，先为民累。（八）众绅士各怀智略，扞御有方，亦须与城中文武呼吸相通，有所筹划，即行面商，毋照平居无事，金玉尔音。并制定了6条具体的《剿贼之方》。

著《甘薯录》

到任济南之后，陆燿即勤加调研考察，振奋士民，要求地方官吏清廉为本，制定了《济南饬属檄》："州县亲民之官，首重廉洁，而廉洁必本于节俭。本府到东以来，闻济南各属颇事华靡，计其所出之数，倍于所入。如果确实，复何望有洁己奉公之吏哉。夫侈于自奉，固属靡耗之源，然其所费，犹小至僚属交际，差务应酬，势所不能尽免，亦须出入有经，不得滥费无节。今或专事无益，习尚相夸，甚至一席之需，兼贫民数日之食，一箧之敬，尽中人十家之产。夫丝粟必关民力，分毫动涉帑金，如其不侵不贪，岂有不坐困之理，始则营心结纳希邀顾盼之荣，终必取败贪汙难免纠参之辱。国家功令，煌煌何可不日夜儆惧，勉为廉节之吏。本府寒士出身，不改措大习气，必有窃笑其言之迂谬者。然愿各牧令自今伊始，诸从简朴，惜财惜福，人我两得。如仍沉溺不返，必致身罹愆咎，且各有经管仓库，关系匪轻。本府即日亲赴盘查，如有亏缺，虽一毫以上亦不宽贷无谓峻厉绝俗，不近人情也，勉之！"

为了保持民风淳朴，保护商民的利益，陆燿制定了《禁风水惑人示》和《严禁弁丁兵役索诈埠商示》等条规。

陆燿尽可能多地了解农业生产、百姓生活实况，很快他就发现山东面临的严重饥荒问题。

当时山东人口稠密，而土地经过百年垦荒已难继续增加。从乾隆年间开始，山东人口即开始迅速增长，但耕地增长却非常缓慢。陆燿中榜的前一年即乾隆十八年，山东有人口1270余万，人均耕地7.6亩。到了陆燿任山东按察使时，全省人口达到2500多万，人均耕地下降到3.7亩。人口与土地增长比例严重失调，出现了人多地少、粮食不足的矛盾。而作为赈灾的仓储积粮，却因监管废弛而亏空严重，成了虚有其表的装饰而已。

陆燿上疏提醒朝廷，一旦遇到风雨不顺的时节，因灾荒而成的难民必将蜂拥而至，而当地又无粮可用，后果不堪设想。他希望朝廷能采取措施，解决迫在眉睫的难题。

奏疏没得到积极回应，陆燿有些失落与灰心，但仍力所能及地备荒抗灾。他请求把即将北运的 20 万石江南漕粮，留存于济南府仓库，作为未来的赈灾备用。遂作《筹备仓储禀》。

这个权宜之计很快收到了立竿见影的效果。第二年济南久旱不雨，田湖干涸，麦苗焦枯，歉收成定局。陆燿遂将漕粮分为两类，一类以低价投放市场，平抑粮价，打击囤积居奇；一类设立粥厂，接济饥肠辘辘的灾民。百姓得到了最基本的生存保障，没有爆发"饿殍盈路，死亡枕借"的惨剧。

陆燿深知拨粮救济只起治标之用，难以长久。当务之急，是找到备荒赈灾的粮食新品种。

陆燿将目光投向了胶东一带种植的甘薯上。自清初开始，甘薯便在山东有所种植，但因为各种原因，大规模推广困难重重。陆燿在考察民情时，发现"番薯虽间有种者，而遗利尚多"，潜藏着巨大的推广价值。他惊讶于甘薯易种、高产、抗旱和抗蝗的优势，感叹"夫以一物之微，足以备荒疗疾，而又不费工力，其为功于民食实不浅"。他立即悉心考察，总结种植经验，"复为条例数篇，冀望僚属中留意民瘼者。广为劝导，以补稼穑所不足"。

在这篇《甘薯录》中，陆燿就甘薯的辨类、取种、藏实、制用和卫生方面皆有详细介绍。在陆燿的倡导下，甘薯在山东很快得到大面积推广。

这本小册子，还引起了乾隆帝的重视。先是山东巡抚明兴呈奏，陆燿在任按察使时，刻印甘薯录一编，明切易晓，颁行各府州县，分发传抄，使皆知种薯之利，多为栽种。乾隆帝阅后，颇为感动，下谕说："……所办甚好。河南频岁不登，小民艰食……直省（直隶）各府，亦因雨泽失约，收成歉薄……番薯既可充食，兼能抗旱……陆燿所著甘薯录，颇为详晰，抄录寄交（直隶总督）刘峨、（河南巡抚）毕沅，令其刊布传抄，使民间共知其利……亦属备荒之要。"

食用甘薯，与大米小麦相比，似乎降低了百姓的生活水平。但在饥馑频发的清代，甘薯不与其他作物争夺耕地，而且栽培技术简单，对气候和雨水条件要求不高。在清代人口猛增而可耕地减少的形势下，甘薯推广无疑让百姓在饥荒之年有了可以充饥生存的食物，免于冻饿而死、家破人亡。

治理水患

乾隆三十七年至四十年，陆燿任山东运河道。在任内，他"于运河博稽评验，洞悉原委机宜"，写成《山东运河备考》和《任城漫录》，搜集了许多地图以及与治河有关的各种意见。陆燿还亲自接触治河实务，"详察地势，博询耆老，历考前人论说"。治河的经验，令他产生了一种"切合时势，随时变通"的思想。在《任城漫录》中，陆燿表示："顾今昔情形不同，前后设施互异，或彼时所未便而今享其利，或往日所重赖而兹转为梗，其不可执陈方而求实效也明矣。"他先后制定了和上呈了《疏浚小清河条议》《漕船漫帮议》《酌筹开坝议》《咨访泉源檄》《请浚泉渠禀》《论运河堤工禀》。这些惠政，都得到了百姓的拥护、朝廷的肯定。后来陆母病故，陆燿回乡丁忧守孝。当时运河多事，航运不畅，南北漕运难以为继。在朝廷急需干才之际，乾隆帝又想起了陆燿，令其衣孝服赶赴运河大堤，协助山东巡抚加固堤坝、疏浚河道。

写了《治河名臣小传》《山东运河备览》卷七，又有《运河图说》《五水济运图说》《泉河图说》。

勤俭节约

"人所竞趋，我姑勿往，人所争嗜，我姑勿尝"语出自陆燿《行箴》。一次，陆燿收到外甥沈思序的来信，说家里建祠堂，费用达数百金。陆燿得知后，规劝他切勿与人竞奢而铺张浪费，同时在《祠堂示大儿恩绶》的信中说："君子将营，宫室宗庙为先，于通衢隙地建立祠庙，炫耀乡邻，以示贵异，不知其悖礼违制，不足学也。古者庙寝相连，神人互依，必在中门之外，正寝之东，家祭之仪，同堂异室之制而号为祠堂，不必另择地盘而建，献享仪节，按家礼所载，斟酌损益……"信中还涉及祭器，如桌椅、香炉、烛檠、茅沙盘、祝版、环珓、碟楮、帨巾等，哪些为大祭必用，哪些为常祭可省，做到既遵守礼制又不靡费。

陆燿在关心疾苦，建功立业同时，也极为注重清廉操守的磨炼。他作风清廉，不贪不占，"以清节为天下第一"。任山东布政使时，陆燿曾对同僚和下属说："若巡抚和布政使等官员贪，太守县令不能不贪。"所以他尤为重视高级官员的操守，"使上司不贪，则州县不致以苛累病民，何待督责敲扑愁痛之声入人骨髓哉"。陆燿主张官员清廉任事，能富民而不累民，"利莫大于阜民财，害莫深于夺民食"。所以他提醒同僚，要辩证地看待官吏和百姓的冲突："今或有抗差殴役生事，不一定错在百姓，可能是官吏的过错。也有可能不是小官的过错，而是大吏的过错。"

陆燿是这样说的，也是这样做的。他在山东任上，除了兴利除弊外，自身生活非常俭朴，不事华服与美食，日常衣粗布旧服，日常食粗蔬瓜乳。

当时朝廷征税苛严，京师城门设置守吏，对入城外官征收入城税。守吏们以权谋私，勒索盘剥，实际征收超出规定数倍，外官有苦难言。陆燿有次入京觐见，路过城门，却身无长物，没带什么值钱东西。他只好将官服包裹起来，把衣被寄存城外，仅带一仆人，充作普通百姓入城。进城后，他从朋友家中借来被褥衣物，用毕即归还。电视连续剧《铁齿铜牙纪晓岚》第四部最后一集中，那位因交不起税而单衣裸身入城的山东布政使陆大人，即是以陆燿为原型刻画的。

《灵芬馆杂著》记录了一则陈仲添画"手线缝衣图"的故事：陆燿年少时，父亲虞实在京师，陆燿独与母亲居住在芦墟，生活非常艰苦。后陆燿身入仕途，迎老母于宦所，当时父亲已故世，陆燿思则流涕，奉母更孝。后来母亲也离开人世，他从箧中拿出一件棉袄，告诉他的儿子，这件棉袄是自己年轻时风雪中就学，母亲脱下自己身上的衣服改制而成，以供他御寒之用。他一直把这件棉衣带在身边，时时取出，睹物思人，并告诫子女及随从凡事以节俭为本。里中陈仲恬追慕其德，久而不忘，便画了这幅缝衣图，郭麐为此事也作了一首诗并且为此图作了记。

自陆燿告假赡养6年，为母送终。在此期间，乾隆皇帝南巡路过吴江，折道芦墟私访陆燿，问陆燿有多少家产，陆燿答曰："九当十三车。"乾隆大惑不解。陆燿于是从门后拿出9张当票，并让乾隆看了家中13部旧纺纱摇车。乾隆感叹不已，回京后赐陆燿"龙章宠锡"4字。后来陆燿将此制成竖匾，悬挂在宅院的仪门上方。这也就是芦墟东北街"竖头斋匾"的由来。

陆燿的清廉，还在他离开山东回乡时所带的什物可以看出。陆燿父子乘船归家，船中唯书籍及淄川砚10方，船中无事，终日抚摩，儿子陆绳、陆绅就请父亲为这10多方砚题铭题诗。现录三：（一）笔以日计，墨以岁计。一砚之守，可以百世。（二）乌乎，进德在渊默，乌乎修业在典籍，戒之哉，多言多败，毋行所悔。（三）一字之奇，不足侈也。千言之富，未为厚也。君子盛德在躬行必稽其所敝言必虑其所终也。

解任养母

乾隆二十三年（1758），陆燿服阕赴补，奉母北行，乾隆二十四年（1759）补授中书入军机处行走，乾隆二十六（1761）年恭遇皇太后七旬万寿，封太安人。时陈母才逾六旬，气血尚壮，时时筋骨作痛，四肢麻木或终夜不寐，医生说：这是中风的先兆，陆燿每岁扈从木兰必购求虎胫、鹿角诸药物以归，服饵数年。

之后，陆燿升户部主事员外郎郎中，管理宝泉局监督。乾隆三十五年（1770）升云南大理府知府，陈母年已70有1，循例请改近省，其年十一月补山东登州府知府，下一年调任济南府知府，恭遇皇太后八旬万寿，诰封太恭人。

乾隆三十七年（1772），陆燿授西宁兵备道。西宁道远不便赡养，但是陆燿累蒙拔擢，不敢以母老为辞，决定送母至京师，单车赴任，这样可以音书易达。后来经少司空徐公据情向乾隆汇报，陆燿改授山东运河兵备道，近地迎养母亲，饮食调和。1775年农历十二月十二日晨起洗沐，母亲不慎倒地，口眼歪邪，手足偏废，延医急视，云系类中必须参附重剂，以保元气。是时陆燿正要出任山东按察使一职，但见到母亲病重，于是安排母亲到省城调治两年，未见平减。1777年正月二十日母亲失足磋跌，发声狂叫，陆燿惶急不知所为，遍集历下医士，均束手无策，于是仍服前方，而呼号之声，自是不拘昼夜，响彻户外。

但公务不能不理，陆燿坚持视事，手披案牍，喧喧之声不绝于耳。这一年，恭遇孝圣宪皇后升祔礼成，母亲诰封太淑人。当陆燿还在寝食不宁之时，又擢授山东布政使之职，公私牵制，踌躇 5 月有余，而母亲病情更加严重，他不得不硬着头皮，向乾隆皇帝提交了辞呈。十二月十一日，乾隆根据陆燿所奏实情，准予陆燿解任侍母南归。

即于下一年运河冰泮解维南下。陆家本寒素无屋以居，前次南还已僦居他室，于是在嘉兴郡城暂觅数椽，去芦墟祖居仅 50 里，岁时往返半日可达。长水鱼蔬，南湖菱芡，颐养之余虽叫号如旧，而眠食稍安。乾隆四十五年，恭逢皇上七旬万寿，陆燿虽谢事里居，仍蒙圣恩，诰封其母为太夫人。20 年来，陆燿 9 迁官职，陈太夫人 4 遇覃恩，有此荣恩，实女中所罕有。乾隆四十六年十月初二，陈母太夫人忽感时疾，初如疟痢，继即饮食少进，喘息不止，陆燿再进参苓而不见效果，延至初十日子时去世，享寿 80 有 2。

邦法宏敷

陆燿勤于政务，每任一职都有惠政可言。他任济南知府时，"审案慎重，民命多所矜恤"，编辑《济南谳牍》一书，搜集各种案例判决方式，提供官吏作审判案件时的参考，避免冤假错案的发生。他在书中云："明代文太青在中州有《吾猷录》，在东州则有《孔迹录》，清代李文襄在刑部有《白云语录》，曾道扶在汉中司马有《汉中录》，凡此皆谳狱之词，是民命至重仁者所宜尽心春秋据事直书，其义自见。他在济南年余，职业填委，案牍滋纷，每天午夜之时，挑灯执简从事，虽其俚浅粗率，不无借资于幕友胥吏之手，而情真事确，不饰不漏，引律比例，务在明显。事过即已往往散失，存者仅一半，便将这些帘审理资料汇成。"

人有好生之德，陆燿亦然。乾隆乙未年（1775），少司寇胡云坡访得江苏因愚民轻生，求援无术，于是查《洗冤录》急救诸方，选择常人所易犯的十数种轻生法，采救治的经验良方，汇成一册，散布民间。连吴江家乡父老也写信给陆燿，要这样的书。这年冬天，陆燿适奉命司臬，想到以前守济南时，洞知山东民情也多以口角这些小事而轻生，旁观束手无策，导致案牍纷繁，不清讼源，他认为此书对地方治安非常有用，为此，他为胡氏的《解救方》写了序文。

《洗冤录节要序》系山阳王聿堂纂，陆燿非常重视这本集子，他在序中云：

"命案到官，首凭相验，亦既夫人知之如老生常谈矣。第昔人相验之后，尚有检验一层，是以初验之时，虽已郑重精详，而案情如有疑窦，仍恃覆检以救正之。今悯死者重遭洗雪之惨。止以初验为凭，州县官一到尸场，其用心可不百倍于昔人软。余尝熟复洗冤录以为此书传自往代，履经参订，大部刊刷颁行，尊同律例如循其法以求之，固有无俟再检者。

"功令之止以一验责有司枯骨蒙仁泽诚无量也，惟是寻其文义尚多互见错综非老于吏事者，不能淹贯周通，原被刑仵祷张蒙惑其弊，尚隐伏而未易猝除，同年王君聿堂于经史诸书，无不究极指归而尤留心法律，以为当官拆狱之借筮仕齐鲁所至以廉平不苟见称，其洗冤录节要特一裔片羽不足尽其全量，然所纂不过数页，言简而法已赅备，虽初任之员，略一过目今日下车明日平反操之已有余裕拙斋方伯欣赏弁序，且补伤在虚懦者数条，其便于州县之吏不待余言而始信也。抑余谓此书诚便于州县而当场填注尸图，尤当以周备为要。今或止载死者新伤而于尸身平日或有游戏著重倚撞触坚及磕跌擦损种种旧痕，一概抹而不载，止以余无别故四字含糊填写，以致盛殓浅埋尸亲复指为遗漏伤痕，控求重检是功令方责一验以平其冤尸亲翻幸再检，以肆其毒也，执是书而参以鄙论新伤旧伤详载明确自经相验，即一成而不可变祷张隐伏之弊，庶几尽发而无余也夫。"

后来此书重刊，陆燿再次作《重刊洗冤录节要序》："洗冤录始宋淳祐历代遵行已久，虽卷帙无多，循览易竟，而初任州县之吏，胸中未即了然，不免受蔽于刑仵，山阳王聿堂纂为节要，其书不过数页，简括已无遗议。前在山左曾刊发名属使于下乡相验之时，舆中覆览一二遍，到场即如法施行，人人称便，兹重付剞劂，使楚南牧令各执一册备用，留意刑狱者慎无视为具文置之高阁，使者于此有厚望焉。"

文坛巨将

陆燿不但以清廉为天下先，也以诗词文章著称于世。年幼时，常与莘塔迮岊望、迮修君、雪巷沈需尊、沈懋惟、芦墟徐沧如等诗文来往。后来陆燿曾作《五友诗》以纪念他们之间交往的美好时光。其中迮屺望身材比较高大，有口吃症，擅画兰花，所以在《迮二屺望》诗中云：“同侪四五辈，吃迮体稍伟。长身不曲步，耻似文胜史。麻衣执婶丧，为后岂获已。青毡本旧业，艺事亦自喜。衣冠缅诸老，图像悬梓里。中吴旧文献，一一写彼美。尤工作兰草，芬芳袭满纸。此物谁服媚，仅免取菹履。怅望渔父居，空怀池上水。寄声南去雁，宁有北来鲤。”

陆燿自北上为官后，所见尽是名山大川，眼界徒然开阔，因此这个时期，他的诗文也趋于雄浑矫健，高古宏远，如《出古北口》《平型关》《紫荆关》《南天门》等。例如《保德州·城楼晚眺》：“一掌莲峰类削成，黄河如带绕孤城。楼头胜概凭高览，堞影空寒返照明。”秀逸而苍茫。他曾经陪同乾隆帝出巡狩猎，作《自波罗河屯北见诸蒙古远率骑士迎

切问斋集

驾且备入围恭赋志盛》等诗，其中《塞上杂记十首》中有：“旗纛晴暾展四门，毡庐置顿室余温。围场六膳先登雉，碧碗调羹奉至尊。霜风吹剪月磨镰。布置方圆两翼监。飞骑弓刀千二百，夜深蓐食上巉岩。”大有唐代边塞诗的风骨。

陆燿学问通达古今，有《述命》《辨日》《读诗说》《大学合抄》《坎离》《三颂》《不窟》《岁星》《地势广厚》等别具慧眼，论述精到。还著有《切向斋文钞》《扣槃集》等，并校订沈刚中的《分湖志》。另外，一般人并不知道他的书画艺术成就之高，实堪超越前人，曾有《论画山水》文，同邑迮朗在《三万六千顷湖中画船录》中云：“中丞（陆燿）其学问之通达古今，其政事之仁民爱物，其著作之维持风俗，其操守之严厉冰霜，人尽皆知，而独不知其画之超越千古也。庚戌夏，余客京师，于全比部斋壁见《岳麓书院图》，乃其抚湖南时所作，笔致挺秀，饶有古趣……今中丞抱伊吕之方，树周召之迹，所志者大，所任者大，区区雕虫小技，雅不欲以此夸耀于一时，而其光辉终不可掩，以视阎立本之驰誉丹青，其品格之高下为何如耶。”显然陆燿的画名一时被他的政绩所盖，然

而是金子总会熠熠生辉。

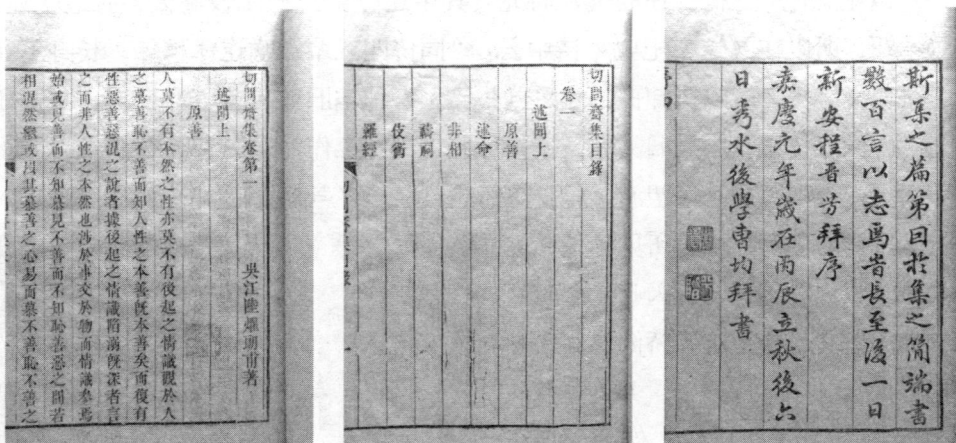

切问斋书影

　　唐代韩愈刚到潮州任上，听说境内有鳄鱼为害，于是写了《祭鳄鱼文》，劝诫鳄鱼搬迁，不久境内即免于鳄患。这一传说固不可信，但体现了韩愈为民除害的思想。乾隆四十年，济南境内三冬乏雪，春雨亦稀，陆燿效仿韩吏部，用相反的笔调、恳切的词语写下了《祈龙神文》，不日，果然甘霖连霈，苍生泽润。此事虽属传闻，但从文章的用意可鉴陆燿殷殷为民之心。

　　陆燿注重书院的建设，制定《任城书院训约》《科场条议》《文昌祠说》《读诗说》，陆燿有别于普通循吏廉官之处，在于他勤于治民、廉洁自守外，更关心国计民生问题，希望通过著述来匡正社会风气，引导世风民风。

　　清朝中叶的山东，正是各种社会问题汇聚的大熔炉。陆燿居熔炉之中，根据为官经验，集结清初至乾隆间的"名宿诸作"，最终成书《切问斋文钞》。此书"自学术迄河防为十二类，为卷三十。或长篇连卷，博大雄深；或言简意赅，肃括精当；或援据明辨，智者读之而心醉"。

巡抚任上

　　陆燿晚年出任湖南巡抚，已是位高权重的封疆大吏。但陆燿赴任时，行李

"布被一袭，衣两箧而已"。而且他初莅长沙，即赋诗"能开衡岳千层云，但饮湘江一杯水"，表明自己励精图治、清廉自守的心志。到任所后，"有盐商进白金二万两。（陆燿）惊问其故，商人曰：'此旧规也。先进此金，后当以时继进。'"陆燿断然拒绝了这份见面礼，而且"绝其再进"，更定下规矩，严格约束官员，由此官声大振，湖南食盐价格陡降，百姓可以买得起官盐了。

陆燿在湖南生活也甚为俭朴。"湖南水多……藕甚贱"，他的幕僚宾客"皆恣啖之"。但陆燿本人却"素不具"此物，以致病中想吃藕粉了，还要"使仆叩其客之门乞之"。

陆燿不仅严于律己，也严格约束亲属友朋。有次陆燿的儿子从山东回故乡办事，不仅所携带的行李萧然寒酸，陆燿还特地嘱咐随行的幕僚："所过都邑，幸勿使官吏知吾子来。"一行人遵从陆燿的吩咐，一路上不惊不扰，"竟无人知所过者为公子也"。

陆燿历官数十年，所得俸禄多捐出兴建学堂。乾隆五十年，湖南发生旱灾，陆燿一面上疏请求减免税收；一面戒杀清斋，日日强行求雨，终于积劳不起，因病去世，卒时家中仅"敝衣数箧"，廉俭由此可见。

乾隆一朝，因皇帝好大喜功，铺张奢靡无度，疏于治吏，官员敛财自肥，官场氛围污浊，贪渎腐败成风。陆燿每每忧心于吏治的败坏："督抚声名狼借，吏治废弛……商民皆蹙额兴叹。"在如此大环境中，陆燿的清廉实属凤毛麟角，但更显难能可贵。

此外，陆燿为官刚正有节操，不媚上、不媚俗。他曾为自己题写《仕箴》作为座右铭，其箴曰："上不阿，中不随，下不苟。持是三者以游一世，其庶免于君子之诃。"

在诡谲多变的宦海浮沉中，陆燿不以升迁贬谪为念，始终坚守"人品功名相磨砺"的人生信条。当时"（乾隆帝）好奇物，时天下官员皆有贡献，争以奇珍自媚"。陆燿知晓，一味迎合帝王嗜好，于民间搜敛无度，只会加重百姓的负担，所以"公所贡者，寻常的一些土特产而已"。到了乾隆后期，大臣和珅受宠，权势无人能比，诸多官吏"重金贿赂习以为常"，陆燿却从未致过和珅一物。有同僚劝他"孝敬"，陆燿始终不以为意，也不以此为惧。

乾隆五十年（1785），湖南大旱，陆燿强扶病体，奔波在抗旱一线，六月竟劳累致死，享年 63 岁。身后遗物仅几箱旧衣和书籍，世人称其"清节为天下第一"。他曾作《老将行》诗一首，也可以说是他一生的自我写照，现录于下："边城高高压阵云，边塞飒飒嘶马群。弯弓射虎石饮羽，何似昔日飞将军。忆昔早从六郡良，顾盼欲辔楼兰王。身穿铁穴千重岭，剑拂金城六月霜。世事浮云一翻手，功名嚘哜知何有。暮年赢得雪盈头，少壮空余柳生肘。夜看星文芒角寒，旄头西北光阑干。廉颇善饭神犹旺，定远无还梦已安。倘逢尺一教重起，上马翻身色倍喜。功成突兀凌烟阁，不画余人画褒鄂。"

陆燿去世后，上奏朝廷，乾隆朱批"可惜"。赐祭如例，诰授资政大夫、湖南巡抚陆燿墓，其墓在东顾群字圩，桐乡籍御侍冯浩（布政司理问，黎里邱玉麟亲家）志墓，钱塘梁同书书丹并篆盖。胜溪柳树芳有《过陆朗夫中承墓道》诗："不信终寥落，臣心如水清。无人来下马，有子住佳城。宦薄难为后，天高亦忌名。抚碑应堕泪，字字切民生。"

陆燿的好友程晋芳评陆燿云："先生于学问考订，心平而识明，不为争辩叫嚣，而析理分条，事之得失自见。其辟二氏，绌星命，讥忏纬，咸守正则，论易则宗辅嗣伊川，而于先后天图及汉儒飞伏世应之学，扫除殆尽。若其浚泉河，豫仓谷，设保甲，御盗贼，诸书施之实用，且夕可收厥效。文虽不多，而经术诸著置之罗鄂州、金仁山及近贤陆陆堂、沈果堂集中，不让后先也。经济之文，置之宗忠简、于忠肃、王文成集中，弗愧干略也。"

光绪元年（1875），知县金福曾和士人凌淦发起，利用城隍庙东侧旧房舍，整修改建成书院，以供本地学子研习学问。门楣上题名"切问书院"，堂上供奉陆中丞（燿）神位，以此激励一方文人学子。

◎徐达源

君本禊湖一长庚　文章风谊俱可嘉

西蒙清吟

　　明朝正统年间（1436~1449），徐达源先祖徐富一随家人从浙江魏塘（今嘉善）迁到吴江县南麻村，后迁至北厍西蒙港定居。以名进士例授文林郎例铨知县不赴选，常邀游吴越山水之间。乡党熏其德而善良者愈多。交必择人，无大事从不入县城，或讲道谈禅，或歌诗作赋以适其性。登临胜概，墨迹杂见于段碣残碑。自迁西蒙港后，家道日益兴盛，带领其子弟课儒务农，桑麻修竹之中怡然自得。

　　徐富一共生 3 子，长子容翁，次子聪翁，俱英敏。三子硕翁少时惊敏，卓然有气概，由乡供进士候补县令，读书好古，终身不仕。时吴江县宰刘民济慕名造访时曰："登公之堂，长者怡然，幼者肃然，与公相接，其仪穆然，其言蔼然，公其纯孝乎，盖移孝所以作忠，盍出而公图国政。"硕翁对曰："明府之奖我过矣，明府之知我则未也，我

徐达源

西漾港

之无忓于亲者亲之慈也，无违于兄者兄之友也，子侄幸无大过，然也无所为，燕翼之谋也安足云孝乎。"他却谢绝政请，维养志娱亲，诗书传家，恤怜睦族，凡子弟无力延师者均予教诲之例。其诗文著作颇多，可惜俱散失而未传世。硕翁长子徐竹溪，克承先业，早岁游黉。正德年间被授予八品冠带，晚年隐居乡里。凡于当世要务或有关民生国计者，他积极参与或建议朝廷实行之，晚年隐居乡里，手不停批，

训诲子弟于濂、洛、关、闵等书（即宋代理学的 4 个主要学派），发微阐幽，士林啧啧称道，虽然他居住在乡间，但慕名拜谒者甚多，车马盈门不绝。徐竹溪生二子，长子奉竹，次子景竹，能承庭训。

万历朝，徐景竹之子徐履仁少攻举业，经史百家无所不通，时吴江知县霍维华以吴江田赋繁重，为杜绝参错隐匿之弊，编制《履亩清册》，特聘请徐履仁参与履亩丈量。此例在很长时间内为各位县令所遵守号《霍册》，其中有履仁之功。与名公巨卿相往来，学士文人无不仰企。时吴江遇灾荒，将家中存粮以赈乡里，捐出物资以帮助农功。此举被朝廷得知，被钦赐七品冠带，出任相应官职。因厌恶官场陋习，借故推辞，后匿居西蒙，建"稻香楼"于居之西，登临歌咏，著有《稻香楼集》。徐履仁耽于经史，不问家计，其时徐家已有 4000 余亩田产，皆潘孺人（平望潘末祖姑）打理。徐履仁子徐允谦淡泊名利，好读诗书，为避尘嚣，隐居于浙江武康山西岑坞终老。

徐履仁之弟徐蕴奇博学多才，从小跟哥哥一起读书干家务。与 3 个哥哥互敬互爱，虽然是家中最小，但从不因为父母看得起他，哥哥礼让他，而变得骄横。18 岁那年，霍知县邀请他去县衙从事文字工作，他以笑对曰："吾岂肯缚绔为县官吏耶。"嗣后不与外界接触，发奋读书，因学业有成被吴江县教谕甘学阔赏识，直接升格为县诸生。明末战乱时期，朝廷规定由地方富户轮流承运漕粮到北京，

承担此项运送事务不仅耗费极大，而且山东地段社会不安定，抢劫事件时有发生，凡轮到承担运送漕粮的富户，大多数都遭到家破人亡的结局。有一年，轮到其长兄徐允谦承运漕粮，长兄一时筹措不齐承运所需费用，他即主动支付所缺部分。

他是想通过才能干一番事业的，但由于种种原因无法展示其才猷，他也非常平静，足可遁世而无闷，常游于各村的川原之中。他家很富有，他说幔藏诲盗，非所宜也，于是拿出家中的钱财物品赠送给村上的贫困人家。人们都称他为倪高士。倪高士即倪瓒，元末明初画家、诗人。江苏无锡人。倪瓒家富，博学好古，四方名士常至其门。元顺帝至正初忽散尽家财，浪迹太湖一带，足迹遍及江阴、宜兴、常州、吴江、湖州、嘉兴、松江等地。而西蒙港的徐蕴奇与倪高士的境遇相差无几，所以徐蕴奇被称为倪高士。晚年悉心研究医术，救死扶伤，闲暇时手抄书史，莳花种竹以自娱，著有《吴郡志略》《闲窗集》《异适志集》《医略》等。后来补邑庠生，又经过努力，敕赠征仕郎、翰林院检讨。

徐家老宅

徐铣，字公卫，号半村，蕴华三子，颖敏好学，自幼受学于名流杨天社。杨察其聪敏好学必能成器，故将女儿婚配给他。曾两次参加乡试，都未中榜，从此对于功名淡然，而对经史百家诸书仍寒暑研读不懈。同邑著名学者潘耒赞叹徐铣的才思，说："予向有落花十首，久亡其稿，今公卫多至三十首，意不复词。不泛运思新而比类切远，胜予昔年所作，公卫不以诗鸣而敏丽，乃尔能者，固不可

测耶。"他性仁慈，敦孝友，善交游而不善理财，游历京、川、陕等地，前后达30 年之久，晚年生活在长女家（平望唐家坊顾氏），仍讴歌自得，日与故人放纵与棋酒间，著述甚多，但因家贫而未能付梓，所以后来也多失传了。

黎川谈月

"谈月楼"为乾嘉年间黎里徐培云、徐璇父子所居，徐培云、徐璇是徐达源的祖父和父亲，此楼也是徐培云、徐璇父子俩与文人谈兵、谈理、谈文章的地方。"北窗延夜色，背市入林光。景融阴晴改，情随旦晚芳。鸟边千里势，尘外一生忙。吟伴时来集，高楼共骋望。"这是文人钱大培的《过谈月楼》诗。"谈月楼"匾额由湖州闵桂所题，《谈月楼记》则是举人沈璟所写。《谈月楼记》文辞优美，从中也可一窥谈月楼的风致，我们不妨来领略一下：

"谈月楼者，徐静庵（即徐璇）先生之所作也。先生性幽默，罕缨世纷，而隐于弈。古人谓弈为手谈，一纵一横，成败分也，可以谈兵；一行一止，动静异也，可以谈理；深入显出，方智圆神，变化无端倪也，可以谈文章。然而人之抗尘容走俗状者不能谈，地之居湫隘近嚣者不能谈。先生之居是楼也，拥书数万卷，啸咏余闲，与二三知己寻橘中之乐，意陶陶然，得其人也。楼之北，有竹数千竿，清风发籁时，与丁丁之声相应答，远混迤延，碧云绿霭，掩映楸枰间，而其秋天净扫，良夜月明，不闻人声，微闻落子，仿佛在古松流水间，得其地也。夫得其地、得其人，斯真能隐于弈者。与客有以世俗事相溷者，则举君家简肃公言应之曰：'今夕止可谈风月，子姑退'。爰以谈月名是楼，而属余为之记。"

为什么徐培云父子名其为"谈月楼"呢？原来出自《梁书》中的一个典故。梁武帝时期，徐勉为中书令，手握重权，决断朝政，大小官员时常到其家中"串门"拜访。有人曾有所请托，他立即摆手制止，正色相告："今夕止可谈风月，不宜及公事。"体现出徐勉公私分明、恪守原则的品格。然而徐璇又非朝中重臣，又为何也只谈风月？那还得从他的祖上说起：

明朝正统年间，徐富一随家人从浙江魏塘迁到吴江县南麻村，后又迁至黎里东北的西蒙港定居。其子徐硕翁由乡贡进士候补县令，时吴江县宰刘民济慕名相邀，他却谢绝政请，养志娱亲。硕翁子竹溪，克承先业，正德年间被授予八品冠带，晚年隐居乡里。万历朝，徐竹溪之子徐履仁积极参政捐资，被钦赐七品冠带，与名公巨卿相往还。崇祯十七年，履仁子徐允和得知京城陷，投河殉国。顺治二年，移居黎里撒网港的履仁之孙徐镰、徐镔，会同本邑吴易、孙兆奎、沈自炳、沈自炯等组织抗清，后兵败遭缉，最终在徐蕴奇与负责审理"反清"案件的御史交涉下，以籍没徐氏家产而释罪。至此，徐氏宗族再次迁居。徐镰一族由嗣子沁芳携子徐培云（怀芸）移居黎里镇，从此不问政事，只谈风月，沉浸书画棋艺，便产生了两位弈坛国手——徐培云和他的儿子徐璇（字星标，号静庵），也就有了谈月楼。

徐培云为邑诸生，淡泊名利，唯好弈艺。棋品高超，远近闻名，各地棋友均愿与他对弈，当时被称为"弈国手"。其子徐璇，每遇其父与人对弈，则静观其

徐达源画

奥，棋艺日进。徐璇11岁时，有位江西棋手前来与培云切磋技艺，正好培云外出，客人便留宿以待。当时徐璇穿着红衣背心，梳着三角髻，人见人爱，客人便将他抱到腿上。徐璇问："先生一定要与我父亲对弈吗？父亲现在还没有回来，不妨我和你对弈吧。"客人显得非常惊讶，就说："好啊，那我就让你几个子。"徐璇说："你是客，怎么有叫客人让子的，那是我的不礼貌啊，应当让子的是我这位主人啊。"数招过后，客人觉此童实力非凡，遂双目凝住不敢妄动。反观徐璇，随心所欲，似经百战之士，最终竟徐璇获胜。客人便星夜而去，哪里还敢见培云。从此，徐璇之棋艺声名鹊起。徐璇文雅端方，其棋风则与性格迥异，能出奇制胜。

徐璇的棋艺冠绝江左，但他从不让别人记录他的棋局，也没有留下自己的棋谱。他晚年课子，慎择师友，培养出一位诗坛俯首的人物，他就是翰林院徐诏、《黎里志》的编写者徐达源。徐璇质朴仁慈，其弟徐蟾早亡，遗一子五女，子未满月，呱呱在床，7岁时，其母又亡，所以6个子女均由他抚养，20年如一日，

为世人称道。

清代著名诗人、散文家袁枚在介绍徐璇的棋时说："其布局审势，虽本家法，而常出意外之奇。或敌人坚壁高垒，万无破法，星标强投数子于闲处，若惹人讪笑者。俄而近联远映，若火生积薪中，燎原莫遏，又如降兵内应，伏甲四起。观者且惊且喜且叫绝，而卒莫测其所以然。"徐氏父子棋艺在《清朝野史大观》第十一卷中也有记述。

乾隆三十五年前后，吴江"竹溪诗社"顾汝敬与黎里徐璇相识，下一年（约1771年）徐璇即离世，享年69岁。顾氏悲痛写下了《挽徐星标先生》："去年识徐君，方当试灯后。一别三月余，麻衣瘦何丑……家学能敬承，楸枰亦世守，眼中纷黑白，胸中罗星斗……"徐大椿之子、词曲家徐曦也写下了"霜侵镜影凭尘掩，春花花魂趋蝶飞"之句，充满了对前辈的哀思和孤独之境。

对于徐璇的谢世，袁枚又作了墓志和传记。在墓志铭中云："吾尝铭弈国手范西平（西屏）之墓矣，今又得一人于吴江黎里曰徐君星标。六朝人好弈，有围棋大小中正之官，有以弈得太守者。使星标生其间，当如何荣宠，而竟没没然抱技以终，呜呼，唏矣！"

历代诗人对"谈月楼"都有记述，潘章庚《夏夜过谈月楼偶题》诗云："已引清风呼好友，更邀明月助元谈。四围低逼银河泻，百尺高侵玉镜寒涵。劈纸纷题秋正半，当杯属客影逾三。休疑此地无公事，时有人眠一枕酣。"顾涛《登谈月楼有怀静庵先生》："谈月楼头续旧盟，须眉仿佛见平生。依然清覃疏帘好，隔院如闻下子声。"丁纶《过谈月楼有怀静庵丈》："屋后编篱辟径三，森森竹树水拖蓝。一帘明月还如日，无复楼头接麈谈。"从这些诗中，无不露出对这位"弈坛国手"的深深的怀念和敬仰。

徐达源九题

（一）文章风谊传千秋

徐达源生于乾隆三十二年丁亥（1767）十二月十七日。

　　徐达源的父亲徐星标（即徐璇）原配金氏，生二子皆早殇，又有二女。侧室姚氏，仅生一子达源。姚氏是苏州蔀门人，生于乾隆十三年戊辰（1748）闰七月十二日，乾隆二十年乙酉（1765）18岁时归星标，比徐星标小24岁，卒于嘉庆九年甲子（1804）二月二十二日。徐星标病中，欲为姚氏正名，病亟不果行。1792年，徐星标卒，姚太安人痛不欲生。后来作为儿子的徐达源泣请于堂兄兆基曰："为生母上笄，先人志也。嫡母素明大义，兄能为弟一言以请，当无不能。"堂兄辞。又请于妇始平女兄，女兄辞。达源悒悒且成疾。堂姊夫王鲲曰："事固有不必上笄而犹之上笄者，特恐君不屑为赀郎耳。"后来听从王鲲的主意当了"赀郎"（出钱捐官），捐职布政司理问。达源有了官衔，星标得到封赠为儒林郎布政司理问，金氏与侧室姚氏都封为安人，得到的结果比单纯为母正名还胜出一筹。

　　徐达源娶妻后，母亲姚安人年40，还是执婢子礼谨慎服侍金太安人。壬子徐星标去世，太安人抑郁成疾；15年后，徐达源夫人吴琼仙去世，太安人又以哀悼过愁，疾病加剧，竟至不能起。临终，以宝簪二枝交给徐达源说："此物汝为我请封赠时所置，他日以与长孙妇。"达源一恸几绝，以嫡母在堂，不敢放声大哭，愁不自胜，亲朋来唁者，竟悲而不能致辞。

　　徐达源5岁识字，生母姚氏授以《千字文》，6入塾，13岁学八股文及五言八韵诗，15岁学古今体诗。好学不倦，博览群书，及长与里中隽秀相交，中有毛鼎亨、陈瑛、蔡懿德、冯秋谷、王康民、邱笔峰、邱孙锦之流。好友陈咸亨深于医道，好笛善弈，众友酒酣得句，每由咸亨摩笛而度。并与芦墟郭麐、许铨、莘塔迮青崖、北厍柳树芳、柳清源、盛泽杨秉桂、沈曰富、同里袁湘湄等唱和。乾隆四十七年壬寅（1782）16岁开始应试，秋赴昆山院试，次年应郡县试。

　　乾隆四十九年甲辰（1784）春，达源再次赴昆山应院试。江南学子众多，为争取进入官学的机会，时

国画

有冒籍事件发生，官方屡禁不止，但也逐渐严厉起来。星标为浙江秀水籍国学生，而长兄徐楠则以吴江原籍中举，父与伯两兄弟居然不同籍，使星标在登记入考时遇到麻烦。《年谱》纪云："具结时，廪保面有难色，先生（达源）遂不入试，独游马鞍山（昆山）而回。"同年夏天，星标在作字圩镇中东岳庙之东的新居落成，取名"谈月楼"。随后，星标又将比邻陈氏的宅子买下，为达源所居。

乾隆五十年乙巳（1785），星标生母李氏去世。《年谱》纪云："静庵公（星标）素有赢疾，至是丁母艰，益形委顿。达源承父命襄理家事，又以试事多阻，遂辍举业。"次年丙午（1786），达源开始从沈璟（云巢）学诗，并为所居之楼取名为"新咏楼"。

沈璟是黎里的"文魁"，与周元理、徐楠、陈兆登这三人都曾在禊湖书院读过书，最后考取举人，所以书院内有"文魁"匾。

沈璟本字树亭，居黎里东北郊之西蒙港，其父沈翼苍，亦修文事，父子俩经常同黎里徐达源、邱冈、邱璋、叶竹岩、库叶树枚、柳树芳、张孝嗣等文人诗酒来往。

沈云巢勤奋好学，20年无间断，嘉庆五年庚申举人，三上春官不得志，遂设教于平望莺湖。他所造就的学生很多，远近名流咸奉其为坛坫。沈云巢诗文华富温密，深得春夏之气。尽管沈云巢没有能够跻身凤阁，但为一方的文化做出了一定的贡献，徐达源得益于沈云巢先生甚富。

徐达源也常往来于黎里和平望之间，与潘悔堂、陆浩、陆俊（即鹤道人，曾寓居黎里，为徐达源《黎里志》绘黎川八景）相笃，加上老师沈璟曾执教平望，通过与平望诸友的往来，结识了平望才女吴琼仙。乾隆五十三年（1788），徐达源和吴琼仙两人结成连理。

嘉庆三年戊午（1798），达源改官为翰林院待诏。事实上，徐达源尚未在布政司任职一天。嘉庆五年庚申（1800）二月，达源启程入都。三月抵京，下榻江震会馆。有同里举人陈兆登先到，搬来与达源同住。《年谱》纪云："孝廉（陈兆登）以先生（达源）出山为非计，谆谆言之。"先生有些懊悔，故到院行走才2个月，即谋归意。

星标在世时，生活相当节俭，给徐达源留下的房产有镇中的两个宅子、船长浜仁寿堂老宅，还有几百亩地农田。徐家在黎里镇虽排不上大富，大概可算中等偏上。夫人吴琼仙持家有方，每年还有盈余。而达源喜交宾客，出手大方，但不知生财之道，更不知量入为出。江南一带村霸地霸为害，每有穷民死后择地入土，必资高价，吴江以黎里和盛泽为尤。为不使里中贫民死后暴露无葬，徐达源会同本镇蔡湘（秋水）等集义捐金，创建黎里众善堂。之后，吴江各镇相继都创建了众善堂，使贫民殁后有了一个最后归宿。当时吴江县宰李庭芳特作《山民创建黎里众善堂记》。吴琼仙去世以后，厄运很快就降临到达源头上。

嘉庆十五年庚午（1810）三月朔日（初一），达源卖掉镇中的宅子，还家至柳湾。柳湾原为镇人陈时夏所居，在发字圩。卖房不够，又卖农田。达源有一首七言古风《卖田行》，读来令人心酸，全诗如下：

逼人咄咄无不有，一日掷去三百亩。当年祖父寸寸量，尺土无非积亲手。
此中粒粒皆苦辛，得之不易愿长守。嗟余生长温饱中，不识桑麻问升斗。
偶然薄宦来长安，黾勉有亡累我友。滥觞涓涓成江河，一钱累累计子母。
欲偿无力负不可，譬不能守则当走。手持文券来邻家，将进趑趄怕开口。
明知此外无长物，或有难辞不肯受。瘠肥较量论高下，南北分张辨左右。
廉昂价直百不知，但得一朝释重负。幸然宿逋从此清，所愧授田不能久。
百年粗粝食旧德，弃不甚惜甘引咎。弗洒弗埽究谁保？发梁发笱遑恤后。
长贫尚有无田人，欲祭端愁少春韭。先人敝庐犹然存，门前不改秋杨柳。
催租官吏来自稀，依旧吟声满户牖。

嘉庆十六年辛未（1811），达源开刻《紫藤花馆藏帖》，把 20 余位乾嘉名士与他交往的手札、序跋、诗词等刻成石碑，共 31 方。紫藤花馆在发字圩，为达源购置。达源将碑刻拓成《紫藤花馆藏帖》，赠送四方同人。并托人设法送到日本，藏于肥州孔庙。

靠卖房卖田来维持生活并不能长久，达源家道每况愈下。嘉庆二十一年丙子（1816）秋，达源再次卖掉柳湾的住宅，迁回出生之地——镇南染字圩船长浜仁寿堂老宅，友人出资为其修缮，更名为"南溪老屋"。其年达源正好 50 岁。

达源有组诗《丙子秋移居南溪留别柳湾旧馆并寄同人》，摘录二首如下：

一笑披襟去复留，诸君高义重千秋。却教赁庑皋家客，但解相庄不解愁。
琳琅翰墨见交情，寿石争传海内名。最好隔墙听不厌，家家知是打碑声。

徐达源云游四方，并常与袁枚、阮元、王文治、吴锡麒、伊秉绶、梁同书、法式善、刘墉、赵翼、王鸣盛、李福、孙晋灏等名士相唱和。罗汉寺寺僧真辉通彻内典，著有《按指集》；显吉能诗通释典；达宗讲论佛法，陈说因果，娓娓不倦，著有《净土讲述要》；抱月为达源诗弟子，著有《抱月诗稿》。徐达源时与黎里方外之士诗文来往，并为他们的诗集作序。

徐达源喜欢画画，山水以外，尤善画梅，人们争相赏购。冯登府有《乞徐山民待诏梅花》诗。嘉兴于源一直要想拜访徐达源，迟迟未果，但于某一天居然在朋友处见到了徐达源的一幅梅花图，欣喜万分，并在画上题了一首长诗："南州孺子当代贤，我所倾慕已有年。唐朧曾约我同访，迟迟未泛莺湖船。今朝瞥眼见此画，老梅一枝生古妍。颓唐写出名士态，晚节自炼冰雪坚。先生岂解调朱铅，文章风谊俱可传。此桢所作当晚岁，苍然古貌来瞿仙。颇闻矍铄尚好事，翰墨定有三生缘。径欲一棹访高躅，春风又近梨花天。"

（二）不爱翰林爱谪仙

乾隆五十三年（1788），徐达源和吴琼仙两人结成连理后，夫唱妇随，相敬如宾。嘉庆丙辰十一月十三日，徐达源又随袁枚同去吴江访问唐陶山明府（县令），同行者有陈秋史、徐懒云（昆山人）、陈竹士及袁枚的侄子袁留生（同里人），船到八坼，为大风所阻，袁留生则在《调山民》中云"妆楼上有女门生，应怨先生太不情。已过一更程十里，夺人夫婿一齐行"。其实门生吴琼仙怎么会怨袁老先生的无情呢？实在是吴琼仙与徐达源太恩爱的缘故，所以诗人赵翼有诗赞徐达源吴琼仙夫妇："画眉才子便拈题，香阁联吟到日西。千百年来曾几见，人间如此好夫妻。"

乾隆末年，徐达源由太学候选布政司理问改翰林院待诏，戊申后的一个春季，徐达源欣然北上任职，好友王鲲作《徐山民待诏将入都供职余话别次韵赠行》："春林欣把臂，话旧夕阳过。宦兴今殊甚，诗狂近若何。相逢怜夜短，惜别恐时多。他日重携酒，听鹏坐石坡。"

徐达源与顾元熙、法式善等同职翰林院，在御试中徐达源获得第一名，受到乾隆皇帝的称赞，所以法式善有"御试擢第一"的诗赞。徐达源深谙画理，所画梅花简老疏古，得杨无咎法，间作山水小幅，脱略畦径，京城士子均相宝之。曾有乞徐达源待诏画梅花诗："能事曾传杨补之，自将淡墨写清姿。春风画里吹难落，不管江城笛一枝。"皇宫虽然繁华，但徐达源时时挂念着家乡的亲人，其间与吴琼仙鱼书频送，互诉衷肠。

　　这年春夏之交的一个黄昏，天下起了小雨，吴琼仙倍感寂寞，写了《送春前一日》诗："风雨又丝丝，黄昏梦破时。惜春春不管，说与落花中。"孤独与相思之情深蕴其中。

　　一晃秋天又至，秋风秋雨最惹人生情，吴琼仙又作《萤》诗："着雨惊烟怯不胜，乍明忽暗巧相矜。天涯芳草前生梦，水榭书囊昨夜灯。月黑移来星一点，风高扶上阁三层。蒲葵扑堕知何处，笑问檀郎见未曾。"秋天的笛声也最撩人心思，吴琼仙夜闻笛声又写《夜坐闻笛》诗："高楼风色夜潇

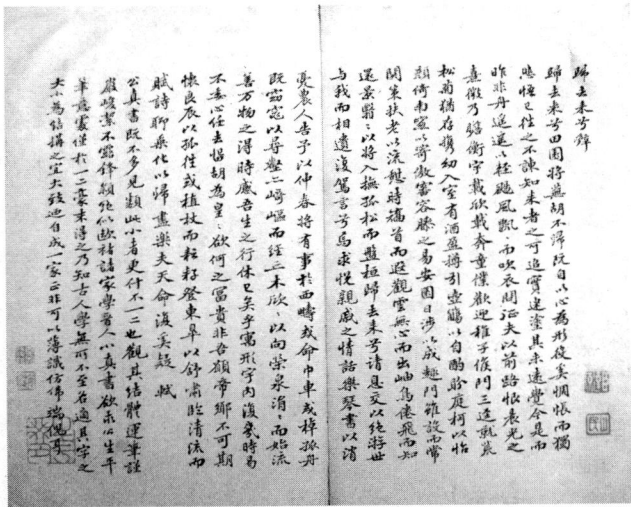

徐达源手稿

潇，检点牙签倦欲抛。何处一声长笛起，隔帘摧月上花梢。"徐达源复信屡次加以安慰。

　　到了秋末，吴琼仙受了风寒，一连写了4首诗，其中两首："截量刀尺倦时抛，新妇帏车且自嘲。弱体同扶秋善病，方书细检辟分包。小楼离思听疏雨，归梦今番认故巢。重把长安寄来信，叮咛莫遣小胥抄。""人前生怕礼烦苛，习静重楼烟雨多。诗思欲来呼阿瘦，山痕几点问双螺。银灯不碍弹棋近，红叶闲将小楷搴。更拟玲珑望秋月，水晶帘下道如何。"

　　第二首诗中的"双螺"是徐达源的长子，"阿瘦"是徐达源的次女的小名，看来他的次女身体是相当孱弱的。"水晶帘下道如何"，这一句是描写了吴琼仙对于远隔千里之外的夫君思念，"水晶帘"是北方皇宫、王府、官宦府邸中的装饰物，这里是指徐达源在京处所。吴琼仙自己能与家人享天伦之乐，此时的丈夫一

个人在外，会不会觉得孤单呢？而徐达源于妻于子也心存牵挂，所以我们通过第一首诗中的"归梦今番认故巢"诗句，可以看出徐达源此时已有归乡之意。

下一年开春，徐达源夫妇分别正好足足一年，吴琼仙作《上巳》诗："今年与去年，一样芳菲节。春也不教知，良人花里别。"

待诏一职极其清闲，而徐达源是喜欢干事实的，长期待诏金门，倍觉无聊，加上夫人吴琼仙催促："薜萝之志，静好之乐，虽有高官厚禄，无足以易此。"所以徐达源任职一年后便决意返乡。

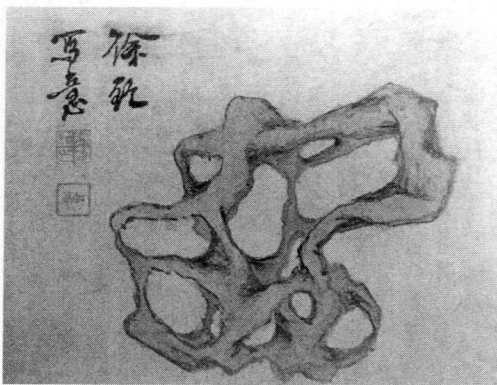

国画

返乡途中，得到扬州好友阮元、尹秉绶等的款留，并游历了诸多名胜古迹，写下了《邗江游草》。好友孙贯中等均为其题诗，洪亮吉《题徐山民邗江游草》云："何须十万贯缠腰，方到扬州廿四桥。只觉故人清福好，花刚迎面柳垂条。""心香一瓣奉南丰，诗老仍推大阮工。乐煞隔江文待诏，文章太守值欧公。"好友张彭年写下了《送山民归吴江》诗4首，其中两首云："声华蚤岁重金台，司马文章绝代才。一种高怀谁得似，春明才入便归来。""平山堂下水初生，刚得逢君又送行。千树梅花二分月，锦囊收去有余清。"张彭年与姑苏孙晋灏也友善，他托徐达源代为问好，所以在另一首诗中有"为谢故人相问讯"之句。而好友乐钧的《邗上送徐山民归吴江》"宦为怀亲罢"诗句，正好道出了徐达源归隐黎里的原因。徐达源不羡慕皇宫的富丽堂皇，他宁愿和他的家人悠闲平静地生活在南国的水村之中。

徐达源辞职后，夫妇俩时常徜徉于新咏楼（徐达源的书房）和写韵楼（吴琼仙的书房）之间，同声耦歌，穷日分夜，如青鸟翡翠之在云路，雝雝然娱而不倦，吴琼仙就有了《写韵楼诗稿》。并常与袁枚、阮元、王文治、吴锡麒、伊秉绶、梁同书、法式善、刘墉、赵翼、王鸣盛、李福、孙晋灏等名士相唱和，流下了著名的《紫藤花馆藏帖》。方外人士真辉、显吉、达宗、抱月等均是他们结交的对象，真是不爱翰林爱谪仙。

（三）一川黎水作归隐

晋安帝义熙元年（405），陶渊明弃官归田，作《归去来兮辞》。这篇文章不仅是陶渊明一生转折点的标志，也是我国文学史上表现归隐意识的最具代表性的作品。

陶渊明从晋孝武帝太元十八年（393）起为州祭酒，到义熙元年作彭泽令，13年中，他几经入仕又几经归隐。陶渊明天性酷爱自由，而当时官场风气又极为腐败，廉耻扫地，正直的陶渊明当然是无地可容的。但反过来，陶渊明也耻与这帮人为伍，他的品格与政治社会之间的矛盾对立，注定了他最终的抉择，那就是归隐，因此便有了这篇传世之作《归去来兮辞》。

《归去来兮辞》是属于辞体抒情诗，其源头即是《楚辞》。《楚辞》是热心用世的悲剧境界，《归去来兮辞》则是隐退避世的超脱境界。此文文辞优美，历来受到标榜，至宋代尤为突出。欧阳修说："晋无文章，唯《归去来兮辞》而已。"朱熹说："其词意夷旷萧散，虽托楚声，而无尤怨切蹙之病。"

中国古代士大夫深受儒家思想教育，以积极用世为人生理想，当社会处于黑暗时期，他们的现实理想无从实现，这些人往往会吟唱或者书写这篇文章，以求达到心灵上的解脱。宋代苏轼为人坦荡，讲究风节，有志于改革朝政且勇于进言，结果多次受到排挤和打击，他书写的《归去来兮辞》小楷，因此流传后世。但是，苏轼始终以坚定、沉着、乐观、旷达的思想支撑着自己，可谓当时的一代"大隐"。

苏轼的《归去来兮辞》小楷有多个版本传世。乾隆时期，黎里徐达源在不如意时候也曾摹写苏轼的《归去来兮辞》小楷，流传至今，一直被世人视为珍宝。

黎里徐达源博学好古，吴江名宿顾汝敬有"诗坛咸俯首"的赞语，当时名流阮元、洪亮吉、尹秉绶、王昶、顾元熙、赵翼等无不为之倾倒。

乾隆末年，徐达源由太学候选布政司理问改翰林院待诏，戊申后的一个春季，徐达源欣然北上任职，并在御试中获得第一名，受到皇帝的赏识，与八旗弟子法式善等交往密切。

皇宫虽然繁华，但徐达源时时挂念着家乡的亲人，其间与吴琼仙鱼书频送，互诉衷肠。吴琼仙倍感寂寞，写了《送春前一日》《萤》《夜坐闻笛》诗，孤独与相思之情深蕴其中。

如吴琼仙的《写韵楼对月次山民韵》："杨柳毵毵拂画檐，中间容得玉纤纤。薄寒如此春三月，残夜分明水一帘。肩并双怜人影瘦，花明始觉露痕添。怪他婢子催眠数，特地还将险韵拈。"《次山民病中杂咏四首》之一云："织女牵牛好卧看，任他烛影转铜盘。约金跳脱秋裳薄，试玉蟾蜍墨汁蟠。两部分明蛙语滑，一不定绳雁声酸。小山云外招偕隐，分得天香到广寒。"

徐达源的平望好友陆俊当时也写了《寄怀徐无际》："词臣合是神仙职，台阁山林两化身。烟水涨时眠白鹭，梅花开处忆诗人……"原来家乡的朋友也时时牵挂着徐达源。尤维熊也说，你徐达源与夫人始终生活在江南有这么灵秀的水村之中与鸥群为伍，白头到老，我是多么的羡慕。

徐达源的《归去来兮辞》小楷应该写成于京都回家乡的前后，作品高 230 毫米，宽 273 毫米。该作品省去了序文，其落款云："公真书既不多见，类此小者更什不一二也。观其结体运笔，谨严峻洁，不露锋颖，绝似欧褚诸家学晋人小真书。欲求公生平笔意处，仅于一二毫末得之，乃知古人学无所不至，各适其字之大小为结构之宜大致，乃成一家，正非可以薄识仿佛端倪耳。"钤有"臣达源""山民""生于癸丑"印，另有"臣庞浚印""安澜"等印章。通幅作品用笔恬淡消散，徐达源内心深处的感情均寄托于此笔墨之中。

徐达源辞职后做了最大的一事，莫过于编纂完成《黎里志》。嘉庆十年，《黎里志》16 卷修纂完成。该志条目井然，搜罗淹贯，是黎里第一部比较完整的志书。徐达源后又汇集黎里自明代以后 120 余家诗作辑成《禊湖诗拾》《禊湖文拾》。晚年移居甫里，又作了《吴郡甫里人物考》《吴郡甫里诗编》。嘉庆十四年，徐达源捐资重葺徐俟斋涧上草堂，并作《涧上草堂记略》。徐达源还著《紫藤花馆文稿》《新咏楼诗集》《无隐庵笔记》《修养杂录》《南北朝文抄》《水利节略》等。

（四）绍继高风葺草堂

徐枋生于 1622 年，崇祯壬午举人。父徐汧（明少詹事）殉国时，徐枋欲从死，徐沜云："吾不可以不死，若长为农夫以没世可也！"之后徐枋遁迹山中，布衣草履，终身不入城市。他在南山坞里筑了几间草庐，名为涧上草堂，把家人也搬了过来。徐枋在南山坞一待就是40年。志书说他"布衣草履，安贫守志，闭门著述"。徐枋与宣城沈寿民、嘉兴巢鸣盛称"海内三遗民"。徐枋书法孙过庭，画宗巨然，间法倪、黄，自署秦馀山人。

徐枋有弟子潘耒，深得其信任。潘耒，字次耕，又字稼堂，吴江平望人，天资奇慧，读书数行并下，工诗文辞，兼长史学。潘耒受业于徐枋时在康熙二年（1663），是年潘耒之兄潘柽章因庄廷鑨明史案牵连，坐极刑以死。潘耒改名吴开琦，奉母避地西山，以诗请业。徐枋极赏识潘之才学，以"力言不朽，与德功齐"勉之。徐枋临逝前，遗嘱中这样写道："吾生平知之深而信之笃，谓在我可托孤寄命者两人，一为易亭，一为次耕。"正是这个潘次耕，极尽门人之义，身任丧事，四处奔波，出资出力，乃得成葬。先生去世后不多久，族人乘其家境饔飧不继，私卖草堂于人，将毁以为葬地。又赖潘耒太史之力得赎归，改宅为祠，并为谋其衣食、田庐。

徐达源是潘耒之曾孙潘晓槎的学生，潘晓槎忙于课业，涧上草堂渐倾。于是潘晓槎便交由徐达源代理此事，并以先生遗像及手书遗嘱、祠地契券相付。嘉庆元年，徐达源修葺草堂，办齐了各种契约，而后又增添了一些地亩，每年清明祭奠。嘉庆十二年，徐达源又与徒弟赵筠增筑外垣。修祠一事正如徐达源在其著《涧上草堂纪略》序中所说："可以妥先生之灵，继太史之志，而无负吾师委托之初心矣。夫以徐氏之祠堂而潘氏主之，太史之笃于师门也。今达源又主之，亦不敢废师命也。襄事者赵生，又师达源者也。即达源与赵生，何敢比拟太史？而先生忠孝大节，实为百世之师，凡后世宗仰高风而有事于此祠者，谓皆先生弟子可也。"

祠堂修好后，徐达源还以先生遗像及手书乞当代名贤题咏，勒石以传。后又著书《涧上草堂纪略》，详述修祠始末，望后来之人闻风而起。民国罗振常曾言："清末陈田尝见俟斋涧上草堂图册，墨笔山水，草屋数间，后有遗墨，附遗嘱一纸，记于《明诗纪事辛签》卷十六徐枋条下云：'草堂图前后二十余页，有王兰泉、潘三松、伊墨卿、阮云台、孙渊如、梁山舟、洪北江、袁子才诸人题跋。此册于光绪丁酉入厂肆，为一豪家购去。庚子之乱，豪家遭兵火，想已同为灰烬。'

先贤遗宝，倘有神物护持，尚存于天壤间，亦未可知。书此以告读者，俟博雅者留意焉。"现原物虽已不见，但今日拓片藏帖犹存，虽不全，也足以能一窥前贤笔墨风采。

藏帖共计24张，有洪亮吉谨书的徐俟斋先生遗像和重修涧上草堂碑记，顾元熙的像赞，王昶题的"涧上草堂"，阮元题的"高风清节"，梁同书的"涧上高风"，孙星衍的"逸民遗范"，石韫玉的"世颂清风"，范来宗、冯培、韩是升、潘奕隽、李福、伊秉绶、曾燠、唐仲冕、孙晋灏、戴敦元、赵怀玉、杨桂、彭兆荪、尤维熊、徐颋、孙原湘、李汝栋、洪亮吉等的题诗。

其中伊秉绶的题诗："春风到寒山，香草涧中碧。涧上唳孤鹤，知有高士宅。先臣珥汉貂，仓皇殉鼎革。年年麦秀心，苦节介如石。缣素多画稿，城市无履迹。中丞汤睢州，三次事征辟。门外访松筠，人已逾垣匿。临终书数行，恻恻念弱息。平生两知己，托孤不可易。次耕未面诀，孤定叨卵翼。三复书中言，神往心不隔。起家本忠孝，非古隐沦敌。宜乎百余年，葺宇遽兴役。别支即烝尝，弟子传手泽。展像荐苹藻，共此梅花夕。"

道光二十年，徐达源家道中落，离苏州又远，已无力承受修祠之累，就在黎里染字圩众善堂仁寿祠南，鸠工修成了祠堂三间，竹石森立，荫以绿蕉，其境幽寂。这就是黎里的徐高士祠，遗址位于现在名门花园小区北，木排浜西。

（五）紫藤花馆灿若霞

紫藤花馆，在镇发字圩，徐达源所居，长洲顾元熙题。汝阶玉有《九日山民招饮紫藤花馆同木庵铁琴秋史作用壁间赵秋谷久客淮上诗韵》三首律诗，其中一首："柳败梧凋景物非，西窗剪烛记春归。今春曾过此夜话。百年我事惟杯酒，三径人来半草衣。世虑已同秋日淡，诗情欲逐暮霞飞。茱萸有弟应相忆，苦竹篱边豆荚肥。"计楠也有《夜至紫藤花馆次改吟韵》："一更更后暮寒天，记得来时尚旧年。堕叶声疑篷背雨，敲门人对月中仙。坐同老友论心古，竹书亦至。话到残灯落烬圆。聚首才欢又分袂，孤村遥指泊溪田。是夜即至黄溪。"

徐达源自入都后，并云游四方，结识了袁枚、阮元、王文治、吴锡麒、伊秉绶、梁同书、法式善、刘墉、赵翼、王鸣盛、李福、孙晋灏等名士，因此紫藤花馆又迎来了这些风雅名士，在此，他们留下了众多的翰墨。至嘉庆十六年辛未（1811），徐达源汇集这些墨宝，开刻《紫藤花馆藏帖》，把20余位乾嘉名士与他交往的手札、序跋、诗词等刻成石碑，共31方。达源将碑刻拓成《紫藤花馆藏帖》，赠送四方同人。并托人设法送到日本，藏于肥州孔庙。

徐达源家有400多亩良田，一家数口本也衣食无忧。可是那时水灾频仍，农民多半交不出租米。达源生性慷慨，乐做善事，不惜举债，乃至出售良田。甚至移家南溪老屋，侄子徐乔林写了《山民叔移居南溪留别柳湾旧馆》诗："前年一棹款花关，小洞天元在市阛。领略清谈风味好，柳湾即在竹林间。底事营巢燕太忙，牵萝补屋费平章。南溪记得垂虹畔，也有卢鸿旧草堂。停云初拓抵瑶琼，翰墨香从四壁生。略变梁鸿高隐迹，夜春声换打碑声。捐赀卜筑禊湖边，众善同归一善缘。突兀胸中万间屋，自家翻少买山钱。"

徐达源夫人吴琼仙因病去世后，达源伤心过度，万念俱灰，无心俗事，其子又不善于理财，终致徐家债台高筑。徐达源晚景凄凉，无奈移居甪直，投靠严夫人（为徐达源续弦）娘家，寄居于子芬兄长家。而那紫藤花馆内的31方藏石，徐达源视同拱璧，尽管生活艰难，始终不肯让予他人。但是，徐达源去世后，他的儿子终于没能保住紫藤花馆藏石，全部藏石为黎里本地古董商购去。

同治十一年（1872）春，吴兴周昌富出游苏州，道经黎里，偶于古董商家得观紫藤花馆石刻，摩挲再四，爱不忍释，即出重价购归。周昌富（1839～1895），字鹤峰，号芸斋，南浔人，能诗善书，乐与名士交游，收藏甚富。同治季年在南浔南栅筑私家花园，名为"怡园"，内构"梅花仙馆""华曹楼""清远楼"。其将紫藤花馆石刻购归，适逢新葺梅花仙馆，即安于其内。昌富晚年，怡园及此石刻又归南浔富商刘锦藻。光绪二十一年（1895），此石刻嵌置于刘氏小莲庄长廊壁间，被视为镇庄之宝。

《紫藤花馆藏帖》其挥翰之工，或宗钟王，或师欧褚，或祖米黄，或学赵董。徐达源为黎里的文化，竭尽心力，他在《黎里志》自序中的一句话或许诠释了他对家乡的热爱："凡于吾里有一字相及，购同珍宝。"

（六）徐达源与林则徐

林则徐（1785～1850），福建省侯官人，字元抚，又字少穆、石麟，晚号俟村老人等，是清朝时期的政治家、思想家和诗人，官至一品，曾任湖广总督、陕甘总督和云贵总督，两次受命钦差大臣；因其主张严禁鸦片、抵抗西方列强的侵略，在中国有"民族英雄"之誉，被称为中国开眼看世界第一人。他与他的先祖和后代都与黎里有着一定的渊源。

他的先祖林仲节在元代曾当过吴江的县令，而林则徐本人曾为黎里徐达源的册页题过一首长诗。2013年秋，笔者在黎里的一个古董行里看到了一幅林则徐第五世孙林立葆的书法作品。

此作品高35厘米，宽70厘米，上书"制怒"两字。两字刚柔相济，在左上方题有"先辈林公则徐格言"字样，右下落款为"林则徐五世孙林立葆敬书，甲戌年夏日"，钤"林则徐五世孙""林立葆"三印，还有一印是"林则徐印"，应该是林立葆祖上的遗印。根据纸张和印章的成色等，应当是一件当年林立葆的原作真品。

林立葆（当时在南京国民政府工作）和柳亚子等同为1913年在上海成立的"大同学社"社员。他们与人一起创办《大同周报》，对社会上占有统治地位的封建意识形态及种种落后、迷信的陈腐观念有所批判。

鉴于林立葆和柳亚子同为社友，以及林氏家族的另外两位重要成员都与吴江和黎里有着一定的联系，所以笔者将这幅作品买了下来。

黎里徐达源非常重视历史名人对地方的教化。明代，黎里的凌信曾出使南越，凭外交折服蛮夷之邦。到了明成化七年，黎里为其建祠，崇祯末年毁坏，到嘉庆七年，徐达源首倡捐银，修祠勒碑。

徐俟斋（1622~1694），本名枋，字昭法，吴县人，崇祯十五年举人。顺治二年父徐汧殉明，徐枋欲从之，徐汧曰："我死，不可不死也，自靖自献，不死即不忠；尔死，非不可不死也，不死非不孝。我死，君固也；尔死，亲使尔。有子又将为亲死，则子孙递死无噍类有是乎？尔不死，守身继志，所以成孝兼作忠也。"徐枋遵父遗命终身不仕异族，以书画诗赋闻名吴下，隐居邓尉山中，旋移灵岩，终身不入城市，卖画自给，筑室名"涧上草堂"。与宣城沈寿民、嘉兴巢鸣盛称"海内三遗民"。

徐俟斋过世后，有地一区，有屋9间，其孤出售给他姓。后徐俟斋的门生潘稼堂（平望人）得知后，将其赎回，并在天平山麓上沙村设立祠堂，代为祭扫。

又过了若干年，年久失修，几至倾塌。黎里徐达源看到后非常伤心，以葺治为己任，赋工属役，整修一新。并在潘稼堂处获得徐高士遗像和手迹若干。后来又移建黎里众善堂仁寿祠之南，命名为"徐高士祠"。

徐达源得到徐高士遗像和手迹后，将它们整理装册，请当时名流题咏，其中有赵怀玉、伊秉绶、张廷济、朱绶、彭兆荪、孙原湘等等，还请大文豪袁枚写了一篇《重修徐俟斋先生祠堂记》。

在这些人的题咏中，就有林则徐的题记，题为《徐高士像册山民待诏属题》："君不见天水遗民郑思肖，本穴画兰传笔妙。又不见净名庵主倪云林，迂疏实抱千秋心。先生栖遁灵岩麓，击筑西台同此哭。薇蕨犹餐故国余，蓼莪早废诸生读。溪山僻处支绳床，风雨三间打头屋。卖画偶开高士寮，避人终卧王官谷。一老庵前归雁稀，二株园里寒蝉啼。草堂百年独无恙，华表鹤向梅枝栖。瓣香复有宗贤热，岁荐兰芷搴芳溪。我昔翻阅表忠补，灵踪凫企珍珠坞。只今图象瞻遗容，想见丹心一片苦。遗墨流传属矿时，零绡断楮俱千古。于嗟乎，泽中男子图严光，市中女子知韩康，先生逃名名益彰。巢由稷卨两相契，此象合配汤睢阳。"

徐达源曾待诏京城，与名公巨卿相往来，林则徐也是其中的一位。一代名臣林则徐为什么要帮徐达源的册页题词呢？其实林则徐本身就是非常崇拜徐俟斋本人，这从他的名字上就可以看出："则"就是学习和效法的意思，"徐"指的是明末义士徐俟斋。林则徐家境寒苦，但是林宾日非常重视教育，从小就灌输爱国思想，所以林则徐立志要做像徐俟斋这样的人，因此先贤称俟斋，自己则有俟村老人、俟村退叟之号。

（七）徐待诏对联

黎里周家本来自杭州，在迁黎里时，带来一件祖传宝贝，是一幅《出水芙蓉图》。这幅画是杭州灵隐寺的一位老和尚所画，画上几柄荷叶，错落多姿，叶中露出一朵莲花，并题有落款。后来周家一位后人在黎里开了一家古董店，就把这幅画挂在厅堂的正中央，可是两边挂有对联镜框，镜框内居然是空白的，并没有书写任何文字。

有一年，徐达源正好辞去了官职，从京城回黎里，无意中看到此画，在画前看得很出神，久久没有离去。原来徐达源也是位画画的高手，尤其是他画的梅花，称得上一绝。而眼前的这幅《出水芙蓉图》，用笔空灵，有一股禅意，所以吸引了他。当伙计要他明天再来欣赏时，徐达源才发觉天色已晚，便问这位伙计："为何两边的对联是空白的？"伙计就说："主子关照，这画有一上联，要是谁能对出下联，就将此传家宝送与此人，并要与此人义结金兰。"徐达源就问："上联能否让我看看。"伙计道："上联就在此画的反面，先生请看。"徐达源就小心地将此画翻了过来，果然，反面端端正正竖写有7个汉隶：

画上荷花和尚画

伙计说："这副对子从上面念下去和从下往上念，字音完全相同，难就难在这里，所以挂了近一年至今还没人对得上。先生要是能对上，主人说了，肯定能够奉送给你，并与你结交，今天时间不早了，要么今夜回去想好了，有空再过来。"

徐达源一年没回老家，不知道是谁开了这家古董店，便问这位伙计主人是谁？一打听原来是周逸坡，徐达源哈哈大笑，伙计奇怪地问道："先生为何大笑？"徐达源就跟伙计说自己与周逸坡本是知交，伙计才恍然大悟。徐达源说："现在我就可以对出，不过这幅画我可不能要的……"还没等徐达源说完，伙计迫不及待地就要想知道下联。徐达源拿起账桌上的毛笔一挥而就：

书临汉帖翰林书

伙计一看惊呆了，不仅对仗工整，而且音韵完全符合上联的要求，从上面读下来与从下面往上读，字音完全一样。原来，徐达源本是翰林院待诏，这副对子所以写来格外顺手。

有了下联，伙计于是直奔周氏后花园，找到了周逸坡，告诉周逸坡已有人对出下联。周逸坡正好在花园把卷吟诗，一听这个消息，立即丢下书本，来到店堂，一看原来是故交徐达源。两人一年不见，有说不完的知心话。

伙计看他们有说不完的话，几乎忘记了正事，于是将徐达源写的下联拿过来给周逸坡。逸坡一看，连连夸徐达源这幅绝对。原来，周逸坡与徐达源一直相聚论文，自从徐达源进京任待诏，周逸坡好像失去什么似的，一直在家闷闷不乐，所以想出了"对联结交"之事。漫长的一年终于熬过，故友相聚，使他非常开心。

　　事前有约，凡是对上对子的，周逸坡将此画相赠，他决不反悔。周逸坡便命伙计将画取下，要送给徐达源。徐达源哪里肯要，他说："此画用笔极高古，并富禅

徐达源画

意。周兄乃周敦颐后裔，莲花即是先祖笔下之灵物，是周家氏族的象征，愚弟岂可夺爱。"徐达源叫伙计将此画挂回原处。不久，徐达源移家甪直，为周逸坡还写了一篇《古芬山馆记》。

陈王高才词赋雄
——记徐达源之子徐晋镕

　　徐晋镕（1789~1868），字君寿，一字冰，号冶伯、双螺等，诸生，吴江黎里翰林院待诏徐达源（袁枚弟子）长子。少年时，从学苏州顾元熙。顾氏为"翰林院侍读"，"侍读"一职是为皇帝及太子讲读经史，是皇帝的顾问和老师，所以徐晋镕既得家学又得帝学，可谓双重熏陶。并且，徐达源家中常常是高朋满座，阮元、王文治、吴锡麒、伊秉绶、梁同书、法式善、刘墉、赵翼、王鸣盛、李福、孙晋灏等名士均为座上之客，这些人对于徐晋镕的成长也起到了相当的作用。后来，顾耕石提学广东，徐晋镕同赴广东襄理校务。道光卒巳（1821）顾耕石殁于官邸，徐晋镕经理一切丧事，千里护榇，拳拳师生之意。

"高树无卑枝。"由于生长在良好的教育环境之中，所以徐晋镕少时即勤勤向学，以科举自奋，所作诗赋均符合台阁体例。他作有《忘忧草庐诗》12卷、《金粟斋试帖》1卷、《诗赋抄》2卷。在广东期间，作有《岭南纪游诗集》，此集在徐晋镕晚年刊行。当时黎里名士陈子松为他的诗集作序，序中说："近世称诗者，能深知甘苦，娴体裁，唯晋镕一人而已。"

陈子松是桐城派嫡传姚椿的得意门生，他与徐晋镕是姑表之亲，是因为这层亲谊，而说是"近世唯一人而已"这样的"夸夸其谈"，也许你也会存有这样的疑问。

同邑费延釐为同治四年乙丑二甲进士，官至左中允，他后来为徐晋镕《金粟斋诗赋抄》作序。原来费延釐、费延庆兄弟双双得中进士，其中一半功劳要感谢于徐晋镕，徐晋镕所作的律赋、试帖，兄弟俩曾借抄揣摩，而律赋、试帖等是科举取试的敲门砖。因此费延釐感叹道："深获益焉。"3年后，徐晋镕谢世，费氏又云"老成凋谢，风雅寖衰"，深感当今风雅从此衰微。

自古作序者，粉饰褒奖之词在所难免，今天有幸看到了两册刊行于清代末期由名臣奉敕所编的《君德》《性道》袖珍版文赋集，感觉徐晋镕并非徒有虚名，他似乎已被世人淡忘了近一个世纪。

在这两本集中，分治化、勤政、德政、圣学、养民、睿鉴、爱民、符瑞、德行、德性、操修、品节、性情、言行、交际等子目，分门别类，蔚为壮观。而这些策论、政论性文赋，或由朝廷重臣、或为世间遗贤所作，他们心志高远，具兴邦治国之才。如汉代杨雄、赵壹、崔实；魏国的刘邵；晋代陆机、梁简文帝、江淹；唐李德裕、皇甫湜、沈佺期、白居易、杨万里；宋代欧阳修、王安石、范仲淹、文彦博、苏东坡、黄庭坚、梅尧臣、柳宗元；元代吴江县令林仲节及陶安、刘铣；明代礼部尚书何宗彦及徐渭；清代侯凤苞、顾元熙、丁宝桢、翁心存等等，不胜枚举。在这些文赋作品中，宋代名臣范仲淹共被选入13篇，排在第二位的就是黎里诸生徐晋镕，共有10篇文赋入选其中。而这种袖珍型书籍是古代文人出游时必带的参考书，可以想象，徐晋镕在当时文坛的影响程度。

徐晋镕入选的文赋如下：《君德·治化·抱一为天下式》《君德·治化·知人安命》《养民·人情为田》《养民·抱表怀绳》《符瑞·朝宗拱极》《道学·正谊明道》《言行·圣人之水如火》《操修·斫梓染丝》两篇、《性道·染人甚于丹青》。这些作品的题目均出自儒家经典，是圣人治国、立言、立行，百官和士民处世处事的重要准则。徐晋镕在《知人安命》中认为，为政之道在于知人安民，只有做到百官各司其职，百姓和睦，帝王具备九德，才能长治民安，切勿像"宋真宗席丰盛之朝，乃失于钦若；汉武帝擅英明之誉，不善用夫魏其"，引经据典，入情入理。在《抱一为天下式》中云："思作式于群生，历无为于大宝，得一以清，涵三而造，悟两仪于象妙，阳可统阴，稽四大于域中，王唯秉道，在陶雨化合，焙治以就镕，如彀之旋范，辐牙环抱。"道出了"朴一"的道理。他的其他几篇文赋也均对名言作了解读和发挥，是不可多得的政论性范本。

徐晋镕的诗赋文章由于年代久远，历经兵燹，尤其是咸丰之乱，几乎没有存世。所以近百年后，很少有人提及，这样，他就没有其父徐达源那样闻达。其实，徐家自先祖徐镳参与反清复明活动后，由于家产的抄没，家道中落，徐氏数代均淡于功名，沉浸于诗画棋艺，就是像徐晋镕的曾祖徐培云和祖父徐星标这样的"弈坛国手"也不愿四海闯荡，为人非常低调。徐达源待诏软红子了一年后，看到官场的黑暗，也返乡修史。所以徐晋镕的隐逸之风是倍受其先人的影响的。他自广东归里后，在镇南的"南溪老屋"诗书自娱。他的父亲一生种梅画梅，所作墨梅图皆骨相清奇，为时人所宝。晋镕也延续了他父亲的这一喜好，在茅屋四周广植梅花，所以友人有诗云："桑麻夹道阴，衣食良自足。梅柳两三行，交紫若帏幄。拍肩得仲连，接迹契干木。朋来煮白石，宾至贻青玉。胡以自悦怡，瑶琴抚一曲。"

陆雪亭，名曰爱，字曦叔，陆见球子，祖上本世居吴江芦墟，先祖在乾隆中叶自芦墟苏家港迁往金泽。陆雪亭英年好古，20出头从学于松江姚椿，随毕华珍游，又与黎里陈子松、徐晋镕、盛泽沈曰富、苏州陈克家友善。有一天，晋镕老先生邀请陆雪亭到"南溪老屋"相聚赏梅，雪亭如期前往，并作了《徐丈冶伯茂才招饮看梅》诗："一笑浮埃扰，千秋宿好敦。薜萝青上壁，榆柳绿当门。鹤老健诗骨，梅香苏酒魂。片云喻孤诣，相对可忘言。"

姚鼐弟子、曾国藩幕僚杨利叔是嘉兴王江泾人，常与徐晋镕、陈子松等往还。他有《风雪孤雅图》请徐晋镕题诗，同时他也赋诗一首赠与晋镕："近读酉生诗，道情达甘苦……骐骢困顿随盐车，撑肠文学隘八墟。观书卓荦眼如月，著句清朗胸悬珠。羡君学问有渊源，岂是孤儿荒德业。君才瑜瑾鹤骨僵，何当供尔白玉堂……"

徐达源编纂《黎里志》，嘉兴、吴江、同里、八坼、黎里诸文士参与了校订，而达源的《杨诚斋集》由徐晋镕校订，所以有了徐晋镕的《秋灯校书图》。此集刊印后，北厍大胜沈笑山（道光丙辰进士，官凤阳教授）与徐达源会面，徐达源送给他一册，沈笑山看了《秋灯校书图》后，即题："秋风秋雨多秋声，三间老屋荧孤灯。人言个中有佳士，深夜校书手不停。读书求其是，校书求其真。心细如发眼如月，然后鲁鱼帝虎无遁形……"盛赞徐晋镕的淡定和稳重。

华鬓界里一仙才
——记徐达源之女徐丸如

徐丸如，名玖，字丹成，徐达源女。幼秉庭训，长娴诗礼，真行早擅，词翰兼长，有笔夫人之号，砚博士之称，工楷法，善画梅。年 20 适黎里望族汝宏浚。宏浚少负隽才，倡随甚得。结婚没到两年，宏浚死，丸如抚养孤儿守志，孝事公婆。又隔了一年，其儿夭折，默然寡言，遂依父母以居。端坐斗室，恒手一编。晚年境遇困顿，授徒买画以生，年 69 卒。同治七年旌为列女，有《古诗钞》8 卷、《余娴阁诗存》。

徐丸如曾乞江浙一带的闺彦 13 人画了一批小品，她合装一册，程庭鹭为丸如《题丸如夫人画梅册》诗云："冷香逸韵称疏英，月样玲珑雪样清。想见仙心都入妙，一双翠羽听吟声。""阿翁放笔写槎丫，懒向春风开好花。何似左芬描细意，浓奇淡隽各名家。""华鬓界里画参禅，秋紫春红贮锦函。倘许霜缣贻粉本，瓣香添筑一花庵。"

徐达源早先与吴琼仙生有两子两女，后与用直严氏结合又生有多子，除了徐晋镕、徐晋铭兄弟敦厚博学，徐达源的女儿也个个聪敏灵秀，其中九女徐丸如最为优秀。浙江山阴文士王任之在道光年间曾侨居黎里，他在写给徐达源待诏诗中有"早识神仙是才子，更无儿女不诗人"，就是盛赞徐达源之女徐丸如。

赵棻是上海人，户部侍郎秉冲女。幼读书，能诗文，赵棻雅擅诗词及古文、骈体，博涉经史，长于议论，兼通医籍药理。著述甚多，集中佳句俱娟妙可喜。

有诗词文集 7 卷，题曰《滤月轩集》。

因徐达源广交朋友，好学的丸如自然是近水楼台先得月。丸如将《滤月轩集》通读一遍，深感钦佩，特地将自己的诗文寄给赵棻，并倍述钦慕之情。

古称"女子无才便是德"，而赵棻并非这样认为，她在《滤月轩集》自序曰："宋以后，儒者多言文章吟咏非女子所为，故今世女子能诗者，辄自讳匿，以为吾谨守内言不出于阃之礼也；反是则廷欺炫鬻于世，以射礼焉耳。是二者，胥失之也。《礼记·昏义》云：'女师之教，妇言居德之次。'郑君注云：'妇言，辞令也。'夫言不文，行而不远。文章吟咏，非言辞之远鄙倍者欤？何屑屑讳匿为！且讳匿者不终于讳匿也。"

赵棻得信后，认为丸如就是一位非凡的与文章有缘的奇女子，对于自己的夸奖那是过分了，因此赵棻说："数蒙华衮之褒，敢为敝帚之享。誉扬过当，悚愧交并。"所以便长长地作了回信，深感两人相识恨晚。赵棻的《与徐丸如书》如下：

"夫丰城双剑，非因雷焕而腾辉。柯亭一椽，岂为蔡邕而振响。而乃望气矜奇、聆音表异者，盖幽谷之鸟，隔远树而求声，役车之铎，闻黄钟而赴节。针芥必合，水乳自融。此大《易》所以有兰臭之言，《郑风》所以有《缁衣》之咏也。

"棻幼而梼昧，长益粗疏。六甲才通，三仓略述。虽《周礼》继承，渊源有自。而《汉书》授受，句度多讹。偶暇组训，颇耽吟咏。妃狶强学，竞病难谐。文章尚昧乎流别，形状不外夫风云。无韵之文，有生未习。天元校定摛词，远愧于阿环。金石编成述事，近惭乎清照。客岁计君二田求两贤母寿序，误采虚声，谬推作手。贸然授简，率尔操斛。斫尺木以构凤楼，凭寸屙以扛牛鼎。艺林目笑，香阁腹诽。讵意諓言，竟尘清睇。伏惟丸如夫人真行早擅，词翰兼长，篇拟小山，吟书大雅。运笔著夫人之号，假砚有博士之称。不弃芜词，肯挥斑管。烟霏雾结，具征唐韵流风，玉润珠圆，恍睹灵飞真迹。不特写诸缣素，抑且镌以苕华。何幸猥凡，得叨藻翰。古来乐石，有出香奁。若升仙太子之碑，公安美政之颂。轩和书谱，谓能有丈夫气，欧阳集古，疑不类妇人书。今昔虽殊，盛美莫二矣。

"尝谓鸿文易湮。翠墨不泐。邯郸淳赋颂无存，独曹娥碑借右军而著，魏文贞疏赞以外，惟醴泉铭因率更而传。虽非薄劣，所敢希实。皆神妙之系赖也。载读灵箫、湘君、梅婷三夫人暨小娥女士诸跋，清风芳桂，竞飞笔阵之声，泄水涌泉，各擅选楼之制。如依绛帐，定是经师，倘裹皂纱，应称飞将。而且虚怀若谷，藻鉴犹冰。誉及鄙文，曲为缘饰。或爱而顿忘其丑，岂罕而弥觉其珍。临淄之赋未显，元晏序而始行。辋川之图已沦，少游跋而如见。惜施因人，宝非其物，金屋以藏马通，锦缎而批蠹树。在诸君善乐与人，偶然奖借。在鄙人，疚宜省已，何以自安。数蒙华衮之褒，敢为敝帚之享。誉扬过当，悚愧交并。所幸居非异地，生复同时。闺房林下，均此枌榆……"

在信的最后，赵棻深感俩人相识恨晚，便云："鲍妹左嫔，并工词赋。冀一旦萍蓬之会合，结三生翰墨之因缘。搴帷入梦，肯如张敏。迷途倾盖，论文差胜。孺悲无介，此日裁书，将意或能处以囊中，他年载酒问奇，谅不挥诸门外。临池神往，无任依迟。"

赵棻是当时有名的江南才女，她能这样推重徐丸如，称她为"经师"和"飞将"，也足见丸如的出类拔萃。两人虽然没有见过面，而惺惺相惜之意，溢于言表，赵棻希望有朝一日能到黎里与徐丸如一起谈诗论文，交流心得，以结三生翰墨之缘。

◎郭 麐

堂下芳花尽香草　集中文字半丰碑

　　郭麐（1767～1831），芦墟人，原名一桂，更
名麐，亦作舟矗，一字祥伯，号频伽，又号邃庵居
士，贮萝长者，晚号复翁。因右眉全白，故亦号白
眉生，人呼作郭白眉。吴江附监生。少有神童之
誉。游姚鼐之门，尤为阮元所赏识，与袁枚为师
友，五经挂腹，万卷撑肠，瑶章朗润，文采照耀江
淮间。喜画花鸟山水，精于书法，银勾铁划，张弛
有度，深得山谷韵致。嘉庆四年（1799）侨居嘉善
魏塘以终，卒年 65 岁。

　　郭麐曾祖叫郭如龙，原籍秀水。祖父郭锷（剑
冲）于明中叶携王氏及弟郭锐（汉冲）移家吴江
芦墟。弟郭锐虽二娶却无男子，郭锷便将季子纫荃过继给了他，长子纫兰（后改
名元灏，字清源，号少山，海栗居士）即是郭麐的父亲，纫兰在郭锷的督促下，
刻苦治学，并师从里中名士陆燿，与郁文明交尤深。22 岁补博士弟子员，但屡试
不售，家道亦落，遂里居课徒，为人笃达，著有《深柳读书堂诗稿》。纫兰有三
娶，郭麐的养母为迮氏，姐妹兄弟均为秀水翁氏所出。

　　郭麐家极清贫，祖父辈由于性情固鲠，口无二价，从商无道，一家 10 口人全
靠父亲授课及母亲针线活维持。但纫兰从未放弃对郭麐、郭凤兄弟俩的教育。后
家计实在无法维持，郭凤也从商习贸，在一次搬运东西时，不慎坠入河中，差些

郭麐

丧命，母亲极怜惜他，又使其重操学业。有一天夜里，迮氏去看望翁氏母女，只见室内瓦灯昏暗，郭凤正在左侧看书，小妹正在学做针线活，当时郭麐在泰兴未归。翁氏正在粘锡箔，以供明日之炊。时窗纸破碎，风号如虎，深夜尤觉寒冷，手指坼裂流血，弟妹的倦目时而望望坐在门边的族祖上父，均荧荧欲泪，大家催祖父去睡觉，老人家却说："看着你们母子三人如此吃苦，我怎么能够入睡，阿玉（郭麐小名）他正外出，他是不知道母亲会如此的吃苦。"郭麐回来知道此事后，与母亲等相视而泣。寒门出英才，由于兄弟两人勤奋不怠，加上天性颖隽，少年时文名已及里中。为了减轻家里的负担，郭麐17岁便授馆于胥塘倪家。

在与郭麐交往的时贤中，家人亲戚自然不少。弟郭凤（丹书）从小与他一起长大，饱读诗书，后又一起移家魏塘，著有《山矾书屋诗集》19卷。郭麐37岁时，弟弟为其写像并题文，文曰："其目无人，其心无我，与世周旋谓狂也。可规模，背时文，亦宜然不趋利禄之路，逐为他人所先。至其怀心掐胃，咀宫含商，穿穴险因穷极豪芒，与时贤而相较，似有一日之长。"

夏双楼与郭麐是亲家，婿夏慈仲、妹婿郑锓（字弱士）都有与郭麐文字上的交往。可惜郑锓英年早逝，郭麐对他的评价是："君字弱士，其志则强，追古蔑今，虎腾骥骧，吐词陈义，有敢无惇……"

陈梦琴是郭麐的中表叔，却比郭麐小20岁，梦琴常执以学生之礼，而郭麐却乐于他互为师友。经梦琴的介绍，郭麐又结识了黎里一带诸多文士如柳树芳、朱蔼亭、徐达源、陈燮、许竹溪、迮青厓、沈芝卿、袁稻芗、吴云璈、潘寿生、邱

书影

冈三兄弟等，以及同里袁湘湄、青浦姚春木、陈涤生、震泽黄竹堂等。一时高朋云集，文风蔚起。灵芬馆夜话、文乐堂听琴、养余斋赏菊、鸥梦阁啜茗、话雨楼文宴，扁舟策杖，从而形成了一个清代中早期分湖地区的文学高潮，孕育产生了大量的分湖派诗人，扬声坛坫。

郭麐足迹遍及大江南北，所以湖州的姚渼卿、海宁的查梅史、山阴的吴修龄、歙县的凌仲子、桐城的马雨耕、东台的袁啸竹、淮阴的蒋因培、金陵的孙九成、锡山的程韵篁、福建的伊墨柳、山东的张云藻、扬州的王惕甫等，都与他诗词酬唱。因此，郭麐在《灵芬馆诗话》《灵芬馆杂著》中亦大量收录了他们的诗词作品并进行解析点评。郭麐与陈鸿寿相交亦深，陈曾为溧阳令，郭多次下榻其"双连理馆"，并与其父鲁斋相知，为其题《钓鳌图》，陈鸿寿为《蘅梦》《浮眉》两词刊作序。

郭麐的书斋除了有"灵芬馆"外，还有一处"浮眉楼"，此楼去分湖不过半里，天朗气清，湖水荡目，吴中远山一痕如黛。因取韩昌黎"天空浮修眉，浓绿画新就"之句而名楼。邗江僧序初为其作《浮眉楼第一图》，刘芙初为之作记，伊秉绶题诗："桃花新涨渺无津，一抹青山染黛矕，待得纤纤初月上，此楼真合住仙人。"之后又有《浮眉楼第二图》，沈春萝、萧梅生、萧梅光等作题。芦墟分湖边上的钓月舫，处陶冶禅院之西，为里人张蘅洲募资建造。堤边遍植桃柳以及梅花等树种，鸥鹭相狎，景色雅致，以郭频伽为首的分湖派诗人常常相聚于此。尤其在月影如钩的夜晚，诗人们邀月吟唱，连宵达旦。故有诗曰："漫云屋小似渔舟，万顷湖光一览收。不种梅花三十本，那能名士有诗留。"

郭麐与阮元情谊颇笃，两人在扬州相识，后阮元功名腾达，官至浙闽巡抚、云贵总督，官船去杭州赴任时，折道芦墟，登门拜访了一介平民郭麐，真是车笠悟水乡，唱和乐融融。阮元在《灵芬馆第三图》上题："才子江南郭白眉，图书满屋酒盈卮。仰天大笑传齐赞，极浦杨舲读楚词。堂下芳花尽香草，集中文字半丰碑。人间亭馆知多少，可有浮眉一卷诗。"盛赞郭麐及其著述。

郭麐年轻时性情嗜诗而不喜浮奢寺僧，以为僧徒之作凭借奥字梵语，淡泊而不近人情。乾隆五十三年，郭麐在嘉善访友，遇到了沈瘦客和黄退庵，两人极称方外漱冰。时漱冰50有余，枯瘠而善谈，宗法古学，阐述条理分明。郭麐觉得非常好奇，对于方外人士也产生了好感。过了几年，在一个大雪初霁之日，魏塘黄退庵轻舟凿冰 30 里到达郭麐的灵芬馆，漱冰同至，诗酒赋诵，至四更而不寐。杭州诗僧小石，郭麐同陈曼生也曾与之论诗。后来小石到了扬州后又得到阮云台中丞的称赞。康山江吉云买别墅于西溪，种梅筑室，令小石住持。当郭麐去寻访时，已外出化缘，终无缘相见而深感失落。小石的诗文往往随手散失，因此，郭麐回家后将其部分诗作辑录在《灵芬馆诗话》中以致纪念。

乾隆时期，分湖诗人徐江庵咏梅、画梅，与梅花结下了不解之缘。竟以"死便埋我梅花下"一语成谶，乾隆辛亥年底病殁于吴江芦墟话雨楼，年仅 36 岁。

徐江庵本名徐涛，字听松，世居吴江芦墟，骨相清奇，乐道安贫，颇富谈笑，少好声伎博弈，放荡不羁，及长始刻苦于诗词，所居话雨楼与郭麐（频伽）灵芬馆隔浜（袁家浜）相望。风雨之中，徐江庵经常头戴毡帽，手提酒壶与频伽同饮，所以，芦墟诗人沈昌眉在《杂忆乾嘉以来诸先哲，各系以诗》云："灵芬话雨隔清溪，风雨弥天望眼迷。毡帽遮头人不识，提壶经过板桥西。"年轻时，江庵与郭麐同就馆于倪斐筠家，所以两人情笃合契。大多数分湖周边的文人士子，均由郭麐的介绍，徐江庵才与他们相识相知。平时如果有人在背后说郭麐的坏话，他总是反唇以讥，故有两人相累之说。

徐江庵在与友人宴集时，拈题分韵，往往通夕不成一章，拥褐深坐，及成后出示给文友时，众人无一不为之折服。徐江庵尤长于离合聚散感慨之词，幽折情深。袁枚在《随园诗话补遗》中，对于徐江庵《呈龙雨樵明府并求书》中的"客来凤篆寻琴谱，人到公庭乞法书"的诗句极为赞叹，盛赞其倜傥不羁和诗文功底的扎实。

徐江庵论诗，有纵横之说："在唐则青莲为横，工部为纵；昌黎为横，东野为纵。后如欧阳永叔、苏眉山、陆放翁横之类也；梅圣俞、黄山谷、陈无已诸人纵之类也。横则天才放逸，学力宏博，纵则十变五化，万力千气……"自有其独到的见解。

徐江庵体弱多病，时愈时发，故自有"笑我无才维善病"之叹。由于对梅花的钟爱，一直怀有邓尉山探梅之愿。曾作诗云："十年不入山，与世徒往还，梅花应笑我，满面皆俗尘。"可见他对梅花的向往之情，如果再不去寻梅探梅，恐怕连梅花也要讥笑自己，笑自己的世俗之气，不懂得品味人间的纯洁和芬芳。于是，徐江庵病体稍愈，于辛亥年（1791）正月与郭麐同舟赴苏州邓尉山探梅。一路轻舟如飞鸟，逸致尤胜，顷刻间已见四山皆白。当诗人看到白梅遍开，茫茫如海，无限兴奋。接近梅花鹿，清香袭人，梅瓣怒放，如面带笑容，欢迎这位远道而来的"梅痴"。弃舟登岸，石磴千盘，幽径曲折，行至半山，前面忽见一峰矗立，极为壮观。但此时的诗人因体力不支，已是汗如水倾，两足欲脱，羸弱的身体已不允许他再往前攀登，真是恨无羽翼到山巅，渴望胜景不可及。因此坐在石阶上，仰首高吟，为长诗一章，从其中的"今朝寻花将命乞，呼童荷锸随我行。死便埋我梅花下，君为立石题我名"之句，可以看出，即使是此次探梅不幸而亡，徐江庵也是心甘情愿的，他荷锸而行，随时随地做好了死亡的准备工作。最主要的是，他终于能够如愿以偿，与梅成约，与梅相会。最后一句，"临风一笑"是何等的洒脱，视死而如归。但非常不幸的是，吟诗成谶，徐江庵竟于这一年十一月因病亡故。

徐江庵过世后，郭麐之弟郭凤应追感昔日的挚友，遂在西山探梅时写下了："花前埋骨有诗篇，说着徐熙便黯然，买取西山三百树，为君栽遍墓门前。"袁迪生、袁湘湄、朱铁门、陈秋史、黄退庵、沈瘦客等纷纷写下了悼念诗文。作为至交，郭麐不负故人遗愿，为他写下了《亡友徐江庵墓志》，并写下了大量的悼亡诗。正如有诗人写道："振古奇才郭十三，穷交端不负江庵，一灯午夜斋心写，脱赠贤于旧馆骖。"

徐江庵曾家藏古瓷瓶一只，一色浅碧，光色萃然。有一年因孩雏嬉耍，不慎碰倒并坠地化为碎片。徐江庵极难过，将部分残片送给了郭麐。自江庵亡后 5 年，郭麐与碎片朝夕相对，黯然神伤，便写《碎瓶记》以志纪念。

郭麐并抄存话雨楼诗若干，交由徐江庵的里中好友吴云璈编排刊印。不巧的是，吴云璈还没编好却离开了人世，而郭麐此时已移居浙江魏塘，并一去而不返，因此，徐江庵和吴云璈两人的诗文一同散失。所以南社诗人陈去病有《题郭频伽手写徐江庵诗册为寒琼作》诗，诗云："话雨难寻旧小楼，零星遗稿更难求！多君独向长安走，拾得琼编手难雠。"

100 多年之后，广州籍南社诗人蔡哲夫在燕京的书摊上觅得徐江庵的原稿诗文，得知好友柳亚子先生正在搜罗乡邦文献，便送给了亚子先生。后来，南社诗人沈昌眉在陈梦琴的后裔陈祥叔手中得到了吴云璈的诗稿，也交给柳亚子。柳亚子终于将徐江庵的《话雨楼遗诗》和吴云璈的《盍簪书屋遗诗》同时编印成册，并行于世。因此，有诗赞曰："斯文显晦果谁教？秘本分明尚可抄。却喜拈来双璧合，愿君珍重莫轻抛。"

徐江庵不但爱梅、吟梅，尤善于画梅，曾画有梅花小景两桢，有郭麐的题诗。流传百年后，复归芦墟沈昌眉所有，后沈昌眉分赠柳亚子和徐子为，沈长公为此赋诗记其事。

嘉庆乙末年（1799），郭氏兄弟侨寓魏塘，魏塘亦为昔贤歌觞之地，醋坊桥畔，肠断东山，水磨头前，情缘白石。魏塘自水村东斋而后风雅稍逊，有沈瘦客首先倡率振起，退庵父子起而扶轮，后来之秀则为汪芝亭。汪芝亭的听香馆，花木环植，异石罗立，他们于郭氏兄弟日哦其中，弥日无倦。又有朱可石，名元秀，门列米肆，于喧杂市井中独屏一室，香炉茗碗，静穆不多谈笑，出语则惊人，通医术。当时还有叫宗竹田的，在朱可石处学医，又善画，并以此自给，与郭麐在魏塘的灵芬吟馆极近，归必相见，喜郭氏移居魏塘，作诗："一舸琴书到水隈，袖中湘管欲抡才，高斋幸与蓬门近，月夕花晨数回往。"当时与郭氏兄弟交往的还有张渠斋、沈雪樵、沈素芳、沈小芳父女等，均倾襟相许，敷席陈词，有知己之雅。

郭麐的诗词，空灵秀美，独标清绮，时而又会流露出淡淡的清怨，这与他的性格和境遇是分不开的。他不随波逐流，不趋利禄之门，甘于清贫，所以他的诗词如春鸟秋嘲，秋虫流吟，此亦人世之观，胸臆闲出，且均为小中见大，浑成天然。他著有《灵芬馆诗集》《灵芬馆杂著》《樗园消夏录》《唐文粹补遗》《金石例补》《江行日记》《蘅梦词》《浮眉楼词》《忏余绮语》《爨余词》等，是乾嘉时期杰出的诗人、词人，以其清雄之才、奥博之学被《乾嘉诗坛点将录》封为"步军冲锋挑战副头领——浪子郭频伽麐"，因此，郭麐是乾嘉时期我们吴江分湖诗坛的领军人物。

◎ 蒯士芗

劳苦功高阿母誉　不因奇案误清名

禁书缘由

黎里是一座有着悠久历史的江南水乡古镇，3 里多长的古镇老街，清澈的市河（黎川）穿镇而过，将碎石铺成的街道分成隔河相望的南北两岸，从高处俯瞰，如同一条卧着的巨龙。

老蒯家弄坐落在古镇中部上岸的新桥堍，老宅朝南向阳一落五开间，从门厅到临后河的最后一进，纵深达八进。

门厅（墙门）上六扇乌黑发亮的厚实大门呈现着大家风范，厅内正中悬挂着"中宪第"匾额，步过第二进茶厅，经过宽敞的石板天井，就是正厅（老蒯厅），建造年代要早于新蒯厅许多年。居中的八扇褐黑色的落地长窗平时紧紧关闭着，从窗的间隙中向内张望，里面黑乎乎的一片，依稀能看到灵台上供奉着众多的祖先灵位，显得格外阴森。正厅为公用的厅堂，是本族安排红白喜庆进行祭祀等活动的场所，届时落地长窗敞开，从前一进一直开启到门厅直通大街。

老蒯厅在民国时期曾作为剧场和书场演出文明戏（话剧）和评弹，孩子们每当放学回家途经那里，总会忍不住驻足在屋檐下看一会儿文明戏。蒯家立有规矩，别的书但说无妨，就是《杨乃武与小白菜》不准说。原来，这部书说的是清代四大奇案之一的故事，蒯厅的上祖蒯士芗正是当时审理此案的清廷臬台（按察

121

使），因为余杭知府刘锡彤上下贿赂，买通官场，故在"三堂会审"时仍然维持"杨乃式谋夫夺妇"的原判。后来沉冤得以昭雪，蒯士芗伏地知罪，遂即吞金自戕。蒯家为了"护佑"先祖声名，把《杨乃武与小白菜》这档书看作是对蒯家的奇耻大辱，就此禁说。据说还把禁演此书的规矩明文刻在大厅进门处的石碑上。

另外，当年在蒯士芗的书房内，曾经悬挂一幅由林则徐书写的匾额"求实斋"，这是对蒯士芗为人的充分肯定。但也因了这匾额，蒯士芗自感没有实事求是，在"杨乃武与小白菜"一案中，碍于上司的压力，不深入调查，将错就错。虽然他深得两宫皇太后的庇护，并没有将他治罪，但他还是吞金谢罪。由此可见蒯士芗刚直的性格。

阿母善政

"劳苦功高"是两宫皇太后对蒯士芗的嘉许。我们先来了解一下蒯士芗的经历：蒯士芗名合荪，字则钦，是黎里蒯关宝之子。资性明敏，19岁即游于京师，补大兴诸生。1844年考取举人，由实录馆誊录议叙知县，分发河南，补永宁知县，历任固始、祥符。由大臣英桂推荐至直隶州。1855年，父亲去世，欲丁父忧，有旨夺情，授光州知州。曾参与林则徐幕府，熟读兵书，锻炼了军事才能。其时，粤匪林凤祥攻河南，归德沦陷，直扑河南省城。抚军陆应谷知道蒯士芗的实战才能，于是派他率部迎敌，生擒粤匪头目，解了省城之围。

在固始任上，有捻军李士林、丁心田、陈裕、胡金斗等盘踞光州、汝州之间，烧杀抢掠，无恶不作，哀鸿遍野。蒯士芗又率部征剿，将捻军全部打败。他又两次书交上司，要求缓征钱粮税，言辞恳切，声泪俱下，上司入奏朝廷，终于同意了他的请求。当地百姓无不奔走相告，有士民编了一首歌谣来赞美他们的父母官，其中有："蒯阿母，何来暮。"说的就是蒯士芗这位体察民心的父母官，为什么来得这么迟，大有相见恨晚之意。

过了不久，又有角子山大股捻军肆意侵扰南阳、汝宁两府，蒯士芗督兵征剿，生擒头目管绍堂，几天后就平定捻军的骚扰。在与河南为邻的边界地方，经常有匪为暴，他们混杂在百姓中，很难捉到他们，当地官军往往滥杀无辜，邀功领赏。蒯士芗得到这个情况后，经过一段时间的明察暗访，终于将匪首擒获，并一网打尽，其他被嫌疑的人员也得到了安慰，至少有一万人免遭杀戮。期间，他曾配合大臣毛昶熙征剿捻军。在汝南一带，有一些作乱分子，与捻军勾结，蒯士芗不顾生命的安危，只身进入其地，讲其利害，许其从新，于是众多作乱者均感泣而解散。

蒯士芗在任 10 年，贼不犯其境。传说，在蒯士芗上任之前，河南一带多有蝗虫为害，可是蒯士芗到任后 3 天，蝗虫居然消失得无影无踪，河南的百姓多说蒯士芗是刘王老爷再世。此后，蒯士芗又多次在河南河北征剿捻军，后奉旨赏布政使，迁浙江按察使。

1871 年，奉旨面圣，召对称旨，深得两宫皇太后的嘉许，有"劳苦功高"之褒。所以刘铭传有《申阳军次赠蒯士芗观察》诗，诗云：

涕泪满衫新折将，驰驱一路旧征程。

干戈未遂澄清愿，缟素频沾朋友情。

客至偏投陈傅室，贼来不犯寇公城。

豫南春到千山绿，入境闻碑是政声。

"杨乃武与小白菜"一案惊动朝廷，查明真相后，清廷下谕：革去刘锡彤余杭县知县职务，从重发往黑龙江赎罪。杭州知府陈鲁、宁波知府边葆诚、嘉兴知县罗子森、候补知县顾德恒、龚心潼、锡光草率定案，予以革职。侍郎胡瑞澜、巡抚杨昌睿玩忽人命，也予以革职。还有 100 多位官员被免职。在这些高官中，单单没有蒯士芗这个名字，实质上就是慈禧太后对这位"劳苦功高"的蒯士芗是网开一面的，但蒯士芗还是自愧于"求实"和"劳苦功高"的褒奖，最后以吞金谢罪，以报"隆恩"。

蒯士芗为人真诚爽直，无隐讳，与人交，坦白胸怀，绝无城府。廉俸数万金，周恤亲旧知交不少客，人多思之。

蒯士芗去世后，光绪十九年（1890），河南民众同请于朝廷，敕建专祠，葬浙江嘉善县推字圩。

蒯士芗之死

对于蒯士芗之死，在家乡都传说是吞金自戕，但据笔者考证，并非如此。在

《黎里续志》编撰蔡氏所引述李鹤年《豫军纪略》是这样记录的："乙亥，卒于官，年七十。光绪十九年，豫民同请诸朝，敕建专祠，葬浙江嘉善县推字圩。"由此可见，蒯士芗于同治乙亥年（1875）卒于浙江任上的。而到了1893年，河南的百姓还在怀念当年的"父母官"，于是百姓联名请命于朝廷，在当地建了专祠。而对于处理和处决"杨乃武与小白菜"一案的一大批官员事件是在1877年，此时蒯士芗已去世2年，哪来的革职查办和吞金之说？至于吞金一说，只是有人将蒯士芗的妹妹蒯学诗与其丈夫周宪曾身殉有关。将蒯学诗的吞金说成是蒯士芗吞金而已。下面我们来了解一下蒯学诗吞金事件：

周宪曾，字景侯，号应芒，黎里周光纬长子。少有器识，倜傥负才。拜本镇殷寿彭先生为师。周宪曾以仁和籍监生入赀得户部司务，举道光二十年顺天乡试，擢广东司主事，出为直隶广平府同知。

期间，顺天有孙启盛案、天津有周有得案，这两宗都是疑案，经过周宪曾的细致深入地走访，两疑案都顺利得到结案，所以上司非常器重他。

咸丰三年，太平军北上，他分防临洺关，但因为兵力不足，不能守临洺，便去见督部。而督部却早已退守保定，周宪曾搬兵无着，于是立即赶回临洺。此时太平军已侵入临洺。周宪曾毫不畏惧，正衣冠，坐正堂，一如平时办公的样子，太平军被他的凛然之气折服，因而不敢随意将其杀害。看着太平军耀武扬威的样子，周宪曾拔剑冲向他们，一连杀死3名兵卒，于是太平军将他掳去。途中周宪曾大骂毛贼不止，乃惨遭害手。

周宪曾配室蒯氏、侧室郭氏、幕宾平湖何戴筐、仆人张福同时遇害。这事上报朝廷，皇帝降旨，恤赠周宪曾中宪大夫道衔，敕所在建祠，从祀京师昭忠祠，谕赐祭葬，给云骑尉世职，葬浙江嘉善县虞字圩。周宪曾著有《学痴吟》一卷、《赋秋声处诗》一卷。

周宪曾配室就是蒯学诗，字咏之，知县关保女。少通经史，能诗，善绘画，尤喜涉猎志乘，明大义。当时她嘱咐周宪曾妾徐氏带着子女先期出逃，她自己为了跟随陪伴周宪曾而去，保持清洁之身，吞金自尽。后来，周宪曾妾郭氏亦投井死，两人皆被钦旌节烈，从祀京师"节烈祠"。

附　录

重修禊湖书院复置膏火记

　　蒯士荛不但为官清廉正直，而且富于文才，他曾书众安桥启忠祠（相传为岳王旧第，今已不存）联：母教凛千秋，共仰孝思光日月；臣忠规万古，独留庙貌镇湖山。还为黎里禊湖书院作《重修禊湖书院复置膏火记》，记如下：

蒯士荛《重修禊湖书院复置膏火记》　光绪《黎里续志》载

　　禊湖书院在吴江县之黎里镇，国朝康熙五十四年，里人陈征君时夏创建，太守觉罗公捐廉助膏火。雍正十年，陈别驾炳文、周宫傅元理重修。乾隆四十年，李朝议璋复修建之。嘉庆十四年，陈明经阶琛暨我从祖磋副公嘉德纠赀修葺，置膏火。道光十年，蔡藩掾湘、周提举芝沅捐赀重修，增置膏火，延名师集诸生肄业其中，课以诗文。自遭兵燹，即于颓废，其储银亦荡然无存。我皇上御极之五年，狼氛扫荡，江表廓清。里人士集赀兴建，以复旧观。中为讲堂，供奉关圣像。东为读书处，有楼三楹，曰凌霄阁。北向为吟香书屋。西为学古斋。西偏为仁寿祠，奉有功书院者之木主于中。前为大门，后为忠义祠，祀庚申殉难诸人，以祠宇未建，权裥此焉。六阅月而落成。钱塘张军门曜适于是时假归来里，捐制钱三百串为倡，里中绅富踊跃乐从，共得钱千余串，交商营运取息，以资脩脯膏火之需。越六年，余奉命陈臬之江，道出里门，诸故人乞文记之。盖书院所以补学校之阙，膏火所以济井田之穷，非深得古人养士之意者欤？吾里士秀民醇，无浮夸伪诈习，宜益奋志修学，实事求是，以求无愧于古人，勿为利禄之途所囿。余虽不敏，亦乐观其成也。是为记。

◎张　曜

武能兼文本绣虎　智能备勇称大王

阿牛遇仙

张曜

张曜，字亮臣，号朗斋，谥号勤果，祖籍浙江上虞，后迁居钱塘竹竿巷。他从小憨头憨脑，一身蛮力。到了入学的年龄，不肯进塾读书，经常召集小伙伴打斗。张曜的乳名叫阿牛，是有名的"小大王"。阿牛的父母经过几天的商量，就去投靠阿牛的姑夫家，此时他的姑夫在河南做一小官。于是三人雇了一小船来到黎里蒯家。蒯夫人给他们在镇东租了两间房子，还为阿牛的父母寻了一份差事。当说到要阿牛进私塾读书，阿牛撒腿就跑，家人找了半天才将他找回。"江山易改，本性难移"，来到黎里近一年，阿牛还是老样子，居然在黎里又称起了"王"。

某年的农历四月十四日，相传吕祖的生日。这天，杭州的舅父来黎里看望阿牛一家的生活情况，阿牛的父母便宰了一只土鸡招待阿牛的舅舅。阿牛干体力活绝对是一把好手，他拎起煤炉就往外场跑去，父母要他好好看炉子。

这天天气特别好，微风吹拂，木片放得不多，可是炉膛内的火越烧越旺，阿牛想，今天风不大，可为啥火这么旺？正在思考的当儿，只听得后面传来"熟了，熟了"的声音，回头一看是一个叫花子，胡子拉碴，左手拿一破碗，右手挂一拐杖。叫花子要阿牛揭开锅盖，可阿牛却说道："你这叫花子，乱说什么，我这才烧了这么一小会时间，怎么会熟呢？快走，快走，拿起几块木片就朝叫花子身上打去。可叫花子将拐杖向上一使，锅盖就腾空而起，只见热气腾腾，阿牛吹开热气，不觉大惊。原来砂锅中的土鸡已不见了踪影，里面却安坐着一个向他微笑的童子。阿牛突然扑向叫花子，抢起拳头说道："你这妖怪，还我土鸡。"叫花子用拐杖轻轻一挡，阿牛居然跌跌撞撞被摔到了家门口。父母一问缘故，急急忙忙来到外场口，只闻到从锅中飘出的一缕缕香气，根本没有阿牛说的叫花子。走近炉子揭开锅盖一看，里面是已经煮熟了的土鸡。舅舅发现木片旁边有一块黄绸布，拿起一看，上面写道："十龄小童太猖披，慧根深藏谋教化。憨牛遇仙不识仙，还须十年交鸿运。"

据说这位叫花子就是吕纯阳，而黎里镇上有只全真道院，就是纪念这位吕仙祖的，因为这天正好是他的寿诞，黎里人于此日设斋醮以志纪念，他当然飘然而至，化成叫花子来到黎里，正好遇上阿牛。但是阿牛却不知道那个叫花子是仙人，反而说他是妖怪。所以在以后的几年里，阿牛还是愣头愣脑，靠一身蛮力，在镇上一家碾米作坊为人舂米糊口，每次能背米三四百斤，行走如飞。张曜性勇好斗，又爱打抱不平，结果惹上人命官司。他只好再一次迁家，决定投奔姑夫蒯贺荪，此时张曜刚刚 20 出头。

月夜破捻军

阿牛憨头憨脑，如果真要他一个人去河南找姑夫，根本是不可能的，据说还是因为吕纯阳一路点拨。从安徽六安进入河南境内淮河上游的光州，到了光州听说蒯姑夫已经升职，当上了固始知县，他便兴冲冲地来到固始县。因为阿牛胸无点墨，也没有什么好差使叫他做，而此时蒯知县为捻军作乱正心烦意乱，就安排他做些杂务。

半个月住下来，阿牛与官兵混得很熟。一天晚上，阿牛没事走登上城楼，点起旱烟，举头仰望，但见天上星星点点，月亮皎洁，晚风习习，他自言自语道："月亮啊月亮，我何时能够有一番作为？"随手将烟杆在城墙上敲了一下。这一敲可闯了大祸，原来在阿牛的边上有三门大炮，因为烟杆一敲，掉下一些火星，小火星随着晚风正好引燃了大炮的火索子，只听得三声巨响，山摇地动，震耳欲聋。

这三门大炮是专门用来对付捻军的，如果没有紧急的情况和蒯知县的命令，任何人不能擅自启动。守城的军士闻声立刻赶了过来，责问阿牛为何开炮。这时阿牛也傻了，但又立刻说自己看到远处有黑压压的大片捻军人马正朝着县城而来，捻军奔袭的位置正好在大炮的射击点上，所以没有回报，点染了导火索，向敌军开了炮。这时，蒯知县等也赶到城楼，一听此言，再回头一看，果然有捻军的残部正狼狈撤离。蒯知县下令继续开炮，遂将敌军一举消灭。通过这次歪打正着，蒯姑夫给了阿牛一个团董的官职。

不久，蒯县令又获得军情，捻军将来攻城。军情紧急，蒯知县下令谁能破敌，愿将女儿作嫁。阿牛率先带领团丁伏于固始城外，等待捻军到来，准备打他个出其不意。半夜时分，一股捻军被大将僧格林沁尾追，逃到了固始县城附近，阿牛率团丁出击，两相夹击，捻军大败而逃。此后，在僧格林沁的指挥下，阿牛收复光山、息县。僧格林沁深赏阿牛的作战才能，调他为固始知县。看着阿牛的多次不平凡的战绩，蒯贺荪不失信用，将自己的女儿蒯凤仙许配给阿牛，阿牛于是回到黎里热热闹闹办了婚事。

正应了那叫花子留下的"还须十年交鸿运"的话，此时的阿牛既抱得美人归，官运节节上升。

遭弹劾　拜名师　组新军

咸丰十年，张曜父母先后过世，可是军情紧急，上司奏明朝廷，命夺情留任军中，以素服继续带兵。此后张曜在河南大败陈大喜、张凤林所部捻军，咸丰下诏晋升张曜为河南布政使。布政使，俗称藩台，乃二品大员。清代官制，重文轻武，武将只能做武职官，可当总兵、提督，但不能任文职高官。张曜充当知府、道员，那是战时的权宜之计，藩台是抚台之下管理全省民政与财政的最高官员，岂是一介武夫可以胜任的。当时，官场倾轧异常严重，就有一名御史刘毓楠弹劾张曜"目不识丁"。同治四年（1865）僧王身亡，御史刘毓楠又上疏诋毁张曜，说他统兵2万坐视不进，后查非事实，上谕曜当奋勉图功，不再为人指摘。

　　因御史刘毓楠弹劾自己"目不识丁"，张曜开始发愤读书。最为人津津乐道的就是张曜拜妻为师。张曜的妻子蒯凤仙出身官宦，凤仙夫人知书达礼，自小受到黎里古镇文风的熏陶，熟读四书五经，琴棋书画样样精通。张曜不以"目不识丁"为耻，而以其为砺石，立志发奋苦读，以求能文能武。她要求妻子教他念书。妻子说教是可以的，但要行拜师之礼，恭恭敬敬地学。张曜一口应允，穿起朝服，让妻子坐在孔夫子牌位前，对她行了三跪九叩首大礼。从此后，凡有空余，都由妻子教他读经史子集，每当妻子一摆老师的架子，他就躬身肃立听训，不敢稍有不敬。无论寒暑，每有空余，勤读苦学，日夜研诵，响亮之吟咏声，响彻书斋，所以取书斋名为"朗斋"。又因为书斋上置端砚一双，夫妇各执其一，于是又有"两砚斋"之称。

　　巡抚怕老婆并不好笑，相反是他这种尊师重道以及与妻子平等相待的态度，在封建社会是极为少见的。大学士左宗棠对张曜十分赏识，收复伊犁时，多次说张曜"文理斐然"。在朝廷的奏折中左宗棠说："张曜之器识宏远，文武兼资，实难数遘（遇见）。"左宗棠曾亲手以篆书作了"负郭无田，几亩荒园都种竹；传家有宝，数间茅屋半藏书"对联一副相赠，高度赞扬了张曜的喜好与品行。在日后驻军宁夏的那几年，张曜筑了一座书楼，推窗而望，近聆黄河淙淙水声，远望贺兰山雄奇景色，因而自书"河声岳色"4字大匾，悬挂门首，并留下了一部《河山岳色集》。

　　1952年，毛泽东游览大明湖，来到北岸张公祠参观，突然问随行人员："张曜怕婆子你们知道吗？"接着就讲了一个笑话：有一天，在巡抚大堂上，张曜突然问众幕僚，是不是你们都怕老婆？众人的回答是不怕。张曜听后大吃一惊说："什么，你们竟然连老婆都不怕？"随行人员哈哈大笑。

　　张曜拜师，夫妇俩也曾得到慈禧的称赞。据高阳《清宫外史》第十二章第四节新疆设省介绍：醇王与慈禧商讨甘肃新疆巡抚事，认为刘锦棠和张曜都以慎固边防，克勤职守，刘锦棠是尚书衔，张曜是巡抚衔。张曜时防守直北，慈禧说："如果将他调到新疆，可又派谁来接替他的防务。"醇王似听出什么，于是说刘锦棠比较合适。但慈禧又说："张曜也不是不合适，凡事总要讲个缓急先后，张曜也是好的，过几个月看看，局势松动一些，有巡抚的缺出来，让他去，他们在边省辛苦了十几年，也该调剂调剂。"又问醇王："张曜听说惧内，是不是？"醇王说："也听得有此一说，张曜的妻子是他的老师。""这怎么说？"慈禧兴味盎然地问。醇王说："张曜的妻子是河南固始县官蒯士芗的闺女，捻匪围固始，蒯知县出布告招募死士守城，赏格就是他的女儿。"醇王将当时张曜如何应募，如何以300人破敌，如何为率军来援的僧王所识拔，如何由僧王亲自做媒，将蒯小姐许配给张的故事约略讲了一遍。接着说："他的妻子能干得很，张曜不识字，公文都是他妻子看，后来张曜当河南藩司，御史刘毓楠上奏参他目不识丁，没法只好改武职，调补总兵，张曜发愤读书，拜太太做老师，现在也能识字写信了。"慈禧惊叹道："这倒真难得，巾帼中原有豪杰。"

自3年发愤，学有所成，双亲厝棺5年没能入葬，后来获准其请假归葬双亲。葬了双亲，张曜携夫人抵杭，游西湖《垂钓》诗一首，以托其志："何时解甲与归田，倘有余钱且买山。安得此身湖上老，一竿烟雨六桥间。"

可此时河南为捻军突破，朝廷请张曜复出。差官抵杭后，遍寻张曜居宅，四处打听，居然寻不到，原来杭州市人只知道有个叫张大力的，而不知道张曜这个名字。差官正于茶楼打听时，张曜家中炊人自菜市购菜回家，路过茶楼，知道这个事情后，他立即回去报告曜，这时曜正与友人游湖归，避而不见，完全是因为前事心中藏有怨气。但转念一想，应以报效国家为重，于是派人马上找到差官，欣然接旨，与夫人一同返河南。

五月，招募旧部并充实新兵。组建嵩武军20余营，集万余人，军气大振。张曜说："四海疮痍，国家有难，边尘未靖，继今而往，曜将荷戈效职，重事征鞍，用答九重高厚。"

抗击沙俄　平定回疆

19 世纪六七十年代，中国内忧外患，新疆的库车、伊犁等地相继爆发了反清叛乱事件，天山南北先后建了 5 个封建割据政权。清政府在左宗棠的坚持下，终于采纳了收复新疆的意见。左宗棠出征前，奏请朝廷令张曜帮办新疆军务。于是朝旨下达，敦促就道，张曜在黎里安居仅一年稍余，重新召集嵩武军旧部，进捣回疆，驻军哈密。

同治八年（1869），左宗棠赴泾州，命张曜从古城西进为后路，军次兰扇，迅速破敌于察漠绰尔，又败之红柳树。张曜一腔热血，身先士卒，策应前敌，及时善后，成为左宗棠的一位得力大将，在收复新疆，巩固并建设西北边陲的阶段，立下了功勋。

同治十年，白彦虎由英国与沙俄撑腰占据肃州，左宗棠命徐占彪部出击，可是久攻不下。左帅下令张曜部嵩武军增援，一举击败白彦虎。白出奔嘉峪关，据有乌鲁木齐，哈密城周边叛军归受白彦虎。张曜带兵出关，一反往常速战速决的习惯，决定步步为营，徐图进取。当时关外缺乏水草，方圆数百里荒无人烟，粮草装备运输困难重重。于是张曜议立屯田，兴修水利，垦荒 2 万余亩，每年收获粮食三四万石，军队解除了后顾之忧。有了粮草，左宗棠于光绪二年（1876）抵达肃州，建立了大本营，确定了"先北后南""缓进急战"的战略方针。接下来，清军取得了一连串的胜利。光绪二年三月，攻克乌鲁木齐，九月攻克玛纳斯南城，次年三月攻下达坂，收复了吐鲁番。阿古柏走投无路，服毒自杀；白彦虎一败再败，先逃库国，再逃阿克苏，最后逃出新疆流窜到喀什噶尔。

光绪四年，沙俄提出了通商、划分国界和索要赔款三项要挟，清廷大员崇厚屈辱地与沙俄签订了条约，朝野为之震惊。左宗棠誓死反对，他的慷慨陈词，大长了朝廷的志气，光绪下令逮捕崇厚，命曾纪泽出使俄国，更改前约。左氏亲自出兵哈密，策划收复伊犁。他命令张曜的嵩武军作为中路，沿特克斯河主攻；金顺和刘锦棠分东西两路协同作战。光绪七年（1881），随着战场上的步步成功，俄国军队慑于清军的威武，沙皇也担心事态发展会引发严重后果，不得不作出让步，正式签署了《中俄归还伊犁条约》，中国收复了伊犁绝大部分的领土。

《龟兹左将军刘平国摩崖刻石》及其拓本

　　1871 年，沙俄悍然出兵强占伊犁。面对这一情势，东阁大学士的左宗棠力主收复新疆，抵抗沙俄入侵。张曜在这场战争中，立下了汗马功劳，被授予协办新疆军务之职。同时在这次出师过程中，还对中国的摩崖石刻文化的保护尽心尽力，如果没有张曜的重视，也许就没有精美的《龟兹左将军刘平国摩崖》传世拓本。

　　光绪五年（1879）夏间，张曜出师新疆，遣士卒探寻天山南北捷径，在阿克苏所属赛里木城东北 200 里大山之间，有一位兵士在山中迷了路，四周又没有山居民屋，他便夜宿于岩洞之间。到了天明时，他仰视崖壁，微露斧凿痕，好像有纵横的文字。几天后，当他找到了部队，就向张曜的幕客施补华汇报他看到的一切，施氏立即告诉了张曜。

张曜书法

　　此时的张曜已经不是刘毓楠心目中所说的"目不识丁"之徒。在黎里"归隐"的这段时间，他深研书法碑帖和经史名著，大学士左宗棠称其为"文武兼资"，时人也将他比作岳飞再世。因此，张曜立即传令前往拓印研究，由总戎王得魁、大令张廷楣备足干粮和简单的捶拓工具和马匹，前往拓印，共得 90 余字。经研究，始知为东汉时期的摩崖刻石。

　　当时军中无专门的拓工，皆以兵士充之，拓本极粗糙，张曜认为需要重新再拓。光绪九年，幕客施补华在张曜要求下，亲自带拓工监拓数十纸。此碑一经施氏传拓，声名远播，关内捶拓者亦纷至沓来。因赛里木城穷乡僻壤，路远地偏，拓工为寻粮草、投宿常常惊扰土民，相传摩崖拓未久即被当地回民摧毁。

摩崖石刻虽然被毁，但是张曜的部下施补华于光绪九年送给王懿荣的拓本，遂为传世善本。

此拓片高48.8厘米，宽41.5厘米，装裱成整幅大张（高138厘米，宽73厘米）。后又有李文田、潘祖荫、廖平、郑杲、于霖达、黄绍箕、黄国瑾、樊增祥、端方等名人的题记。

治理黄河

刘鹗在《老残游记》中写过一位庄宫保，说他在治理黄河洪水时，决定废弃民埝，退守大坝，致使十几万百姓的生命财产付诸滚滚洪流；还说他任用酷吏，制造了一个个冤案、惨案……刘鹗所写的这个庄宫保，就是时任山东巡抚的张曜。《老残游记》号称写实小说，真实的张曜真的如小说写的那样一无是处吗？

中国是一个农业国，兴修水利，特别是治理黄河，历来是官吏们的重要课题。张曜在这一课题上，奉献了他的智慧和晚年的全部精力。

从调任山东巡抚到卒于任所，他在山东的时间不过5年。张曜任职期间正逢山东各地遭受严重的水旱灾害，百姓灾难深重，身为一方地域的最高长官，他一面积极组织救灾，一面拿出自己的俸金，并动员其他官员捐俸助赈，救活了不少灾民，因而深受百姓的爱戴。在治理黄河过程中，尽管张曜曾听信幕僚中有些人的错误主张，酿成过水患，但总的来说，还是功大于过。他针对黄河山东段两岸河道窄、堤坝不够坚固、水涨易于漫决为患的特点，除带领百姓疏浚河道、挑淤培埝、增筑堤坝、加强两岸堤防外，还提出了"分"与"疏"的治河主张，在齐河赵庄、刘家庙和东阿陶城铺各建了减水闸坝一座，以防异涨。当时，每逢黄河决口他都亲临现场，指挥抢修堤防，据说他一年有近300天时间在河工上度过。

光绪十七年七月，张曜正在黄河上监工，忽然"疽发于背"，等被人护送回济南时病情已经十分严重，不久便不治身亡。张曜在山东巡抚任上还带头植树造林，在黄河大坝和从洛口到市中心的路旁遍植柳树，形成了一道柳树风景带，有人称这些柳树叫"张公柳"。

除治水赈灾外，张曜在任期间的另一大贡献就是设立拯济局，抢救遇险船只。1887年山东荣成县村民乘危捞抢失事轮船事件发生后，张曜重申保护遇险船只章程6条，并设立了轮船拯济局。他自掏腰包广置舢筏，并派能冒险之人，购募善泅夫役组成突救队。而当时，拯济局在保护遇险船只和人民生命财产方面起了不小作用。而且他还非常重视文化设施的建设。

关于张公祠和退一步处

在山东巡抚宝座上坐过的人多不胜数，但能让后人建祠纪念的却不多……关于张公祠，国内共有两处，一处在山东济南，另一处在浙江杭州。

济南大明湖张公祠

张曜去世不久，山东民间传说他化作了黄河的水神"大王"。传说来到黄河的大王都以水蛇化身，它们身上各有不同的特征，老河工只要见到，就能辨认出来，迎接进大王庙。大王庙原址在济南城县东巷，内祀"金龙四大王"。张曜生前，清朝皇帝赏穿过黄马褂，他背上又生过疮，因此那条上半截黄色、中间有瘤状物的水蛇，老河工就认定它是张曜的化身。

济南大明湖张公祠系鲁抚福润于光绪十七年按旨于省府择地而建，祠堂大殿正中供桌前方，依桌供勤果公巨幅彩色坐姿画像，朝珠补服，面貌气势威而不严，在张公供桌左侧一小供桌上，供有公婿孙宝琦黑白半身像。

杭州西湖张公祠

杭州西湖张公祠系闽浙总督卞宝第、浙托崧骏于光绪十九年四月按旨择地而建。在西湖断桥之东，今望湖楼处即为其旧址。祠中有联10副，均为名公巨卿所作，其中俞曲园一联为："唐留姓，宋留名，更为圣清钟间气；泰山云，天山雪，长于浙水护灵旐。"有题跋意思是说：张公去世，我曾拟挽联，有泰山云、天山雪两语，而属对未称，于是没有写成，后来看到湖上祠宇落成，又听说公为张飞转世，于是赶紧写了此联。张曜的岳父蒯贺荪与俞曲园是同年，而且他在西湖边上所建的俞楼，蒯贺荪也曾多次登临，他自己也去过蒯氏军营小住，两人交往颇深，至今黎里保存彭玉麟为俞楼所画的梅花图拓片，有蒯氏后人蒯冰涵的珍藏章。这联是俞曲园在张曜去世后 2 年所写的。

退一步处

在黎里，建于 1866 年的退一步处，虽经"文革"的破坏，但基本建筑船厅、庭院、东侧的楼房和南边三间下房都保存着，现在列为吴江市级文保单位。主体建筑船厅，四楼四底，西面是"船头"，东边是"船艄"，当中两间为"船舱"，船厅南侧是庭院，院内两颗缆船石，船厅内方砖铺地，斜斜的呈菱形，这是清代武将独有的特征。正北中间原先挂着"退一步处" 4 字匾额，可惜在"文革"中被毁，只剩下挂匾额的两个铜配件。目前，黎里古镇管委会正拟整修张曜故居，修旧如旧后向社会开放，让后人了解那段历史，了解这位曾经为国为民做出奉献的爱国将领。

重修黎里禊湖书院

书院是中国古代的教育机构，始于唐代而盛于宋代，有官设和私设两种。元代各路州府也皆设书院，明代继续发展，至清代初期，满人为防止汉族人利用书院进行反清等活动，一度处于停滞状态。随着政权的稳定，各地书院开始修复或创建。黎里禊湖书院就是在康熙朝崇尚程朱理学和书院大发展的情况下应运而生的，是属于私人创办的书院，也曾一度得到国帑（国家财政）的资助。

禊湖书院原名"黎川学舍"，是黎里陈御元与弟陈泗源于康熙五十四年（1715）创建，位于黎里镇西南隅（古称染字圩），占地 1 亩 3 分，屋宇 20 余间。雍正十年（1732），陈御元之子陈炳文与周元理重建，由吴江知县丁正元题院额并为之作记。至嘉庆十四年（1809），陈氏后裔陈阶琛和蒯嘉德再次纠资修葺。道光年间又有两次重修。

陈氏是黎里大族，陈御元和他的儿子好为人善，受到里人的称赞。陈阶琛曾参与《黎里志》的参订等工作，在他们的影响下，陈氏数代一直延续了这一优良的传统。陈阶琛去世后，浙派词坛领军人物吴锡麒特为撰联"丹铅一席，皋牢著作之林；灯火十年，长养科名之草"，对陈氏热心于教育给予了肯定。

禊湖书院在黎里镇西南，即今禅杖浜东，东傍周公傅祠，西即是庙桥弄南段，可说是闹中取静。书院面南而坐，进门有两棵高大的梧桐树，前后各三楹，中为大殿，分讲室3间，殿前有"惜字炉"。东为读书处，中悬朱熹像，有楼曰凌霄阁，中供文昌帝君和魁星像。北向3间称"吟香书屋"，后将周氏祠堂的乾隆御笔梅花石刻移入其中。西有学古轩，轩旁有房可下榻，轩后有屋，供创建书院与有功于书院者之位。书院内设有8景，分别是：石香春色、梧翠新凉、学古修篁、读书丛桂、南楼清磬、曲庑朝曦、学舍论文、凌霄玩月。可见书院内焦桐桂竹，奇石曲栏，景致宜人。有这样好的读书环境，自然少不了优秀学子和名流的青睐。周元理曾读书禊湖书院，他的文章沉郁顿挫，恢宏恣肆。当时赴浙闱，由赵青藜主其事，揭榜后，周元理谒见赵氏，元理将黎里家乡20多学子均英年力学于禊湖书院的情况告诉了先生，赵青藜大加赞赏。己未春，周元理应礼部试，又谒赵氏，并带上了平时课艺和同人所作百余篇，请先生点评。赵青藜将这些制艺文名为《有邻集》，并为之作序一篇。

自禊湖书院《有邻集》问世后，书院考课更加严厉。庚辰年（1760）周嘉福借馆禊湖书院，他对于黎里学子的品学深感欣慰，后来他执鞭江宁离开了黎里。某年的一个秋天，黎里学子沈光昌、陈昌言赴白下拜访恩师周嘉福，他俩手执书院同仁会课之作请老师斧正。当周氏看到这些清醇典雅之作时说："若再几年，未可量也。"后来将这些文章汇作《禊湖课艺约刊》，周氏为之作序。

禊湖书院在康熙年间创建，时里中殷富，经费饶裕，文教日趋兴隆。自康熙己卯历嘉庆庚午，举乡榜仅数人，至道光辛巳、壬辰等科，南北两闱，中必叠双，己亥、庚子后更是蝉联不绝。书院曾有4块"文魁"匾，分别是乾隆朝黎里举人周元理、徐楠、陈兆登、沈云巢设立。黎里殷兆镛祖孙三代为举人，兆镛遍历六部侍郎，他的叔父殷寿彭、殷寿臻兄弟双双高中进士，皆入朝为官。最有影响的当属周元理，他在"举人大挑"时列入一等，出任知县，后累迁至从一品、工部尚书、宫傅等职，乾隆帝数次"鸡距"赐福，荣宠无比。

　　鸦片战争以后，由于西风东渐，传统的书院教育开始受到影响。到了咸丰年间，太平军进攻黎里，庙宇尽毁，唯书院幸免。但里中不法之徒趁机肆意攘窃，门窗尽毁，书院遂被废弃。同治五年（1866），身为钱塘军门的张曜乞假归里，以钱300串倡捐，于是黎里王国桢、倪锦之、蔡丙圻等踊跃捐资，乃得以修复开课。

杨家荡捐资筑堤

　　杨家荡是黎里镇西的一个大荡，为雪湖下流，东连牛斗湖，水势湍急。凡遇西北风，行船常常倾覆，不少人葬身杨家荡。黎里好多人想筑堤杀其势，但是以工程巨大只能望洋兴叹。同治十二年，里人周提举炳镕创捐制钱300贯，沈光锦、沈宝芬、周江表、沈文澍、蔡丙圻乃集募兴工，两个月之后完工。由大隩口起，自东而西，共筑60余丈，计费钱500贯。

　　光绪二年，同邑黄兆栋、乌程刘镛循旧堤之西南，集资添筑3堤，各长60丈。在堤边栽种茭芦以固堤。用了两年多时间完工。费钱2370余贯。不久，黎里张曜又捐筑20余丈，为第五堤。当时黄兆柽还写了一篇《杨家荡堤记》。到了光绪十八年，县令唐乃亮、黄兆栋、费树达、汝光祖集资又添筑第六、第七堤。于是，风波得以平定，翻船事故大大减少。

◎柳亚子

大雅扶轮继柳州　奇花入梦辉黎川

地灵人杰

柳亚子

据《分湖志》上讲，在春秋时期，分湖北属吴，南属越，所以有分湖之名。吴亡入越，从此南北并家了，分而不分。但到赵宋时代，陈尧佐有分湖诗云："如何一湖水，半秀半吴江。"秀是秀州，也就是现在的嘉兴，当时还没有嘉善呢。明初析嘉兴设嘉善县，于是分湖南半属于嘉善，北半属于吴江了。分湖一带，虽然穷乡僻壤，却颇有巨人长者，剑客酒徒，彬彬然钟毓于其间。嘉善县属有陶庄，别名柳溪，从宋至元，有陶氏聚族而居，世以科第著称。吴江县属有来秀里，就在大胜附近，有陆大道、陆行直父子，营桃园以居，以诗文著称，世号陆隐君。

桃园虽废，陆隐君祠至抗战以前还存在着。陆大道是赵宋遗民，陆行直仕于元，官翰林院典籍，以所著《词旨》得名，与遗老词人张玉田等唱和。有家使卿卿，早殁，葬于大胜北玲圩，人称小娘坟。张玉田有《清平词》赠行直，为卿卿作。陆行直收藏书画甚多，有《碧梧苍石图》，名流题咏殆遍，见于《珊珊纲》及

《铁纲珊珊》两书中。有钟繇所写墨迹，失而复得，行直有跋文纪事，此时已在元末，陆行直是年 75 岁。又喜延揽名士，馆通州钱重鼎于其家，赵孟頫为绘《水村图》。元末杨铁崖结客 7 人，号为七子，大游分湖，从陶庄直到来秀里，挟妓珠帘金粟，在来秀里的长堤上大跳其天魔之舞，还用鞋杯行酒，美其名曰"白莲瓣"，其荒淫奢侈可见一斑。还有他的别派住在分湖南岸的，名叫陆继善，藏有铁笛一枝云是南唐遗物，曾给杨铁崖吹弄过。后来明朝宣德年间，设立嘉善县，继善便为嘉善人，其族裔陆琦曾献地建义塾及孔庙，名"夫子庙"和"陆氏义塾"，都在分湖之阴。铁崖的游踪，从秀里到北芦墟，别名武陵溪，地属吴江，是隐者顾逊所居，也擅园亭花木之胜。铁崖有《游分湖记》，又有《游分湖诗》以"武陵溪上花如锦"7 字分韵，这 7 个字还是顾逊的原唱。

分湖旧族有嘉善袁氏，最初著名的为袁顺，他号杞山，本住陶庄净池。惠宗让皇帝时，与齐泰黄子澄同党，为燕王所不容，逃至吴江县城比门，撰绝命词，投城河不死，避居以老。袁顺孙袁颢，袁颢子袁仁，袁仁子袁黄，袁黄子袁俨，4 代以文章经济著名。袁黄字了凡，著有《通鉴纲目》，曾从军讨倭酋丰臣秀吉，屡献奇谋，惜未竟其用。袁氏从吴江城区迁还陶庄，又从陶庄迁居赵田，仍在分湖流域。

吴江县属则有池亭叶氏，累代簪缨，有叶绍袁，号天寥道人，明季与吴日生（易）、孙君昌（兆奎）拒虏之举，事败人径山为僧，著有《湖隐外史》《甲行日注》等书。他的太太沈宛君，大小姐叶昭齐，二小姐叶蕙绸，三小姐叶琼章，四小姐叶香期，都是著名的才女，宛君和昭齐、琼章先逝，著作刻入《午梦堂集十种》。蕙绸比较长寿，虽无赫赫名，造诣实在过于姊妹两人。香期后起，是天寥侧室所出，嫁婿张某，夫妇都以遗民终老，有诗见《甲行日注》。天寥 8 子，死亡过半，成就最大的是叶星期，名燮，号横山，入清做过知县，是《乾嘉诗坛点将录》中"托塔天王"沈德潜的老师。总之，宋元间的陶、陆，明代的袁、叶，都是分湖文献世家。等到清朝中叶，便是郭频伽一般人的世界了。频加既没，大胜柳氏、莘塔凌氏和雪港沈氏又成为分湖三大世家。

迁居大胜

柳氏祖先，是农民出身。原籍浙东慈溪，南明时代，从慈溪搬到江苏省吴江县黎里东郊的东村。始迁祖叫柳春江。《分湖柳氏族谱》上只列春江派下直系一支，还有春江公的弟弟云江和慕江两人，其支派也有流传，但为族谱所不载。现在，在东村一带，还有许多姓柳的人家，都以捉鱼打鸟为生，就是云江和慕江的子姓。

柳春江一传为怡禅公，怡禅公再传为心园公，从东村迁北厍，北厍旧名北舍，从前也是村落，和东村相近，环境也差不多。后繁荣起来变成市镇，称为北厍乡，列吴江 18 市乡之列。心园公三传到杏传公（学洙），从北厍迁大港，此时已由自耕农转变而为地主。东村和大港都是属于北厍乡统治之下的。杏传有 4 个哥哥，都仍住北厍。杏传公生下两个儿子，大的叫厚堂，小的叫逊村。厚堂名球，很有钱，他继承父亲的遗产，仍住大港，以富豪著名，也颇读书，有诗词集一本。厚堂生下 5 个儿子，有几个是颇能做诗的；有一个曾孙最出名，名以蕃，字子屏，号韬庐，著有《食古斋诗文词录》。他是一个了不起的道人，晚清咸同间以文学驰名里巷，和同邑凌莘庐、退修、费吉甫、芸舫、吴望云、李辛坨诸先辈，都是不可一世的人物。

逊村讳琇，小时受哥哥欺负，父亲过世以后，就把他分到大胜港来，茅屋 3 间，被唤作西墙门，破田几十亩，算是他的家当了。但他克勤克俭，便成为大胜港柳氏的始迁祖。做人也极厚道，侍奉母亲很孝顺，延师教子读书，不惜工本，后来还列入《吴江县续志》的《孝弟传》。逊村生 3 子，长养斋，名春芳；次秀山，名毓芳；幼古查，名树芳。

秀山公颇能干，也极厚道，和小弟古查非常友爱。他自己料理家务，让弟弟专心读书，结交当世贤豪。于是这位古查公便成了大胜柳氏在文坛上的开山祖师。他和同邑郭频伽、娄县姚春木交情都很好。频伽是一个才子，风流倜傥，不拘小节，在"乾嘉诗坛点将录"上有"浪子燕青"之目；春木是个规行矩步的道学先生，做文章也规规矩矩，称为桐城派的嫡裔，所以他俩虽然都是姚惜抱的门生，却不同抱负，各有千秋。古查和他俩都讲得来，挥金结纳，尽力周旋，自然学问方面得益于他俩。他著有《养余斋诗集》若干卷，刻成 4 册，尚未全；《养余斋文集》若干卷，未刊。但最重要的，还是所辑撰的《分湖小识》和《分湖诗苑》二书。他理所当然成为大胜柳氏在文坛上的开山祖师。柳树芳生二子，次子柳兆薰。柳兆薰娶黎里邱氏为妻，亦生二子，长子柳应墀，号笠云，天分甚高，勤于学问，诗文以外，兼治地理、洋务之学，可惜盛年早逝，只活到 35 岁。柳应墀留有赋稿两卷和《补魏源海国图志》，清代《吴江县续志》将其列入《文苑传》。柳应墀娶莘塔凌氏为妻，即凌退修胞姊，生二子二女，长子柳念曾，次子柳慕曾。柳念曾娶吴江县城费吉甫次女费淑芳。费氏世居江城，为邑中望族。一度迁居黎里，后来买屋迁往苏州。1887 年 5 月 28 日（光绪十三年，丁亥，闰四月六日）未时，柳念曾、费漱芳的头胎儿子呱呱坠地。

取名慰高

这个呱呱落地的孩子就是柳亚子。柳亚子的降生，令大胜柳氏举族欢欣，曾祖柳兆薰更是兴奋异常。柳氏数辈虽在乡里以诗文闻名，却在科举中屡告失败。同治丁卯（1867）他终于得了个副贡，授丹徒县教谕，回想当年的科举之路，无限惆怅……

柳兆薰原名兆白，字咏南，又字虞卿，号拾庵、厄道人、悟因生。为了不辜负父亲柳树芳的期望，与子柳应墀孜孜以求，在家中藏书极其富有的基础上，又从黎里邱家移来大量书籍，广征博采，并在 1864 年令其子正式拜九兄费延厘为师。费延厘中进士进京后，柳兆薰又托侄子柳子屏代为指点，着实花了不少的心血。当时柳兆薰已是吴江有名的大地主，有了财富，当然还要功名，1867 年 11月，柳兆薰参加南京乡试，所谓乡试就是举人考选。

同治六年十月初十，柳兆薰托金甘叔雇用了黎里船户吴岳林的船只，预先停泊在北库，由大胜出发，至苏州，泊锡山驿，过常州、丹阳、焦山、水西门于廿三日到达南京参加考试。待到十二月十七日发榜，江震共 6 人中举，同里 4 人，黎里一蔡（秋丞），葫芦兜一张（元之）。

柳亚子

且看黎里的两位举人，一位是葫芦兜张氏大族的后裔张元之（文璇），他17岁中秀才，天资峻拔，得陈福筹指点，曾被黎里汝氏聘为塾师，馆课与汝氏"课花仙馆"。这年考取举人，下一年即1868年春闱中进士，张元之便自镌一章"丁戊联捷"以志纪念。另一位是黎里望族蔡家的后裔蔡秋丞，原来他是柳兆薰的外甥，柳兆薰的二妹嫁给蔡云生，蔡云生40多岁便离开人世，柳兆薰的妹妹居家清苦，兆薰一直照顾他们一家，勉励秋丞好好读书。这一年，甥舅同参加乡试，柳兆薰虽然名落孙山，但是外甥高中13名，这是蔡家的荣耀，当然也是大胜柳氏的荣耀，使柳兆薰赶到一丝的安慰。

柳兆薰这次虽然没有考取举人，但按照清朝的定制，在乡试录取名单外可捐增优秀的落榜者，柳兆薰便取得副贡生的资格。既然做了贡生，理论上可以当官了。当年蒲松龄就是"岁贡生"，后来得到一个虚衔"儒学训道"。同样，柳兆薰也得了一个虚名的"丹徒教谕"，因为只有"司照"而没有"部照"使他非常头疼，后来托已经中了进士的友人费延厘和在"上书房"行走的殷兆镛，才总算了却了他的心愿。

柳兆薰著有《东坡词编年笺注》3卷、《胜溪钓隐诗录》3卷、《苏词笺略正编》2卷、《类编》1卷、《诗余》1卷、《松陵文录作者姓氏著述考》2卷、《分湖柳氏重修家谱》12卷，还写有大量日记，时间从清咸丰九年（1859）起到光绪二十四年（1889），前后长达30年。尤其是咸丰十年三月初太平军进攻杭州开始，到同治五年闰五月为止的6年，具体记载了太平军在黎里、北库、芦墟一带的活动情况，这些资料非常珍贵。

所以，对于柳亚子的出生，柳兆薰又把满怀希望寄托在刚出生的重孙身上了，便给重孙取了"慰高"的谱名，用来纪念和安慰柳亚子的高祖柳树芳。

柳亚子的几位塾师

3 岁时候，柳亚子还站在大红漆的立桶里，母亲费淑芳已经开始教子认字了。柳亚子认字的本领很大，一天识几十个字。但过了一夜都还给母亲了。母亲虽然爱他，但亦极严厉。不久，母亲在膝前口授《唐诗三百首》。原来，费淑芳 10 岁以前曾从学于徐丸如，丸如是徐山民、吴珊珊夫妇的女儿。徐山民、吴珊珊则是清代大名士袁枚的弟子。所以，费淑芳可以说是袁枚的三传弟子了，一部《唐诗三百首》，她读得烂熟。母亲口授《唐诗三百首》，只是像山歌一般唱，并不需要背诵，柳亚子觉得很有兴趣。这样，他便入了学诗的第一步门径。旧时规矩，在母亲膝下念书是算不得上学，一定要请了塾师，才算正式上学。

柳亚子上学有两个地方，一个在大胜柳宅，还有一个远在苏州外祖母家。大胜离苏州百里之遥，母亲于是半年住在乡下，半年住在苏州。柳亚子年纪尚小，就做了母亲的跟班，当塾师的也就做了柳亚子的跟班。这样的安排，一直继续到柳亚子 10 岁那年的下半年。大约因为这个原因，养余斋常常调换塾师。从柳亚子 5 岁至 8 岁，就一连换了 3 位。柳亚子的启蒙塾师，后来他自己也记不真切，说好像叫陈景初，是吴江的一个秀才。第二位是武左青，第三位是陆阮青，亦都是吴江人。武先生形容古怪，左半边脸是铁青的，所以叫"左青"，柳亚子很怕他。到了柳亚子 9 岁那年，聘了俞文伯，这是第四位塾师，被柳亚子称为"神经病老师"。

俞文伯是柳亚子外祖母的内侄，也是柳亚子母亲的表兄。原来柳亚子外祖母的父亲俞少甫先生，在清朝道光、咸丰年间是一个不大不小的名士。他的书画，是和钱塘戴熙、武进汤雨生齐名的。俞文伯人倒是极好的，也是一位秀才。他非常用功读书，但天资不甚高明，家况清贫，屡次乡试不中，牢骚满腹。这时柳亚子口吃病已经完全成熟，成熟以后，讲话还不打紧，读书却大吃其亏。读书已很苦痛，背书更是一件了不得的酷刑。有时候，书在脑子里是背得出的，但因为口吃的缘故，不能通过口头表达。但老师是不管这一套的，你一个字不顺口，他就在头上给他一戒尺。起初，背书时老师高坐着，柳亚子站在地上，他来打柳亚子，柳亚子还有躲闪的余地。后来，他知道柳亚子会躲闪，索性把他抱在他的身上，戒尺落下来，完完全全打在柳亚子的脑壳子上。柳亚子又是一个好胜的人，老师打了，决不愿意对母亲叫苦，以为这是大大的耻辱。后来，母亲也知道打得太厉害了，偷偷儿叫女仆去说，却吃碰了钉子还来。老师说，再要说情，他便得辞职了。这是柳亚子 9 岁那一年的事情，足足给他打了一年。到了下一年，柳亚子已经是齐头 10 岁了，他还是在打着柳亚子的脑壳子。有一天，不知道怎么样，柳亚子忽然同他冲突起来。他也很生气，说道："你这小鬼头，打你脑壳你不怕，我今天非打你的屁股，给你一个大大的羞辱不兴。"说着，他便要来动手抓柳亚子。柳亚子开始想逃避，在书房内兜了好几个圈子，结果还是被抓住了。俞老师闩上门闩，然后剥掉柳亚子的裤子，他拿起红木戒尺，用尽平生之力，在雪白粉嫩的小屁股上面，打足了 10 板。柳亚子立起身来，坐在小椅子上面，绝不哭，当然更不会向他讨饶。因为柳亚子很生气，两只小眼睛直挺挺地对着他，眼中几乎爆出火来。不到几分钟，俞老师忽然悔悟起来，觉得有些天良发现似的。跳过来把柳亚子抱在小椅子上面，他自己跪在地上，蓬蓬蓬地对柳亚子磕了 3 个响头。这一来，倒把柳亚子吓了一怔。接着，柳亚子便哈哈大笑起来。说也奇怪，经过这一场大闹以后，俞老师的神经病似乎好起来了。对柳亚子感情也好转，非但屁股，连脑壳也从此免打了呢。但他神经病虽好，肺膀病却一天一天重起来。每天要吐几大碗的鲜血，他又不让人倒掉，当着宝贝似的，把画笔放下去，便在纸上画成牡丹或是桃花的样子，自己还要题诗在上面。这样搅了几个月，终于在柳亚子的生日的四月初六日后，还家去养病，但也就在这一年病逝了。

俞老师辞职时，他荐贤自代，请了一位芦墟人马逸凡老师来，这俗名叫"权馆"，和正式老师有些不同。这时候的柳亚子，也愈搅愈坏了，鬼灵精的计划也愈弄愈多。听见换了一个权馆的马老师来，一方面怕他又要打脑壳，想预先制服他，一方面也自命不凡，想卖弄自己的才情，把老师考倒。于是，在康熙字典里面，找到了几十个生字，第一天就去请教马老师。马老师是个好人，才学有限，又没有预备，自然还答不出来，给柳亚子考倒了。柳亚子也愈来愈胆大，居然提出条件，叫他不要干涉柳亚子的一切，各不侵犯。要是他不听的话，柳亚子要把老师不识字的奇迹，到父亲面前去告诉，老师便太没有面子了。因为马老师是好人，柳亚子的外交政策非常胜利，相安无事地住了几个月。

后来马老师走了，又请了一位王云孙老师来当"权馆"，他是同里人。这位老师更妙，索性教柳亚子下棋和喝酒起来。这时候，叔父另外请了一位老师教柳亚子堂弟搏霄读书，柳亚子的表兄兰痴也在附读。这位老师姓黄，号叫子诚，是黎里人。黄子诚老师性情暴躁，对柳亚子表兄和堂弟常用体刑。有一次，把柳亚子堂弟的脑壳打重了，还血流如注。可是他对于柳亚子，却特别客气，像朋友一般对待。于是，一位王云孙王老师，一位黄子诚黄老师，还有一个柳亚子，便变成了三位一体的好朋友了。王老师能喝酒，他把自己的酒留下来，偷偷地请柳亚子喝。他又能下象棋，便偷偷地教柳亚子。黄老师呢，他善种菊花，不知去哪儿弄了许多菊秧来，种在"瑞荆堂"的天井里，到了秋天，开得非常好看。原来，柳亚子堂弟的书房就坐在"瑞荆堂"上，和柳亚子的书房正是近在咫尺。黄老师也能喝酒，3个人便把酒看花，赏玩秋光，十分得意。但上述事情早已传到父亲耳朵里。于是，到了年底，就不再送聘书给王老师。他说，请老师教毕竟是靠不住的，开了年还是自己来教吧。

到了1897年，柳亚子父亲亲自教授，家里的变化非常大，随着还悟庵的建造，且有"柳家的屋基是条龙，龙要一翻身，柳姓将死尽灭绝"之说，柳氏族人又不断谢世，于是百年聚族而居的大胜柳家，就此像树倒猢狲散，各奔东西。1898年，柳亚子父亲和金爷搬到黎里周寿恩堂居住。

1900年（清光绪二十五年），柳亚子13岁，此时他已将五经读完，要正式做文章，因为不急于考试，所以还是做史论，没有开始学八股。寿恩堂房子非常拥挤，柳金爷搬到平望镇上去了，柳亚子一家便独占了题红仙馆，但要请老师到家中来，还是容纳不下。而且，改文章的老师也不容易请。在一个黎里镇上，实在也找不出几个柳亚子父亲认为是所谓的通人出来。因为柳亚子的父亲柳念曾是诸杏庐的弟子，又是凌退修的外甥，对各种学问都有些门径，不过身体不好，中年以后又困于家事，不能精研以成专门之学。

于是，柳念曾只好将柳亚子送到凌应霖先生处去求学了。凌应霖是一个饱学秀才，小时候读书很聪明，有一目十行之能，一部十三经读得滚瓜烂熟，他也懂得中国式算学，天元、四元都懂，代数能算到二次方程。虽然思想并不十分开明，但在当时，是黎里镇上数一数二的通人了。凌应霖因为懂得中医，后来索性不教书，悬壶应世，所以，当时柳家全家每有伤风咳嗽，都是由凌先生包办诊治的。

1902 年，柳亚子考取了秀才，经常看《新民丛报》，崇拜梁启超，主张维新变法。有一天，凌老师出了一个题目，叫"当仁不让于师论"。柳亚子做这篇文章，好像是根据《皇清经解》上不知哪一位的解释，说"师"字应作"众"字解，"当仁不让于师"，就是孟子"自反而不缩，虽千万人吾往矣"的意思。这样解释还不要紧，柳亚子立意是要抬出汉学来，打倒宋儒，但不问青红皂白，把朱先生痛骂了一顿。骂得他体无完肤，说中国的一切的不上进，都是给宋儒弄坏了的，而后人崇拜宋儒，墨守其学说，更是奴性天成，甘于下贱，一点没有创造的勇气。

凌老师平常虽然脾气好，但他却是一位卫道之士，见了柳亚子的这篇文章，他实在忍耐不住了。本来是请他改的，但他却一字不动，只在后面加了一个长批，大概是说柳亚子中了康梁之毒，不可救药，便把原文退还了柳亚子。从此，柳亚子也不再做文章请他改了。虽然他并没有把柳亚子开除门生之籍，柳亚子也并没有写什么"谢本师"的大著，不过两人在这时候就划成了不可合并的鸿沟了。

凌甘伯也住上岸，距离不过几十家门面。但因柳亚子胆小，他父亲总是每天下午领他到凌老师处，然后去喝茶听书，从 13 岁一直到 16 岁风雨无阻。

1935 年 3 月，凌应霖老师过世。柳亚子自复壁避难后，没有回归家乡，自然没有与凌老师来往，但得知凌老师去世的消息，时在广州，悲痛地写下《凌师甘伯挽词》："程门风雪旧追随，朴学薪传此大师。髫岁神童曾负誉，乡评至德岂能私。方圆应入畴人录，衣钵终留异代思。房杜河汾吾自愧，千秋青史漫相疑。"

柳亚子的罗曼史

范赘叔是寿恩堂柳亚子族弟的老师，1901 年他带来一个学生，姓陈名兆熊，柳亚子送他一个别号是侠孟。侠孟有一位妹妹，年龄和柳亚子差不多，曾经有人替柳亚子做媒过。但柳母派一个女工人叫"七姐"的去看亲，却说她发际有一疤痕，很不好看，这段婚事就垮了。

这年的旧历中秋，黎里镇上，按照旧例，举行水嬉三日夜，挂灯结彩，名门闺秀都打扮着坐在墙门间内，看迎神赛会，花枝招展，热闹温馨。侠孟家住下岸，和柳家有一桥之隔。那时兰痴表兄住在柳亚子家里，知道这件故事，他顽皮异常，一定要拉柳亚子去看。柳亚子是高度的近视眼，看了几次，也看不出什么道理来，不过中秋纪事诗却做成几十首了。

柳亚子夫妇

后来，有一天侠孟把一本小说借给柳亚子，中间夹有一首诗，署名"梦杏"，笔迹娟秀，似出女子之手。柳亚子问他什么来历，他不肯说。问急了以后，他却说："糟了，糟了，这是我妹妹的手笔，我夹在中间忘了取出，给你看见，倘然她知道了，一定会骂我呢。"说着，便把这首诗抢了还去，但他没有晓得，这首原诗柳亚子早已取来藏过，描影了一页还他。她的笔迹，柳亚子保存了 20 多年，没有丢掉。后来同邑薛公侠编辑《松陵女子诗征》，柳亚子便抄给了他，发表出来，还把"梦杏"当作别号，替她杜撰了"倚云"两字作为大名。

因为在发现这诗后不到三四年，这位梦杏女士和她父亲闹别扭，一个想不开，就吞了她父亲所吸的阿芙蓉下去，年纪轻轻就离开了人世。此时柳亚子在同里自治学社念书，便写了几首挽诗，在常熟丁祖荫所办的《女子世界》刊物上发表，可惜没有写她的真姓名，后来柳亚子也记不起来了。后来因为响应梁任公提倡诗界革命，不再做艳体诗，便把中秋纪事诗付之一炬。事后追思，颇为懊悔。

辛丑后 7 年，柳亚子又在黎里度中秋，做了几首诗，中间有一首道："七年前事不堪论，荏苒光阴有泪痕；悔杀秦灰轻一炬，不留诗卷驻精魂。"足以表示柳亚子的凄恋了。这一段故事，柳亚子的韦斋舅氏是知道的。这时候有一位杨家的小姐，有人想替柳亚子做媒，商诸舅氏，韦斋舅氏却一口还绝了，韦斋舅氏写信给那位媒人道："安如多情人，梦杏之诗，度有所闻，万一差池，未免使关西夫子怨我，不敢奉命。"

还有一件异闻，就是在《松陵女子诗征》出版以后，同乡老友朱剑芒，他是侠孟的表弟，小时候和梦杏也曾见面过，却来质问柳亚子："梦杏是我的表姐姐，我知道她，她那儿会作诗，她的诗你又是哪儿去弄来的呢？不要是你在给她做枪替吧？"剑芒是喜欢研究佛学的，柳亚子也就学着他的口吻，举手合十答道："三宝在上，不打诳话。"说着，便把保存着的梦杏手迹给他看。他还不相信，却说："也许是侠孟在弄鬼吧。"其实柳亚子认为，能诗与否，无关轻重，在中国社会中，这种牺牲的女子无数，表彰一个梦杏，也许可以代表一部分女界的悲惨史吧。被薛公侠编辑《松陵女子诗征》的梦杏的《蒲剑》诗录于下："三尺挥如剑，青蒲分外青。铸宜经董泽，跃合在沙汀。雨洗磨仍利，风狂舞不停。何当魑魅走，重午一扬灵。"

口吃病的由来

柳亚子 10 岁以前，一半时间在苏州外祖母家中，所以受他们的影响是很深刻的。学会了口吃，是费家给柳亚子第一件"好处"。

柳亚子外祖父吉甫先生是没有儿子的，但他的大哥哥却有两个儿子。一个嫡出的，号叫伸华，很早就死了。一个庶出，名叫树达，号敏农，别号忍安，排行是老五，后来承继柳亚子外祖母做儿子，算是柳亚子嫡舅父，就是所谓五舅父了。事情很古怪，柳亚子外祖父并不口吃，不知道什么道理，柳亚子五舅父却是一个大口吃者。不但他自己口吃，他生下的孩子，除掉是柳亚子的几位表姊表妹之外，表兄弟一大堆，个个口吃。柳亚子有一个表兄，号叫孟良，比他大 3 岁。3个表弟，最大的叫仲贤，和柳亚子同年；中间的叫叔和，比柳亚子小三四岁；最小的叫季昂，则比柳亚子小得多了。叔和同季昂都小，柳亚子往还不多，不成问题。舅父的年龄比柳亚子父亲大，个子高高，脸儿胖胖，有些官僚气派，仪表很威严，但讲起话来，期期艾艾。有人形容他，他到柳亚子家里来，一上岸进了弄堂的门，嘴内就喊起柳亚子父亲的表字——寅伯来，但一直跑到柳家茶厅"荣桂堂"次间，在书房内坐定时，嘴内还只是一个"寅"字，而"伯"字始终没有"伯"出来。

后来清廷宣布预备立宪，各省设谘议局，他以吴江绅士的地位，当选了江苏谘议局的议员，也到南京去开会过，但从来没有讲过一句话，人家尊称他是"哑巴议员"。舅父的口吃，虽然很好笑，但因为他仪表很威严，柳亚子只能在肚里笑他，而不敢在嘴上学他，倒也不成问题。于是最成问题的，就是柳亚子一位表兄孟良，和一位表弟仲贤了。他们3个人年龄差不多，柳亚子小时候又是非常顽皮的，天天笑他们，天天学他们，结果居然被柳亚子学毕业了。

后来柳亚子心中很慌，决心要宣布脱离学籍，但事实上已是不可能了。于是毕业以后，讲起话来，也是期期艾艾。母亲为了柳亚子这个毛病，不知打了他好几百次，也不知哭过好几百回，但柳亚子说已经"毕业了"，打和哭都有什么用处呢？

柳亚子回忆说：以前在济南齐鲁大学，在马尼拉一个什么中学，在香港几次会场上面，居然都大演其讲，绝不口吃，有时候，还出过一句一鼓掌的风头。不过，为了口吃，却把读外国语的机会错过了。柳亚子少年时代，读英文读过3次，但结果是都被口吃病弄糟的。

第一次在柳亚子16岁时，请一位无锡华老师教英文的。柳亚子兴高采烈地去上课，谁知26个字母中间，有一个叫作"特勃尔鱼乎"的，发音特别长，柳亚子念了半天，念不上来。一生气，第二天就不去了。

第二次，在柳亚子17岁时，进了上海爱国学社。那时候，柳亚子因为对于"特勃尔鱼乎"的余恨未消，决计不念英文。但爱国学社是个穷学堂，地方很小，自修室就是讲堂，讲堂也就是自修室。而柳亚子所派定的自修室，恰恰是一个英文讲堂，一到上课时间，英文老师来了，点名上课，又要"特勃尔鱼乎"起来。柳亚子没有办法，只好在课桌上打瞌睡。等到老师走后，柳亚子方才抬起头来，又和同学们上天下地的大谈其排满革命了。

第三次，在柳亚子18岁时，地点在同里自治学社。这一次的情形，和上两次不同了。柳亚子在爱国学社的时候，和章太炎先生同邹蔚丹烈士最搅得来。太炎先生后来替蔚丹撰传文，说他骂爱国学社的学生专重英文，想做洋奴买办，好像蔚丹是反对人家读英文的，是国粹派，实际上却大不期然。大概为了当洋奴买办而去学英文的人，蔚丹是真会反对他们而痛骂他们的。至于柳亚子，蔚丹也许知道柳亚子不会去当洋奴买办吧，所以他屡次劝柳亚子读英文。柳亚子做事情，是有些牛性子的，当场自然不会肯听他，但过后思量，觉得他所讲的话，是要柳亚子读了英文以后，可以博览外国书篇，精研社会科学和自然科学，旁及文学艺术，这些心愿，当然柳亚子也是欣然赞同的。并且，在他被捕入狱以后，还写了一封长信给柳亚子，还是劝柳亚子读英文。为了这些，柳亚子到自治学社的时候，便再也不坚持反对"特勃尔鱼乎"的主张了。并且，事情很凑巧，那时候教英文的那位先生，刚刚是和柳亚子很讲得来的。经过一个多月，居然自己很满意自己。谁知，天公不作美，忽然生起病来，一病就是一个月，头痛发烧，没有精神再念英文。等到病好以后，一问同学们自然飞一般的上前去了。并且，从前读英文时为了口吃的关系，终是非常勉强。人家用十分力量，他非用二十分力量不可。所以，终于把他累病，而病好以后，也就不能再有毅力和勇气去追求了。不通外文，是柳亚子先生一大遗憾。

柳亚子与邹容

"落落何人报大仇，沉沉往事泪长流。凄凉读尽支那史，几个男儿非马牛。"这是年仅 16 岁的邹容面对祖国遭受帝国主义和封建主义宰割、凌辱和压迫，泪花闪烁、慷慨悲凉地写下的一首诗，抒发自己的爱国情怀。他坚定不移地投身革命，他所著的《革命军》充满爱国豪情，轰动全国，世称雷霆之声。从而他被誉为"革命军中马前卒"。

邹容原名绍陶，又名桂文，字蔚丹（一作威丹）。父亲邹子璠是四川巴县的一位富裕的民族工商业者。邹容 6 岁进私塾，当他还不满 13 岁时，就被父亲逼着去参加科举童子试，而倔强的邹容非常反感这种考试形式，居然愤然离开考场。就在这年，爆发了戊戌维新运动，引起了邹容的深切同情和关注，他阅读了《天演论》《时务报》，产生了民主革命的要求。1902 年春，邹容进入东京同文书院补习日文和初级课程。卢梭的《民约论》等书让他产生了极大的兴趣，参加了民主爱国运动。后被诬为犯上作乱的"祸首"，被迫于 1903 年 4 月回到上海。

　　回国后，会晤革命家章太炎等人，他和章太炎一见如故，常滔滔不绝议论国家大事。此时的邹容，思想日趋成熟，完成了《革命军》的写作。《革命军》语言通俗流畅，文中指出，中华民族已被帝国主义和清政府推到了"十年灭国，百年灭种"的险恶境地，他的呼声起到了振聋发聩的作用，教育和鼓舞着革命军勇往直前。

　　1902 年，"中国教育会"在上海成立，同里金松岑、陈去病与教育会的黄宗仰、蔡元培会长交往甚密。他们在同里成立了"中国教育会同里支部"。黎里柳亚子、蔡寅、冯明权、陶亚魂经金松岑介绍也加入了"中国教育会"和"同里支部"。后 4 人被"爱国学社"所吸引，以"中国教育会"会员的资格，作为学社的附课生。

　　当时，邹容也寄居在"爱国学社"。金松岑和章太炎颇谈得来，同时和邹容也要好，所以 4 个人经常在一起。据柳亚子先生回忆说：4 人曾在一家"长乐意"的饭馆吃过饭，是由金松岑请的客。那时，柳亚子有两把扇子，一把是黄宗仰画的山水，反面有章太炎先生写的字，另一把则是金松岑的画，画了一个人在吹喇叭，反面是邹容写的"中国少年之少年" 7 个篆字。当时梁启超先生自称"少年中国之少年"，邹容把它一翻身，便成了"中国少年之少年"。意思是少年中间的少年，含义就更进一层了。邹容把这 7 个字送给了柳亚子，柳亚子就将它作为一个笔名。柳亚子的《中国灭亡小史》在《复报》上发表，就是用它做笔名的。

　　当《革命军》写成后，柳亚子、蔡寅和陶亚魂首先捐资，由"大同书局"出版。当时每人捐了几十块钱，对宣扬革命起到了推波助澜的作用。《革命军》在以后的几年间，又重印了 20 多次，居清末革命书销售量的第一位。上海《苏极》连续发表文章，赞美它是"国民教育之第一教科书"。清政府却惊恐万状，肆意制造了震惊中外的"苏极案"，以"劝动天下造反"的罪名查封了爱国学社和《苏报》馆，叫嚷："巴县邹容最为凶险，非拿办不可。"

　　1903 年 6 月 30 日，外国巡捕和中国警察闯进爱国学社，悍然逮捕了章太炎。邹容听到这个消息后，十分愤慨，在第二天凌晨毅然"投案"，被关进租界的监狱。人间活地狱是革命者对反动派监牢的真实写照，在狱中，章太炎、邹容受到无情的毒打和折磨。每餐只能吃到"粥一盂，豆三颗"，晚上也"仅与一毡御寒"。在押期间，章太炎先生和邹容在虹口西牢内写信给柳亚子，柳亚子得知章太炎和邹容分别处以禁锢三年和两年。在未定谳以前，每一月中间，朋友可以到牢里去看他们一两次。柳亚子因家庭原因，父亲不许他到上海，所以只能在金松岑去看望他们时，托他带一两封信去问候他们。当时柳亚子作诗《有怀章太炎、邹威丹两先生狱中》二绝："祖国沉沦三百载，忍看民族日仳离。悲歌叱咤风云气，此是中原玛志尼。"其二："泣麟悲凤伴狂客，搏虎屠龙《革命军》。大好头颅抛不得，神州残局岂忘君？"

1905 年 4 月 3 日凌晨，由于邹容在狱中受虐，突然口吐鲜血，离开人世，遗体也被粗暴地弃置在监狱墙外。章太炎设法将邹容被迫害致死的噩耗传出狱外，顿时引起了强烈的反响，一些革命社团为邹容举行追悼会，报刊上相继发表哀悼文章。义士刘三为其择土安葬。柳亚子又作《哭威丹烈士》二首："白虹贯日英雄死，如此河山失霸才。不唱饶歌唱薤露，胡儿歌舞汉儿哀。"其二："哭君噩耗泪成血，赠我遗书墨未尘。私怨公仇两愁绝，几时王气划珠申？"诗中的遗书即是邹容写给柳亚子的信，信如下：

人权（即亚子）志士足下，奉致枚公（即章太炎）书，近得状，审足下以支那大陆尚有某某，不以其微贱忽之，感甚感甚。某事国无状，羁此半年，徒增多感。幸得枚公同与寝食，迩来获闻高义，耳目一新。奈某愚钝，不堪造诣，且思潮塞绝，欲尽文字的国民责任，念而不能，得足下活泼之文章，鼓吹国民，祖国前途或有系耶。狱中消息，又转伪京，俟有来文。然后定议，专此，敬问起居侍祉！弟邹容谨上。

其实此信的"祖国前途或有系耶" 8 字之下，还有长长的一段，是邹容竭力劝柳亚子学习英文，以求世界知识，可惜当初登在《复报》时被柳删节，没有抄录下来，原件又被蠹蚀，柳亚子称为："广陵散从此绝响。"

柳亚子和"中国教育会黎里支部"

"中国教育会"是清末资产阶级教育团体，1902 年由蔡元培、叶翰和蒋观云等发起成立。中国教育会提倡教育，是出于改造中国的政治目的，是为在中国建立民主共和的国家而办教育，体现了民族主义、民主主义的教育宗旨，它设立了教育、出版、实业等部，在其章程中宣布："本会以教育中国男女青年，开发智识而增进其国家观念，以为他日恢复国权之基础为目的。"其本部设在上海泥城桥福源里（今新世界城所在地），并在各地设立支部。

1902 年 4 月 27 日，吴江同里金松岑与陈去病接到通知赴上海，参加中国教育会的成立大会。到了年底，刚考上秀才的黎里柳亚子和他的姑丈蔡寅还有陶亚魂经金松岑介绍，也加入了中国教育会，并参加了中国教育会同里支部。

中国教育会同里支部的成立，在吴江县内产生了强烈的影响，支部团结了周围大批有志于革命的知识分子，举办各种演讲、集会等活动，宣传革命思想，当时同里人将杨天骥、柳亚子、金松岑和陈去病（号柏庐）喻为"杨柳松柏"和"四杰"的称号。

随着教育会声势日隆，柳亚子等在黎里也成立中国教育会黎里支部。

这时，柳亚子、蔡寅、陶亚魂又被上海新成立的"爱国学社"所吸引。爱国学社成立于 1902 年 11 月。上海南洋公学五班学生因将一清洗干净的墨水瓶放在守旧教习郭镇瀛的座椅上，不慎打翻，最后被学校开除。全班同学为抗议学校的不公正处分，决定全体退学。11 月 21 日，中国教育会决定建立"爱国学社"，以帮助这些学生继续接受教育，把灌输民主主义思想为己任。学社最富特色之处是学生自治制度。学生在校内享有很大的权利和自由。住宿生实行自治制，设有评议会，监督学校行政和学生操行。学社规定学生分寻常、高等两级，两年毕业。寻常学级的教科有修身、算学、理科、国文、地理、历史、英文、体操；高等学级的教科有伦理、算学、物理、化学、国文、心理、论理（逻辑学）、社会、国家、经济、政治、法理、日文、英文、体操。爱国学社的师生还在社会上公开进行政治宣传，春节后每月还到张园安垲第演说一次。爱国学社在教育上的创举和活跃的政治风气，吸引了许多青年前来就学。所以柳亚子他们想去上海读书，但家里的人都不允许。后来，黎里镇上反对他们的气氛愈来愈浓，实在觉得在镇上待不下去了，家里人也只好顺水推舟，同意三人去上海，并与同里的好友任味知 4 人以中国教育会会员的资格，作为附课生，一起进了"爱国学社"。

之前，金松岑先生已在上海，担任教育会的会计，所以一切都由他帮助办理。到了以后，吴敬恒和章太炎给他们上课。章太炎要他们每人写一个自传，名曰"某某人本纪"，柳亚子已改名为柳人权，表字"亚卢"，即天赋人权的意思，他自命为"亚洲的卢梭",所以他写了一篇《柳人权本纪》。陶亚魂和蔡寅各人也写了本纪,本纪写得相当坦白,蔡寅结构精心,交卷慢了些,所以柳和陶提前交卷。章太炎特意为他们两人写了回信,认为两子可教。

此时,康有为出了一本书,名为《南海先生最近政见书》,是铺陈保皇的思想和主张,反对革命。章太炎看到后非常气愤,写了《驳康有为政见书》,邹容的《革命军》更是痛快犀利。当时柳亚子、蔡寅和陶亚魂三人也各捐出了几十块钱,将《革命军》在大同书局印了出来。此书出版后,上海老牌报纸《新闻报》反对革命,发表了《革命驳议》一文,章太炎主张还敬他们一下,于是章太炎起了个头,叫柳亚子和蔡寅接下去,最后收梢的是邹容。

由于《驳康书》和《革命军》的出台,加上《苏报》又大为介绍,满清政府忍耐不住了,他们要扑灭苏报馆和逮捕章太炎和邹容。此时"中国教育会"和"爱国学社"起了内讧,蔡元培拂袖而去。柳亚子三人因"爱国学社"对"中国教育会"宣告独立,作为附课生,只能面临打道回府局面。不到几天,"苏报案"发生,章太炎和邹容被捕,"爱国学社"瓦解,"中国教育会"也呈衰歇之势,革命形势到了退潮的阶段。三人于1903年夏初回到老家黎里。

回到黎里后,上海风声紧急,黎里谣言更多,"众善堂"门外的"中国教育会黎里支部"的牌子,早已在他们回黎里之前已经被摘下。支部同人大多数胆小怕事,也已烟消云散。镇上很多人对三人指指点点,只有少数几个情投意合朋友前来问安,并了解上海的真实情况。后来,蔡寅和陶亚魂迫于家庭压力,分别到南京和杭州应试。自此,"中国教育会黎里支部"正式宣告解散。而柳亚子坚守信念,韬励其至,以图再起。所以柳亚子在他的《少年时代的柳亚子》之四"从戊戌到癸卯"文中说:"我们回来以后,当然是满腹牢骚,但得到的益处也不少,民族主义的推翻满清,从前在'新民丛报'时代,不过模模糊糊地在脑中若隐若现,现在是成为天经地义,无可移易的了。宗旨已定,自然义无反顾,不过无法急进,只能韬光养晦,作为自己的修养时代吧了……"

柳亚子先生的爱情风波

1950年10月柳亚子夫妇抵沪,遍请宾朋,就是缺了一位陆繁霜女士,便作

《忍将》一诗赠给才女林北丽，其中两句为"五载新恩林北丽，卅年旧恋陆繁霜"。这是柳亚子先生首次将第一次旧恋的时间、恋人的姓名公开于世。

柳亚子先生与夫人郑佩宜的婚姻美满幸福。然而，就在他们轰动一时的新式结婚之前，柳亚子先生确实还曾经有一段与陆氏的爱情风波。

在柳亚子先生与郑佩宜订婚的时候，亚子有个补充条件，要求郑式如将女儿郑佩宜送到上海求学，柳亚子说能进"爱国"最好，"务本"也行，后来又发现一个"城东女校"，要他们三选一。此时柳亚子的内兄郑咏春、郑桐荪都在"复旦"念书，照料也方便。但事与愿违，始终没有到达目的。

此时柳亚子在"健行"时，遇到了一位陆繁霜女士，她使得柳亚子成了爱情的俘虏。

陆繁霜（1833～1957），名守民，字恢权，号灵素，青浦朱家角人，西晋时的陆逊是她的 58 世先祖，清末民初最多产的小说家、"上海十大名医"陆士谔是她的长兄。陆繁霜自幼好学灵敏，1903 年她就写了《题法国革命史》："玛琍罗兰苦系思，左方才上最英奇。蛟龙未得天池水，我亦人间革命儿。"可见其革命胸怀。1905 年，在上海的反对美国华工禁约大会上，陆繁霜勇敢登台，为捍卫在美华工的人身权利慷慨陈词。

陆家本是江南望族，但到了祖父稼夫公时，家产尽毁于兵燹。陆繁霜的父母为了摆脱困境，就为年幼的她找了一富裕人家的公子，并为他俩订了婚。可是这位公子游手好闲，几乎将家产散尽，并扬言陆家如果悔婚，就要索赔巨资，否则就上门抢亲。没有办法，陆繁霜只能避走上海，到城东女学就读。

柳亚子的徐姨丈醉心新学，在黎里办学。此时，柳亚子的表姐正在"城东女校"读书，表姐与陆繁霜便成为莫逆之交。

丙午上半年，柳亚子的母亲和大姑母到上海来看他。表姐常到母亲处，陆女士也一同前来，恰好从那儿碰到了柳亚子。后来，表姐提到她的身世，柳亚子自然深表同情。表姐对柳亚子说，陆女士在照相馆内拍了一张小照，托柳亚子替她去拿，星期日送到她们学校里去，顺便可以和她们谈谈。对于小姐们的这种要求，柳亚子当然只好答应，谁知一答应，便弄出事情来了。因为谈了几次，陆繁霜写信给柳亚子，索性把恋爱的心情完全表示出来，要求柳亚子接受。她写道："明知使君有妇，即为外室，亦所不辞。"

柳亚子是主张平权平等的，对于她的想法，他绝对不赞同。于是写了还信回去，毅然谢绝了。不过谢绝虽然谢绝，每星期却还是不断见面，人本来是感情的动物，到了这个时候，又哪能真的漠然无动于衷呢？

暑假期间，柳亚子回黎里，表姐说要和他同走，自然陆也一起走，还要在表姐家过一夏日。柳亚子那时颇喜欢音乐，陆繁霜弹得一手好风琴，柳亚子要她做他的老师，便天天到表姐那儿去。临了暑假将要结束，表姐给柳亚子一封信，说陆的意思，非和柳亚子结婚不行，否则她会"为郎憔悴"而死去的。

但在这个时候，柳家早已准备好，要柳亚子和未来的太太郑佩宜在旧历九月初二结婚，如何能够再和陆女士结婚呢？再三考虑，柳亚子几夜失眠，如果要是郑式如早些答应我的要求，让郑佩宜到上海来念书，两人早些见面，便不会有今天的僵局。而另一个想头，又觉得我已投身革命，当然预备作国殇雄鬼，陆女士本来是赞成革命，还愿和柳亚子共同努力，万一不幸，断头台上，携手同归，也是人生一乐。至于柳亚子未来的太太郑佩宜，他觉得不能赞同自己的宗旨，柳亚子又何忍凭空去害她做春闺梦里人呢？这样一想，他就写了一封长信，给郑佩宜，要求解除婚约。这信放在行李箱中，预备到了上海，柳亚子再行双挂号寄出。一面，把这封信的草稿交给表姐，叫她转付陆女士，以安定她的心情。这样，陆女士暂时得到胜利。

到了上海以后，柳亚子把这信发出，风潮便扩大起来了。式如翁收到这信后，并不给佩宜看，他却和柳亚子叔父去办交涉。后来，柳亚子的父亲、母亲都知道了，家庭中便鼎沸起来。叔父和徐姨丈都来上海做客，要柳亚子两面结婚，柳亚子哪能接受。柳亚子的父亲写信来，说要和他断绝父子关系，信封上写"卢亚先生收"，把柳字给取消了。信内也称柳亚子为"卢亚先生"。柳亚子的还信，仍称他父亲，但口气是挺硬了，宗旨是坚持到底，决不屈服。这时候，经济方面的接济，当然是断绝了，但也难不倒柳亚子。没有钱，就向朋友借。后来，柳母知道这事情和表姐有关系，就找徐姨父大哭大闹，要他负责解决。

此时，陆女士和柳亚子的表姐都想到芜湖去教书，柳亚子怕母亲来找他，便躲到松江乡下陶怡的外甥家去住，地名叫作松隐。但柳母向徐姨丈交涉的条件，是要表姐负责把柳亚子找出来，不然，他会和徐姨丈拼命的。这样，把徐姨丈急透了，只好回转身来逼表姐，要她把柳亚子弄回上海。大概是旧历八月下旬，柳亚子正在陶怡外甥蔡恕庵的家里躲着，告诉他们是怕官方要来通缉自己，他们也很相信。因为，这时候外面的风声的确是很紧张。

有一天，忽然柳亚子的表姐和陆女士雇了一只船找到松隐来，叫人送了一封信给柳亚子，说有要事，要他到船上去面商。柳亚子一上船，表姐带哭带喊地说："你还是快回上海去，救救我们一家人吧。"陆女士则不出声。柳亚子说："我回去上海也好，难道怕母亲生吃了我不成。"于是，就和她们一起回上海。

此时"健行公学"扩充局面，租了校外宿舍，柳亚子和高天梅、陶怡三人同住。天梅还写诗词来嘲笑柳亚子，因为他自己是恋爱成功，已和爱人结婚了。只有陶怡能了解柳亚子，加以劝慰。隔不了几天，柳亚子姨丈又陪大姑母来看他。原来家里已打出最后的一张王牌。大姑母柳兰瑛一见柳亚子，就说："事情总有办法，你为什么不早些和我商量呢？"又问柳亚子究竟情形如何，柳亚子便原原本本地对她讲了。她说："事情本来没有什么大要紧，你父亲母亲也有些不对，何必如此着忙。不过，你知道这件事情关系着三个人的性命吗？"

柳亚子忙问是怎么一回事，她说："你没有看见过你这位未婚妻，自然不知道她的性格，但我已打听清楚了。她是从小就没有母亲的人，虽然祖母、父亲都喜欢她，但她总不免有此孤臣孽子的性格存在着。再加她天资非常聪明，一切好胜，所有表面对人很和蔼有礼，而内心却是很强烈的一个人。现在的时代，你想解除婚约，叫人家大小姐不会难过吗？一难过，便什么事情都做得出来。你这长信，你未来的泰山是瞒着她的，无论如何不能给她看，并不能给她知道这种消息。因为她一知道，小性命就立刻会断送呢！她是祖母的宝贝，她死了祖母不会活的。而你的未来泰山呢，又是一个孝子，母亲因意外变故而死了，他还能独活在世上么？这样，你一举手，害了人家三代的性命，是不是太悲惨，你自己去想想吧。"

原来，这些封建社会的关系，柳亚子是从来做梦也没有考虑到的，给大姑母一讲，倒觉得有些惘然了。迟疑半晌，柳亚子说："那么怎样办呢？我已经答应好了陆女士，总不能凭空反悔。何况，我也实在是爱她呢。"柳兰瑛说："那末，你先和未婚妻结婚，明年我保证你和陆女士一起到日本去留学，到那儿再结一次婚不好吗？"柳亚子说："这是陆女士最初提出的办法，但我不赞成。那不是毁弃了我提倡女权，主张一夫一妻的本意了吗？"大姑母笑道："傻孩子，算了吧，何必如此认真。你们革命党人中间，搅着三妻四妾的，难道还少吗？至于陆女士那儿，由我去交涉。明天和你徐姨丈立刻动身，乘长江轮船，保证你几天内就有好消息给你了。"

柳亚子本来从小就顺从着大姑母的，给她一说，好像很有理由，弄得他更没有主意起来，只好一声不响。大姑母又笑道："你不响，就是默认。我们明天一定走，你好好回去休息吧。"

陆繁霜为了避免事态恶化，决定第二次逃婚。正好好友陈独秀从安徽芜湖发来热情邀请，柳亚子到码头依依惜别。陆繁霜到了皖江女学后，工于心计的柳兰瑛也接踵而至，在那里，她俩烧香拜堂，大姑妈当了陆繁霜的寄母，这样，柳亚子与陆繁霜也就成了"兄妹"，皖江女学也就成了柳亚子和陆繁霜的断桥。

大姑母回来后，把柳亚子带回平望，又陪他到了盛泽。这位郑佩宜小姐，字瑛，自号"红梨湖上女郎"。父亲郑慈谷，为盛泽绅士。郑佩宜幼年常在郑家开设的私塾旁听，后得到叔叔郑慈纶的调教，不但中文学得好，而且懂得英文，她聪明灵秀，为盛泽的"一枝名花"。

原来盛泽郑家与黎里柳家本是世代姻亲。柳亚子的高祖柳古查与黎里邱曾诒以及盛泽郑以泰（即郑佩宜的曾祖）为至交，邱曾诒便将大女儿嫁给柳古查的儿子柳兆薰，将小女儿嫁给郑以泰。因此足足算来，柳郑两家已有三代的姻缘。

1906 年 10 月小阳春，柳亚子与郑佩宜结婚，这次与众不同、别开生面的婚礼，开启了吴江新风。首先柳亚子是娶郑佩宜过门，而结婚仪式却在盛泽举行。这实践了柳亚子尊重女权、男女平等的思想。其次，郑佩宜不着传统礼服，不盖四方红巾，新郎的外套是时兴的马夹，夫妻不牵红绸，且免去三跪九叩的礼节。这是柳亚子和郑佩宜对传统封建礼教反抗的具体表现。柳家那边主婚人是柳亚子的叔父，郑家那边是柳亚子的外舅。证婚人是孙经笙先生，是郑佩宜的老师。因为柳叔父当了主婚人的缘故，所以介绍人另请仲傅岩太姑丈担任，他是柳亚子曾祖母邱太夫人的内侄女婿。像这样的结婚形式，亘古未有，轰动了黎里盛泽二镇，也轰动了整个吴江县城。

佩宜为人很大方，柳亚子在盛泽住了 7 夜，和大姑母分住前后房内，她天天来玩。玩到第八天旧历重阳佳节才还黎里，已经打得火一般的热了。柳亚子本来对柳姑母说，半个月以后，一定要去上海，再到"健行"教书，柳姑母也答应了。那时柳亚子再提起时，柳大姑母总是延宕，说满了月再讲吧。柳亚子呢，也有些乐不思蜀起来。这样，真的一直到满月以后才再去上海，但是柳母和佩宜也同去同还，再也不提"健行"教书的事情。柳亚子说，他自己已经被软化了。

此时陶怡已去日本留学，高天梅和朱少屏还在，请柳亚子他们吃过了一顿西菜。柳亚子事先曾通信和陆女士约好，希望她能来一见。但结果，陆繁霜回信说功课忙，不能来了。信上还似乎有些怨恨的意思，大概她已得到一些消息，觉得柳亚子和郑佩宜的新婚滋味太甜蜜了。这当然也不能怪陆繁霜，柳亚子只能怪自己。

至于同去日本的话，陆繁霜后来也否认了，说并没有答应大姑母过。这事情，柳亚子一直没有弄明白，不知是陆女士反悔呢，还是大姑母压根儿就欺骗了自己？总之，生米已成熟饭，一切都已无可奈何了。

柳亚子婚后，陆繁霜又回到了上海城东女学。此时，马君武先生听说陆繁霜的遭遇后，便萌发了英雄救美的激情。由于马君武单身来沪，陆繁霜有家难归，因此俩人相恋的时间和机会就相对较多。在两江总督端方的追捕下，马君武以5章《惜离别》送陆繁霜，缠绵悱恻、柔肠寸断。他不仅喜爱陆繁霜的"灼灼花容"，更仰慕她的"棱棱侠骨"。1907年春，马君武不得不离开上海，远赴德国。

早在柳亚子和陆繁霜热恋时，刘三也是城东女校的老师，其实，刘三也深深地暗恋着陆繁霜。柳结婚后，刘三也跟着陆繁霜来到安徽。陆繁霜寂寞时，刘三与她谈论诗词，为她解闷，为他俩永结同好做下了铺垫。

刘三与原配陈玉琴生有四女，月琴病故后的1910年，刘三与陆繁霜喜结连理。陆繁霜能诗善歌，长于南北曲，亲友聚餐时，妇唱昆曲，含商吐角，夫吹箫伴和，余音绕梁，人皆称她们为南社中的李清照和赵明诚。

南社和新南社

1907年冬天，在上海的一次宴会上，陈去病、高旭、柳亚子决定建立革命文学团体，他们的建议得到了在座的刘师培夫妇、邓实、黄节、朱少屏等的一致赞同。进入新年，南社的筹备工作正在紧锣密鼓地进行。到了1909年6月，陈去病先生在《民吁报》发表《南社雅集小启》，宣布定于 11 月 13 日（旧历十月初一）在苏州虎丘召集南社成立大会。

《小启》云："孟冬十月，朔日丁丑，天气肃清，春意微动。詹尹来告曰：重阴下坠，一阳不斩，芙蓉弄妍，岭梅吐萼。微乎微乎，彼南枝乎，殆生机其来复乎？"

各地诗友文士看到了这份别具特色的通知，纷纷打点行装，前往赴会。

11 月 13 日成立会当天上年，报到社友 17 人：陈去病，江苏吴江人；柳亚子，江苏吴江人；朱梁任，江苏吴县人；庞檗子，江苏常熟人；陈陶遗，江苏金山人；沈道非，江苏松江人；俞剑华，江苏太仓人；冯心侠，江苏太仓人；赵厚生，江苏宝山人；林立山，江苏丹阳人；朱少屏，上海市人；诸贞壮，浙江绍兴人；胡栗长，浙江绍兴人；黄宾虹，安徽歙县人；林秋叶，福建闽侯人；蔡哲夫，广东顺德人；景秋陆，山西芮城人。来宾二人：张采甄，江苏武进人；张季龙，江苏武进人。他们在虎丘山下合影。随后，祠堂里摆下两桌别有风味的船菜，一边饮酒，一边开会。会上，通过了《南社例十八条》，并规定每半年雅集时修改一次。

南社第一次雅集，参加者 17 人中的 14 人是中国同盟会会员。南社成立时，柳亚子才 23 岁，会后有诗以纪："寂寞湖山歌舞尽，无端豪俊又重来。天边鸿雁联群至，篱角芙蓉晚艳开。莫笑过江典午螂，岂无横架建安才！登高能赋寻常事，要挽银河注酒杯。"

首次雅集选出《南社丛刻》的编辑员和职员。《南社丛刻》前后一共出版了 22 集。柳亚子从第 3 集到第 7 集、第 9 集到第 20 集，编辑了 17 集。1911 年 2 月，南社第四次雅集在上海举行，出版《南社社友通讯录》，首载高天梅《南社启》与《南社第三次修改条例》。共著录社员 193 人，其中，除一人已故外，20 人侨居国外，有日本、南洋、美洲、欧洲；其余 172 人，分布于国内 13 个省份的 37 个城市，最后发展到社员 1180 余人。

《南社丛刻》除 22 集外，1910 年 10 月 11 日周实等在南京凭吊明孝陵，事后刊行《白门悲秋集》，1917 年出版《南社小说集》，二者均为《南社丛刻》的增刊。南社的各分支组织均曾计划出版刊物。其中，越社的机关刊物为《越社丛刊》，仅出 1 集，1912 年 2 月出版。

　　1912 年 10 月 27 日，南社于上海举行第七次雅集，柳亚子建议改编辑员三头制为一头制，并自荐。这一建议遭到否决，柳亚子愤而宣布"出社"。1914 年 3 月 29 日，南社第十次雅集，决定接受柳亚子的意见，采取主任制。鉴于有少数社员依附袁世凯，会议通过的条例中特别规定："本社以研究文学，提倡气节为宗旨。"会后，柳亚子重新加入南社。同年 10 月，在选举中被选为南社主任。

　　在反袁斗争中，南社社员牺牲的除宋教仁外，还有宁调元、杨德邻、范光启、程家柽、吴鼐、仇亮、陈以义、陈其美、陈子范等。南社积极搜集他们的文稿、诗稿，为他们作传，借以表彰革命精神。当时资产阶级革命派已经全军溃散，南社社员看不到出路。

　　1915 年旧历中秋节，顾无咎、柳亚子等人结酒社，顾自号"神州酒帝"。他们天天狂歌痛饮，反映出极端苦闷消沉的情绪。1917 年，正当张勋复辟前后，南社内部因对"同光体"的评价而发生争论。姚锡钧、胡先骕、闻宥、朱玺等吹捧陈三立、郑孝胥等遗老诗人，柳亚子、吴虞则持激烈的批判态度。争论中，朱玺由为"同光体"辩护发展为对柳亚子进行谩骂和人身攻击。8 月 1 日，柳亚子以南社主任名义发表紧急布告，宣布驱逐朱玺出社。随后，又驱逐了支持朱玺的成舍我。同月，成舍我与广东分社的蔡守结合起来，成立"南社临时通讯处"，号召打倒柳亚子，恢复原来的三头制，并提名高燮等出任文选、诗选和词选主任。陈去病、姚光、王德钟等支持柳亚子。自 8 月 14 日至 9 月 15 日，先后有社员 8 批 200 余人次在《民国日报》发表启事，声明"驱逐败类，所以维持风骚；抵制亚子，实为摧毁南社"。同年 10 月，进行南社改选，在收到的 432 票中，柳亚子以 385 票继续当选。

　　由于这次内讧，柳亚子心灰意懒。1918 年 10 月，劝社友改选姚光为主任。此后南社即每况愈下，社务逐渐停顿。1923 年 10 月，北京国会选举总统，曹锟以每票 5000 元的价格收买议员，高旭等 19 名社员收贿投票，此事敲响了南社的丧钟。10 月 29 日，陈去病、柳亚子等 13 人发表《旧南社社友启事》，宣布不承认高旭等人的社友资格。

　　1923 年 5 月，柳亚子与叶楚伧、邵力子等 8 人发起组织新南社。10 月份，新南社于上海召开成立大会，选举柳亚子为社长，邵力子等为编辑主任。柳亚子宣布："新南社的精神，是鼓吹三民主义，提倡民众文学，而归结到社会主义的实行，对于妇女问题、劳动问题，更情愿加以忠实的研究。"次年 1 月，傅熊湘在长沙发起组织南社湘集，声称与新南社宗旨"稍异"，目的在于"保存南社旧观"。

1925 年后，柳亚子全力投入改组国民党的工作。新南社活动停顿，南社湘集则一直活动到抗战前夜。1943 年，朱剑芒在福建永安成立南社闽集，活动过一二年。新南社成立后，于 1924 年 5 月出版《新南社社刊》，发表沈玄庐、邵元冲、吕志伊、刘大白等人著作多种，一律采用白话，仅出 1 期；同年出版的《南社湘集》则一律采用文言，共出 8 集。胡朴安于 1924 年刊行《南社丛选》。1936 年，柳亚子又将《南社丛刻》上全部诗、词以人为类，重新编排，出版《南社诗集》《南社词集》2 种，共 8 册。

柳亚子与孙中山夫妇

1915 年 10 月 25 日，孙中山、宋庆龄委托日本著名的律师和田瑞到东京市政厅为他们办理了结婚登记手续，并由他主持签订婚约《誓约书》。当天下午，孙宋两人在日本友人梅屋庄吉家中举行了婚礼，后由"东京日比谷大武丈夫讳写"拍下一张结婚照（见图）。1916 年归国后，宋庆龄将这张结婚照题赠给好友柳亚子，柳亚子夫妇将这张珍贵的照片一直保存在家。柳亚子逝世后，1963 年 12 月，其子女柳无非、柳无垢将此照片捐赠给中国国家博物馆。该照片高 32.7 厘米，宽 22.5 厘米，左侧有宋庆龄的题词："在东京结婚时照，一九一五年十月"，左下方用英文题词："To Wulcon（赠慰高——柳亚子的谱名）Scl（宋庆龄的英文缩写）"。一张照片凝结着柳亚子先生与孙中山和宋庆龄夫妇诚挚的友谊，也寄托了柳亚子先生对孙中山先生所进行的革命事业的推崇和敬仰之情。

早年的柳亚子即接触到西方的进步思想，并将自己的名字改名为人权，字亚卢，以亚洲的卢梭自命，在许多报刊上发表大量的史传、政论文章和诗歌，揭露帝国主义的野蛮侵略和封建专制的残暴统治。1906 年加入中国同盟会，又经蔡元培介绍加盟于光复会。1907 年至 1909 年，柳亚子和陈去病、高旭发起组织了中国近代第一个革命的文学团体南社，以文学为武器，鼓吹革命，与孙中山领导的同盟会形成犄角，在辛亥革命和反袁斗争的宣传中起了重要作用。

孙中山夫妇照片

柳亚子先生早在健行公学任国文讲席时，正好孙中山先生从外国经过上海，因为有法国巡捕头的招呼，柳亚子、陈去病、陈陶遗和高天梅等坐小划船到吴淞口外大轮船上拜谒了他，聆听孙中山先生的教导，对柳亚子日后的影响也是非常大的。所以孙中山对柳亚子先生也早有耳闻。1912年1月，孙中山就任临时大总统，柳亚子被任命为骈文秘书，所以柳亚子有"廿年两度感追从，梦里还来叩白官"的回忆诗文。

宋庆龄于1915年10月25日与孙中山在日本东京结婚，并拍下了文章开始提到的这张结婚照。而这张照片是在1916年，何嘉禄和黎里殷佩六起兵吴江，响应全国讨袁之势，宣布吴江独立，但不久即被冯国璋遣兵攻陷，柳亚子便携家人走避上海时，孙中山与宋庆龄由日本回国，柳亚子先生几经辗转得到了这张珍贵的照片，是柳亚子先生和孙中山、宋庆龄夫妇诚挚友谊的开始。

1911年10月10日，武昌起义爆发，各省纷纷响应。孙中山在美国得知消息后，12月下旬回国，即被17省代表推举为中华民国临时大总统。1912年1月1日，在南京宣布就任中华民国临时大总统，组成中华民国临时政府。1912年2月12日，清朝宣统帝被迫宣布退位，结束长达2000多年的君主专制制度，建立了共和国。孙中山制定和公布一系列改革和进步的法令，3月11日，颁布带有资产阶级共和国宪法性质的《中华民国临时约法》。

由于受到帝国主义、封建主义的强大压力与革命党本身的涣散无力，孙中山被迫在清帝退位后，于1912年2月13日辞去临时大总统职务，让位于袁世凯。1913年3月，袁世凯刺杀国民党代理理事长宋教仁，柳亚子写下了《哭宋遁初烈士》："忽复吞声哭，苍凉到九原。斯人如此死，吾党复何言。危论天应忌，神奸世所尊。来岑今已矣，努力殄公孙。"又接连发表了20多篇讨袁文章，配合孙中山先生的讨袁斗争。

1921 年 5 月 5 日，孙中山任非常大总统于粤都，柳亚子赋诗志喜，诗中有"率土自应尊国父，斯人不出奈苍生"句，表达了柳亚子先生对孙中山先生的殷切属望。

1923 年 12 月 31 日，汪精卫找饮孙中山先生别邸，柳亚子先生参加了这次聚会，写下了"一老南天国父尊，喜留别邸在江村。布衣昆弟能延士，椎髻妻孥并款门。柏酒椒盘新历象，黄旗紫盖旧干坤。何当北伐功成日，重为先生寿玉樽"。

由于孙中山先生为革命四处奔波，身体状况受到影响，柳亚子非常牵挂，于 1924 作《一月十七夜，梦中山先生》："廿年两度感追从，梦里还来叩白宫。矍铄风姿犹昔日，温恭言笑仰高风。驰驱戎马翁诚瘁，偃卧丘园我独慵。绝胜尼山孔老子，吾衰仍得见周公。"诗中说孙先生为了革命戎马驱驰，使得自己的体质每况愈下，而我一直偃卧在林园庸庸碌碌，感到无比的惭愧。

1925 年 3 月 12 日孙中山先生病逝，当时北京中央公园社稷坛举行公祭时，豫军总司令樊钟秀特致送巨型花横额，当中大书"国父"二字，这是孙中山在公开场合被尊称为"国父"。而在国内，最早见于书面文字将孙中山尊为"国父"的作者，柳亚子先生应该是第一人。

是年 5 月 3 日，黎里举行追悼大会，柳亚子等人任筹备主任。大会期间，柳亚子作了《孙中山先生的历史》重要讲话，回顾了孙中山先生的一生的业绩，在举行祭礼后又进行了大型游行活动。柳亚子先生悲痛地写下一联："树弱小民族解放先声，列宁而还，公真健者；与帝国主义奋斗毕世，斯人已往，谁其嗣之。"诗文均刊登在当时的《新黎里》特刊上。

1927 年上半年，正当大革命气势蓬勃高涨的时刻，国民党内的右派势力背叛孙中山的革命原则，反对"三大政策"，结成"宁汉合流"，大肆屠杀共产党人、爱国进步人士和劳苦大众。对此，宋庆龄义愤填膺，毅然发表了《为抗议违反孙中山革命原则和政策的声明》，宣布与"宁汉合流者"决裂，"暂时隐退"。而柳亚子遭到通缉，写下了一首《绝命词》："曾无富贵娱杨恽，偏有文章杀祢衡。长啸一声归去也，世间竖子竟成名。"

1934 年至 1935 年，柳亚子多次前往北京香山碧云寺谒孙先生衣冠冢，并写下了纪念诗文。1935 年 3 月 12 日为孙中山先生的忌日，柳亚子又作《中山先生忌辰有作》："飞扬无路哭昭陵，朝市仓皇几废兴。入梦红桑都变海，填胸赤血早凝冰。天门折翼怜陶侃，豚犬生儿羡景升，侧目愁胡浑不管，年来辛苦郅都鹰。"

1940 年 10 月 19 日，何应钦、白崇禧以国民政府军事委的名义，强令长江以南的新四军、八路军在一个月内全部撤到江北，中国共产党从维护抗战大局出发，答应将皖南的新四军调离；1941 年 1 月 4 日，新四军军部及所属的支队 9000 多人由云岭出发北移；6 日，行至皖南泾县茂林时，遭到国民党军 8 万多人的伏击；新四军奋战 7 昼夜，弹尽粮绝，除约 2000 人突围外，大部分被俘或牺牲，叶挺与国民党军队谈判时被扣押，项英、周子昆被杀害。1941 年 1 月，宋庆龄与何香凝、柳亚子、彭泽民联名致函蒋介石及国民党中央，愤怒谴责当局发动的"皖南事变"。

1949 年 5 月 5 日，柳亚子乘坐毛泽东专车前往香山碧云寺恭谒孙中山先生灵堂，写下了 4 首七律。在小序中云："余税驾北平之日，馆舍初定，即思往香山碧云寺，恭谒中华民国国父、中国国民党总理孙先生之灵堂及衣冠冢。乃招待处诸同志……"记录了此次香山之行。其中一律为："主义三民我讵忘，新民共产接青黄。百年名世洪天国，一代牢愁盛孝章。杜默王昙赢痛哭，鲁阳夸父费评量。终怜友党传衣钵，一恸昭陵泪满江。"1950 年 11 月，烈亚藏有孙中山遗墨，柳亚子观摩之后，感慨万千，泪如雨下，不禁吮墨挥毫，又题写了八绝句，回顾了自己与孙中山过往，并叙述了孙先生经天纬地的功绩。

柳亚子先生与孙中山、宋庆龄夫妇的直接交往虽然并不多，而且也只有 10 多年的光景，但对于孙先生倡导革命思想和宋夫人的巾帼之气，柳亚子先生是由衷的钦佩。所以说柳亚子先生是一位"三民主义"的忠实追随者，这种信仰贯穿他的一生。

柳亚子与陆子美的交谊

20 世纪初，在黎里镇上演了一场由陆子美主演的人间悲剧《血泪碑》，因为此剧，柳亚子先生与之纳交，陆子美也因此加入了南社，日后柳亚子又为之著书立传。这样便引出了当时诗坛和梨园之间的许多风流韵事。

南社社员孙雪泥是这样描述陆美子的："一曲登场，万人争睹，绣幕初开，珊珊其来，娉婷而不刚健，袅娜而不轻浮，具大家气，有淑女风，微笑轻啼，益显其天真烂漫，垂头丧气，愈觉其斌媚动人，此非工愁善病之子美也。如《血泪碑》中的梁如珍，《恨海》中的张棣华，《侬薄命》中之陆兰芳，《多情种》之陆云娘，《生死缘》中黄慧娟，《痴心女子》中的胭脂，皆美人薄命，生死堪怜。子美演之，处处体会到，观其戏者莫不叹流水无情，一任落花之飘荡，概春风有意，忍看残月之婆娑。"文坛掌故郑逸梅称陆子美及其演艺："风度朗秀，濯濯如春日柳，演悲剧体贴入微，观者无不为之雪涕。"

陆子美（1893~1915），名遵嬉，号焕甫，江苏吴县人，幼从祖父官游南昌，延师教诲，子美慧中秀外，目笑眉言，师甚爱之，一如己出。时新学昌明，旧学淘汰，子美便入初等学校学习，进而入高等学校。每逢考试成绩一直位列首位，同学们都羡慕他的才学，但子美从不骄傲自满。在校期间，有两位同学一直与子美一起研究新剧。偶然也做演出，陆子美善饰旦角，一经化妆，则月貌花容，倾城倾国。当时有位先生赠陆之美的诗，诗中有"美貌佳人犹子都"之句。从此他便以"子美"为号。其时还有一位新剧家慕陆子美名，与之纳交，并怂恿他从事新剧，而提倡社会教育。陆子美深感时事弊恶，恍然应允，但受到家庭的阻挠，他一腔块垒，郁郁经年。有一天，演员李君磬到子美家加以安慰，并携往长江各埠观看演出，并加入演出，喝彩之声不断。

1911年10月10日，武昌起义爆发，上海光复，苏州独立，维持了260多年的清王朝已呈土崩瓦解之势。之前，随着西风东渐，先贤们抛弃陈腐观念，积极寻求救国的真理，并运用文艺、戏剧贬俗箴时，文明新戏就成了这个时期的必然产物。早在1904年，陈去病先生就在有关报刊上发表论文《论戏剧之有益》及《告女忧》《舞台掌故》等，并发起出版《二十世纪大舞台》刊物，论述戏剧的感染力及其宣传教育的直观性和革命戏剧的重要性。

随着革命的飞速发展，"南北议和"葬送了辛亥革命的成果。1912年，柳亚子先生在《天铎报》连续发表了24篇文章，反对向袁世凯妥协，但回天无力。1912年初，他愤怒回到家乡黎里。此时的柳亚子正如胡朴庵先生所述："吴江亚子以愤世习俗之怀，著特立独行之慨，诗酒养其天真，琴书陶其情性。别有深心，寄情歌场舞地，几许感慨，莫问楚尾吴头。"

1912年春，陆美子来黎里演出《血泪碑》，柳亚子前往观看，他在《梨云小录》的开头是这样写的："《血泪碑》为冯（春航）郎绝唱，囊在海上，酒阑灯炧辄复往观，沉酣颠倒不自知，其情之一往而深也。倦游归去，斯乐遂废，天上霓裳付之云屏梦里久矣。里中春社忽演是剧，以陆美子饰梁如珍，举止娴雅，不坠俗流……"

《血泪碑》讲的是梁石二家的恩怨情仇，原为冯春航饰梁家小女，柳亚子深为感动，为其刊《春航集》。后春航去了汉水，凌怜影在盛泽演出时，柳亚子未窥全豹，仅一小诗赠凌："一曲销魂血泪碑，西风残照动参差。雏莺乳燕相思鸟，较小温柔亦可儿。"逮后陆美子来黎里演出，收到了乡人和南社社友的高度赞扬。社友枕流也在《陆美子的是不凡》说："子美之貌，余见之而神摇，子美之哭，余闻之而心碎，丰姿绰约，飘飘欲仙，此子美之貌也，人非草木，能不为之神摇耶。凄凄切切，呜呜咽咽，此子美之哭也。人孰无情，能不为之心碎耶。"

陆子美在黎里演出后，一天坐在幕后，手巾拭泪泛澜未已，柳亚子倍加安抚，两人同行，子美泪下禁不能自制。陆子美不但善于新戏，还能用英文短歌演新《茶花女》，并善于书画。所以柳亚子倍加怜惜，他评之为"其声清谈不凡，绿珠丰韵，碧石年华"。由于两人的过度亲近，不免被人作为谈资，竟将柳亚子称作"柳七郎"。

所以好友姚鹓雏对亚子先生亦作戏语："顾乃留侯貌，似妇人，好女子，不作张苍瓠白，王约赵肥，且痴非言，艾语出，突兀亦有奇气，生须眉，平生所好第一冯春航，尽举古往今来环肥燕瘦，三十六天美质……"

陆子美演出后回到上海，谣传频起，他写信给亚子，感到非常无奈。柳亚子则立即回信，信中有："子美书来，颇有蛾眉谣诼之感，急驰笺慰……撼树蜉蝣终当嗤其不量耳。"并作诗二首："谣诼蛾眉意苦辛，芳兰当户自前因。樽前莫洒青衫泪，我亦名场潦倒人。""结习余痴愧未忘，尽多哀怨付词章。晓风残月休回首，错被人呼柳七郎。"

作为一位演员，又是男扮女装，难免会有人说三道四，正如南社一厂所云："蛾眉谣诼无今古。"确实，戏子演员历朝历代被人看不起，而南社一代先觉们并不这样看待，尽管流言四起，但柳亚子与陆子美仍然保持着真挚的友情。柳亚子还要陆子美继续读书深造，并作诗相赠："剧怜踪迹等蓬飘，游戏人间太没聊。珍重美人千万意，父书满架忍轻抛。"但子美到了上海后，并没有去读书，而是加入了当时名噪一时的"民鸣社"。

民鸣社是上海早期话剧演出中最成功的商业话剧团体，其前身是新民社。原为拍摄电影而准备的剧团，因等待外国合作者未果，一班人衣食无着，仓促排练，演出效果反响不差，从而在上海站住了脚跟。1914 年被称为"甲寅中兴"时期，陆子美进"民鸣社"后，演艺日臻成熟。当时谢公展在《剑气箫心室剧话》中是这样描写陆子美的："民鸣演善恶鉴，子美饰周小娟，非剧中重要人物，然演来足动人。小儿女天真烂漫，玲珑活泼，神情如画，其父入狱时，牵衣惜别。泪痕琳琅，艺固可观，色亦上选……"

陆子美在舞台上"一颦能使四座悲，一笑能使四座欢"，所以柳亚子先生在黎里观《血泪碑》后马上写了一篇《血泪碑中之陆郎》："综观全局，子美以冷静胜，无嚣张之习，无猥亵之状，淡而弥永，耐人思味……"由于陆子美演技的到位，不免使在黎里看戏的叶楚伧先生频生怜惜之情，他为陆子美喊怨冤。他在《我本荒唐室戏话》中有这样的记录："我有一言为民鸣社作忠告，打、掐、咬三字太多，多则令人大减兴。会演九、十、十一、十二本时，几十分之三四以打、掐、咬三字为全幕骨干，甚且戏幕已闭，吾犹闻隔幕耳光声……一木杆真着如珍腕上，嫩皮肤与无情棒接触声，至今在我耳际也。"

陆子美多才多艺，除唱戏外，喜绘画，尤工西洋画法。在黎里的几个月中，曾以水彩画挂屏 3 幅和铅笔画扇面一柄送给柳亚子。后来柳亚子拿到上海，请姚鹓雏先生题诗 6 首，其中一首云："花落清樽谱曲时，香山风调寄杨枝。十年一觉扬州梦，赢得头衔一字痴。"作为回赠，柳亚子先生录定公影事词四阕书于扇上，送给陆子美。

柳亚子自辞去临时大总统秘书一职后，诗酒浇愁，有隐居分湖之意，而分湖就是历代贤人在遁迹之所，晋代的张翰、唐代的陆龟蒙等无不倦凤阁而归草泽。1914 年 3 月，陆子美在吴江芦墟演出，柳亚子即请其画一幅《分湖旧隐图》，亚子特意作了图记，发表于《南社丛刊》，要求社人题咏，黄宾虹、余天遂、马君武、蔡守、朱剑芒等纷纷绘图题耑。陆子美运用中西结合的绘画方法，画了第一幅《分湖旧隐图》，墨韵酣畅，虽不施彩色，但淡雅清新，一如其舞台上演艺之细腻和淡定。

梅兰芳先生是著名的京剧表演艺术大师。1913 年他首次到上海演出，赞誉荣膺，而此时民鸣社的陆子美也以淳厚的艺术功底，在上海占有一席之地，社会上有："谈时之新剧者，竞说民鸣社，谈民鸣之新剧者，又莫不竞言陆（子美）张（双宜）。"可见陆子美其时的地位。而当时戏剧舞台社党林立，相互倾轧，常常也是颠倒是非，怪象环生，正如人所云："一种骚腔，实令人作七日呕。"

南社是一个文学的团体、革命的团体，尽管革命处于低潮，以文艺继续唤起人民的觉醒，仍然是他们要做的事情，所以，陆子美在此时毅然也加入了南社，他要以一身演艺，教化社会。梅兰芳和陆子美的行为也为南社社员所钦慕，所以社员汪兰皋准备编一本《梅陆集》。此事完成至十之七八时，柳亚子先生书问汪兰皋其书何日印成，并说出自己的《子美集》已草就，不日可出版。汪得信后不忍"瓦釜与黄钟同鸣"，欲尽弃所编陆稿，而亚子则力劝兰皋勿弃，可各树一帜，故《梅陆集》仍保留了陆子美多幅照片。柳亚子在编《子美集》时又请汪兰皋作了一个序。在二书即将出版时，陆子美身染疾病，不幸于 1915 年 4 月病逝于上海。可以说，如果不是陆子美英年早逝，他与梅兰芳也许是当时戏曲舞台上的并峙双峰。

通过陆子美来黎里演出《血泪碑》，促成了他和柳亚子先生的一段纯真的友情，他们清声怡情，诗画寓志。柳亚子曾为他俩的合影题诗，诗为《子美索题醉中合影率成一绝》："美人如玉剑如虹，尺幅还能证雪鸿。莫怪酒醋狂气露，死生流转一相逢。"

陆子美有"才子文章，佳人颜色"的赞誉，他取古往今来嬉笑怒骂之事，现身说法，演他人之因果，写自己心中之块垒，举可悲可泣可惊可喜之状，一一达于歌舞场中。他在黎里发出的凄凄切切、呜呜咽咽之声，感动了当时人的真情，同时也增进了人们纯真道德。

柳亚子先生的遗憾

瞿秋白先生是中国共产党早期主要领导人之一，马克思主义者，无产阶级革命家、理论家和宣传家，中国革命文学事业的重要奠基者之一。曾任上海大学原教务长兼社会学系主任，在国共合作的背景下，把上大建设成为南方的新文化运动中心，为中国人民的解放事业和民族振兴输送了一大批栋梁之材。1935 年 6 月 18 日在福建长汀西部的罗汉岭脚下慷慨就义，时年 36 岁。

1934 年，瞿秋白被捕，他的夫人杨之华以秘密书信写给柳亚子，请柳亚子寻找宋庆龄、蔡元培、鲁迅等共同营救。并在信中说，"如果弗能免死，则请于死前勿虐待"，语气相当悲愤。柳亚子看到杨之华的来信，泪涔涔而下，当时自己正患脑疾，相当严重，杜门谢客，并且尚受到蒋氏的监视。而此时的宋庆龄也同样受制于蒋介石监视之中。柳亚子后来写道："知蒋逆方非心于异己者，戴传贤辈更是助纣为虐，事必无幸，转侧徘徊，计未能决，而烈士遽以殉国闻矣。"柳亚子既悲痛又愧疚地说："我虽不杀伯仁，伯仁因我而死，每念东晋王茂弘之言，未尝不痛哭流涕，虑他日无以见烈士于地下也。"遗憾和自责一直萦绕在柳亚子的心中。

1935 年 2 月，苏维埃中央分局、中央政府办事处等机关留守人员被层层包围，主力红军一时难以营救，只能分批分期突围。按照中央分局书记项英的决定，瞿秋白、何叔衡、张亮、邓子恢等同志，由中共中央主席团成员、妇女部部长周月林率领，在一个警卫排护送下，向赣粤交界地区转移。就在这次转移行动中，何叔衡牺牲，4 个月后，曾经以假身份骗过敌人审讯的瞿秋白、周月林、张亮也暴露了真实身份。瞿秋白拒绝了国民党的劝降，蒋介石下了"瞿秋白即在闽就地枪决，照相呈验"的密令。负责看押的国民党 36 师决定在 6 月 18 日执行了这一指令。

早在 3 月 9 日，被捕的瞿秋白以"林祺祥"的名字写信寄往上海，通过周建人转给鲁迅、杨之华，要他们设法营救。1935 年 4 月，杨之华请柳亚子帮忙，柳亚子知道无能为力，用铅笔写一张条子给杨之华："接来信，怅然。孙夫人被监视，我亦一样。心有余，力不足，事与愿违，千万保重身体……"寥寥几个字，流露着柳亚子先生内心因为帮助不了革命友人所感到的遗憾和痛苦。虽然没有成功，但杨之华一直感激柳亚子先生在患难中不忘旧友的情谊。

自瞿秋白殉难后，有一医官拿了瞿秋白的遗札和绝命书送给了柳亚子在美国的女儿柳无垢，遗札交付郭鼎堂、陈其瑗付印。绝命诗曾藏柳亚子家中，抗战期间几经南北奔波，最终无法找到，这又给柳亚子增添了无比的遗憾，柳亚子叹道："抚今思昔，追溯渊源，余与烈士（指瞿秋白）往还之概，盖尽此矣。"

瞿秋白的第二任妻子杨之华是妇女运动先驱。在杭州女子师范学校读书时参加五四运动，后在上海《星期评论》社工作。1925 年 10 月接替向警予任中共中央妇女部代部长，并兼任中共上海地委妇女部长，当选为上海各界妇女联合会主任。后在上海协助瞿秋白进行"反文化围剿"的斗争中，与鲁迅、柳亚子等结下深厚的友谊。1935 年去苏联参加共产国际第七次代表大会，之后任国际红色救济会中国代表，为该会常务委员。1941 年回国途中在新疆被反动派逮捕。1945 年出狱后到延安担任中共中央妇委委员，晋冀鲁豫中央局妇委书记。新中国成立后，先后任全国妇联国际部部长、第一届常委、第三届副主席，全国总工会女工部部长。1956 年曾带领中国妇女代表团参加在匈牙利布达佩斯举行的第一次世界女工会议。1962 年在中共中央八届十中全会上当选为中共中央监察委员会委员，候补常委。

对于这对夫妇，柳亚子先生的歉意和遗憾到新中国成立后还没有淡去，这在1949 年初他在北京颐和园之益寿堂所写的《超弟书来，言秋白烈士忌辰将届，之华同志索诗于余，为赋二首》中可以看出："悲歌易水衣冠白，函首秦庭冢土黄。无力回天吾应礤，斐然织锦汝成章。拉丁最喜中华化，鲁迅同归热血量。家祭今早宜破涕，红旗赤帜渡长江。""识荆说项成疑案，有女杨家鬓已黄。故国遗书传弱息，沪滨赁庑贮瑶章。千秋史册留评判，盖代才华孰较量。最是惺惺相惜感，高吟奇泪满河江。"

在上面诗的序文中，柳亚子又写道："一九二六之岁，国共两党尚合作，余以中国国民党第二届中央检察委员资格留沪，主江苏省党部事，任省执行委员会常务委员兼宣传部部长。时省部执委兼妇女部长张应春及范志超两女士皆为之华同志密友。余以张范之介绍识之华，相谈亦甚款洽，曾邀之华赴余故乡同里，出席孙先生周年追悼大会。同行者张应春、侯绍裘两先烈外，有吴江县党部执委郑光颖、唐蕴玉，暨余长女柳无非诸人。"回顾了与杨之华交往的点点滴滴。

1946 年，杨之华从新疆回到延安，在枣园的客厅上看到亚子先生的诗，很想快些见到他，终于在 1949 年 3 月 17 日夜，在石家庄附近的火车餐车上突然见到了。阔别多年，两人感到非常高兴，柳亚子先生几乎流出了眼泪，眼泪中充满了歉意也充满了兴奋之情。他到了北京以后，送给杨之华几首诗，其中一首："太息王丞相，无尤救伯仁。遗书问真赝，热泪总酸辛。犹见偕亡史，相怜后死身。

恩私何以报，尽瘁为斯民。"

自柳亚子来到北京后，经杨之华介绍，与康克清、蔡畅、区觉梦、陈少敏等中国的女界精英所相识，柳亚子便喜赋两绝交给了邓颖超，作为中国妇女第一届全国代表大会开幕礼物。其中的一首为："少诩斯宾塞尔篇，樊英答拜我能贤。今看豪俊联翩起，新辟中华女界天。"

接着柳亚子又写了《赠杨之华》诗两首："秋白成仁秋石殉，与君不分更相逢。难忘廿四年来事，地覆天翻在眼中。""罗星洲畔嬉春日，迪化城头陷狱时。留命桑田同未死，须眉毕竟逊蛾眉。"罗星洲在同里镇之七里湖中，是乡人嬉春之地，1926年3月12日，吴江县党部举行孙中山先生逝世周年纪念，柳亚子在上海党部邀请杨之华、张应春、侯绍裘曾至罗星洲一游，同行的有柳亚子长女柳无非和郑佩宜的妹妹郑光颖。如今，侯绍裘、张应春都为国牺牲，之华君曾养病苏联，为盛世才所捕，禁闭7年，居然不死，犹将贡献其精力，造福于新中国之人民，真是巾帼不让须眉。

1958年6月21日柳亚子在北京逝世，杨之华异常悲痛。她回顾了30多年来与柳亚子先生的交往，深深钦佩他的文采和正直的为人，看着柳亚子多年前写给她的诗文，不禁泪如雨下，泣不成声。到了下一年纪念柳亚子逝世周年之际，杨之华写了一篇《怀念革命诗人柳亚子》的纪念文章，文章的开头写道："杰出的革命诗人亚子先生离开我们已经一年了，他那种对旧时代的仇恨和对创造新社会的革命志士的精神，却伴随着他的不朽的诗篇，永远留给后人，像苍劲的松柏一样万古长青……"

早在1926年前后，杨之华就同柳亚子等人在上海一起开会，其时柳亚子已非常靠近共产党，跟共产党合得来，他比这些年轻的共产党员、共青团员年龄高，但同时热情更高。柳亚子曾邀请杨之华参加吴江国民党县党部举行的孙中山先生逝世周年纪念会，柳亚子先生在这次会上所作的拥护共产党的演说深深印在杨之华的心坎上。

杨之华的纪念文章的最后还写道："亚子先生一生大部分处在旧社会的压迫之下，在精神上受到反动派许多折磨，所以在他的诗词中怀着对旧社会牢骚满腹，响亮着他一生不平之鸣。可惜他的健康不容他多活下去，不然的话，他以他的火热的感情、豪迈的才气和卓越艺术修养，他将能够为今天令人鼓舞的新时代写出更多灿烂的诗篇……"

其实，柳亚子先生也不必遗憾，有这样一位挚友在他逝世周年之际说这么一番真心话，应该可以告慰于九泉之下了。

柳亚子与毛泽东

柳亚子与毛泽东相识于 1926 年 5 月在广州召开的国民党第二届二中全会上。当时毛泽东是以共产党员的身份任国民党中央宣传部代理部长，柳亚子则是国民党中央监察委员。与毛泽东相识较早的人有很多，而柳亚子是第一个写诗歌颂毛泽东的人，他认为，毛泽东才是中国的希望。

1929 年，毛泽东在井冈山坚持"武装斗争"，居住在上海的柳亚子写下了《存殁口号五首》，第一首就高度赞扬毛泽东："神烈峰头墓草青，湘南赤帜正纵横。人间毁誉原休问，并世支那两列宁。"这"两列宁"诗末自注为"孙中山、毛润之"。当时，共产党只是"星星之火"，毛泽东还不是共产党的领袖，甚至连政治局成员都不是，柳亚子却将其与"国父"孙中山并列，并赞为"中国的列宁"这一若干年后中共党内才有的誉称。

1932 年，井冈山几次"反围剿"大胜，柳亚子写下《怀人四截》，其中第一首写道："平原门下亦寻常，脱颖如何竟处囊。十万大军凭掌握，登坛旗鼓看毛郎。"诗中"毛郎"，诗人自注"毛润之"。以平原君和毛遂自荐的典故，表达对毛泽东的敬仰之情。1945 年夏初，柳又赋诗一首寄给毛泽东，诗题目是《延安一首，正月二十六日赋寄润芝》，登在《新华日报》上："工农康乐新天地，革命功成万众和。世界光明两灯塔，延安遥接莫斯科。"表达了柳亚子对延安和对毛泽东的景仰。

1945 年重庆谈判中，毛泽东除主持谈判外，还同社会各界朋友进行了广泛接触。柳亚子是毛泽东在第一次国共合作时结识的老朋友，8 月 30 日，刚到重庆不久，毛泽东就在重庆桂园寓所宴请柳亚子等人。席间，柳亚子赠毛泽东七律一首："阔别羊城十九秋，重逢握手喜渝州，弥天大勇诚能格，遍地劳民战尚休。霖雨苍生新建国，云雷青史旧同舟。中山卡尔双源合，一笑昆仑顶上头。"9 月 2

1945 年 5 月 1 日，北平颐和园毛泽东访柳亚子　来源：《柳亚子选集》

日，《新华日报》以《赠毛润之老友》为题，发表了这首诗。9 月 6 日，毛泽东在周恩来、王若飞的陪同下，又到重庆沙坪坝南开学校津南村看望柳亚子。在柳的寓所，柳亚子请毛泽东校正他准备收入《民国诗选》的毛泽东《七律·长征》一诗，并向毛泽东索诗。后来，毛泽东将《沁园春·雪》题赠柳亚子，并附信说："初到陕北看见大雪时，填过一首词，似与先生诗格略近，录呈审正。"

得到毛泽东题赠的《沁园春·雪》后，柳亚子很快作出了和词《沁园春次韵和毛润之咏雪之作，不尽依原题意也》。10 月下旬，柳亚子将毛泽东赠与自己的和词，在中苏文化协会举办的"柳亚子柳诗尹（瘦石）画联展"上展出，并将两词送交《新华日报》，要求同时发表。因为发表毛泽东的词，可能需经本人同意，《新华日报》于 1945 年 11 月 11 日只刊出了柳亚子的和词。

毛泽东等领导人赴重庆谈判，在当时引起了很大的轰动，他的武略文韬举国景仰。在诗画联展上传出毛泽东有词《沁园春·雪》后，山城文化界纷纷流传开来，而等到柳亚子先生的和词公开发表后，更多的人在打听原词《沁园春·雪》。此时，重庆《新民报·晚刊》的副刊《西方夜谭》，在山城皆盼毛泽东原词的氛围下，吴祖光先生设法拿到了这首词的抄件，就在 1945 年 11 月 14 日的副刊上公开发表，还加上了一段充满激情的编者按语，其中写道："毛润之氏能诗词，似鲜为人知。客有抄得其沁园春咏雪一词者，风调独绝，文情并茂，而气魄之大，乃不可及。"这首词一经《新民报·晚刊》发表，顿时在重庆引起了巨大的轰动。一时间争相传诵，好评如潮。柳亚子将它称为"千古绝唱"，谓"虽东坡、幼安，犹瞠乎其后，更无论南唐小令、南宋慢词矣"。1948 年 3 月 28 日夜，毛泽东进北平刚刚第三天，收到了柳亚子的诗《感事呈毛主席一首》："开天辟地君真健，说项依刘我大难。夺席谈经非五鹿，无车弹铗怨冯驩。头颅早悔平生贱，肝胆宁忘一寸丹。安得南征驰捷报，分湖便是子陵滩。"

　　3 天前，柳亚子还作为 30 名代表之一去机场迎接初到北平的毛泽东，他是与沈钧儒、李济深、章伯钧等"同乘第一号车，检阅军队而返"的。当晚，毛泽东还派车接他出席颐和园晚宴，优礼有加。怎么突然之间，柳亚子却对毛泽东提出退隐回老家？

　　令他感到不开心的是，不仅在文坛上未受重视，更令他不安的是，他觉得在参与新政协及自己创建的民革也受到排挤。因为一年前，在中共中央邀请各党派代表、民主人士到解放区参加新政协的名单上，柳亚子名列第五，现在却连代表都不是，就连"文联""作协"这样的文化团体的领袖职位也没他的份，使他心灰意冷，所以有"分湖便是子陵滩"之句。下面的日记也能看出他当时的心境："又为余量血压，较前增加至十度以外，颇有戒心。以后当决心请假一月，不出席任何会议，庶不至由发言而生气，由生气而骂人，由骂人而伤身耳！"好友宋云彬当天日记中也有反映："亚老（柳亚子）近来兴奋过度，当有种种不近人情之举，其夫人深为忧虑，特与医师商，请以血压骤高为辞，劝之休息。"此事传到毛泽东耳里，毛泽东劝柳亚子从六国饭店移居颐和园休养，柳亚子作诗呈上。由于事务繁忙，没有及时回赠。一个月后，毛泽东吟成答诗《七律·和柳亚子先生》，并派人送到柳亚子住处。

　　毛泽东的答诗云："饮茶粤海未能忘，索句渝州叶正黄。三十一年还旧国，落花时节读华章。牢骚太盛防肠断，风物长宜放眼量。莫道昆明池水浅，观鱼胜过富春江"。柳亚子回住所益寿堂读到毛泽东的赠诗后很兴奋，当日作《次韵奉和毛主席惠诗》，其中云："东道恩深敢淡忘，中原龙战血玄黄。""昆明湖水清如许，未必严光忆富江。"

　　柳亚子先生的祖上，其老家在浙江慈溪，而富春江上段七里泷峡谷出口处约 3 公里的地方，有一段浅滩名为子陵滩，为东汉隐士严子陵在此处把钓而得名。毛泽东要挽柳亚子在颐和园昆明池观鱼——即是从政，他当然是非常高兴的。诗中的"名园"并非仅指颐和园，是诗人用来比作北京的。

　　1949 年 9 月 30 日，在中国人民政治协商会议第一届全体会议上，柳亚子当选为中央人民政府委员。同年 11 月，民革举行第二届全国代表大会，柳亚子再次当选为民革中央常务委员。

1950 年 10 月 1 日，柳亚子登上天安门检阅台，参加新中国成立一周年的国庆节庆典，作诗一首，末两句云："此是人民新国庆，秧歌声里万旗红。"

10 月 3 日，柳亚子在怀仁堂观看歌舞晚会，应毛泽东之命，即席赋《浣溪沙》一阕，词曰："火树银花不夜天，弟兄姊妹舞翩跹。歌声唱彻月儿圆。不是一人能领导，那容百族共骈阗？良宵盛会喜空前！"毛泽东步其韵："长夜难明赤县天，百年魔怪舞翩跹，人民五亿不团圆。一唱雄鸡天下白，万方乐奏有于阗，诗人兴会更无前。"两位伟人间的诗词唱和广为传诵，家喻户晓。

柳亚子一家于 1950 年 9 月移居紫禁城西之北长街，毛泽东题其所居为"上天下地之庐"。这里环境幽美，柳亚子非常满意，曾云"精神变好，大非昔比了"。

柳亚子与周恩来

在 1941 年年底香港沦陷前后，周恩来数次指定的紧急营救文化名人名单中，就有柳亚子。柳亚子脱险途中和居住粤桂期间，周恩来多次向在国民政府侨务委员会的柳非杞（柳亚子好友）了解情况。柳亚子在《八年回忆》中自述，1943年"二月五日立春节，苏联塔斯社副社长诺米洛次基君自渝来桂，偕空了、郁风过访，还带来了恩来的问候信和钞币"。

1944 年 11 月，周恩来从延安回重庆的第二天，郭沫若奉其命为柳亚子洗尘，出席者皆为柳亚子好友和当时当地的名人。柳亚子与周恩来第一次握手。由以上可以看出，周恩来非常敬重柳亚子，同样柳亚子也非常仰慕周恩来，两人因此产生了友谊。不过自李少时事件后，两人的关系有了微妙的变化，周恩来对柳亚子有了看法。

李少石原是八路军驻渝办事处秘书、国民党元老廖仲恺的女婿、廖梦醒的丈夫，他一直活跃于香港、上海、江苏等地做秘密工作。1934 年 2 月 28 日，因叛徒出卖而被捕入狱。在狱中，他脚被打伤，肺部被打坏，但并没有屈服，做好牺牲准备。直到 1937 年七七事变，周恩来在国共谈判中提出释放政治犯，李少石才被释放出狱。先后在上海香港为党工作，直到 1943 年调到重庆，对外称《新华日报》记者。

在笔者的书橱中，有一本 1979 年廖梦醒所编的《少石遗诗》，书中收录了李少石写给柳亚子信札两封，信中所及都是与诗词有关，可以看出李少石先生工作之余非常热爱诗词，不断向柳亚子讨教。也许是因为诗词，使李少石不幸身亡。

1945 年 10 月 8 日下午，柳亚子从渝郊沙坪坝寓所专程前往曾家岩 50 号"周公馆"。不久，李少石从外面返回。当时，中共南方局可供调用的小车只有 4 辆。因当晚张治中为毛泽东举行欢送晚会，用车很紧张。曾家岩 50 号仅有司机熊国华临时开的那辆小轿车，而此车当晚还安排他用。考虑到柳亚子住沙坪坝路程较远，熊国华受命先将柳先生送回。

送完柳亚子，返途中不慎撞伤了在路边休息的国民党士兵，熊国华却没注意，没听到那批新兵的叫停声。一个新兵班长当即举枪，子弹穿过汽车恰巧从李少石的后背穿入肺部。熊国华立即把李送到医院。当时，是李少石主动上车送柳亚子，还是柳亚子仍陶醉于论诗谈词状态，而邀请李少石在车上聊。总之，李少石就是在送柳亚子的回程中出了事。

出事后，毛泽东、周恩来等中共领导人正在晚宴现场。一位同志向周恩来紧急报告了李少石遇难的消息。周恩来为之一惊，可是为了避免惊动毛泽东，他悄然离开会场，并立即找到重庆宪兵司令张镇，提出质问和抗议。第二日李少石遇害的消息传开后，舆论为之哗然，迫于压力，蒋介石要求彻查此事。

李少石之死，引起了柳亚子与廖梦醒、周恩来之间关系的微妙变化。李少石廖梦醒的女儿李湄在一文中说："爸爸出事后，妈妈很怪罪他。柳亚子是个性情中人，他总是想找机会向妈妈赔罪……随着时间流逝，妈妈和柳亚子的关系渐渐恢复正常，但见面时还是有点尴尬。"

内心痛苦的柳亚子也还专门给周恩来写过一封信，表达自己对"我虽不杀伯仁，伯仁却因我而死"的自责。

1946 年 5 月，国民政府还都南京，国共谈判的中心也随之转移到南京和上海，中共中央代表团也迁到了南京梅园新村并设立驻沪办事处。周恩来不时往返于两地之间，且与民主党派主要人士频繁会晤。其时柳亚子因被国民党排挤出政协会议，正失意地暂居上海。5 月，柳亚子 60 大寿之际，周恩来和中共中央代表团一起发来了贺电。

　　1949 年 3 月 18 日抵京当天，柳亚子有意到西山碧云寺参拜孙中山的灵堂。当时解放军初入北平，车子不够用，他只得写信给相关负责人连贯，并附信交周恩来。但连贯觉得当时车辆不够分配，而且他也很难与周恩来见上一面，因此就连信也无法转交。

　　到了 4 月 1 日，柳亚子在日记中感叹："夜，餐时与任老夫妇及襄老之夫人同席，谈得很起劲，约明日同往北京饭店赴民盟例会，可叹出无车矣。"

　　10 月 15 日，柳非杞写信说他一位朋友想请柳亚子做证婚人。柳亚子复信：证婚可以，但要解决用车的问题，"不过借车的事情，我不愿做，因为借车事，我已写信骂过老周，现在不愿意再和他借。除非你有办法，直接由你和他交涉"。

　　由于当时周总理和毛主席都比较忙，所以他一直待在颐和园没有收到毛主席和周总理的接见，由于心理憋屈，正愁没地方发泄。

　　一天，管理员恭敬地请示晚餐食谱，柳亚子突然怒吼："我不吃干菜，给我买鲜黄瓜！""鲜黄瓜？"管理员为难，"那得 7 月以后……"柳亚子随手甩了管理员一个耳光！

　　此事很快报到周恩来那里。又听说柳先生近来情绪郁闷，有时还说："再没人管，就吊死在这里……"周恩来立即带了一桌酒席来到颐和园，在听鹂馆宴请柳亚子。周恩来与柳亚子干杯之后，却说："柳老，我给你提个意见，可以吗？"周恩来严肃地说，"柳先生，打人，在我们人民队伍里是不允许的。"柳亚子举杯的手顿时僵住……

　　周恩来见柳亚子尴尬，便说："我们的同志刚进城，很多事情还不懂，没有把事情办好，惹柳先生生气了。不过这几件事，柳先生做得也过分了。我们的朱总司令，可谓影响大、职位高，可是他从来没有打过任何一个战士，没有动过战士一指头。打人在我们人民军队中是不允许的，中国人民解放军取得胜利的原因之一，就在于军队内部的民主制度，党的领导和人民群众的支持。领导人对身边的工作人员、门卫、警卫战士应当和气。他们做错了事情，可以指出来，可以批评教育，动手打人就不对了。"柳亚子边听边点头，似乎在反思。接着，周恩来又对他说，门卫就是为了门里的人的安全才设的嘛！如果门卫对不认识的人，不查证件、不闻不问，谁都可以随便出入，那设门卫还有什么用？我也遇到过门卫阻挡，还有陈毅同志、彭真同志、邓子恢同志都遇到过。其他民主人士朋友也遇到过。柳亚子听了连连点头。

周恩来又对柳亚子说，柳先生说的要"投湖""上吊"，那就更不对了。新中国刚刚建立，百废待兴，许多工作等待我们去完成，我们希望有更多的民主人士朋友来参与建立新中国、建设新中国的伟大事业。不参加新政协筹备工作的，不一定在政府里就不安排重要职位；参加新政协筹备工作的，也不可能都是中央人民政府委员。周恩来希望柳先生把眼光放远一些，保重身体，柳亚子的表情轻松，频频点头。

今天，我们进入柳亚子纪念馆第二进"轿厅"，中央就是柳亚子先生的汉白玉雕像，座基上镌刻着邓颖超的题词"柳亚子先生像"，两侧柱子上依然悬挂着周恩来 1945 年赠送给柳亚子的墨迹："铁肩担道义，辣手著文章。"两个伟人之间，他们友谊将长存于世。

柳亚子与何香凝的交谊

"双清楼"是何香凝和廖仲恺先生结婚时用的新房，后来何香凝便自号"双清楼主"。

何香凝（1878～1972）是中国民主革命的先驱，著名的国民党左派，民革主要创始人之一，妇女运动的领袖，画坛杰出的美术家。她早年追随孙中山，是同盟会的第一位女会员；她坚持孙中山的三大政策，真诚地同中国共产党合作；她发动妇女参加革命，为国内革命战争、抗日战争做出了卓越贡献；她把艺术创作与革命活动紧密联系，她的作品中充满斗争激情、浩然正气。她与柳亚子先生结下了深厚的友谊，他们为了同一个目标，携手共进，留下了许多传奇。

柳亚子与廖仲恺、何香凝夫妇相识的时间不算早，正式亲密接触是在 1923年。当时柳亚子先生的夫人郑佩宜在上海养病，因亚子时常牵挂夫人佩宜的病情，胡平女士为柳亚子画了一幅《江楼秋思图》，一时题咏甚多。到了 1924 年元旦的"岁寒社"酒席上，柳亚子终于与廖仲恺夫妇认识，廖仲恺为此画署端，并题《临江仙》一阕，因何香凝画名卓著，柳亚子请何香凝画《江楼第二图》，但廖仲恺夫妇欲南归而未果，但说好一定践约。直到 5 年之后，《江楼第二图》在何香凝去法国的前一日才画好，交给了柳亚子。

1925年3月12日孙中山先生病逝后，廖仲恺不屈不挠地奉行三大政策，密切地同中国共产党人合作，支持工农革命运动，推动了中国国民革命的发展。但他所做的这一切，无疑对国民党右派、封建军阀和帝国主义视为异端，必欲置之于死地。

1925年8月，廖仲恺在戒备森严的党部门前惨遭杀害。廖案发生后，国民政府迅即组成"廖案检查委员会"，追查暗杀的幕后策划者和凶手，使得国民党右派势力受到沉重的打击。柳亚子先生在悲愤之余写下了《祭廖仲恺先生文》，并撰挽联："难忘畴昔周旋，南渡离筵频入梦。所赖英灵呵护，东征义旅早收功。"后来还写了《黄花岗谒廖仲恺先生墓》诗："乱草斜阳哭墓门，从知人世有烦冤。风云已尽年时气，涕泪难干袖底痕。何止成名嗤阮籍，最怜作贼是王敦，匹夫横议谁能谅，地下应招未死魂。"

1926年5月，柳亚子与朱季恂、侯墨樵至广州出席中国国民党第二届中央执监委员会第二次全体会议，有人提出"整理党务案"，破坏孙中山的三大政策，居然还通过了此案。何香凝起来反对，她慷慨激昂地发表言论，连连顿其足，甚至在会场上大骂起来。柳亚子也义愤填膺。柳亚子回忆说：几乎刺激到失去知觉的程度，半个字也讲不出来，只有连连拍掌，赞成廖夫人的讲话。还有一个彭泽民，当场气得手足发抖，不能发言，直到散会后，对着孙中山先生的遗像，大哭起来。时传何香凝骂人、柳亚子拍手、彭泽民痛哭为会场三韵事，三人也被誉为"党国三杰"。所以后来柳亚子在赠彭老诗中有"议场自昔称三怪，友谊于今恰廿年"。

1927年4月，第一次国共合作走向失败，国共两党的斗争越来越激烈。这时何香凝在武汉参加国共合作的武汉国民政府。但南京、广州已开始清共，广州共产党人纷纷逃往武汉。柳亚子于是年5月复壁脱险，5月15日东渡日本避难，何香凝发表电文声讨了在上海清共的蒋介石。过了一年，柳亚子回国，何香凝送给柳亚子一册廖仲恺先生的《双清诗草》。此时，何香凝母亲生病，柳亚子在送别时作诗相赠《香凝同志因母病促归，诗以送之，并谢惠赠仲恺先生〈双清诗草〉》，所以柳亚子有："遗书珍付托，流涕满琼瑰。"此诗写成，忽涕下如雨，不能自制，柳亚子在他的记述中称："亦不知何其故也。"

　　1928 年柳亚子先生归国，他与何香凝重晤于广州，后同客沪上，晦明风雨，时相过从。

　　1929 年，何香凝与蒋介石决绝，后出国旅居欧洲。1931 年九一八事变后，何香凝回国从事抗日救亡斗争，任全国各界救国联合会常务委员等职。期间曾变卖书为十九路军抗战募集物品，并同宋庆龄一起筹划救济工作，创办了伤病医院。何香凝任国难救护队后方理事会主席，柳亚子任副主席兼会计主任。柳亚子起草了《国难救护队后方理事会募捐启》和《国难救护队后方理事会募捐告海外侨胞书》。又与柳亚子、经亨颐、陈树人等组成"寒之友社"，举办义卖展览，慰问前线抗日将士，开展救国会画展。

　　何香凝的狮虎图象征着当时沉睡和觉醒中的中国，用笔老辣恣肆，柳亚子为其题诗有《虎》："嵎负俨然百兽尊，深山藜藿护温麛，中原今日多狐兔，广武原头泪暗吞。"另一首云："猛虎在深山，藜藿犹不采。奈何神明胄，苦少卫霍辈。支那老大国，人言类狮睡。酣梦有时醒，大雄大无畏。"

　　何香凝画的狮子图很多，但都被人要去，家中仅存的一幅是当年廖仲恺最心爱的一幅，一直保存在何香凝手中。柳亚子见后啧啧称奇，题诗云："国魂招得睡狮醒，绝技金闺妙铸形。应念双清楼上事，鬼雄长护此丹青。"

　　1932 年柳亚子晤何香凝于杭州"长松山房"，柳亚子作诗道："入门快睹女元龙，病后羸躯起坐慵。湖海宾朋都磊落，山房今日见长松。"经颐渊与何香凝合作《梅花水仙图》，柳亚子又题："山房今日见长松，文酒诙谐亦自雄。画理诗心都入妙，累侬题句斗才锋。寒冰为骨玉为身，不似优昙顷刻春。雪地霜天斗幽艳，孤山新妇洛川神。"在柳亚子离开杭州与何香凝分别时又作《别香凝夫人》诗："最难忘是女中豪，送远登楼意倍劳。多谢南州马女士，料量医药伴秋霄。"这次杭州之行，柳亚子将何香凝的长女廖梦醒认为干女儿。

　　1933 年 3 月廖承志因参加革命被捕，后经何香凝、宋庆龄、柳亚子等人的积极营救获释。

　　1937 年 11 月，上海全面沦陷，国军全部撤离上海。柳亚子便学王船山"七尺从天乞活埋"，在上海居所署名为"活埋之庵"，要等待千百年后诗书掘冢的雅贼来发现。何香凝一行人劝柳亚子一同先到香港，柳亚子不愿走，于这月的月底同她们话别。他在上海足足住了 3 年，足不出户，以期"活埋"。

1940 年，在何香凝友人朱舜华女士的催促下，柳亚子于年底乘上"亚洲皇后"轮船赴港。到达香港，已是 1941 年了，此时正在皖南事变的前夜，国内政治逆流日益高涨，何香凝约了柳亚子和宋庆龄、彭泽民，开了一个"四头会议"，发表宣言，想制止事态的发展。但等宣言印好后，由国新社分发到各报馆时，皖南事变已爆发。鉴于柳亚子强烈的"反对国策"的罪名，蒋介石将柳亚子开除了党籍。到了这年的 12 月，日本人已用飞机大炮进攻九龙。1942 年正月，柳亚子和何香凝一行分头离开香港，后来又在桂林相聚。

1947 年，国民党加紧镇压民主运动，民主人士云集香港，进一步开展争取和平民主的斗争。何香凝、李济深为了筹组中国国民党革命委员会，特秘密联名写信给柳亚子、谭平山等人，是年 10 月柳亚子接信后即飞往香港。

1949 年 4 月，柳亚子先生移居万寿山颐和园松青斋内的益寿堂。5 月 9 日，何香凝带着两孙来颐和园作游，柳亚子作《偕廖夫人游颐和园》诗。6 月 20 日是何香凝 70 晋 1 之大寿，柳亚子又作了《寿廖夫人七十晋一大庆》诗相赠。

1958 年 6 月柳亚子在北京逝世，治丧和公祭非常隆重，由周恩来、宋庆龄、何香凝等 30 人组成治丧委员会。首都各界人士 600 多人在中山公园中山堂举行了公祭大会。大会由刘少奇、周恩来、李济深、沈钧儒、郭沫若、陈毅、黄炎培、李维汉、吴玉章、陈叔通主祭，国家领导人毛泽东、周恩来等送了花圈，何香凝特意从杭州发唁电以致哀悼。

1959 年 6 月是柳亚子先生逝世一周年纪念，何香凝写了《纪念柳亚子先生》一文，文章最后写道："亚子先生去世已经一年了，我痛失良友，真是万分悲伤。但是回念亚子先生一生反对帝国主义、反对国民党反动派，一生致力于维护三大政策，坚决拥护中国共产党，拥护中国人民大革命，这些，在中华人民共和国成立之后，已经达到了。"何香凝为失去一位战友感到无比的悲痛，但能有这样一位与她风雨同舟 30 载而坚贞不屈的同志而感到自豪。柳亚子先生曾在给何香凝的巨幅松菊图上所题的"文章有道交有神，唯我与君同性真"诗句，也正好说明两人的交谊。

鲁迅"偷联"赠亚子

　　"横眉冷对千夫指，俯首甘为孺子牛"是 1932 年鲁迅先生赠给柳亚子先生无题诗中的二句诗，后来，鲁迅在编《集外集》时，将这首无题诗名为《自嘲》。周恩来认为，这两句说出了"鲁迅先生的方向，也即是鲁迅先生的立场"。毛泽东称这两句诗："应该成为我们的座右铭。"

　　鲁迅先生是在什么样的情况下写了这首诗？是否真的是所谓"偷联"赠给柳亚子？我们还是从鲁迅先生与柳亚子先生的交往谈起。

　　鲁迅年长柳亚子 6 岁，亚子向来推崇鲁迅，他说："我平生极服膺鲁迅先生。"并有"论才低首拜斯人"的赞语，"斯人"即是鲁迅。1909 年 11 月，柳亚子、陈去病和高天梅三人发起成立了中国近代史上第一个革命文学团体"南社"。1910 年，陈去病先生在浙江酝酿组织"南社"分社——"越社"。鲁迅由他的学生宋紫佩介绍加入

鲁迅

"越社"，并以"周豫才""黄棘"笔名发表《出报传单》《〈越铎〉出世辞》。当柳亚子得知鲁迅加入"越社"并为"越社"的创刊号《越铎》作发刊辞，他非常兴奋，急忙请陈去病将他的两篇文稿寄来，认真拜读之后，确认鲁迅是与自己志同道合的朋友。

　　1927 年，鲁迅在广州中山大学任教，"四一二"政变时遭蒋介石通缉，东渡日本。1928 年回国定居上海，此时柳亚子也居住在上海。经李小峰介绍，二人得以初次会晤。1930 年，鲁迅与其他进步人士发起组织"中国自由运动大同盟"，国民党浙江省党部即呈请伪中央再次秘密通缉"堕落文人"鲁迅。鲁迅在给韦素园和台静农的信中说："其实我自到上海以来，无时不被攻击，每年也总是有几回谣言……""上海文禁如毛，缇骑遍地。"在《致崔真吾》信中他又说："……今年是'民族主义文学家'大活动，凡和他们不一致的，几乎都成为'反动'，

有不给活在中国之概，所以我的译作无处发表，书报当然更不出了……"

这个时期，鲁迅先生诙谐地把自己到处碰壁的境遇喻之为交"华盖运"。关于"华盖运"，鲁迅有这样的说明："我平生没有学过算命，但听老年人说，人是有时要交'华盖运'的。这'华盖运'在他们口头上大概已经讹作'镶盖'了……在和尚是好运，顶有华盖，自然是成佛作祖之兆，但俗人可不行，华盖在上，就要给罩住了，只好碰钉子。"他便把那个时期的杂文集名为《华盖集》和《华盖集续篇》，所以这首《自嘲》开头便是"运交华盖欲何求"入诗。

再来看下同一时期的柳亚子先生。1924 年，柳亚子以同盟会员的资格加入了中国国民党，任吴江县党部执行常务委员。他积极拥护"三民主义"。国共合作，与共产党合作尤密。1925 年以后，任国民党江苏省党部执行委员会常务委员兼宣传部部长、中央监察委员等职。1926 年在"整理党务案"中，柳亚子面对面地与蒋介石作针锋相对的斗争，10 月即遭孙传芳的追捕，脱险后走上海。1927 年"四一二"政变再遭搜捕，"复壁"脱险后假名"唐隐芝"全家亡命东渡。1928 年清明回国，定居上海，任江苏通志编纂委员会委员。秋收起义后，对国家前途寄托于共产党的领导。1932 年同何香凝创办"国难救护队"，并任上海市通志馆馆长。纵观柳亚子先生这个时期的经历，他身处动荡，也频交"华盖运"。

1932 年 5 月，第三国际牛兰夫妇在南京被捕获入狱。在潘汉年的召集下，柳亚子与鲁迅、郁达夫等 36 名文化名人联名发电营救，与宋庆龄的呼吁为桴鼓之应，终于在两个月后，此事得到妥善解决。

1932 年 10 月 5 日，郁达夫夫妇在上海聚丰园宴请兄长郁华。当时郁华调任江苏省高等法院上海分院刑庭庭长，郁华不仅谙于法律，而且喜好诗词，擅画山水，与柳亚子是南社旧侣，而郁达夫和鲁迅又是多年的老朋友，因此，郁达夫、王映霞夫妇为兄长抵沪任职举行晚宴时邀请了柳亚子、郑佩宜夫妇和鲁迅、许广平夫妇等作陪。这是鲁迅和柳亚子的第二次相会，会后柳亚子便得到了鲁迅的上述墨宝。

鲁迅赴宴时，郁达夫问："你的华盖运有没有脱？"鲁迅回答："给你这样一说，我又得了半联，可以凑成小诗了，我可以把昨天想到的两句联语回答你，这是：'横眉冷对千夫指，俯首甘为孺子牛。'"

席间谈笑风生。散席时，柳亚子求鲁迅一幅墨宝，鲁迅把《梅菲尔德木刻土敏土之图》一册相赠，并在扉页上写："呈亚子先生，鲁迅，一九三二年十月十一日上海"。钤朱文"鲁迅"印。12 日，鲁迅又挥毫为亚子书 4 尺对开七律："运交华盖欲何求，未敢翻身已碰头。旧帽遮颜过闹市，破船载酒泛中流。横眉冷对千夫指，俯首甘为孺子牛。躲进小楼成一统，管他冬夏与春秋。"跋语为："达夫赏饭，闲人打油，偷得半联，凑成一律，以请亚子先生教正，鲁迅。"这首诗尾联中的"躲"字，正是揭露了反动派对他的迫害，同时也显"自嘲"的幽默意味。他以卧室为"战场"，不管政治气候怎样变化，都不能改变其斗志，所以鲁迅认为这首诗写给柳亚子这位境遇与自己相仿的挚友是最适当不过了。

1933 年 1 月，鲁迅致函郁达夫，请达夫"乞于便中代请柳亚子先生为写一篇诗"。亚子便将咏鲁迅先生的旧诗作，写成条幅赠给了鲁迅。其诗："逐臭趋腐苦未休，能标叛帜即千秋。稽山一老终堪念，牛酪何人为汝谋。"对鲁迅的爱憎分明的战斗精神给予充分肯定。

通过这次相聚，两人的友谊进一步加深，柳亚子推崇鲁迅的旧体诗，认为是"不可多得的瑰宝"。

清代乾嘉诗人洪亮吉在《北江诗话》中记载："同里钱秀才季重，工小词。然饮酒使气，有不可一世之慨……尝记其柱帖云'酒酣或化庄生蝶，饭饱甘为孺子牛'，真狂士也。"鲁迅所说的"偷得半联"，看来是从这里借用的。其实鲁迅所借用的并不是"半联"，而只是半句，更严格地说，只是"甘为"两字而已，而"孺子牛"的故事，古已有之。所以只是词语上的借用，至于思想内容，那是完全不同了。

1954 年，柳亚子将鲁迅所赠的这幅书法作品赠送给了中央人民政府人民革命军事委员会，并作了题记："此为鲁迅先生在上海时亲笔题赠之作，其诗万口争传，对广大人民群众起极大的革命教育作用，具有深远的历史意义，余宝藏至今，悬诸座右。兹逢全国人民慰问人民解放军盛典，中国国民党委员会全体同志愿以此幅献之于中央人民政府人民革命军事委员会毛主席、朱总司令以表崇敬之忱。此举深获我心，引为光荣，特掬诚奉献并恭志数语云尔。一九五四年二月二十日，柳亚子敬题。"

柳亚子土改时致毛主席的信

1950 年 10 月起，苏州地区包括吴江县土改运动全面展开，同时展开反霸斗争。柳亚子了解到，运动中有若干无辜的人（其中包括一些同盟会会员、三民主义同志联合会会员和其他民主人士）被斗争、逮捕、判刑甚至被杀，还有些人外出逃亡。次年初，柳亚子在给好友毛啸岑的信中写道："华东（尤其是苏州）反霸，我据各方情报，始终认为有偏差的，是流氓地痞在中间乱搅，已直接间接向君家主席写过信，据说信已转到华东了。"（柳亚子选集上册 619 页）

柳亚子写给毛主席的信和相关批示，其抄件现藏吴江档案馆：

主席赐鉴：前奉一笺，并诗若干首，度早察入，未获复音，为念。亚子家苏南吴江县，顷闻故乡有人来言土改反霸问题，干部操之过激，颇多"乱捕乱打乱杀及各种肉刑和变相肉刑"，与中央政令抵触，闻之颇深惊讶，不敢不言。请能行文华东军委会及苏南行政公署，彻底一查，不胜大幸！匆致

敬礼

柳亚子敬上

一九五〇年十二月廿二日夜

次日，毛泽东即将该信批转华东军政委员会，抄件如下：

漱石同志，并转陈丕显同志，兹将黄炎培先生信及附来苏南二人信，转寄给你们，请加以调查并酌予处理为盼！

毛泽东

一九五〇年十二月廿四日

另有柳亚子先生一信，说吴江县事，请一并调查酌复。

5 天后，饶漱石将该信等批转苏南行政公署，其抄如下：

丕显同志，兹将毛主席十二月廿四日来信及黄炎培、柳亚子二先生信并附苏

南松江专区某二位信一并抄转你们，请仍照上次在北京对黄炎培的办法据实调查处理，并复告中央，为盼。

敬礼！

漱石

十二月廿九日

另（中共苏州地委办公室用笺）吴江县委：兹将区党委转来饶政委、毛主席来信并附柳亚子先生原信抄给你们，希你们根据柳亚子先生所反映群众运动中乱捕乱打乱杀问题写一书面报告。根据我们了解，你县运动开展还是正常的，因此在报告中可把运动正常概况反映，对个别偏向亦须作自我检讨，具体讲，在报告中可概括把吴江地主恶霸的严重破坏秋征破坏土改的事实及广大群众的愤怒情绪举出典型事例，并包括逮捕的情况及开展斗争的情况，斗争后社会各阶层人士的反映等，但对个别地方群众由于义愤或干部掌握有偏差而发生的过火行动，亦须作适当自我检讨，报告中同时必须注意搜集柳亚子先生最熟识的不法地主恶霸匪特被捕被斗的情况，材料务求具体确实，写后迅速送来，以便上报上级，此致

敬礼

周一峰（印）

五一年一月九日

1949 年吴江解放之初，柳亚子从北平分别给几位亲友来信，让他们去北平任事，如柳公望、凌莘子、柳义南等，只有柳义南应招，平安终老，而凌莘子以老虎不出洞，听天由命，柳公望只需如实交代证明可免灾祸，最后还是被关押病逝。

前几年，柳光辽先生给笔者回忆了一件事：1951 年初的一天，柳光辽外出回家，在家门口看到一个背着铺盖的陌生人。外祖父（柳亚子）当时住在北京长街 89 号，是一四合院。南面的倒座屋，里间是两位警卫员的寝室，外间是外客厅。陌生人胡子拉碴，身穿一件深色的半旧对襟小棉袄，警卫员将他引进外客厅，暂留在道里等候。柳光辽到了西厢房后，外祖母郑佩宜派给他一个差，去劝说那位陌生人，北京不能解决他的问题，并让他交给陌生人一笔回乡路费。这位陌生人

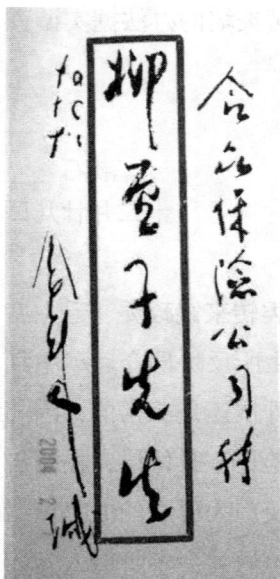

信笺

就是南社社员凌莘子。虽然之后柳亚子去信吴江公安局，希望认真核实，公正处理，但这一声刀下留人没有起作用，将中共地下党员凌莘子判为恶霸地主，处决于芦墟城隍庙后。

莫宏伟《苏南土地改革研究》第十章，题为"黄炎培和柳亚子与苏南土地改革"，文中提到："1950年10月柳亚子南行，同黄炎培一样，柳亚子对中共在苏南征粮和土地改革中反霸的偏差也表现出不满情绪。"但中共苏南区党委统战部认为："柳亚子脱离家乡二十三年，可能不明乡情，此次返里，南社旧人及地主多企图借此机会谋一出路，而柳亦颇有乐助之意。（中共苏南区党委统战部，《柳亚子来无锡情况汇报》，1950年11月20日，江苏省档案馆藏档，案卷号119）因被劝阻，柳亚子没有能够回到黎里，心里很是不悦。"

（该书第231、232页）有关情况，笔者已在《南行》文中有较为详尽地记述。

《苏南土地改革研究》一书评说："毛泽东、饶漱石对柳亚子的意见看起来还是重视的。但是，苏南对1950年10月柳亚子南来时所提的意见就不甚重视，并且对他的随从索取路费之事极为反感，这次更不会将华东转来的他所反映的土改偏差意见放在心上，柳亚子在吴江县黎里镇上的几个南社朋友于1951年4月作为恶霸地主被枪毙。"

笔者曾于2005年10月11日到吴江市黎里镇采访了亲历土改的年已81岁的翁惠农先生（他在土改时被划为自由职业者），他说："柳亚子先生的几个朋友，比如朱智千周湛伯凌应桢，凌莘子等被枪毙了，这些人我都很熟悉，没有什么大的罪恶，个别可能是不交公粮，但由于新中国成立后农民抗租，地主也就没有粮食交公粮了。"

柳亚子当时感能如何？在给另一好友姚鹓雏一封信的末尾，自嘲道："柳亚子并非万应灵膏也。"

柳公望，新南社社员，生于光绪二十八年，周庄沈氏高等小学毕业。配金泽陆明玉子雅宜。有子二，长宗铺，次宗棠。陆氏过世，续配丁栅郁家之女郁秀英，生子柳宗海。

柳亚子与柳公望关系极好。为人豪爽，仗义好善著名，也喜好搜罗乡邦文献。柳公望 18 岁，娶金泽陆家之女陆雅宜，柳亚子遂请了南社好友多人，于 11 月 28 日聚集西塘，成西园雅集。29 日到芦墟，一起到金泽迎亲，回芦墟参加婚礼。30 日，柳亚子同陈巢南、凌莘子、范烟桥、余十眉等 8 人，乘坐柳公望家的"晓风残月之舫"，冒雨游分湖。众人作

家庭合影

游分湖诗篇，柳亚子写下《游分湖记》，记叙这次分湖雅事。

新中国成立初期，柳公望参加政府土改工作，登记土地、房屋，据说柳亚子也来信要他去北京，但他认为自己既然参加土改运动，应该不会有事。然而，土改后，他因在民国时期提名任吴江参议员一职而入狱，1951 年在监狱中病逝。

◎ 殷佩六

长田苗裔善岐黄　讨袁先锋施惠政

长田苗裔

殷佩六

殷氏世居陈州，东汉谏议大夫冀州刺史殷建之避党锢祸，弃官居丹阳。晋中军殷浩栖迟丹阳墓所。唐天宝末年，常侍公殷怿奉母迁居吴郡。宋建炎年间，殷浩裔孙右武大夫殷秉常，扈跸南渡，迁润州之大港，再迁华墅。后裔殷允恭，幼有大志，从先儒洪敬宗游，涉猎子史。德祐初以步校从贾似道抚湖，似道称臣蒙古，允恭引所部愤愤去，以润州遭兵燹，迁新安东门外上里，后名殷家村。第三子殷雄甫，至元间治中易，廉贞勋，建临溪桥，凿义井，垦良田 3000 余亩，民歌曰："良田熟，民不粥。"达鲁花赤不花为其立碑。殷石汀，嘉靖丁未进士，官至南北户部尚书南京刑部尚书，平滇定粤，功名尤著。

吴江黎里长甸（又作长田）始祖殷侍桥，于明天启年间避水率子自安徽歙县迁吴江澄湖浜，顺治元年遭兵难，迁黎里镇长甸港南富圩并入籍。高淡友先生为

190

他作《梅花书屋图》，晚岁杜门，虽期亲密友稀得见者，著《一枝草》等。长甸遂成为江震殷氏的发祥地，亦系歙县始祖允恭后裔。

长甸殷氏，人才辈出，自清中期至近现代就有殷东溪、殷寿彭（进士）、殷寿臻（进士）殷兆镛（进士，遍历六部左右侍郎，"咸丰八隽"之一）、殷兆珏（奉贤学训导）、殷古愚（经筵讲官）、殷柏林（刑部福建司、云南司主事）、殷传序（扬州大学教授）、殷传庭（毕业于清华大学工程物理系，硕士研究生）、殷尚恩（禊湖中学创始人）、殷明珠（民国影星）、殷剑侯（长甸小

殷兆镛

学校长）、殷鲁孟（南社沈昌眉学生）、殷恭毅（南京农业大学教授，硕士生导师）、殷恭宽（美国纽约州立大学理学士）、殷元骐（中科院教授、博士生导师）、殷尚正、尚智、殷磊、殷文欢、殷文莉……本文要叙述的是投身革命洪流、光复吴江的殷佩六。

邑有贤母　家有俊杰

殷佩六（1881~1941），原名恭壬，字养之。祖父殷云鹗，读书敦行，长于文墨，著有《听雨轩诗抄》，并修有族谱6卷。父亲殷文谟（字梦琴）诗书传家，孝友力田。诰封奉直大夫，蓝翎五品衔，补用县丞，候补主簿，后任浙江桐乡青镇巡检8年。方刚不阿，清廉自守，士民爱戴，离任之时，攀辕泣别，官民之间胜若父子。

殷佩六少而聪慧，入塾读书，喜习古文诗词，终日咿呀无间寒暑，为文娟秀越俗。殷佩六在弟兄之间，非常友爱，幼年时住在长甸乡下，他的许多堂兄

家谱

黎里长甸殷家原后河遗迹

黎里长甸殷家屋基现状

弟和堂姊妹都寄养在他家，一家 10 余人，常推梨让枣，颇得兄弟姊妹欢心。佩六后随父亲、哥哥、爷爷、奶奶去了桐乡，并在那里读书、从师学医。殷佩六的爷爷奶奶因为年老路远，不愿就养官舍，于是回到黎里，佩六每月必回黎里，带着一些老人爱吃的食物去看望两位老人，问长问短，问寒问暖，就像一位成年人一样，所以两老到了月底总是倚闾而望，能见到这样孝顺懂事的孙子回家，他们非常高兴。

殷佩六的母亲是吴江费希泳之女，知书达理，20 岁时嫁给殷佩六的父亲，她孝敬公婆，关心子女的教育，每于夜半还伴着殷佩六的哥哥读书，时佩六只有 5 岁，也一直由母亲带着一起看书写字。1905 年殷佩六在镇上行医，医馆的杂事一律由母亲包揽，并一直与佩六讲，不能收取贫困病人的医诊费，她还自己拿出家里的钱，免费将药费赠予病人，病人都非常感激这对母子。直至殷佩六参加水警，并竖起义旗，因为资金短缺，母亲便变卖首饰等予以资助。事后，佩六去岭南，也是尊母之命，母亲让他尽瘁国事，殷恭壬牢记于心。所以说费太夫人是一位贤明识大体的女性。后来殷佩六友人钮永建举太夫人懿行，陈请军府得以褒扬，以"邑有贤母"旌其门，殷佩六还请柳亚子为母亲作了《殷母费太君传》。

风云激荡　驻守吴江

孙中山先生领导的辛亥革命，推翻了清王朝的统治，结束了中国两千多年的封建帝制。但不久，胜利的果实被袁世凯窃取。袁世凯于 1913 年 3 月 4 日指使其爪牙把同盟会在国会的实际负责人宋教仁暗杀于上海北站，全国舆论大哗。

吴江城南

早在南北议和之初，柳亚子先生针对孙中山先生的妥协，便辞去了总统秘书一职，与南社同仁在各种报刊上发表讨袁檄文，并与蔡寅、顾悼秋等水村放歌，写下了许多派遣心中愤懑的诗篇。时殷佩六深受南社一帮人的影响，决心要以实际行动，投身革命洪流。加入吴江水警第三专署，不久任队长，负责驻守城区。

1915 年 12 月 25 日，蔡锷首先在云南军发难，成立护国军，声讨袁世凯，之后，讨伐之声席卷全国。

吴江虽只弹丸之地，但在军事上极为重要，它是沟通苏沪浙三地的交通要道，所以引起了革命党人、时任淞沪司令的陈其美的重视。陈其美自 1915 年 10 月奉孙中山先生之命，由港抵沪，主持东南一带的讨袁事宜。在 1916 年 4 月，制定了先攻占江阴、继下吴江、再取上海的计划，派杨虎、何嘉禄等分别到江阴、吴江等地，

吴江南门

与革命党人秘密举事。何嘉禄时任江苏省水师管带，他来到吴江，便找到殷佩六与之密商，殷佩六表示愿意参与吴江独立反袁之役。于是，何嘉禄和殷佩六调用了吴江水警的 11 艘巡船，士兵七八十人，并配备了枪支，与革命党人分赴太湖边各处，在盛泽、横扇、震泽、严墓等地召集旧部数百人，编成游击队，为起事组织了一支武装力量。

高举义旗　身先士卒

4月16日，殷佩六率领部分警卫人员至吴江，面见吴江水警第三专署署长杨玉贵和县知事周葆甫，与他们说明来意和当前的形势，历数袁世凯倒行逆施的罪行，并限令他们在18日前表明态度，宣布吴江独立。17日，他们在城隍庙召集了各镇商绅和县署各科科长召开会议，其中有吴江城区的费揽澄、倪谷人，同里的金念生、范揆臣，平望的凌倬云，八坼的赵星生等。当商绅一听是民党何嘉禄和殷佩六要闹独立，他们第一想到的是各自的前程和利益，均作沉默状。杨玉贵、周葆甫就以商绅不表态作为搪塞，迟迟未决。两人胆小如鼠，居然派出密使，向苏常镇守使及水警二厅密报，要求派兵捉拿何嘉禄和殷佩六等人。17日晚，镇守使与水警二厅派昭武等两兵舰及游缉队师船十号开赴吴江。

且说江阴战事，陈其美派杨虎前往江阴，联络了民党领袖肖光礼等，于4月16日宣布独立，占据江阴县城，渐次图无锡。此时，南社陈去病与徐自华亦由沪潜来苏州，之前，两人与民党同人在竞雄女学秘密商定了"先占苏州，以胁金陵"的计划，后因叛徒告密，陈与徐乔装脱险。虽然苏州举事未能成功，但江阴独立却震惊全省，为后之图事者树立了标杆。

殷佩六、何嘉禄17日闻知江阴独立，遂于18日早上7时，率领全队近千人和枪船、民船数十艘，开到吴江城东门外上岸登陆，并树起"中华民国江苏游击队"的大旗，向县城进发。周葆甫、杨玉贵则连夜逃往苏州，县城一时群龙无首，乱作一团，这样便顺利接管县公署和县警察所，又树起了"中华民国护国军司令部"的大旗，贴出安民告示，派兵驻守四门。

与此同时，震泽徐朴城亦趁机于震泽起事，但因遭商绅强烈反对，便转至平望，胁迫驻平望水警第三专署第二分署署长余森茂独立，双方发生冲突，后协议调停。平望商董吴卓仁等认为，平望与浙江王江泾相连，浙江已宣布独立，平望如不响应，势必又将遭浙军攻击，只好答应独立，在大街上打起"中华民国革命军第二支队"的旗号。徐朴城以平望为据点，扩展其势力范围，另派人至吴江，向何嘉禄、殷佩六发出最后通牒，要其撤离吴江，取消独立。何殷考虑到立足未稳，便与徐朴城谈判，商定旧吴江县境各乡镇归何嘉禄、殷佩六管辖，旧震泽县境归徐朴城所辖，这样，两支队伍总算和平相处。

坚守江城　甘作殿军

江阴、吴江相继独立，引起了江苏督军冯国璋的恐慌，他马上调集兵力开赴吴江。22 日，陆军第二师禁卫军及 76 团各派兵 200 名，会同驻苏倪志鹏部 2000 多人，于凌晨由苏州出发，会攻吴江。何嘉禄得报后，下令紧闭水旱城门，在城墙上架起机枪，严阵以待。倪劝其归降，并许以优待。殷佩六和已经反正的杨玉贵认为不能向他们妥协，决定移炮东城，趁对方立足未稳，开炮轰击。可土炮射程太近，没有产生预期的效果。双方自 22 日下午 4 时开始交战，至翌晨 5 时方疏。因县城内军备不济，何嘉禄等连夜潜踪出城，向平望徐朴城部奔去。谢宝华在冯国璋的委派下，任吴江县知事。谢氏上任后，大肆搜捕民党，并与援军一起进发平望。徐朴城自知不敌，与何嘉禄等一起向严墓方向撤去。吴江反袁独立至此告终。

殷佩六由于要负责善后事宜，所以未随大队撤出，直到北洋军进入北门，他才由东门逃出。他估计敌军必定沿运河南下搜索，所以通过三里桥到东面的庞山湖附近的一农家暂避，决定到了天明再到同里。天还未明，殷佩六已在一处芦苇滩等待渡船，正巧碰到曾经支援过自己枪支弹药的任元瑞。原来任元瑞是同里民团团长，他准备到吴江探听战事，无意相遇，喜出望外。任元瑞当即将殷佩六接到团部楼上，帮助殷氏理发化妆并招待一番后送他到芦墟，殷佩六再由下甸庙至浙江转赴上海租界。袁军（冯国璋）曾用 3000 元缉拿殷佩六而不可得。殷佩六后与何嘉禄会合，到广州继续从事革命活动，半年后调任广东翁源县知县，再调任连山县。

惠政频施　攀辕相送

民国三年（1914），殷佩六与县绅陈子巽、丘思若等筹办翁源县立中学，受到地方势力阻挠，屡经交涉终于选定校址，集银毫 2 万余元建校，办学经费来源有狮渡子舟捐、牛尿坜矿捐、清远店租、全县牛猪屠宰税，以及殷佩六等一批有识之士的私人捐资。

同年，殷佩六召集乡绅发起组纺县五区联合保卫团。1915 年，连平县陂头山大王率众窜入县境掳掠，殷佩六派陈子巽统领的龙仙保卫团截击于英村的鸡洒坝，杀死山大王，保一方平安。

民国五年（1916）11 月 5 日，在殷佩六的重视下，翁源县立中学在三华成立，选定三华桂山司署为建校地址，推举许赓梅为校长。不久，殷佩六调至连山任知县，他为当地的教育设施打好了扎实的基础。学校是两层木质、青砖、白瓦结构的长方形校舍，占地面积 5546 平方米，教室 4 间，220 平方米，东西宿舍 42 间，南宿舍 24 间等，另有礼堂、纪念堂、图书馆、仪器室、标本室、成绩陈列室、娱乐室、厨房、食堂。六年春开始招生。

引水灌溉农田，清代以前已开始应用，之后，滃江及其支流沿岸出现了连片耕地，筑塘蓄水显得尤为重要。山区人民利用山区、半山区的水流落差较大的自然条件，在耕地附近的小山坑筑泉湖，山窝筑山塘，村前村后或田段边缘筑半塘，平时养鱼，种莲藕，旱时放水灌田。为了减轻成本，用大竹篓、猪笼、竹箩装石堆筑，也因河道变迁，几迁陂址。殷佩六经常亲临工地，现场指挥，筑陂引水工程发展尤快，陂圳达 100 多宗，深得当地百姓的尊敬和爱戴。殷佩六任劳任怨，在连山的两年使他的健康状况受到了影响，于是辞职休养。在翁源、连山任职的 5 年间，殷佩六捕盗贼、兴教育、修水利、行惠政。卸任时，当地百姓夹道欢送。

翁源历来有编修史态的优良传统，自明嘉靖以来已有 10 次，其中流传下来仍可见的版本有明嘉靖三十六年、清康熙十一年、乾隆三十年、嘉庆二十五年本。民国八年（1919）殷佩六应翁源后任知县之请，由其成立修志局，纂修《翁源县志》16 卷，后因经费不敷而搁浅，此 16 卷手稿本现藏南京图书馆。

1921 年因健康原因，殷佩六从广东回黎里，尔后在夏家桥开设诊所，对贫困病人常施医施药。1922 年 5 月，殷佩六倡议组织黎里市民公社，当选为社长。任职期间，热心公益善举，在修桥筑路、改善环境卫生、兴办平民教育、组织救火会、调解民事纠纷等工作中尽心竭力，深得市民好评。

翁源县全貌

殷佩六于1925年之后出任瓯海县县长。1928年因病辞职返回黎里，仍挂牌行医。殷佩六行医数十年，一直坚守"六不治"的原则：一是依仗权势、骄横跋扈的人不治；二是贪图钱财、不顾性命者不治；三是暴饮暴食、起居无序者不治；四是病深不早求医者不治；五是身体虚弱、不能服药者不治；六是信巫不信医者不治。1941年殷佩六病逝，在弥留之际有一则传闻。他叮嘱子孙，在楼上的病榻前，每隔一步点香一支，一直沿楼梯到正厅门板前，并且在这段过程中不得哭泣，这样可以让自己平静地离开，不然他到了仙乡也会觉得痛苦和遗憾的。子孙遵照遗嘱，当将其遗体从楼上抬到门板上，再换好行装，哭声一片，里人无不为之落泪。

结　语

光绪五年（1879），日本竹添进一因公到北京致书总理各国事务衙门，称夙仰尚书殷兆镛。竹添在与两广总督张之洞的交谈中，说10余年前在海外读殷兆镛的《请剿英法诸夷疏》，始知中国大有人在。殷佩六可以说是继殷兆镛之后的又一位殷氏有担当、有正气的殷氏杰出代表。虽然这次独立运动最终因种种原因而导致失败，但他和他的伙伴们宣导民气、倡导共和的思想，将是吴江历史上的光彩一页。

所以，柳亚子当时曾有言："洪宪之役，护国军已略地定浙江，而三吴独观望，恭壬发愤，率水师入据县城反正，驰檄远近讨无道袁，于是江阴、太仓相继响应。轩然起大波矣。会敌以重兵来压境，恭壬不忍糜桑梓，遂尽散所部……吾邑襟江带湖，咽喉吴越间，所谓形胜要害之区也。昔有明中叶，倭夷内犯，周公大章屡以孤军败强寇，胜墩一战尤称奇捷。论者谓有保障东南之勋。其后建州南牧，吴长兴伯誓师大泽，分湖一旅屹然树半壁之金汤，成败不同，其是为吾邑重，一也。五年护国之师功虽弗集，其义问固昭著天壤……"

◎ 倪征燠

东京审判惩战犯　海牙莅止扬国威

书香门第

光绪十六年，即1890年，吴江县共录取19位庠生，庠生也即是秀才，倪征燠的父亲倪寿康（迪民）就是其中的一位。自从倪寿康考取秀才后，给黎里倪家带来了动力，寿康的两个堂弟倪寿彭和倪寿臻在10年后先后

家庭合影

考取秀才。但是晚清政治腐败，国家内忧外患，倪寿康与弟弟决定不再参加科举考试，进而研读新学。受西方先进思想的影响，倪寿康决定东渡日本留学，再后并没去成，就动员姐姐倪寿芝一起办了学堂。

倪寿康非常注重孩子的教育，即使家境拮据，还是不忘孩子的学业。晚年因

幼年照

劳累过度而致病，弥留之际嘱咐家人：以后家庭不管有多困难，对子女的教育切不可放松。所以他所有的孩子，除了二女儿早殇，个个接受了良好的教育。他们这一代是"徵"字辈，男孩第三个字都是"日"旁，女孩是"王"旁，这两个偏旁都是吉祥美好的寓意，倪寿康希望他的子女出人头地、光宗耀祖。

倪征𬀩的母亲叫张兰芬，出身于书香门第，是黎里镇北郊马鞍坝人，所以除了女红之外也通文墨，是个知书达礼的女子。自从嫁到倪家，辛苦操持家务，受丈夫影响，具有强烈的爱国之心。在抗战初期，她跟随倪征𬀩住在上海愚园路愚园坊。当时倪征𬀩的四哥倪征时刚进日本洋行工作，有一天中午，倪征时到愚园坊探望母亲，张兰芬非常高兴儿子来看望她，当问到倪征时是否找到工作时，倪征时吞吞吐吐说找到了。

倪征时为啥说话吞吞吐吐，原来他生怕母亲责骂，因为当时上海找工作比较难，没办法进了一家日本洋行任职。母亲知道后，指着倪征时说：现在日寇侵占我们的国土，奴役我们的同胞，你却甘愿为鬼子效力，你挣的钱虽然比较多，但我不稀奇，马上去把工作辞掉，即使在大街上做贩夫走卒我也不会怪你。倪征时顿时低下头，惭愧不已，当天下午就辞去了洋行的工作。

倪征𬀩母亲正直的性格对她的女儿也产生了影响。倪征𬀩四姐倪征璠肄业于圣玛利亚女校，在学校里一直看不惯那些富家弟子穿着时髦，但不好好学习。倪征璠学习认真，成绩一直在头几名，老师也看重她，后来回到家乡执教。抗战开始，她与哥嫂逃难到安吉小山村。有一天她外出散步，遇到几个国民党士兵出言不逊，她非常愤怒地说：你们这些兵，听到日本兵要来，总是胆战心惊，而欺侮同胞倒是面无羞色，你们还是中国人吗？几个士兵被她一说，恼怒起来，竟对倪征璠开了枪，倪征璠竟死于非命。

倪家是个大家庭，倪氏夫妇育 9 个孩子，倪征燠最小，上有 4 个哥哥，4 个姐姐，全家人的生活主要依靠祖上传下的 200 亩地以及在黎里和平望的几处店面租金维持。倪征燠3 岁时，一场意外的大火烧毁了所有的房屋，家道由是衰落，于是全家迁往平望。在镇南姚家赁屋南居，后住到河西街倪征燠祖母娘家的空房子里。

倪征燠的大哥倪征旸，毕业于清华学校气象专业。二哥倪征昕性格内向，通四国文字，在上海民立中学肄业后，本想继续深造，后父亲去世，主动帮母亲分担家庭重任，到上海邮政局工作。三哥倪征晖毕业于南洋大学（即交通大学）。倪征燠与四哥倪征时同在澄衷学堂就读。

蓄志学法

倪征燠学习法律的念头并非骤然产生。他从小看到，有些人家因涉讼而造成家破人亡，从而视"上吴江"（即去县城打官司）为畏途。

倪征燠从小爱看戏。中秋节日城隍庙里的谢神戏和春耕前农村里的春台戏，不论是昆剧还是京剧，其中不少剧目都有执法审判的场面，有平反冤狱的情节，对他具有很大的吸引力。昆剧《十五贯》突出批判剧中无锡县丞，在审案中的草率定谳，几乎造成冤狱，幸经苏州府台况钟突破难关，经过私访和现场勘察，才真相大白，找到了真正的杀人凶犯。京剧中这类戏也不少，其中表演审判场面的有三堂会

书影

审、审头刺汤、法门寺、谢瑶环、望江亭、六月雪、贩马记等。一般观众着重戏的情节，而倪征燠欣赏的是宣扬执法如山、公正廉明的戏。

1911年辛亥革命那年的中秋节，他随父母同去上海看望九叔倪寿龄。倪寿龄早年去日本学医，由于他的民族意识颇强，又看到满清政府腐败无能，故在日本时加入了孙中山先生倡导的同盟会，回国后在上海行医。九叔家住在英租界三马路，倪征燠看到租界里的警察，大多数是头上包着红布的印度锡克族人，又高又大，满脸是胡子，人称红头阿三，手拿警棍，随意欺凌中国人，特别是拉黄包车的中国苦力。过了几天是旧历八月十九日，发生了武昌起义，接着上海市也发生了战事。租界外中国居民为安全起见，携带箱笼物件，群相拥入租界，红头阿三更加威风。

东吴大学教学楼

辛亥年秋，倪征燠又随父母去上海，九叔告诉他在上海发生过一件实事。那是前清末年，当时上海租界内的法院称会审公廨，凡涉及外国人的诉讼，要由中国法官会同该外国人所属的国家的领事会审，以便定谳。曾有一次会审时，中国法官与外国领事的意见相左，当场发生争执，外国领事竟蛮横地扭着中国法官的朝珠不放，由于贯穿朝珠的线断，朝珠全部散落在地上。朝珠在清皇朝是官员权力的象征，此事一传出去，激怒了上海的市民，造成上海全城罢市。后来这名外国领事被调走，上海总算平静下来。此事给他留下难忘的印象。

10年以后，倪离开澄衷转学沪江附中后，开始考虑将来选择专业的问题，向来对历史上的清官十分钦佩的他，萌发学习法律的念头。但经进一步了解，上海这块地方主要是在外国租界内，法律掌握在外国人手里，不仅外国领事坐堂问案，律师也很多是外国人，中国律师也必须懂得外国法律，使他感到困惑不解。于是下了决心，亲身去这个会审公廨看一看，当时只有十七八岁。审讯开始，外国领事和律师态度傲慢，中国法官黯然处于从属地位，这是第一次对公廨的感性认识。他认识到向往这个专业，必须学好法律，以期改进中国司法制度，于是选择了美国教会设在苏州东吴大学的东吴法学院。

沪上求学

倪征噢是在平望上的小学，因为平望没有高等小学，他和比他大 2 岁的四哥一起回到黎里四高学习了 3 年。有一天晚饭后，家人在桌上看到诗句："今日藐乎一学童，他年中国主人翁。"一打听，原来是倪征噢所写，父亲倪寿康非常高兴，认为儿子绝非池中之物，将来必成大器。

家庭合影

1919 年倪征噢进入澄衷学堂。他和哥哥倪征时自吴江第四高小毕业后，因为二哥、三哥都在上海工作，于是 1919 年进入上海澄衷学堂，2 年后，由堂姐倪征琮介绍转学到沪江大学附中。

倪征琮就是从沪江附中毕业的，后来考取了清华，出了国，在美国司密斯女子大学和康奈尔大学主修医科，获得博士学位，并领取了美国行医证书和金钥匙奖。抗战时，在云南，她是当地有名的小儿科医生。

在沪江附中读了 2 年，倪征噢完成了中学阶段的学习，因为成绩优秀，被准予免学费直升沪江大学一年级。东吴大学本校在苏州，法科却在上海昆山路，在一个小教堂（景灵堂）的对面。这是因为东吴法学院的教授都是上海的法官和律师，他们工作繁忙，不便于上海、苏州两地来回奔波，因此将法科设在上海。而且学院的授课时间是下午 4 点 30 分至 7 点 30 分，这样倪征噢倒可以利用白天外出打工挣点钱。当时倪家家境确实困难，所以经同学介绍，倪征噢在老北门民德

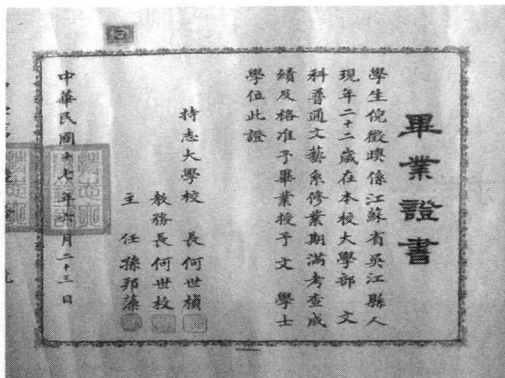

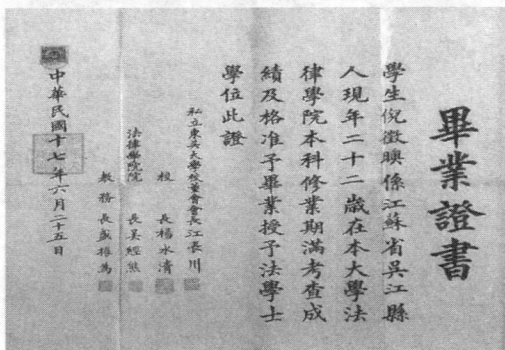

毕业证书

中学教授英语，每天上午两小时，所得工薪足可支付学宿费用。后来他又转去澄衷教英语，待遇更优，生活有所好转。

在倪征燠的计划中，自己毕业后要出国留学，而且要去斯坦福大学。入斯坦福大学必须具备法学学士学位和文理学士学位，即双学士的要求，于是在将近一年毕业的时机倪征燠入持志大学，用一年时间取得文理学位。因此，在东吴的最后一年里，他每天的生活被排得满满的，上午去持志大学上课两小时，10点到12点去澄衷教课，下午4点又赶到东吴上课。他早上7点就要出门，来回奔波，天黑后才能回到宿舍。

组织旅外学生会

民国成立以后的一段时期，内有北洋军阀混战，民不聊生，外有列强虎视眈眈，弱肉强食。日本从1915年提出的所谓21条后，步步紧逼，在第一次世界大战后的巴黎和会上，妄图吞并我山东半岛，激起了波澜壮阔的五四运动。

当时的青年学生，都想在力所能及的情况下，做些有助于激发民众爱国情绪和有利于群众需要的事情。

在读书时，倪征燠就十分关心社会事业，1922年，他与凌景埏、吴文钧将平望在外地求学的10多位平望中学生，开始组织起来，成立平望旅外学生会，有周同祺、吴尧基、吴文娟、过天梅、庞名标等人参加，除了在寒暑假期内回乡时联络感情、交流在外学习情况外，主要任务是在暑假期内设立暑期补习小学，免费为平望在学小学生讲授公民常识、国文、算术、英语等课程。暑期学校借殊胜寺女子小学举办，每天上半天课，结业时发结业证书并举办结业典礼，对优秀的学生颁发奖牌，有位叫殷鉴吾的女生曾获得过一面梭形银牌。每天上午上课，下午休息，偶尔举行师生座谈会，也有学生家长参加。有时也在凌景埏家租住的寺浜弄凌家"宝泽堂"的北厅举行。至 1925 年共办了 4 期。

1923 年夏，凌景埏、倪征燠邀请柳亚子先生参加师生座谈会并请他演讲。

柳亚子

平望凌氏与柳氏素有亲谊。柳亚子先生是凌景埏父亲的表亲，所以常来平望做客，而倪征燠也本是黎里人，因为这两层关系，柳亚子从黎里惠然前来讲课。

那天柳亚子的演讲并不长，最后他自己建议朗诵岳飞的《满江红》。当他念到最后一句"朝天阙"未竟时，因感到国事蜩螗，人民在水深火热之中，竟眼泪盈眶，抱头痛哭起来。大家不知所措，后来还是在凌景埏、倪征燠等抚慰之下，扶到凌家"宝泽堂"休息。1925 年，暑期学校的结业典礼在殊胜寺小学门外佛台遗址的广场上举行，又请来柳亚子先生演讲、宣传三民主义等。

知己相遇

1923 年，沪江大学附中读书的倪征燠因成绩出色，直升沪江大学。在沪江，他认识了比自己大将近 4 岁的同级同学上海姑娘张凤桢。张凤桢容貌美丽，学习勤奋，成绩优异，深受师长与同学们的喜爱，17 岁的倪征燠为之心动。在转学到了东吴法学院之后，倪征燠始终保持着与张凤桢的联系。

夫妇合影

张凤桢 1902 年 8 月 3 日生于上海城内县后街，父亲张约丞是位忠厚的人，凤桢自幼失去慈母，曾被大伯母领养，不久即归家。她童年就读于上海城内九亩地万竹小学，为谋生，不久在上海市龙华孤儿院任教，后又转入上海爱国女学肄业。她和姐姐一起参加过五四运动，姐姐张维桢是原中央大学校长罗家伦的夫人。

他在 1925 年提前离开沪江，转学进了东吴法学院后，与张凤桢联系没有间断。如倪征燠不提前离开沪江，他俩将同时毕业，同期出国留学。1928 年 8 月，倪征燠登船去美，张凤桢在约翰斯·霍普金斯大学。虽然倪征燠比张凤桢晚一年到美国，却比张凤桢早一年拿到博士学位。完全可以回国找份工作，但又选读了宪法、国际私法和国际公法。又因为张凤桢的原因，倪征燠在约翰·霍普金斯大学法学研究所做了一名荣誉研究员。一年里，两人感情更进一步，从在沪江相识初恋到张凤桢最终取得哲学博士学位，两人共同走过了 7 年的情感路。1930 年初夏，张凤桢双喜临门，第一，她终于获得了博士学位，成为学校第一位政治学女博士；第二，6 月 14 日，与倪征燠相携相挽，走进了在华盛顿的一个浸礼会教堂，幸福地踏上了红地毯，尽管到场祝贺的亲属只有凤桢的胞弟、正在约翰斯·霍普金斯大学进修英美文学的张沅长一个人，但婚礼仍然在朋友们真诚的祝福中充满了温馨与甜蜜。

留学归国

1930 年 6 月 14 日，倪征燠和刚在约翰斯·霍普金斯大学结业的张凤桢博士在华盛顿的一个浸礼会堂结婚。早在张凤桢完成博士学业和筹备婚事时，已决定尽快回国。那个时间，他们这样的留学生，思想很单纯，学成回国，顺理成章，而且两人已结婚，给家人一份喜悦，所以根本没有留在美国的想法。只是想再留恋一下东西海岸的风景，但事先订好的船票因时间限制，两个人只匆匆用了一周的时间完成旅行，赶到西雅图。

7 月底一到上海，俩人就忙得不亦乐乎。先是拜会家长亲友，热闹一番。凤桢父亲热情招待，胞姊维桢于 3 年前与中央大学校长罗家伦结婚，特地从南京赶来迎接他们。倪征燠又偕同凤桢回黎里老家拜见老母。之后就行动起来，安排住处和工作，即俗语所谓"成家立业"。

倪征燠一方面接受好友鄂森的邀请到他的律师事务所兼任律师，一方面又受他在东吴的老师吴经熊和何世桢新成立的大夏大学校长欧元怀、中国公学教务长朱经农之邀，到东吴法学院、持志大学、大夏大学、中国公学兼课。与此同时，张凤桢辞谢了东吴的邀请，转而在大夏大学教授政治学。倪征燠在上大学时，每天跑 3 个地方，如今似乎又回到这样的生活状态，但能与妻子一起共同生活，心里是幸福的、充实的。

邻里故事

7 月底到达上海后，住在爱文义路观森里一所二层楼房屋。在这里，发生了两桩事情使倪征燠终生难忘。

在他们后面夹弄对面楼上，住着印度人娶中国妻子的一户人家，倪征燠夫妇经常听到从这家传出女人凄厉的哭声。后来才知道那是印度丈夫在殴打虐待他的中国妻子，他俩非常气愤。

一次寒夜里又听到阵阵哭声，凤桢忍不住，披衣而起，来到对面叫门，倪也跟随而至。印度男子怒气冲冲出来，大声叫嚷说："这是我家的内部事务，外人不能干涉。"反而气势汹汹认为凤桢夫妇黑夜侵扰他家的私生活，居然危言耸听地说："你有你的枪支，我亦有我的枪支。"意欲动武。张凤桢马上让倪掏出一张有律师头衔的名片，要这个印度人同去附近的静安寺捕房讲理。这时，这位印度人流露出一些尴尬的样子，但却并不示弱，出门跟着张凤桢夫妇就走。到了捕

夫妇合影

房，张凤桢夫妇向值班警察长如此叙述一番，警察长便大声申斥印度人，印度人见势不妙，立刻收敛起来，经认错才获准他离开。从此，对面楼上再也没有听到邻妇的哭声。

后来，隔壁搬来了一位中年妇女，自称姓林，携有一子一女，并无成年男人。刚搬来时，这位林太太还按上海习俗，亲自送了糕团给左邻右舍。林太太是湖南人，态度和气，待人有礼，但平常很少跟人往来，因与倪家是邻居，又知张凤桢是位女教授，待人客气，就经常往来。

林太太言行十分谨慎，从不谈自己职业或过去的事情，但既然是萍水相逢的初交，这种现象就不足为异，两家之间也算是亲而不密，所为君子之交淡如水。

过了不久，倪家和林家先后迁离观森里。林太太先迁走，临走时倪家并不知道，这样不辞而别，倪氏觉得有点异乎寻常。倪家离开观森里后，迁往近市中心的梅白格路祥康里。

书影

两年后的一天，张凤桢与林太太在马路上不期而遇。只见林太太手牵幼子，满面愁容，好像有要事在身，不便多谈。张凤桢便将新址告诉林太太，请她有空时来做客，拉拉家常。过了仅几天，林太太果然造访倪家。她神色凝重地告诉张凤桢，她的女儿本纹因涉嫌共产党而被捕了，自己毫无办法，知道倪是律师，所以前来求救。

倪氏夫妇马上商量对策和采取什么样的具体步骤。但当时倪不再是执行律师业务，所以请了老同学鄂森律师安排探监及义务出庭辩护事宜。过了仅几天，本纹因当时未届刑事责任年龄而获释出狱。林太太向倪氏夫妇深表感谢，但此后一直没有联系过。

直到 30 多年后，倪来北京定居，无意中读到一本陶承写的《我的一家》，其中写到了这件事，倪征噢才恍然大悟，这位老邻居林太太原来就是革命妈妈陶承同志。1933 年，共产党设在上海公共租界张家花园的机关办事处被破坏，她的女儿本纹因此受到牵连。

过了不久，《北京晚报》正好连载《我的一家》的片段，倪氏马上给《北京晚报》写信联系，于是很快找到了数十年前老邻居——革命妈妈陶承及其一家。见面时，本纹已是儿女成行。从此，倪家与陶家一直保持着联系，直到 1986 年 7 月，这位饱经风霜的革命老人在湖南长沙溘然长逝。

避走大后方

上海沦陷时期，是倪征噢的生活最艰难的时期。这时他的母亲去世，而且汪伪特务机关 76 号虽然不敢明火执仗，但时常骚扰威胁，要拉拢这批法界精英。后来，刑庭庭长钱鸿业、高二分院刑庭庭长郁华（郁达夫哥哥）先后被枪杀。倪征噢的同事桂裕遭恐吓，并将他家乱翻一通，向厨房开了几枪，夺门而走。

为了安全起见，倪征噢悄悄地在法租界亨利路租了一间小公寓，和夫人张凤桢暂住，每天步行至智仁勇女校法院临时办公处。这样的生活维持并不长，珍珠港事件爆发后，孤岛消失了，法院不能待了，家也不能回了。倪征噢和同事们在学校后面的哈同花园里找一间房，搭几个铺，住了一段时间，他深感在上海不能待下去了。

但是真的到了这一天，他又改变了初衷，因为女儿乃先刚刚出生。6 年前，夫妇俩曾有过一个儿子，可惜因难产，出生 3 天就夭折了，对夫人打击很大。如今如果带着夫人和女儿以及刚刚搬来同住的岳父，跋山涉水，拖老带小，是不能够承受得了，因此，他决定留下祖孙三代，一人独自前行。

1943 年 1 月，他奉司法行政部之命，就任重庆地方法院院长。重庆是战时的首都，高官权贵、富商巨贾云集，法院的许多案子，难免被人情所干扰。有一次，一位立法院的职员的儿子因车祸身亡，这本是一桩普通的交通事故，但这位职员却拿着立法院长的信找到法院，要求见倪征𣎴院长，请求将这位肇事司机判以死刑，实在是毫无法制观念。因为按照法律条文，司机只是驾驶不慎，并非故意伤害，根本不能构成死刑。倪征𣎴一再要求他通过律师，按正常程序申诉，但他继续纠缠不放。对于这样的人，多次提出如此无理要求，倪征𣎴只能谢绝见面。

至于一些高官对某些案子指手画脚，说三道四，甚至以命令的方式要法院按照他们的意思行事，这样的事屡见不鲜，也让倪征𣎴疲于应付，当然也得罪了不少人。但倪征𣎴从来不阿谀逢迎，他深知自己的行为会得罪许多人，他还是不能违背自己的意愿。而且有许多鸡毛蒜皮的家庭小事也要吵到他的办公室，然而倪征𣎴是个喜欢安静的人，哪里受得了这样的环境，所以在他看来，这个院长不过是个事无巨细的杂工而已，因而他提出辞职。

辞去院长之职，倪征𣎴如愿回到位于歇马乡小湾的司法行政部任参事之职，置身于空气清新的山野之中，犹如闲云野鹤一般。

东京审判

东京审判

抗战胜利后，远东国际军事法庭成立，并立即开始受理28名日本甲级战犯。审判中，美国为每一位战犯提供一名美国律师，因为美国等的干涉，一时使审判陷入了被动的境地。后来倪征𣎴到美国进行司法考察，使得后续的审判得以顺利进行。

审判自1946年5月开始至1948年11月结束。审讯工作采取的是英美法三国的诉讼程序。审判中，美国政府极力操纵法庭，并根据自己的需要，提出了种种有碍审判工作正常进行的规定，故意拖延审判时间，以便为一些没有直接危害美国利益的战犯寻机开脱。

对于这种错综复杂的情况，国民党政府事先没有充分的准备，所以没有准备足够的人证、物证材料。在战争中，中国受日本侵略危害最大，大半河山被日军践踏，千百万同胞被杀害，亿万财富被劫掠。而今，在国际法庭的审判席上，中国却拿不出足够证据审判那些曾横行中国的战犯。代表们痛心疾首，深深感到若不能严惩战犯，哪有面目再见江东父老？

为了摆脱困境，收集更充足的证据，中国代表决定到盟军总部查阅日本内阁和陆军省等几个部门的档案资料。他们夜以继日、废寝忘食地摘抄、翻译、整理日本十几年中，凡是能够查得到的、对审判有利的档案资料，然后根据这些资料拟好发言材料，并且做反复的修改，知道满意为止。

中国代表们除了准备材料，还常在一起研究讨论对付美、日律师的策略，做到有备无患。有时还于住所内做在法庭上的控诉演习。为了防范日本侍者的窃听，他们以"土老二""土匪原"来蔑称土肥原，以"板老四""板完"代替板垣。总之，为了赢得法庭上的主动权，中国代表花费了大量精力。

经过一段时间的工作，中国代表掌握了大量有力的罪证，终于在审判终结甲级战犯板垣征四郎时，使这些战犯受到了应有的制裁。在法庭的最后宣判中，法官月了8天的时间，宣读了长达1200多页的判决书，判处7名主要战犯绞刑、16名战犯无期徒刑。

审判现场

惩治元凶

战犯

我方检察官为严惩侵华战犯松井石根、土肥原贤二、板垣征四郎，同检察长（美国人）再三争论。松井和土肥原一开始就无可争辩地分给我方审讯，但板垣后来却由菲律宾负责。检察长以已经分了工，在工作过程中改变分工将会影响菲律宾检察官的情绪为借口，不同意将板垣交予我方审理。我检察官言之凿凿、据理力争，经过一番努力，法庭不得不改变原来的决定，板垣终于被掌握在我方手中。

"八一三"事变时，松井石根任日军在上海的派遣军司令官，后又任华中派遣军司令官，在侵华战争中直接指挥日军杀人放火，奸淫掳掠，罪行累累。特别是他一手制造南京大屠杀事件，惨杀 30 余万中国无辜平民。法庭上，除我方代表控告外，还有南京大屠杀中的幸存者和目睹这一惨景的外国传教士出庭作证。在大量的人证、物证面前，松井终于无可辩驳地低下了头。法庭在实地调查取证核实后，判处松井以绞刑。当法庭宣布判决时，这个当年杀人不眨眼的刽子手，竟吓得面如土色，站立不稳，由两名宪兵挟持着离开法庭。

土肥原贤二早在"九一八"事变之前，就把魔掌伸进了我国东北。后来，又伸到宁沪等地。他制造了一系列罪恶事件，杀害了无数中国人民，罪不可赦。但由于他主要是在幕后策划指挥，罪行不外露，故罪证也不易搜集。从国民党政府军政部、司法部都找不到他的材料。倪征燠在赴东京前，曾找到在押的伪满洲国议院议长赵欣伯，请他提供土肥原、板垣两人制造满洲国傀儡政权的材料。开始，赵欣伯答应并写了一部分。但第二次找他时，不但不肯继续写，还把第一次写出的材料全部夺走，投进煤炉里烧掉了。

审讯土肥原时，刚开庭他显得紧张。过了一会儿，他大概觉得我方拿不出证据，就变得轻松起来，甚至还有些满不在乎。后来审讯步步深入，我方代表一条条揭露出他的罪行，他才又神情紧张起来，低头默默地等着法庭的判决。

土肥原的第一个证人，是他主持原沈阳特务机关时的部下，日本人爱泽诚。他的证词大意是：土肥原掌握的沈阳特务机关只是收集情报，并无其他秘密活动；土肥原为人忠厚坦白等。我检察官引用该机关专门用来向日本政府邀功请赏的《奉天特务机关报》（1935 年）中的报道予以反驳。这张报纸的首页盖有土肥原的印章，里面大量记载了该机关在中国许多城市的阴谋活动。在其中的一页报纸上，载有"华南人士一闻土肥原、板垣之名，有谈虎色变之慨"的话。我检察官说，这是土肥原和板垣两人残害中国人民凶狠如虎的真实写照。爱泽诚面对实证，不得不低头认罪。可美国律师却从中捣乱，说这是在谈老虎，与本案被告无关。这种辩护不知是缘于无知，还是别有用心，令人啼笑皆非。我方检察官冷静地解释说："谈虎色变"是说土肥原、板垣两人凶狠如虎，人们听到他们的名字，就像提到老虎一般，害怕得脸色都变了。说完后，我方检察官向美国律师报之以轻蔑的一瞥。这时，在座的法官们哄堂大笑。

土肥原的另一个证人，是日本原驻天津的总领事桑岛主计。1931 年秋天，当土肥原到天津阴谋活动，挟持溥仪潜往长春时，桑岛曾屡次劝阻，并用电报告知日本外务省，最后又给外务大臣弊原发出长电，详细叙述了土肥原如何不听劝告，煽动天津保安队闹事，将溥仪装入箱内，用小汽车运到塘沽后，又用船载到大连的经过。我方检察官从外务省密档中查到了这些电报，并将其引入证词。而桑岛出庭作证时，竟然狡赖，说这些是当时听信了流言写出来的，不可靠。我方检察官当即诘问："电报中讲你和土肥原的几次谈话，是不是外边的流言呢？"问得桑岛哑口无言，讪讪退下。

九一八事变时，国际联盟"李顿调查团"的调查报告中，曾讲了一些对土肥原不利的事实。土肥原估计这些东西可能被引入证词。为争取主动，他反守为攻，将他与李顿的谈话记录作为申辩的根据。他说，记录中有李顿称道他到处奔波，维持地方治安的话，这说明他是有功无罪的。其实，这是李顿针对他到处搞阴谋活动而讲的讥讽之词。在那次答李顿的问话时，他矢口否认挟持溥仪到长春的事实，这又与法庭提出的实证及他本人承认的事实大相径庭，对此他更不能自圆其说。

经过多次审讯，土肥原自知难以抵赖，同时也怕答辩时被迫说出更多的情况，暴露出更多的罪行，所以索性放弃了申辩权。我方检察官以痛打落水狗的精神，穷追不舍，又揭露了在板垣任陆相时，他曾来华妄图促使吴（佩孚）唐（绍仪）合作，建立傀儡政权的罪行。法庭依据这些确凿的犯罪事实，判处土肥原贤二以绞刑。

击败板垣征四郎

战犯

审讯板垣时，为他出庭辩护的律师和证人多达 15 人。他们准备了大量的材料，但这些材料根本站不住脚，证人也是言而不实，很快即被我方驳倒，法庭也拒绝受理。

板垣的第一个证人是岛本，他是"九一八"当晚柳条沟事件发生后，指挥日军的联队长。此人说，他那天晚上在朋友家喝酒喝得醉醺醺的，回家后就得到了"九一八"事变发生的报告。我方检察官当即打断他的话说："岛本既然声称自己当晚喝醉了，那么，一个糊涂的酒鬼能证明什么？又怎能出庭作证人呢？"于是，岛本被法庭轰了下去。这个下马威使板垣的辩护班子一下动摇了。而后出庭的律师、证人未上场先气馁了三分，可谓出师不利。

山胁是板垣任陆相时的次官，在为板垣作证时说了不少歌颂板垣的话，如说他是怎样整饬军队，如何主张撤退在华日军以达到结束战争的目的等。倪征燠当即诘问他："你身为次官，所办之事想必都是陆相认可的了？"山胁说是。倪证燠接着提出："那么 1939 年 2 月，山胁以次官名义签发的《限制自支返日军人言论》的命令，也是按照板垣的意旨承办的吧？"山胁回答是。倪征燠指出：这个文件中列举了回国日军对亲友谈话的内容，如"作战军队，经侦察后，无一不犯杀人、强盗或强奸罪""强奸后，或者给予金钱遣去，或者于事后杀之以灭口"

"我等有时将中国战俘排列成行，然后用机枪扫射之，以测验军火之效力"等等，均反映了日军在侵华战争中所犯罪行的实况。日本陆军省怕这些谈话在群众中广泛传播，暴露其罪恶行径，才下达了《限制自支返日军人言论》的命令。这种举动的本身，不就说明板垣等所犯罪行是确凿无疑的吗？这不是欲盖弥彰吗？这样一来，山胁的作证不仅没能为板垣开脱罪责，反而起了一个反作用。

最后，板垣自己提出了长达 48 页的书面证词。主要说的是"满洲国"是根据"民意"成立的。"七七事变"后，他任陆相时，始终主张撤军言和。日本政府与德、意两国商讨三国公约时，他是不主张同时对付英法两国的。张鼓峰事件发生后，他是竭力设法就地解决的，等等。倪征燠根据日本外务省密档中的御前会议、内阁会议、互相（首相、陆相、海相、外相、藏相）会议等会议决议，关东军与陆军省的往来密电，关东军的动员令，以及已故日本政府元老的日记等重要材料，一连反诘他 3 天。面对大量的事实，板垣无以对答，也无法狡赖推卸。

说到他主张撤退在华日军之事，倪征燠问他，日军侵占广州、汉口，是不是在他任陆相以后？这是撤军还是进军？他无言以对，只好默认是进军。对于德、意、日三国公约及张鼓峰事件，倪征燠根据西园寺园田的日记问他，是否因为这两件事，曾受到日本天皇的谴责？

倪征燠（左二）、向英华（左一）、陈霆锐（中）与美国联邦最高法院的几位法官在一起

他耍赖说："你们从哪里知道的？"倪征燠按照庭规催他作正面回答，他避而不答。

在反诘板垣时，一提到土肥原，特别是提到他阴谋策动吴唐合作的罪行时，倪征燠就火冒三丈，但碍于庭规，他没有纵情行事，只是指桑骂槐地斥责板垣说："你派去搞吴唐合作的，是不是就是扶植溥仪称帝、勾结关东军、胁迫华北自治、煽动内蒙古独立的土肥原？"板垣在这一连串明指土肥原，实则历数他的罪行的反诘下，哑口无言。最后，板垣也被判处死刑，和土肥原一起走上断头台。

拒往台湾

著名外交家、国际法学家厉声教评价道："倪征燠在东京审判中，用他丰富的学识和高超的辩论技巧对侵华主要战犯提出了有力的控诉，令日本法西斯侵略中国的历史铁证如山，帮助后人厘清了是非黑白，并将日本法西斯战犯永远钉上了耻辱的十字架，为维护世界的和平与安定作出了杰出贡献。若不是倪征燠这样的国际法界巨擘依法严惩日本战犯，保护了世界反法西斯战争胜利的果实，校准了历史公正的天平，不仅日本侵略者的罪行将被无耻掩盖，法西斯主义的恶灵也将可能卷土重来。"

东京审判的成功，是倪征燠法律生涯中的一个亮点，这次出色的表现，作为法律界的精英，无疑应当成为这个行业的领军人物，而获得高官厚禄，但是，他的选择却出人意料。1948 年底，倪征燠和向哲浚从东京返国，司法行政部部长谢冠生在听了他们的报告后，当即表示要论功行赏。此时，国共双方的力量已比较明朗，就在他们在东京为国家为正义而奋力拼搏时，国民党高级官员们纷纷逃往台湾，最高检察长和上海高院检察长也包机飞往台湾，谢冠生准备让向哲浚出任最高检察长，倪征燠出任上海高院检察长，但两人均谢绝。使谢冠生不理解的是：向哲浚虽然自称年已高不宜此任，而倪征燠正风华正茂，为何不愿就职？于是又派秘书王介亭转达，让倪征燠当全国最高检察长一职，但还是没有改变倪征燠去东吴法学院任教的决心。

东京审判是涉及国家民族利益的大事，政府却淡然处之。审判结束，政府草草听了口头报告，当时辽沈战役已结束，平津已被解放军包围，淮海战役已经打响，南京城里人心惶惶，使倪征燠产生对政府执政能力的质疑。当年在重庆地院当院长，国民党官员们的贪得无厌，又听说接收大员的种种恶行，他们气焰嚣张，到处掠夺。解放战争后期，政府发行金圆券，导致物价飞涨，民不聊生。

1949 年初，亲朋们力劝倪征燠去台湾，还为一家 4 口买好了去台湾的船票，他对共产党虽然不了解，但他对自己的历史对自己所做的事是清楚的，他一直以清官自励，觉得没有做过对不起共产党的事，甚至对共产党人是同情的。所以倪征燠不愿离开大陆前往台湾，他的想法也得到了夫人张凤桢的支持，一家人在上海迎来了解放。

外交部条约委员会

新中国成立之初，周恩来总理兼外长，批准在外交部成立条约委员会，主任委员由章汉夫副部长兼任，周鲠生、梅汝璈等著名国际法学家为外交部顾问，刘泽荣、凌其翰为条约委员会专门委员。1956年上半年，倪征燠被选为外交部条约委员会专门委员。从1956年至1981年，倪征燠先后任外交部条约委员会专门委员、条约法律司（简称"条法司"）法律顾问。1957年春，在中共开展的整风运动中，倪征燠在外交部条约委员会的整风会上发言较为温和，但在中国政治法律学会举办的几次座谈会上，由于一些政法界人士和教授发言称，中国对法制重视不足，言辞和气氛较激烈；倪征燠也受到影响，后来在中国政治法律学会的一次会议上，发言提出3个抢救，即抢救人、抢救书、抢救课程。后来，整风运动转入反右，在运动收尾阶段，外交部条约委员会的一次全体会议上，主持人指出："倪委员在这次整风运动中的发言，也够得上右派言论，但考虑到你工作勤勤恳恳，认真负责，生活作风严谨正派，这次就不做处理了。"

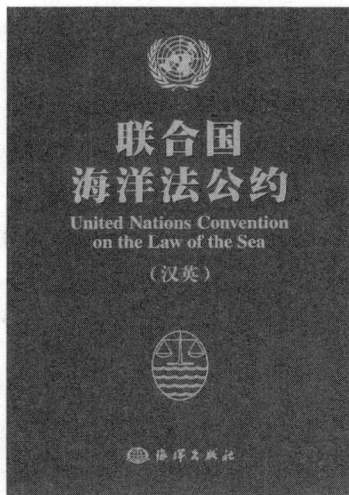
书影

1958年8月，周鲠生、刘泽荣、倪征燠应召到北戴河见毛泽东和周恩来，为两位领导做有关领海宽度和领海法律制度等问题的咨询。3位专家认为，中国应以12海里为领海宽度。1958年9月，中华人民共和国政府颁布《中华人民共和国关于领海的声明》，第一条宣布"中华人民共和国的领海宽度为12海里"。1959年，外交部推荐倪征燠当全国政协委员。

1966年"文革"开始后，外交部条约委员会受到影响并不大，倪征燠等人还照常上班。1969 年下半年，外交部的干部、专家们也被下放。倪征燠是当时外交部唯一留下工作的老专家，一起留下的还有外交部条法司的 3 位干部，组成了条法司的留守小组（设在领事司）。后来，条法司和领事司合并为外交部领事条法司。此后，条法司从领事司抽出，与国际司合并，称国际条法司。其间，倪征燠作为中国代表团法律顾问（有时用高级顾问的名义）参加了历次联合国海底委员会及随后的海洋法会议，会议一般在纽约联合国总部或日内瓦联合国欧洲分部举行，倪征燠在中国代表团负责法律与外文的咨询及把关工作。1972 年底，倪征燠作为中国代表团顾问，参加了第 27 届联合国大会会议。

海洋法会议的起草委员会于 1981 年 1 月在纽约单独先行召开会议，对近 10 年的谈判形成的统一案文进行最后定稿。中文、英文、法文、西班牙文、俄文 5 种文字各由一位协调员负责，协调员由使用该文字的国家代表选出。中文协调员为倪征燠，中文协调员助理为厉声教，二人一同到纽约开会。会前，倪征燠、厉声教、王铁崖、张鸿增在中国国内组成了一个小组，对中文本进行了修订。会上主要讨论的是英文本，中文本没有人提出异议。在英文定稿事宜上，倪征燠在会上积极发言，出色地完成了任务。

倪征燠回忆当时讨论的情景时说："思想高度集中，发言咬文嚼字，讨论短兵相接，唇枪舌战，各不相让，气氛堪为紧张。"

还有一次，起草委员会在讨论公海捕鱼权的条文时，倪征燠发现俄文文本有过分扩大沿海国捕鱼权的用语，这样对大国是有利的，而对发展中的国家显然不利。俄文文本的问题还在于：它是针对着一般属于北方领域的鱼种。他马上指出这种译法是不妥当的。倪征燠所以能一下看出俄文文本中的问题，这与他的俄语水准不无关系。原来，倪征燠在 1952 年上海高校院系大调整时，曾一度在停办的 17 院校联合办事处工作过，他趁当时事务性工作减少的机会抓紧学习俄语，不仅拿到了两年毕业证书，而且在 1954 年到同济大学工作时，还兼教俄语课程。所以，当倪征燠指出了俄文文本的问题时，俄文协调员的助理马上开始支吾其词。后经送交联合国秘书处俄文翻译组核实，认定俄语译文确有错误，并做了改正。

倪征燠在 10 年的国际海洋法会议上，特别是在 1981 年会议上的出色表现，为其 1981 年底在第 36 届联合国大会上当选为联合国国际法委员会委员，以及 1984 年底当选为联合国国际法院法官，创造了良好条件。1982 年，倪征燠加入中国共产党。从 1982 年起，倪征燠担任外交部法律顾问。

国际法院法官

国际法院为联合国的主要司法机构，1946 年 4 月成立于荷兰海牙。中华民国的徐谟、顾维钧均曾任国际法院法官。顾维钧 1967 年任满退休。中华人民共和国改革开放后，1984 年是国际法院法官改选年，中华人民共和国参加竞选，外交部向所有建交国发出照会，提名倪征燠参加竞选，希望得到各国支持。中华人民共和国各驻外使馆及常驻联合国代表团也为此进行了努力。

1984 年 11 月，倪征燠在联合国安全理事会及第 39 届联合国大会均以绝对多数票当选国际法院法官，任期 9 年。不久，中国国际法学会在北京的国际俱乐部办庆贺会，会长宦乡在会上宣读了国务院总理赵紫阳

书影

的贺信，信中称："你是新中国成立 35 年来首次参加国际法院法官竞选并当选的中国籍法官，你具有国际法的渊博学识和多年从事法律工作的丰富经验，定能胜任这一重要职务。""我深信，你作为中华文明和中国法系的代表参加国际法院的工作，务将同国际其他法官一道，按照联合国宪章和国际法原则，为伸张国际正义和公道，和平解决国际争端，维护国际法律秩序，作出卓越的贡献。"外长吴学谦在会上致辞："倪教授的顺利当选，引起了世界各国和法学界的普遍重视。它表明中国作为一个世界大国，不仅在政治上、经济上，而且在法律上正在越来越多地参与国际事务，发挥自己的应有作用。"

1987 年，倪征燠当选为国际法研究院联系院士，1991 年转为正式院士。1994 年，倪征燠卸任国际法院法官，从海牙返回中国。1994 年，倪征燠退休。

倪征燠是第三、四、五、六届全国政协委员，中国国际法学会、中国海洋法学会会长、名誉会长，中国国际贸易促进委员会海事仲裁委员会仲裁员，对外经济贸易仲裁委员会仲裁员、顾问。

一封"家书"

2000年2月4日，93岁高龄的倪老应前柳亚子纪念馆馆长殷安如先生所询事宜，亲自操笔详细地写了回信。笔画虽然颤曲，但字里行间充满着对家乡的热爱，对于家乡人关心教育给以热情地支持。此信虽是写给殷老的，但这其实是一封写给黎里的"家书"。信如下：

安如先生：1月27日来函敬悉，蒙询下列各事，兹谨复如下：

1. 我初小是在平望艺英小学，1916—1919在黎里县立"四高"，后者大约就是现在黎里中心小学的前身，事隔八十多年，足以证明当年求学时代的实物，早已荡然无存。来信提到我的拙作《淡泊从容莅海牙》，对这一时期学习及生活情况，略有提及，待过节后找出一本寄奉，敬请指正。

2. 来信提及有关我的胞姊征璠和堂姊征琮的资料，我将分别告知他们的女儿，我寻一些有关资料，提供给你：（1）征璠的女儿殷昭现在黎里塘桥上岸，由于门牌均变动，有事可找他的儿子王燕，现在黎里红旗化工厂工作，家中电话为3615571。（2）征琮的女儿刘晓明，现住北京永定路52号院108楼一单元一号（邮编100854）。

3. 关于创办民办柳亚子中学的构想，意义重大，我完全赞成，不知我的老同学（四高）柳无忌等如何反应，此事涉及人力物力很广，原来的黎中如何关系，如何分工，师资及学生来源等等，我对办学毫无经验，很难提出具体意见。至于挂靠某某亦难具体进行，只能初步设想而已。此致

敬礼

顺祝春节快乐，诸事如意　　　　　　　　　　　　　　　请恕草

倪征燠

2000. 2. 4

　　离任后的倪老仍不辍耕耘，继续担任外交部法律顾问和中国海洋法学会会长。他在 92 岁高龄之际，完成了回忆录《淡泊从容莅海牙》一书的写作。书中，倪老以翔实的材料，简练的文笔，叙述了自己早年蓄志学法，留学深造，回国后当律师，任法官，20 世纪 40 年代赴远东国际军事法庭参加对二次大战的日本主要战犯的审判，及至 1984 年以 87 岁的高龄当选为新中国第一任国际法庭大法官等的不凡经历。由东洋而西洋，由司法而外交，倪老的书堪称是中国百年风云变幻的近现代史，特别是中国从无到有的法制史的见证。2003 年 9 月 3 日，倪征噢在北京病逝，享年 97 岁。

◎ 殷明珠

儒礼家风明珠灿　卓绝才艺冠影坛

儒礼世家

少年殷明珠

殷明珠（1904～1989），本名尚贤，女，苏州吴江黎里人，是20世纪20年代初上海的著名影星。1921年，殷明珠应但杜宇之邀，在《海誓》中扮演少女福珠，成为中国电影史上第一位名副其实的女主角。以后她还拍摄了《传家宝》《还金记》《盘丝洞》《媚眼侠》《东方夜谭》等十几部影片，以俏丽明艳的容貌而名扬一时，开青春派偶像之先河。1935年，殷明珠在主演了《桃花梦》一片后即退出影坛，以后一直定居香港。代表作品有《海誓》《阎瑞生》《红粉骷髅》等。她与丈夫但杜宇一起，为中国的电影事业做出了不朽贡献。1989年殷明珠在香港去世，享年85岁。

殷明珠生于1904年。殷家世居江苏吴江黎里镇北长田村（今属苏州市吴江区），曾祖父殷兆镛是道光年间翰林；祖父殷梦琴，举人出身，光绪二十一年至二十八年在浙江省桐乡县青镇担任巡检，平时好学不倦，有诗文集多部，曾与乌镇同知李星科发起重修《乌青镇志》，但因战事频繁，筹款艰难而告中止。

殷明珠的父亲殷星环，国学生，布政司经历衔，光绪庚辰六年（1780）五月十七日亥生，民国甲子十三年（1924）二月初六申时卒，年45岁。配本镇张慕莲，张系光绪举人五品衔候选教谕张鸣驹（号青士）女。生子尚志、尚宪（张出），女尚慧（徐出）、尚贤（张出）。

殷氏先世居安徽歙上里殷家村，明代天启初，十一世祖侍乔公始避水至吴，因族兄官吴江，遂侨居澄湖滨，有遗诗选入松陵诗征前编。子静夫，字子山，以澄湖滨宅遭兵燹，再迁黎里长田港南富圩，最后定居黎里。

七传至尚宪的高祖殷绍麟，配费太夫人，继配沈太夫人。生二子，长子即尚宪曾祖殷云鹗，配丘太夫人。云鹗生子殷文谟，以孝友力田传家。祖父文谟赴仕浙江桐乡，任青镇巡检8年，方刚不阿，清廉自洁，士民爱戴，离任时挽辕泣别，张筵俎饯，送赠诗文匾额，以志恩德，官民之间如家人父子。配费太夫人，生4子，星环居长，次殷佩六，次恭寅早卒，次恭寿。

殷星环少而聪慧，入塾读书，喜习古文诗词，终日咿呀无间寒暑，为文娟秀越俗。当教以帖括八股时，则口吃不止，原来他对于这些文字非常讨厌。他便与父亲说："举子业，使人丧志气而且失性灵，这是我不喜欢的。"殷文谟听到这话，夸奖道："汝能不恋利禄，足以世我家矣！"

殷星环在弟兄之间非常友爱，幼年时住在乡下，他的许多中表兄弟姊妹都寄养在他家，一家10余人，常推梨让枣，颇得弟妹欢心。如此10多年。后随文谟与爷爷奶奶去了桐乡。

殷星环到了桐乡，听到囚徒受刑责，辄为之蹙然，并说："奈何以父母之躯，干大法耶！"因父亲的关系，殷星环有机会接触囚徒，探询他们的疾苦，并劝之悔醒。

殷星环的爷爷奶奶因为年老路远，不愿就养官舍，于是回到黎里。星环每月必回黎里，带着一些老人爱吃的食物去看望两位老人，问长问短，问寒问暖，就像一位成年人一样。所以两老到了月底总是倚闾而望，能见到这样孝顺懂事的孙子回家，他们非常高兴。

19岁那年，殷星环结婚了，夫人张氏慕莲。一直在家，一家数十人，因父母不在身边,大小事情都是他一人料理,真是刻无宁晷。1902 年,殷文谟离任回黎,1903 年殷星环的爷爷奶奶相继去世,丧葬之礼殷星环一力任之,看到父亲无比伤心,则日夜安慰。

某年秋,殷星环束装北游幽燕,父亲对他说:"我老矣,何堪复撄家务,汝离家一日,即我受纷扰一日矣。"星环听了这话,就不再去北行的打算,杜门却扫,一心侍奉父亲母亲,以尽儿子之职。空余时以丹青自娱花鸟虫鱼,曾拜王礼为师,然不肯多作,更不愿为一般的人下笔。每遇天朗气清,明窗净几,酒酣兴发,即一下子画 10 余幅,如认为不满意,就付之一炬。每认为是得意之作,叫星环藏起来,亦不轻易示人,所以一般人都不知道其擅长绘画。

爷爷患痰喘,殷星环谨奉汤药,不离左右,数年如一日。到了 1912 年 7 月,长兄尚志殇,爷爷大悲。长兄端慧异常,儿 12 岁卒业小学,爷爷希望他能继家声,忽患疹不起,遂病情加剧,星环衣不解带,目不交睫达 4 月有余,既遭祖父之变,治慈营葬,尽哀尽礼。之后遣嫁姑母有加厚以慰偏亲。

1918 年,姑母产卒,大母爱女情切,一恸不起,遂以长逝,星环哭母痛妹,郁郁于心而形神遂觉凋瘁。自 1911 年开始常患咳呛,虽善调理,发三四日旋愈至是哀毁过甚,咳呛大作,时弟殷佩六远宰广东翁源,五叔父亦供职沪上,一年难得回一次家。

家中事无巨细,均赖星环主持。殷星环心力交瘁,而病根日深,尚宪因思粤域气候温暖,佩六又精医术,南去疗养是个好办法,就劝星环作粤游年余,果然很有效果。后殷佩六调任连山,星环便回老家黎里,回到黎里旧病复发,又去上海半年就医。这时佩六挂冠归来,为星环立方调理,精神得以渐旺,眠食如常。

1923 年冬,尚宪游学归,见父亲殷星环强健如昔,方谓期颐可卜,爱日正常,家居月余,恐荒学业,束装将复出。叩别父亲,泪潸然下,亦不知其所以,颇讶其不详,逡巡不忍离去,父亲数次摧促,于是出了门。岂料,此次出门竟成永诀,殷明珠哭天喊地,五衷分裂。

殷星环夫妇对于女儿爱如掌上明珠,以"明珠"作为其爱称,后来大名尚宪不彰,"明珠"一名却享誉海内外。也许是遗传因子的作用,也许受到家风的熏陶,明珠自小对形象、线条、色彩有着极强的感悟。5 岁开始在父母的指导下学习绘画,先花卉鸟兽,学一笔似一笔,画一幅像一幅。10 岁以后,明珠要求学绘仕女，一开笔就不同凡响，笔下的女子婀娜多姿、栩栩如生。

启蒙教育

殷明珠生于 1904 年，此时，黎里镇上已于前一年的秋天，由倪寿芝及其黎里的一批进步人士创办了私立小学"求我蒙塾"。说起这只百年老校，还有一幕幕动人的故事呢。

1903 年秋，倪寿芝的三弟倪与三留学日本归来，力主兴学。他首先捐资购买书籍，置办器具，继又与徐帆鸥、王资万解囊扩大，三人和衷共济，劳瘁不辞，再经诸亲友如徐趾厚、徐梦鸥、蔡寅、柳亚子、吴鹏飞、马裕民及倪寿芝四弟倪迪民捐资。倪寿芝看到大家这样热心于教育，便变卖了所有的首饰，把资金投入其中。学塾由二弟腾出住宅前三楹为讲堂，专课童蒙，男女兼收，定名为"民立求我蒙塾"，黎里首家私立学校由此诞生。

1904 年订立规程，禀县树案，更名为"民立第一小学校"，学生渐多。因为校舍逼仄，1907 年春分，将女生移到倪寿芝宅，倪寿芝始任学监。秋，倪与三就沪研究西医，校长由王资万担任。其初赞助诸君，或远行，或物故，或别组学校，捐款日少，支款日多。不得已，于次年停办男学。

1909 年，高等生组织嘤鸣手工会，在南洋劝业会陈列展出，得奖状及银章各一，个人作品有倪征潘以折纸细工获优秀奖。这年夏天，王资万因病辞职，推举徐帆鸥继任，徐帆鸥介绍其弟徐梦鸥襄理校务。

殷明珠进校时是 1910 年的春天，这年正好 6 岁。这个时候，倪寿芝已经创立了"女子放足会""嘤鸣手工会"，鼓励女子放足，学习各种技能，以自食其力，体现男女平等。殷明珠虚心好学，敢于表露自己的主张，那时已经成为学校的一颗"明珠"。

1910 年，寒假高等生毕业，决议退办初等小学，由倪与三复任校长，但因时旅沪难以兼顾，再委托王资万主持。

1912 年，王资万因南通校务及病不能胜任，两学期后辞职，同人公议倪寿芝继任校长。又承黎里市总董蒯允侯先生以本校实际情况，呈县转省咨部奖励，由民政长韩国钧颁赠"迎时启俗"匾。

1914 年，学生骤增，先是徐子薇创设"明懿女校"于西市，已历有年。县视学周公才主张两校合并，遂改为市立，以市公所旧址为校舍，遂定今名。后又赖学委邱纠生、傅庭镛两先生一片热忱，代为规划，1919 年秋，建新校舍一幢，费1700 余金。

明星之路

1920 年，殷明珠正好 16 岁，她已出落得楚楚动人，她不仅擅长体育运动，更喜欢模仿外国影星们的神态身姿。当时美国影片《宝莲历险记》正在上海上映，女主角宝莲由影星白珍珠饰演。明珠自小对服饰及颜色非常敏感，她模仿宝莲的服饰进行设计，让裁缝定做了一套宝莲式的服装。明珠穿着这套自己模仿设计的服装，参加社会交际，吸引了许多新潮女性的目光，由此，模仿外国影星服饰之风席卷了十里洋场。

殷明珠在女校肄业后，进入邮电局当职员。由于明珠能说会道，热情大方又不失礼节，加上一口流利的英语，使她在交际场上优游自如。但凡出现殷明珠身影的舞场、歌厅、咖啡厅等场所，肯定人头济济。在这个时候，出现了殷明珠进入电影界的引路人但杜宇。

但杜宇（1897~1972），祖籍贵州，生于江西南昌，原名祖龄，号绳武，自小聪明能干，喜欢绘画。在他 13 岁时父亲过早谢世，从此家道中落。18 岁那年，随母亲到上海，就读于上海美术专科学校。他擅长画美女，别具丰姿，当时上海的月份牌和一些杂志的封面都向他约稿，由此名声大振。后来有《百美图》画集出版。

但杜宇除了喜欢油画、水彩画和摄影，还爱看电影，特别喜欢看外国影片。1920 年春，但杜宇会同朱瘦菊（长篇小说《歇浦潮》的作者）和周国贤（即周瘦鹃）以 1000 元的代价，从一个即将回国的法国人贝克纳手中购得一架"爱拿门牌"电影摄影机。摄影机到手了，可三个人对拍摄电影纯属门外汉，不会使用，也无从请教，捣鼓了几天，仍然摸不着门，朱周二人知难而退。只有但杜宇下定了决心，决意走出一条自己的路。他拆拆卸卸，装装配配，足不出户半月有余，渐渐摸到了门道。接下来就试拍新闻片，居然颇有成效。于是他筹集资金办起了上海影戏公司。

这是一个家庭公司，基本演员全是家庭成员，但氏自编自演自导自摄自洗，既是经理，又是家长。在攻克了反光技术的难关之后，杜宇决定拍摄一部爱情片《海誓》，但是缺少一位女主角。

再说在中西女校读书时的殷明珠，就有"首席校花"的名声，踏上社会后，更是名动洋场的风流人物，人们称她为 F. F 女士（FOREIGN FASHION），意为"洋派"人物。

殷明珠

报刊上竞登明珠的照片，当封面作广告，袁寒云等一些文人赋诗赞美。但杜宇看到了殷明珠的照片，叹赏不已，觉得《海誓》的女主角非让殷明珠莫属。一打听，很是凑巧，但杜宇的一个侄女曾在中西女学读过书，认识明珠。殷明珠一向喜欢新潮，喜欢接受各种挑战，一听自己将走上银幕，两人一拍即合。

喜结良缘

电影事业把殷明珠和但杜宇拉到了一起，最终结为夫妇。起先，殷明珠的母亲认为女儿拍电影似乎以色相示人，有伤门风，一度持反对态度，甚至不准明珠与杜宇往来。但是，殷明珠决心已定，要把自己奉献给中国的电影事业，她与但杜宇之间的感情也到了瓜熟蒂落的时刻。后来母亲想通了，不再以苛刻的旧观念要求女儿。

在拍了《重返故乡》和《传家宝》之后，1926 年 2 月 1 日，两人在杭州结婚。证婚人叶楚伧在致辞时说道："新郎为海上画家，为余旧友，新娘系黎里望族，与余有世谊。今日在杭结婚，而余为证婚人，其乐何如！"由恋爱到婚姻，

结婚照

由事业到家庭，故叶楚伧称赞他俩"一双璧人，天作之合"。新婚伊始，杜宇和明珠仍牵挂新片，西湖蜜月没有度完，就回到上海。友人们讨喜酒吃，夫妇两人就在摄影场地设下宴席，招待宾朋，热闹一番之后，又投入了新影片的拍摄工作。

上海影戏公司的人员、装备和经费都有限，要拍好一部电影，只有加倍付出心血。有时一个镜头卡壳了，不上不行，上又没有足够的条件，可他们往往能够别出心裁，抓拍或抢拍，一次一次地获得成功。在拍摄《飞行大盗》时，那大盗有个恍如列御寇乘风而行的镜头，为了逼真，必须拍摄一群仰头观望空中飞盗的老百姓。这么多的群众演员，假如临时雇佣，得花好多钱。于是两人处处留意，等待时机，其他镜头拍得差不多了，这一场戏仍旧没有拍摄。那时的公司在严家阁路，后面是青云路，青云路畔的旷地边有一土墩。也不知从何处传来风声，说这儿将要做临时刑场，枪决罪犯，一传十，十传百，拥来了一大群看热闹的百姓。两人见状高兴极了，影片中的群众，需要抬头仰望。夫妇俩灵机一动，立即让职工手持电烛，站到土墩高处，一一点亮，很自然的，群众都抬起头，仰望灿然的光芒。但杜宇把这些全都拍摄下来，再加上几个真正演员的镜头点缀其间，完全达到了预期的效果。在后来的拍摄中，夫妇俩为了节约拍摄成本，总会想出许多的奇思妙构，令人赞叹不已。

献身影坛

20 世纪 20 年代初的上海，除了殷明珠之外，还有两位闻名全市的时髦小姐也涉足影坛。一是 AA，Ace Ace 的缩写，意为王牌；二为 SS，Shanghai Style 的缩写，意为上海派。AA 叫傅文豪，殷明珠中西女校的同学，领有公共租界第一张女子驾驶执照。殷明珠在《海誓》里饰演福珠成功，第二部国产片即将开拍时，她把傅文豪介绍给但杜宇，提议让傅代替自己担任《古井重波记》的主角陆娇娜。为了使傅一举成功，明珠把自己饰演福珠的体会、演出的技巧毫无保留地一一传授给傅。殷明珠希望上海影坛能够多绽放几朵中国的玫瑰花。

当时，傅文豪仍在读书，知道父母必然反对，好在公司的拍片安排在晚上，傅的母亲查问时，就推说在老师处补习功课，或在同学处讨教习题。直到《古井重波记》拍摄完成，报纸上刊登了广告，傅的母亲方才知道。尽管《古井重波记》的卖座率很高，社会反响很好，傅文豪高兴得几乎发狂，也想再拍第二部影片，可是傅家严厉的管束，最终使 AA 成为银幕上见首不见尾的一条神龙。

而那个 SS，真名袁淡如，更是昙花一现，拍摄了一部片子后，嫁给了名画家、大收藏家颜韵伯，从此销声匿迹了。唯独殷明珠将一生奉献给了电影事业，无怨无悔。

上海影戏公司 1927年拍摄的《盘丝洞》一片，是当时最卖座的片子。影片由管际安编剧，但杜宇导演，但淦亭摄影，夏维贤置景，从筹备到摄制完成花去了一年多的时间。《盘丝洞》一片的主题谈不上什么积极意义，不过，影片内容源于

殷明珠

《西游记》第 72 回，家喻户晓老少咸知。精于美术的但杜宇与布景师一起，刻意营造摄影场上的盘丝洞，那里蛛网密布，鬼影幢幢，阴森森，黑惨惨，让观众几疑自己误入了魔窟。情节上，影片对原作进行了相当大的改编和艺术加工。因人员所限，蜘蛛精由 7 个减至 6 个，殷明珠领衔饰演蜘蛛精甲，夏佩珍辅佐饰演蜘蛛精乙。众女妖幻化成女人之后，一个个具备了正常女子的欲望，从而拘捕唐僧、逼婚成亲，中间安插了蜘蛛精裸浴、半裸舞等镜头，加上为色欲所迷惑的猪八戒变成鲇鱼入池嬉戏众妖的场景，神怪氛围以及女妖们的色情场面，还有孙悟

空精彩迭出的打斗，使得观众源源不断地涌来，卖座率大大高出同期所有影片，公司大赚了数万元。

《海誓》在上海放映，轰动了整个影坛，黎里的家乡父老闻讯振奋不已。黎里是个建于南宋时期的古镇，文化积淀深厚。其中"蒯厅"，厅堂宏敞，音响效果特别好，是镇上著名的书场。听说殷明珠主演的《海誓》蜚声海内外，蒯厅主人当即赶赴上海，找到明珠，说明来意，希望《海誓》能够到黎里蒯厅去放映，让家乡父老一饱眼福。明珠一口答应。哪知《海誓》到蒯厅放映的消息一传开，四乡八村、周边市镇的观众接连不断地涌来，盛况空前。原定放映 3 场，远远不能满足要求。本来只能晚上放映，为增加场次，蒯厅四周围上厚厚的黑色窗帘，白天加映；原打算下午加映两场，后来干脆从早晨开始，一场映完再接一场，周而复始。就这样整整连放了一个星期，才勉强结束。家乡父老好评如潮，大家都为黎里出了电影明星而高兴。从此以后，黎里古镇开了放映电影之风，只要有新影片问世，黎里镇总会千方百计弄来放映。殷明珠知道乡亲们爱看电影，凡是她后来拍成的影片，以及上海滩新上映的片子，她都让家乡父老一睹为快。这一来，使本来不算闭塞的古镇，更与上海这样的开放城市拉近了距离。

殷明珠主演的无声电影将近 20 部，除《海誓》和《盘丝洞》外，主要的还有《重返故乡》《传家宝》《飞行大盗》《金钢钻》和《南海笑人》等。1928 年，上海影戏公司并入"六合公司"，1930 年加入联华公司，但杜宇、殷明珠原属的上海影戏公司称"联华五厂"。1932 年日寇进攻淞沪，联华五厂的摄影棚毁于炮火。1934 年，但、殷二人又自创"上海有声影片公司"，决意拍摄有声片。殷明珠先后主演了有声影片《媚眼侠》《画室奇案》《豆腐西施》《古屋怪人》《东方夜谭》《桃花梦》和《富春江上》等多部。1937 年"八一三"事变发生，公司的摄影棚再次毁于日寇的炮火，杜宇和明珠移居香港，虽然多次谋求重出影坛，但是总为条件所限而无法如愿。

捐建码头

《海誓》在上海轰动了整个影坛，黎里的家乡父老听了振奋不已，为家乡有这样一位明星而骄傲。1935 年春季，殷明珠从上海乘轮船回乡探亲，整整一天航程，抵达黎里已是傍晚，天公又不作美，下起了蒙蒙细雨。

那时的轮船码头建在镇的西，距望平桥还有好长一段距离，灰暗的天，灰暗的地，欢迎的乡亲们将一条小道挤得水泄不通。因为河岸均为泥质，只垒了几块石头，跳板可能没有放好，殷明珠从跳板上下来，忙着同乡亲们打招呼，前脚刚刚落地，还没开步就倒了下去。欢迎的人群惊叫的惊叫，询问的询问，有的冲了过来要搀扶殷明珠。殷明珠站起来，朗声说道："不碍事，不碍事，我先给乡亲们请个安，请个安。"

事后，殷明珠知道，从镇上到轮船码头一里有余，尽是窄窄的泥路，码头实在简陋，七高八低的。她在黎里逗留了几天，临别时，拿出 5000 银元给黎里西半镇的镇长，让他主持工程，用花岗岩条石修建一个码头，再铺一条石子路。

一年以后，轮船码头竣工。殷明珠再次返里，受到了家乡父老盛大而又热烈的欢迎。抗日战争开始，殷明珠迁居香港，可她时时系念家乡，好容易盼到了日寇投降，她千里迢迢回到黎里，与亲朋好友，与家乡民众，共庆胜利。此后，每隔三五年，必返里省亲一次。"文革"开始，殷明珠省亲之路被阻，直到拨乱反正后的 1979 年，殷明珠已经 75 岁高龄，最后一次回到孕育她的故乡，拜访了邻里乡亲。

殷明珠

1989 年，一代影星殷明珠在香港逝世的消息传到黎里，家乡人默默哀悼，黎里镇文学和书画沙龙的一批知识分子聚集一起，缅怀这位为电影事业做出了不巧贡献的乡贤前辈，合作了一副挽联："影坛肇基，往昔伉俪同奋力；桑梓受惠，至今里人感深情。"

◎ 金诵盘

是医国手肌肱巨　中西合璧一代贤

中医世家

金诵盘

金诵盘，1894 年出身于吴江县黎里镇杨墅村一个中医世家。父亲金苍柏在黎里镇上悬壶行医，因为医术高明，为人诚恳，近悦远来，应接不暇。后又至浙江嘉兴设帐坐堂，每天都有患者排着长长的队伍在医馆外等候，医名更盛，被列为清末江南四大名医之一。

年幼时，金诵盘在黎里私塾读书，后随父亲到嘉兴读书。金诵盘聪颖过人，喜欢西洋文学和科学知识。平时在家，也好翻阅医案典籍，并认真观察父亲为人治病，遇到不懂的，就及时发问，有时还提出自己的观点，入情入理，父亲金苍伯以有这样一位儿子颇感自豪。父亲有时忙不过来，对于一些常见病，索性就想让他观察诊治，但是最后还是要经父亲复查，通常是相差无几，患者都竖起了大拇指夸奖金诵盘，说他少年有成，长大必是栋梁之材。

1908 年，金诵盘毕业于秀水中学，以金日新之名考取了上海同济医学院。在上海同济医学院又苦读了 8 年，中西医术在他身上融会贯通。1916 年，金诵盘在友人的介绍下，入浙江都督朱瑞的幕府任军医，不久回黎里，与出身于嘉兴名门的谭郁芳结婚。在妻子谭郁芳及友人的帮助下，创办了上海崇仁医院。凭借着高超的医术和高尚的医德，很快就在上海滩享有盛誉。上海是个赶时髦的西化城市，人们享用过不少西洋文明带来的货物之后，也开始另眼看待西医西药了，于是，家学渊远、博采中西的金诵盘就格外受人欢迎。其时，他从德国进口了全套医疗设备和不少药品，同时又根据病家需要，兼开中医药方，如此创办了沪上首家中西合璧的医院。上海的报界对此投以极大的关注，纷纷采写新闻报道，《字林西报》载文说："金氏崇仁，中西合璧，一代名医，从此在申城诞生……"

1917 年上海的夏天，接连几个星期不见一丝风，不下一场雨。大马路上的柳树都熬瘦了腰肢，熬枯了叶片。上海人就像蒸笼里的包子，闷透了。崇仁医院连日来，中暑的重症病人已躺满了院内的大小病房，甚至连走廊上也架起了临时病床。可是，门前还是不断地有马车、黄包车和私家轿车将病人一个接一个地送进来。天热人多，院里更热，医生护士们加班加点地抢救病员。年轻的院长金诵盘已经一天一夜没有合眼，也没有出过医院的大门一步，连即将临产的妻子也无法顾及。他正为医院里人满为患暗暗发愁，同时还得不断招呼那些指名道姓地请他亲自诊治的达官显贵、名流绅士、巨商阔佬和绣阁娇娃。

义结金兰

崇仁医院收费并不低，没有三根大"黄鱼"，是看不到金院长本人的"专家门诊"，可是这也正应了十里洋场中有钱人的心态：越是便宜认为没有好货色。因此，金诵盘一年忙到头，几乎没有好好休息的时间。

在治病的过程中，金诵盘结识了慕名前来的孙中山，并深得信任。此后，金诵盘先生俨然成了孙中山以及在他身边的戴季陶、蒋介石等人的私人医生，他们有病都找金诵盘医治，来往密切。金诵盘还常以医院的收入资助革命党人。为此，孙中山为他题写"杏林翘楚"的门匾。

蒋介石、戴季陶、金诵盘三人的相识，都与张静江有关。辛亥革命时，蒋介

戴季陶

石来到上海，投到早年在日本东京振武学堂读书时相识的陈英士门下。陈英士曾委任蒋介石当过沪军第五团团长和教官。他认为蒋介石是一位可造就的青年将才，并把蒋介石介绍给了孙中山先生。张静江不仅在京沪拥有大宗房地产，开办通运公司、通义银行和大纶绸缎局等企业，在纽约、巴黎均设有分支机构，而且张静江是孙中山先生革命的早期支持者，陈英士与张静江也以兄弟相称，私下常有走动，由此蒋介石也认识了张静江。戴季陶与张静江关系更长远，两人不仅是同乡，而且戴季陶祖籍湖州也是殷实富户，两家早属世交。

至于金诵盘，其父与张静江私交甚笃，金诵盘在沪读书时就得过张静江的不少关照。他成名后，张静江更是抓住他不放，张家人口众多，老老小小看病都要找金诵盘，由于两家关系甚好，故金诵盘历来免费替张家的人看病。时间一长，张静江过意不去，就送了一套洋房给金诵盘，即环龙路上的金公馆。金家花园隔壁，就是张家的公馆。蒋介石、戴季陶两位来张家走动时，他们见到金诵盘一点不摆名医架子，便有意结交。3个年轻人恰巧都是孙先生领导下的革命党人，在一起相聚时，自然有很多共同的话题，越谈越投机，3人没有正式拜把子仪式，但相互间一直以盟兄弟相称。

追随孙文

一天，一位女秘书匆匆忙忙挤进急诊室，轻声对金诵盘说："院长，你的电话。"金诵盘正在抢救一位高龄病人，脸上挂满了汗珠。女秘书又在他耳旁催促了一句，"院长，电话是会里打来的。""噢?"金诵盘一听"会里"两字，赶紧加快步子，朝办公室跑去。电话是张静江打来的，他只吩咐了一句："先生马上就到。"

一位侍者推进一辆轮椅，椅中坐着一条腿有疾患的张静江，金诵盘连忙向张静江："先生他怎么了？"张静江微微一笑："看看，把你急得！孙先生决定明天就启程南下，孙夫人担心先生的身体，请你帮他再做一次体检。""明天就动身？为什么这样急？"金诵盘问。张静江说："明天正好有船，孙先生也想早点动身，广州方面有很多头绪要去理一下。"金诵盘听后，心里稍安定下来，马上请女秘书通知有关人早做准备，并吩咐："从现在起，不再接收新病人，医务人员没有我的同意不准随便出院。"秘书走后，金诵盘问张静江："这次先生南下，你去吗？""要去的，这次南下不同以往，可能要打大仗。我们要做好充分准备。你有什么打算呀？"张静江点头说，刚说完这话，女秘书进来通报说："孙先生和夫人到了。"金诵盘连忙起身，推着张静江的轮椅，一齐去门口迎接孙中山先生与夫人宋庆龄，金诵盘迎上前去，给孙先生行了个鞠躬礼："先生，夫人，请。""又来麻烦你了。"孙先生很客气地说着，伸手指指身旁的庆龄，"她呀，就相信你的话。"孙夫人优雅柔美地微笑着，朝金诵盘点点头。

金诵盘先给孙先生切脉，看舌苔，然后又用听诊器仔细检查他的心、肺……孙夫人不放心地问："金大夫，先生明天启程去广州，你看他的身体行吗？"这个问题可难住了金诵盘，中山先生笑了："诵盘，我们是同行，又是同志，不必顾虑。其实我的身体，自己最清楚。"金诵盘这才直言不讳地说："先生，你疲劳过度，体力已经透支，肝脏尤其要小心保养，不然，日后可能会有麻烦。"孙夫人忧心未解，对金诵盘又道："金大夫，如果您能和先生一起南下就好了。""行啊，我也正想跟你们一起去啊。"金诵盘兴奋地回答。"不行。"中山先

孙中山

生却不同意。"这是为啥？"孙夫人和金诵盘异口同声地问道。"弟妹身怀六甲，很快就要生产了，诵盘怎么能离开？"

3 天前，1917 年 7 月 3 日，孙中山先生在寓所召集章太炎、国务总理唐绍仪、海军总长程壁光及在沪海陆各军的高级将领和党内高层领导人开会，金诵盘也参加了会议，在会上，就 7 月 1 日张勋在北京搞复辟，驱走黎元洪，搞垮国会，废

除临时约法，拥戴废帝溥仪之事，共商大计，中山先生慷慨激昂地指出："讨伐张勋，不但是共和与帝制之争，实为全体国民反抗武人专制之争。"仁人志士们最后决定通电全国，南下护法，讨伐叛逆……金诵盘早已热血沸腾，摩拳擦掌，决心汇入南下护法的革命洪流中去。

夫人被困

父子合影

一天，两位神秘的女子来到金府，她们说是谭郁芳太太不要的同学，路过这里顺便来看看，天太热，不进公馆坐了，让管家老林头去把太太请出来，在门口讲几句闲话后她们就走。老林头就去向太太通报。谁知，太太刚刚走到门口，突然冲出两个大汉，将太太抓起来，朝一部黑颜色的轿车里塞，谭郁芳被绑架了。戴季陶立即问老林头："车牌号有没有看清？""好像是0723。"老林头回答。蒋介石果断地一个转身去摇电话，想请巡捕房里的朋友帮忙查找这辆轿车的来历。"介兄，先不要报警。弄不好要坏郁芳

的性命。"金诵盘说。蒋介石见俩兄弟都反对请巡捕房帮忙，便想起了他的老师黄金荣。

蒋介石与黄金荣虽有师生名分，但当时的黄金荣已是沪上第一大帮会青帮的大亨，并任法国巡捕房华探督察长，手下门徒二三千之众，大多是法租界和公共租界巡捕房的大小头目。蒋介石还不能算作他的徒弟，只属门生。黄金荣将入帮者分为门徒和门生两档，因此，蒋介石驱车靠近黄府门前时，心里仍没有太大把握，既担心黄金荣是否召见他，又生怕老头子不肯出面相帮。然而，为了诵盘兄，也为了孙先生的南下护法不遭暗害，他还是鼓足勇气敲响了大铁门。此时，黄府张灯结彩，笙歌舞曼，一片热闹景象，黄金荣正与一伙兄弟在吃花酒。突然

下人来报说，蒋介石来求见，众兄弟不免有些扫兴。但黄金荣还是说："让他进来吧。"

原来这天下午，孙中山先生在去崇仁医院检查身体之前，曾亲自登门拜访过黄金荣。孙先生恳请黄金荣支持革命，希望他对于来上海的革命同志和朋友多加关照和保护，黄金荣也一口答应了。以后，他给孙先生送过 1000 元银洋资助革命，孙先生亲笔回信致谢，又是后话。

所以，黄金荣听闻蒋介石求见，也就不能不给面子。听蒋诉说了事情经过后，黄金荣又把杜月笙叫来，将事情交给这个得力兄弟。杜月笙满口答应说："老大，你放心在家听消息吧。"原来，绑票的是斧头党，他们也是受人之托，想从金诵盘嘴里弄清孙中山先生此次南下的时间，打算事成之后，委托人将送给斧头党 10 把手枪和一笔数目不小的酬金。估计收买斧头党的是北洋政府派来的人。然而他们却没有想到，上海的帮会都听黄金荣的话，更没有想到黄金荣和革命党人还有那样一层关系。金诵盘还没到来之前，杜月笙的手下人已打听到了绑票者的来龙去脉，不费什么手脚就直奔斧头党老巢，将此事了结了。次日午后，金诵盘收拾行车，随孙中山先生登上了"海环号"军舰南下。

换子结亲

临行前，张静江因受孙中山之托，留守上海，也特意给金家送来两名保镖，严加防范。金诵盘离沪期间，谭郁芳足不出户，静心等待临产。张静江、蒋介石和戴季陶等人，果然信守诺言，时常来金公馆探望，告诉一些有关金诵盘的消息。

8 月 29 日，谭郁芳在崇仁医院生下了一个男孩。谭郁芳端详着心肝宝贝，又喜又愁，喜的是终于如愿以偿，为金家留下了后代，愁的是丈夫不在身边，担心他的安危。当晚，金公馆就收到了金诵盘的复电："郁芳有功，公子名政。"金诵盘的父亲金沧柏特地从家乡江苏吴江黎里赶来上海，亲自主持了孙子的满月庆典，张静江、蒋介石、戴季陶等前来祝贺，并奉上贺仪。金沧柏回乡前，对儿媳说："孙子的名字，原本该由爷爷起的。现在，既然诵盘给定了，我也同意。我看，这孩子生在上海，将来或许也会在上海有所作为，爷爷给他取个小名叫申弟好吧？"谭郁芳满心欢喜地叫了一声："申弟。"

全家合影

金政出生后，金公馆里添了喜气，也添了许多繁忙。上上下下都围绕他转。谭郁芳对儿子亲自照料，日夜不离寸步。小金政体弱多病，一会儿感冒发烧，一会儿腹痛腹泻，把一家老小折腾得不轻。可怜谭郁芳这位千金小姐，何曾受到这么多的惊吓和操持，积劳成疾，染上了当年极难医治的绝症肺结核。若不是担心传染给金政，和张静江、蒋介石、戴季陶的劝说，她还不肯去住院治疗。谭郁芳住进崇仁医院，一颗心仍挂在儿子身上。张静江、蒋介石、戴季陶少不了常去医院探望。然而郁芳深明大义，知道丈夫此行事关重大，坚决不让他们将自己生病住院的消息告诉金诵盘。

1918 年 6 月，广州的非常国会被旧桂系军阀操纵，他们阴谋改组军政府，阻挠孙中山先生领导的护法斗争。6 月 26 日，中山先生愤然宣布辞去大元帅职务，并发布通电，痛切指出："顾吾国之大患，莫大于武人之争雄。"失望之中，金诵盘与随行的志士仁人们一同登上日本"近江丸"号轮船，离开广州回到了上海。孙中山先生抵沪后，许多追随他的仁人志士也纷纷汇集上海。金诵盘的家，一时也成为众人聚会的一个场所。

小金政与戴季陶最亲近，戴季陶每次到金家来，总不忘记给小金政带一件小礼物，逗得小金政与他十分亲热，戴季陶便认他为干儿子。金诵盘告诉小金政："蒋伯伯也要认你为干儿子。"小金政说："我不喜欢蒋伯伯，他一直虎着面孔，吓人噢。"金诵盘哈哈大笑起来。先前，戴季陶追随孙中山先生去日本东京时，因病去一家医院诊治，认识了一位年轻貌美的日本女护士金子。不久两人坠入情网，金子生下一个儿子，但不幸产后染上绝症，临死前金子将婴儿托给友人三田纪三郎，并请他设法寻找孩子的父亲戴季陶。三田纪三郎后将孩子从东京带到上海，找到了戴季陶。

　　孩子来得太实然，若马上将其领回戴季陶的家里，一定会遭到夫人钮氏的非议，戴季陶只好与弟兄们商量。此时，金诵盘新婚不久，太太已有怀孕的兆头。蒋介石对戴季陶说："这孩子我来抚养吧，把孩子交给我。"蒋介石在老家溪口有原配夫人毛福梅，生有一子，名建丰，但他长年在外闯荡。反袁之役失败后，蒋介石逃到陈英士府中避难，与陈家娘姨姚怡诚一见倾心，经陈英士做媒，将姚许配给蒋介石作侧室。姚怡诚不能生育，所以她不仅不反对，而且欢天喜地尽心抚养。数月之后，蒋介石与小孩也有了感情，便向戴季陶指出："这孩子算我的了，你可不能再要回去。"

　　局势越来越动荡不安。孙中山先生为了挽救革命，命朱执信、廖仲恺赴福建漳州，敦促陈炯明率部回粤，讨伐桂系军阀。同时，为接济粤军，孙中山将自己沪上的寓所抵押给银行，并由廖仲恺携款亲交粤军使用。金诵盘也关闭了崇仁医院，变卖了大部分医疗设备，将款项捐助给中山先生。张静江在沪有不少房地产，也变卖了一部分。金诵盘知道后，又决定将张静江送给他的房子也捐出。于是，张、金两家一起从环龙路搬出，双双来到了地处大马路的大庆里。四上四下的房子，两家各住一半。金诵盘挂出了"金氏中西诊所"的招牌，当起开业医生，以维持一家人的生计。

　　这段时间，小金政由母亲亲授，在家读书写字，母亲是师范毕业生，教起自己儿子当然绰绰有余。张静江的两个儿子——昌囡囡和齐囡囡，年龄比金政大些，会想出各种花样来玩。蒋介石多次来张家，可是蒋介石常常与张静江相骂，蒋又拍桌子又摔杯子。张静江也和他大声对骂，骂来骂去。每次骂过之后，张静江还是从银箱里取出一沓钞票交给蒋介石。如此反复，金政回到家里问母亲："蒋伯伯为啥三天两头要向张伯伯讨钞票？是张伯伯欠他的吗？"母亲告诉他："是蒋伯伯向张伯伯借钞票用。""那么为啥两人要吵相骂呢？""蒋伯伯拿了钞票以后，不用在正道上，所以张伯伯不想再借给他。""不过张伯伯每次都还是给他钞票的，因为他们是好朋友的缘故。"于是，小金政的脑海里印下了张静江与蒋介石吵骂的场面，也烙下了这样一种想法：好朋友就应该要互相仗义，即使吵得面红耳赤。期间金政与湖州来的戴哥、建镐成了好朋友。

复归沪上

　　1922 年 6 月 16 日，依靠孙中山先生扶植和上海广大革命党人无私捐助起家的陈炯明，从革命队伍中分裂出去，他勾结直系军阀和英帝国主义，公然背叛中山先生，在广州炮轰总统府。孙中山先生携夫人脱险后，登上"永丰"舰反击叛军，在舰上坚守 55 天后，他们乘俄国船"皇后号"轮，于 8 月 14 日抵达上海。那一天，1000 多名孙先生的追随者，冒着酷暑，顶着骄阳，来到大达码头欢迎孙先生。

　　这时，金诵盘被一个人拉住了，那人悄悄在他耳边说："快去先生寓所，孙夫人病了。"陈炯明叛乱时，宋庆龄为了保护孙先生安全撤离，一直坚持在总统府不肯撤离。那时她已有孕在身，孙先生再三叫她走，她依然不肯，她对孙先生留下了那句为世人传颂的名言："中国可以没有我，但不能没有你。"一直坚持到孙先生安全转移后，她才化妆成农妇，开始突围。这时，整个广州城枪声四起，炮声隆隆，子弹横飞，宋庆龄在卫士的保护下，左冲右突，才冲出重重围困，与孙先生会合，然而她付出了巨大的代价，流产了。之后，在船上 50 多天，是一次艰苦卓绝的旅程。宋庆龄晕船，成天呕吐，身体异常虚弱，抵达上海时，已经快坚持不住了，所以，孙先生在码头上未做演讲，便陪着夫人匆匆回了寓所。

　　金诵盘给孙夫人做了全面体检后，亲自调配了中药，煎好后让她服下，还再三请她一定要静心休养，这才离开了孙先生的寓所。孙先生一到上海，上海马上就成了全国革命的中心。孙先生多次会见苏俄使者代表马林，会见中共代表李大钊，他决心改组国民党，吸收革命的新鲜血液，莫里哀路的中山寓所成为国共合作的发源地，在沪的革命党人热情也高涨起来。

孙中山赠匾

　　1924 年 1 月 20 日，国民党第一次全国代表大会正式在广州召开，历时 10

天，通过了《中国国民党第一次全国代表大会宣言》，明确规定反帝反封建的政治纲领，对三民主义作出新的解释，成为国共两党进行合作的共同纲领。大会正式确立联俄、联共、扶助农工的三大政策。至此，第一次国共合作完成了。

国民党改组后，中山先生为了进行统一中国的北伐战争，决定建立培养和造就新式军人的陆军军官学校。他选择利用黄埔岛上原有的广东陆军学校和海军学校的校舍作为新军校的校舍，并召集得力助手，开始了军校的筹建工作。金诵盘将又一次举家南下，参加黄埔军校的创建工作。

法兰克福邮轮驶出吴淞口，行至东海就遇上了7级大风。他们住在头等舱里，夫妇俩都软绵绵地平躺在铺位上，吐尽腹中之物，任它天旋地转，不想睁开眼睛，更不想开口说话。他原打算只身前往，可是妻子谭郁芳被病魔缠身，离了他的照料反而

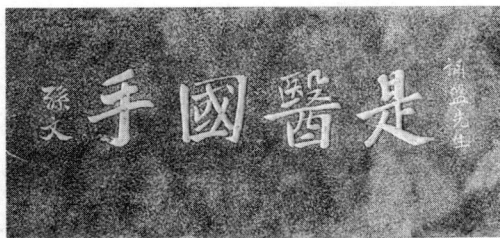

拓片

更加危险，所以他决定携妻同行。6岁的金政原先已托给戴季陶夫妇，谁知戴季陶送行时，金政吵着要来送送父母，戴季陶一想也好，让他再看爹妈一面。不料，金政见了亲生父母上船，竟然吵着要跟父母同去。郁芳见了儿子，难舍难分，结果，金诵盘只好改变主意，带小金政一同前往。

船抵码头，金诵盘一踏上广州的土地，就像上足了发条，再也停不下来了。他去万富路上租下一套公寓，将妻儿草草安顿下来，他觉得自己替孙先生所做的一切都是应该的，也是无上光荣的。他做梦也没有想过，要以此来获取什么回报，他更没想到，先生在日理万机的繁忙中，还要记挂着酬谢他。一天，孙夫人命人送来一大礼。金诵盘真心诚意地对孙夫人说："孙夫人，我什么也不要，只要先生身体安康。"宋庆龄感慨地说："金大夫，谢谢你对孙先生的忠诚，这些年你已经做了许多，孙先生一直挂念在心，这件礼物请你一定收下。"

小金政已经迫不及待，要去揭盖在礼物上的红绸了，郁芳见了，忙将他拉回，宋庆龄却和蔼地鼓励他："申弟，揭开红绸，让爸爸妈妈看看是什么礼物。"小金政又上前去，轻轻地揭下了红绸，一看原来是一块大匾。面上刻着4个烫金大字"是医国手"，落款处是一行小字，"书赠金诵盘　孙文　中华民国十三年"。

金诵盘惊喜交加，抚摸着金匾上的题字，一时竟忘了沉沉的大匾还由两位副官抬着。宋庆龄微笑着提醒他："金大夫，把它挂在哪里？"金诵盘这才想起，请两位副官将金匾安放在八仙桌上。宋庆龄离去后，金诵盘还在桌前，细细地端详着那几个大字。郁芳也满心欢喜地说："真难为先生了，这么忙，还记挂着你，赠你金匾。"小金政问："爸爸，这就是那个最好最好的人送给你的吗？"金诵盘点点头说："对啊。"小金政又问："这是什么礼物呀？"金诵盘说："这是宝贝！"话没说完，金诵盘一把抱起儿子，在房间转啊转啊，小金政开心得笑个不停。忽然，他发现爸爸喜笑颜开的脸上挂着盈盈的泪光。"爸爸，你哭了？"小金政不解地问，金诵盘摸了一下脸，对儿子说："今天是爸爸一生中最最高兴的日子，儿子，你会记住这一天吗？"小金政点点头："会的！"

黄埔干将

金诵盘此番南下，正是应先生之邀，参加黄埔军校创建的。军校的筹备工作紧锣密鼓，国共两党相互协作，组织起筹建委员会，孙先生委派蒋介石担任陆军军官学校筹备委员长，主理建校事务。然而，筹建工作困难重重。当时在广东的粤、滇、桂等系军阀虽然表面上接受孙中山先生的指挥，实际上各据一地，把持财权。他们对军校的筹建非但不予支持，反而暗加阻挠，致使创办黄埔军校所需的人力、物力和财力无一落实。连孙中山先生亲自批发给军校的300支粤造毛瑟枪，经筹建人员几度交涉，才领到30支，勉强发给守校卫兵站岗。面对重重困难，黄埔岛上的同仁志士决心同舟共济，不辜负先生的重托。他们多方奔走，一件件一桩桩地去落实。

金诵盘到广州后，忙得连星期天都很少回家。一天，蒋介石进门后一脸怒气。金诵盘请他坐，他不理。原来，孙中山为慎重起见，将军校校长一职由程潜担任，蒋介石、李济深为副校长，因为蒋介石当时在党在军均属后辈。但最后蒋介石搬出张静江、戴季陶和金诵盘来替他说情。孙中山在他们的说动下改变了初衷，正式任命蒋介石为陆军军官学校的校长。同期任命的军校干部还有：政治总教官兼政治部主任戴季陶、军事总教官何应钦、教练部主任李济深、教授部主任王柏龄、军需处长徐桴、副官（管理）处长张治中、军医处长金诵盘（兼任大元帅府医卫总顾问），苏联方面派到军校工作的有：顾问长（总顾问）契列班诺夫、兵步顾

黄埔军校

问白礼别列夫、炮兵顾问嘉列里、工兵顾问互林、政治顾问喀拉觉夫。

　　名扬中外的黄埔军校开始了它的辉煌历史。1924 年 5 月 5 日，第一期新生 500 多人入伍了。6 月 16 日，孙中山先生亲临黄埔主持军校的开学典礼，这位军校总理，面对几百个教员和官兵，发表了一个多小时的演讲。

　　金诵盘在主持军医处日常工作、培训军医队伍外，还经常为孙中山、周恩来、叶剑英、胡汉民、汪精卫、蒋介石等人检查身体和看病。

中山赐名

　　蒋经国、蒋纬国（实为戴季陶与金子之子）是蒋介石的儿子，戴安国是戴季陶的儿子，金定国是金诵盘的儿子，蒋介石、戴季陶、金诵盘都曾是孙中山看重的部下。北伐之初，北洋军阀势力方盛，孙中山希望他的部下精诚团结，推翻军阀统治，共同完成革命大业。有一次，他召见蒋介石、戴季陶、金诵盘谈话，提出他们应该团结得像一家人一样。戴季陶见孙中山情绪很好，就提出让孙中山为他们的孩子重新起名，孙中山高兴地答应了。几天之后，孙中山告诉他们，孩子的名字想好了，他说："我们这一辈人，举义打天下，是为了建立共和国，那么，孩子们应该是国字辈啦，建立共和制的目的，是求得天下大同。我看，四个孩子的名，就叫'经纬安定'好了。"按孩子年龄的大小，排序应该是蒋经国（1910年）、戴纬国（1914 年）、戴安国（1916 年）、金定国（1917 年）。可是蒋介石不

同意，他说纬国是他的，不宜姓戴。经协商，戴季陶和金诵盘依允了蒋介石的排序：蒋经国、蒋纬国、戴安国、金定国。这就是"经纬安定"4兄弟的来历。

孙中山先生常常因为操劳过度而病倒，都由金诵盘医治。1924年后，孙中山的肝脏连续闹病。金诵盘一再叮嘱孙总理，必须注意保养，不能太过劳累。孙中山听了连连点头，可是国家重任在肩，又怎么能够静下心来保养自身呢？1925年孙中山北上，谋求全国的和平与统一。未到北京，肝病已经复发，抱病坚持到达北京，田桐急忙电召金诵盘进京，可是受到汪精卫的阻挠。等金诵盘风尘仆仆赶到，孙中山先生已于3月12日病逝，年仅60虚岁。金诵盘失声痛哭，晕倒在地，经抢教才慢慢苏醒过来。

送别经国

东征部队开拔后，黄埔岛就变得冷清起来。金定国随父母住进长洲要塞司令部后，还是像过去来黄埔时一样，每天要去军校玩，军校的门岗哨兵都认识他了，由他随便出入。而蒋经国马上就要到莫斯科去。当时，蒋夫人陈洁如正有身孕，金定国的母亲潭郁芳就去相帮收拾行李。郁芳听说苏联很冷，而且当时革命刚刚胜利，生活还很艰苦，火车上暖气都没有，于是亲自去了一趟广州城，买回一件进口皮夹克送给蒋经国。经国启程日期定在1925年的10月19日，他非常希望父亲能回来送送他。但蒋介石领兵在外，一时回不来，便嘱咐护送伤员去广州的金诵盘，代其到黄埔军用码头为经国儿送行。金诵盘回到黄埔军校时，大家都围聚到他身边，纷纷打听东征军的战事消息。金诵盘告诉他们，东征军在前方打了大胜仗，总指挥蒋介石成了大家心目中的"东征英雄"。那天，经国带着定国在操场上奔来奔去，异常兴奋。临行前听到的这个好消息，

蒋介石父子

对经国来说无疑是最大的鼓励。父亲不仅在黄埔，也在他心目中成了无与伦比的英雄。此时此刻，他也不会预料到两年后父亲的形象会在他心目中一落千丈，令他在莫斯科中山大学的集会上带头高呼"打倒蒋介石"。

蒋经国向金定国告别时说："定国弟弟，多吃点饭，快点长大，将来也到莫斯科去。""我会想念你的，经国哥哥。"那一批赴苏留学生共有22人，都是国民党要员的子女，其中有冯玉祥将军的儿子冯洪国、女儿冯弗能，李宗仁将军的弟弟李宗伺，国民党元老于右任的女儿于秀芝、女婿屈武，叶楚伧的儿子叶南，邵力子的儿子邵子纲等。莫斯科与广州相距甚远，又因战争关系，邮路不通。蒋经国抵苏后仅托国民政府驻苏使馆转过一封书信。在信中，他向父亲描述了中山大学的生活。他是留学生中年龄最小的学生，同学们都亲切地称他"尼古拉"同志。他所在的班级有20多个同学，听课时他与乌兰夫同坐在一张书桌，其他同学还有邓小平、林伯渠、杨尚昆、廖承志，等等。

拒绝说亲

东征胜利后，蒋介石不仅赢得了"东征英雄"的荣誉，而且成为广州国民政府里无人可比的军事领袖。1926年1月，在广州召开的国民党第二届全国代表大会上，他当选为中央执行委员，正式进入了国民党高层领导圈，那次大会是国民党内各党派势力再度交锋的战场。左派力量虽然失去了主将廖仲恺，但宋庆龄出现了，勇敢地步入政坛。在那次会议上她发表了精彩的演说，她谴责了违背孙中山先生遗训的右派集团，号召革命党人紧密合作，实现孙中山的革命主张。因为宋庆龄的出现，国民党左派力量获得了胜利，陈独秀、李大钊、张国焘、林伯渠、吴玉章、恽代英、毛泽东、邓颖超等14位共产党人分别当选为中央执委和候补执委，并分别担任了国民党中央秘书处、组织部、宣传部、农民部等关键部门的主要领导职务。

右派集团也不甘心他们的失败，便把东山再起的希望寄托在蒋介石身上。因参加"西山会议派"而受了党纪处分的张静江、戴季陶，与蒋介石密谋，设计出"蒋宋联姻"的绝招。而主攻对象并非蒋介石原已表示过爱慕之心的宋美龄，却是孙中山先生的遗孀宋庆龄。

张静江积极鼓励蒋介石："如果好事能成，不仅成全你个人的幸福与前途，也属中国民众之幸事。如果成不了，也没什么不好，相反还能表达你渴望继续孙中山主义的心迹。"但蒋介石对此事信心不足。戴季陶便递上一张1920年的《大公报》，上面刊有宋庆龄在天津呼吁妇女解放的讲话："清除贞女烈妇等荒唐的荣誉观念，包括树碑立坊；让男子与女子或寡妇首先建立社交关系，以便互相了解，再谈婚姻；给婚姻不幸的妇女再婚的权利；尊重青年妇女不结婚的自由。"蒋介石手捧报纸，慢慢说道："不管怎么说，她是我的师母，我如何开这个口……"戴季陶说道："此事不宜过急，须周密商讨一下，由合适的人先去宋庆龄那里试探一下口气。"张静江接着说："我看此事非金诵盘莫属。"

于是三人兴冲冲地去请金诵盘帮忙，金诵盘笑着问："三位要员百忙中大驾光临，是不是……"张静江调侃地说："我和季兄可没生病，不过介石近日倒是吃不香睡不着。""怎么，又染上什么病了？"金诵盘笑道。张静江、戴季陶知道这句话是什么意思，戏谑地笑了笑，戴季陶说："介石兄的病，还只有你才能救，旁人肯定爱莫能助。"

戴季陶从文件包里取出那份《大公报》递给金诵盘说："你先看看宋庆龄的讲话。"金诵盘看后说："她说得对，中国妇女是应当反对封建制获得解放。"张静江说："我看她应该首先解放自己，是不是？"金诵盘疑惑地望着他。"现在社会上已有传言，有的说她要嫁给苏联共产党人，有的讲她正在与一个旅德的华侨谈恋爱，还有很多流言。"戴季陶说道。"我看这是别有用心的人造的谣言。"金诵盘摇摇头说，"我就不相信这些谣言。"

张静江说："宋庆龄是新派女士，从小接受西方教育，而且她现在是自由之人，就是明天同人结婚，也无可非议。"金诵盘想想："这倒也是。"戴季陶接着说："她既可以再嫁，我们就可以说服她与介兄同结连理。诵盘，这件事情拜托你了。"金诵盘这才知道原来是要他去做媒人，他大笑起来："介兄，不是我不愿意，这事我看没戏，我这个医生，只会医你们身体的毛病，这个心病，我真无能为力。"张静江一急，面孔都板起来："你还是不是兄弟？"金诵盘不肯示弱："正因为是兄弟，我才劝你们，她嫁给谁都不会嫁给介兄的。"并告诉他们，4年前蒋介石向宋美龄提亲时，第一个反对的就是宋庆龄。既然诵盘不肯去说媒，戴季陶就叫张静江去探口气。张静江当下就由随从保驾，前往宋庆龄下榻的旅馆去了。蒋介石和戴季陶留在公寓等候消息。张静江去了不到一个小时就回来了。"怎么样？"蒋介石比谁都紧张。张静江一脸晦气地摇头。"到底怎么样？"金诵盘与戴季陶也追问着。张静江说："到底不是寻常人，她听了之后，虽然不同意，但也没有给我什么难堪。"蒋介石又问："她到底是怎么说的？你又是怎么讲的？"张静江叹了口气说，我对她讲了来意，还来不及讲述蒋介石对继承中山先生理想的决心，她就客客气气地打断张静江的话，说道："张先生，请你不必再说下去了。这是政治，不是爱情，我没有兴趣。"蒋介石轰然站起，正想发作，却又咬着牙克制下来。

辞军行医

酷热难当的 7 月的一天，北伐军在广州举行了隆重的誓师大典。蒋介石特意请来孙中山先生的朋友、同盟会元老吴稚晖为其监誓授印。十几万北伐军兵分三路，浩浩荡荡地出征了。北伐军如当空骄阳，如破竹之刀，所向无敌。他们相继击溃了盘踞于长江沿岸的北洋军阀吴佩孚的 20 万主力部队，挫败了号称浙、闽、皖、苏、赣五省联军总司令孙传芳的 20 万大军，平定了半个中国。谭郁芳带着儿子金定国，还有老林头这个忠实的侍从，跟着总司令部机关进行了长途跋涉。从广州出发，途经武汉、南昌、杭州、上海，最后到南京。金诵盘一直在炮火最密集的前沿阵地组织教护，当时家里一点也顾不了。北伐军抵达南京后，国民党军政要员们借着胜利的喜说，都在营建自己的安乐窝，一时间，金陵古都地价飞涨。

戴季陶是从上海到南京的，也是最先抵达金陵的国民党大员之一，他购得大批土地，然后转手出让，赚取了厚利。所以，送一块地皮给盟弟金诵盘，对他来讲也是小意思。可是金诵盘却说："季兄，我不能收。""怎么？你在上海的时候，不是也住张静江送的房子吗？能收他的，就不肯收我的，兄弟之间能这么见外吗？"戴季陶责怪道。金诵盘说："那是从前……"戴季陶似乎看穿了他的心思，就说："诵盘，我晓得你的打算，不过政治归政治，我们兄弟多年的情分还是不能断的，再说我们两家是亲上加亲，定国还是我的干儿子。你不为自己着想，也该为他们母子着想！"戴季陶执意将五台山的一块地皮作为干儿子 10 岁生日礼物，送给了金家，地契上写着金定国的名字。这么一来，金诵盘推辞不下。金诵盘没有像国民党达官显贵们那样大兴土木，他请人设计建造了一幢普通的两进深的平房。他想用这房子来开诊所，另外还装修了一间手术室。

北伐军席卷半个中国之后，蒋介石的个人势力也迅速膨胀起来。1927 年 4 月 11 日，蒋介石在南京发出密令。次日，黄金荣、杜月笙、张啸林的"中华共进会"和周凤歧的 26 军在上海发动了"四一二"反革命政变。新成立的南京国民政府颁发的第一号令就是"清党"，明令对共产党和国民党内的亲共者，一律格杀勿论。

面对风云突变的局势，金诵盘将军内心极为愤怒。后来，他索性称病告了长假，不出门，也不理军务，终日在家以酒浇愁。金诵盘的抵触行为传到了蒋介石的耳中。这天，蒋介石前来探望金诵盘。金诵盘打量着他问："现在应当称你为总司令，还是叫你介兄呢？""诵盘，不要这样说嘛。"金诵盘问他喝点什么，蒋介石说老规矩，还是吃白开水。"今日大驾，有什么吩咐？"金诵盘问道。蒋介石说："现在部队越来越多，军医人才奇缺。行伍的人都晓得，三天可以打出一个将军，但是三年出不来一名军医官，所以我想请你筹建陆军医院，招募更多的医务界人士从军。"金诵盘连连摇摇头说："介兄还是另请高明，你既能夺得半壁江山，不愁没人的。""这是什么意思？"蒋介石一愣。金诵盘笑而不语，招呼老林头取来一块刚刚做好的牌子，只见牌子上写着"金氏中西医寓" 6 个大字，蒋介石不悦地说："这样看来，老兄早已有打算了。"金诵盘点点头称是，并说："既然你还认我这个盟弟，我就对你明说了，不中听的地方，还请兄海涵。"又道，"当初我穿军装，完全是为了追随中山先生，现在中山先生死了，先生的主义也死了。""我晓得，你对我枪杀共产党不满。"蒋介石冷冷地说，"但是你也要体谅我的苦衷，我不杀他们，他们就要来杀我。政治斗争就是这么残酷无情！"金诵盘道："我无意同你讨论政治，我是个医生，救死扶伤，别无所求，对功名利禄也没有兴趣，但是我起码懂得人道主义。"

蒋介石气鼓鼓地说："你不觉得现在的局势下，讲人道主义也太奢侈了吗？就算你不愿为政府效力，难道也不肯帮我的忙吗？"金诵盘说："我倒是请你帮我一个忙，还让我清静一些，做自己喜欢的事。不过，以后你和你家人有病来找我，我一定跟从前一样。"

蒋介石最后说："诵盘，人各有志，我也不好强求你了。今后有什么事，还可以找我。我们毕竟兄弟一场，我们的下一代都是异姓兄弟啊。"金诵盘终于如愿以偿，脱下了军装。

后来，由于战争波及南京，金诵盘便关闭了诊所，带着妻儿重回上海，金定国也在上海与金鱼结了婚。

延安之行

1936年12月12日，张学良将军的东北军和杨虎城将军的西北军在西安扣留了蒋介石，要求停止内战，抗日救国。后来在周恩来与蒋介石的晤谈下，蒋介石答应了"停止内战，联共抗日"的八项主张。随后，蒋介石给金诵盘发去了电报，要求金诵盘出山。金诵盘说道："国民政府的电报，我两天前就收到了，介兄让我重新复出，开始我是有顾虑的。离开军界好些年了，要是做不好呢，岂不是耽误大事？今天下午张治中和陈布雷又上门替介兄充当说客，还送来了委任状。盛情难却，又是抗日救亡，所以，这身军装我准备再穿上它了。"

书影

1938年，金诵盘到达重庆，接受重庆国民政府聘请，出任国民政府卫生勤务部长，中将军衔，负责战时全国所有战地野战医院的领导和战时后勤支援、救护、防疫等工作。一天，蒋介石约金诵盘去德安里，是要金诵盘率团去西北战区慰问抗战的前线官兵。当时国际救援组织有一大批物资运入重庆，其中包括前线急需要的大批医疗器械及急救药品。重庆国民政府内谁也不肯率团去西北战区前线慰问官兵，原因是西北战区包括中国共产党领导的八路军所控制的大片国土，同时毛泽东、朱德、周恩来都在延安。

蒋介石左思右想，最后还是确定让金诵盘率团去西北战区慰问，因为金诵盘在黄埔军校创建时担任过军医处长，与周恩来、叶剑英是老朋友，同时西北战区还有许多的黄埔学生。另外，当时胡宗南驻西安，要进入延安首先要到达西安。胡宗南是黄埔第一期学生，对金诵盘光临西安及去延安慰问不会有多大问题。金诵盘在重庆组成了一个慰问团，车队由刘永康副官负责，载着前线急需的医疗器材及药品还有大量慰问品，从山城重庆浩浩荡荡地出发，经过几天几夜的奔波，终于抵达古城西安。在西安受到了胡宗南及其下属的迎接。西安休整后，车队开上了去陕北的简易公路。那时沿途危险不少，除了道路难行之外，还有许多杂牌军、汉奸及各类盗贼，因此，押运物资任务繁重。刘副官命令随车押运武装人员随时提高警惕，行车时进行一级戒备。经过一段时间行驶，车队进入根据地后，情况大有好转，首先前来迎接的是陕甘宁边区的地方领导及广大群众。

车队抵达延河边时，受到了延安军民敲锣打鼓的夹道欢迎，秧歌队也出现了。这一切都表达了陕北人民的一片真情。随车所有人员都万分激动，据说在国统区从来没有见过如此盛大的群众欢迎场面。当车队抵达宝塔山下时，欢迎达到了顶峰，展现在人们眼前的是第二次国共合作的前奏曲。当时重庆报纸头条刊登："金诵盘将军代表国民政府出访延安。""金诵盘乃国共第二次合作后访问延安赤色政权的第一位国民党高级将领。""慰问西北战区第一位国民党高级将领金诵盘抵达延安……"

车队缓缓行进抵达王家坪时，八路军总司令朱德、总参谋长叶剑英、总政治部主任任弼时等中国共产党高级将领及一大批抗大学生、黄埔学生都聚集在村口迎接。由朱总司令陪同进入八路军总部，金诵盘见到了许多熟悉的黄埔学生，此时大家热烈握手、相互问好。

金诵盘后来经常说："有这么一大批黄埔学生投入八路军，中国抗日必定胜利，中国前途充满希望。"在正式欢迎仪式上，朱德总司令致欢迎词，金诵盘致答谢辞。欢迎仪式结束后，周恩来对金诵盘说："毛泽东主席在杨家岭要约见你。"金诵盘非常激动。此刻慰问团其他成员都去八路军总部招待所休息，金诵盘在周恩来陪同下，骑马前往杨家岭，后面有卫队护送，刘永康副官也随同前往。抵达杨家岭，在一个小山坡上，金诵盘终于见到了中国共产党的领袖毛泽东。毛泽东主席身材高大，穿着朴素，含着友好的笑意欢迎金诵盘到达延安。毛泽东主席对金诵盘说："恩来经常提起你，你是我们最信得过的朋友。所以，我们党和我们的军队都真心诚意地欢迎你。"金诵盘对毛泽东主席的欢迎表示感谢。进入拱形窑洞，四壁刷得雪白，显得明亮而整洁，双方在长方桌两边坐下。接见开始不久，金诵盘临时要取一块手帕，手往上衣内一伸，刘永康副官在门边见到毛泽东的卫士也迅速行动起来，此刻毛泽东爽朗地笑着说："不要这么紧张么。"后来在场的人都大笑起来。金诵盘向毛泽东主席汇报了运送救济物资及慰问西北战区的情况，也谈到了蒋介石要联合抗日，表示不独吞国际救援物资，所以组成了一个慰问西北战区团体。毛泽东主席表示，为了早日打倒日本帝国主义，国共要合作抗日……谈话进行了很长时间，毛泽东主席渊博的学识给金诵盘留下了深刻的印象。

接见以后，毛泽东主席宴请金诵盘。当时是抗战最困难的时刻，据刘水康副官后来说，抗大的学生忙着杀鸡等，因此宴席显得十分丰盛，还有山西汾酒，表达了陕北人民对国共合作的支持。毛泽东主席十分健谈，从古今中外谈到国共两党合作的前景。金诵盘在延安期间，在宝塔山下及延河边都摄过影，其中有一张是与周恩来的合影，他们每人手中都牵有一匹马，这张照片直至1957年秋仍然挂在金诵盘南京宁夏路一号的寓所内。

在延安期间，除慰问八路军外，金诵盘还与抗大师生进行了会见。当时国际援华医疗队印度医疗队也驻在延安，金诵盘与印度医生进行了工作会见，商讨了前线的医疗救护工作。

当结束延安之行，率团飞返重庆珊瑚坝机场时，奇怪的是没有政府代表来欢迎，唯有陈布雷急匆匆地跑到金诵盘寓所，对金诵盘说："蒋介石这几天心情不好，他行前已与你讲过只是去慰问西北战区的八路军，而没有让你与毛泽东会谈。"金诵盘听后很生气，也就没有及时去德安里见蒋介石。过了一段时间，蒋介石老病复发，同时宋美龄也要看病，无奈又派了陈布雷来请。到了德安里，蒋介石说："出发前我已与你讲过，只是去慰问西北战区伤病员，没有会谈这一项目。"金诵盘反问："毛泽东是延安的主人，我到了延安怎能不去拜访他？"此刻陈布雷从旁调解，两人总算没有再吵下去，金诵盘继续给蒋介石诊病、开药。

延安之行对金诵盘教益很大，抗战胜利后他返回南京即辞官为民，只担任全国医师公会理事长。每当国家、民族面临生死存亡的紧要关头，金诵盘总是挺身而出，14年抗战坚持到底，他从未参加过国民党统治集团发动的反共内战。

1949年金诵盘作出了正确诀择：拒绝前往台湾，留在大陆迎接解放的来临。他的抉择受到了他的老同事、老朋友张治中、邵力子、黄炎培等的欢迎。1950年，中央人民政府邀请金诵盘去北京筹建中国红十字会，路费已由邮局汇来了，当时因健康情况暂未成行。

隐居家乡

1948年年底，金诵盘带着全家老小回到了上海。为了避开社交应酬，他在虹口的狄思威路上租了一幢小楼住了下来。后来，应中法大药行老板之邀，每星期三上午去药行坐堂行医半日。

一天，金诵盘突然接到一个陌生人送来一封信，他打开信一看，原来是周恩来先生写来的。信中说新中国马上就要成立，恳望金诵盘以中华大业为重，留在大陆，建设祖国。

送信人又补充说："周恩来先生的意思，是请金先生郑重考虑，不要轻率地离开大陆，去台湾……"送信人又说："蒋介石下野后，仍在以国民党总裁的身份在幕后操纵一切，并拟定了一个党国要员赴台名单，其中也有金先生的名字。"金诵盘果断地说："请你转告周恩来先生，我金诵盘不会离开大陆。"几天之后，蒋介石果然派当时的行政院车秘书长前来金府，并送来了飞机票，金诵盘拒绝了。蒋经国又以其父的名义，给金诵盘打来了电话，电话中恳求金叔叔去台湾，并说如果不答应，他只好上门来请了。金诵盘就干脆告诉他："经国，叔叔不想去台湾，你与你父亲的好意我已心领了，但是我主意已定，请不要勉强我了。"蒋经国马上又派淞沪警备司令部高参郭大中来相劝。金诵盘决定留下，郭大中也没办法，又说："这是总统的意思，怕你与他的关系，留在大陆会遇麻烦的。"金诵盘说是周恩来要自己留下，不会有问题的，要大中转告蒋介石表示谢意。郭又说："不过，我临来的时候，经国特意又关照，千万不要强人所难，因为……""因为什么？"金诵盘敏锐地问。郭大中就说："因为戴季陶先生自杀了，就是因为要他去台湾。"金诵盘全家一惊，都流下了眼泪，默默地祝他一路走好。之后，金诵盘带着一家老小，很快就离开上海，回到了故乡江苏吴江黎里镇。

金诵盘一家隐居在黎里镇上，过着清闲而又平淡的生活。祖屋一直由老家的几个老用人看守着，他们一家人搬回来之后仍显得很宽敞。只是年久失修，已显得有些破旧。金定国便与母亲和几个用人一道，将房子收拾收拾，又有了鲜活的气息。金诵盘在镇上开设了一家诊所，为四方乡民行医。有的乡民生活艰辛，看病付不出药钱，改日取两斗谷子来抵销。有的实在贫困，金诵盘医药全免。每逢初一、十五，金诵盘就关了诊所，背起药箱，到自己的出生地杨墅乡送诊行医。即使刮风下雨，他也会踩着泥泞的田埂小路，照去不误。在粗茶淡饭的生活中，金诵盘感到非常悠闲而富有乐趣。

新中国成立后，金诵盘在家乡收到的第一封信是周恩来写来的。周恩来总理在信中称赞了金诵盘留在大陆的举动，同时盛情邀请他北上进京，出任中国红十字会会长之职。金诵盘反复阅读了来信，感慨万千地对家人说："周恩来先生是个言而有信的真君子。当年介兄有句话说得极对，他说：'谁得了恩来，谁就得了天下。'果然如此啊！"谭郁芳紧张地对先生说："诵盘，不要命啦?"金诵盘一拍脑门，连忙说："噢，对对，以后一定注意。"

不久，金诵盘又相继收到了不少老朋友的来信，劝他出山，为人民政府工作。其中有留在北京的张治中、邵力子，还受周恩来的委托在信中一而再、再而三地请他进京参政。张治中、邵力子深知金诵盘数次将钱财捐赠给了革命事业，身上没什么积蓄，还特意汇钱来贴补家用。金诵盘感念朋友对他的记挂，而对于出山之事，犹豫未决。金定国说："爸爸，你到底怎么考虑的?"金诵盘顾虑重重地对儿子说："定国，我心里也着急啊！如果不出山，怕盛情难却；如果去吧，身体情况又负担不起你周叔叔的重托。"

自从上海返回黎里之后，金诵盘身体一直不佳。先是高血压，后又发胰腺炎。家里天天煎药熬汁，近来腹痛又频频加剧，常常要靠止痛药才能减轻病痛。金定国提醒父亲说："爸爸，你不准备去做官，那就写封信对周叔叔说明一下。不然，你不写信，那边又为你留着位置，岂不是耽误大事嘛。"金诵盘点头称是，便准备分别致函周恩来、张治中、邵力子和黄炎培等人。

但是，不久之后的一天下午，吴江县公安部队突然直奔金诵盘家中，要逮捕金诵盘。金诵盘问公安人员："你们为什么要抓我？"来人说："这要问你自己，你是什么人？"金诵说："乡下郎中。""哼哼！国民党的军装穿过吗？给蒋该死做走狗的时候忘记了吗？你以为不去台湾，潜逃到乡下来，就没有人知道了吗？把他带走！"金定国马上冲上去与他们争辩："是周总理叫我父亲不去台湾的！"这时，谭郁芳也从书房里取来周恩来的亲笔信，交给他们过目，竟然没有一个人相信那信是真的！他们把信掷在地上，恶狠狠地说："你们伪造国家领导人的信是犯法的，要罪加一等！"几个人硬是把重病缠身的金诵盘带走了。

一家人方寸大乱，金定国急得没了主张，谭郁芳哭得快昏过去。情急之中，金定国说："我给周叔叔写信！"谭郁芳哭道："写信有什么用？就算周恩来再写信过来，他们也不见得就相信。这路上一来一去，恐怕信还未到，人头已经落地了！"金定国说："早晓得是这种下场，要么去台湾，要么就上北京。"

主意已定，金定国当下就给周恩来先生写了一封求援信发了出去。然而，一天天过去，杳无音讯。一个月之后，邮递员终于给金家捎来了一封信，落款是吴江县法院。金定国拆开一看，差点晕倒。那是一纸判决书，上面写着：金诵盘被判处死刑，缓期一年执行。金定国悲痛欲绝，他把判决书藏了起来，不敢马上回家去，他晓得年老多病的母亲，如果得知这个消息，肯定经受不住打击。突然，他有了一个感觉，仿佛是上苍给了他启示：周恩来总理肯定没有收到他的信。凭着以往对周叔权的感知和信赖，他想如果那封求救信送到周叔叔手中的话，那就不会有父亲被判死刑的结果。这封信一定没有出吴江地盘。于是他怀着一线希望，给父亲的老朋友黄炎培和邵力子写信。当时，黄炎培是政务院副总理，邵力子是中央人民政府委员。信写好，他为保险起见，连夜赶往吴县去投递。此刻，金诵盘在监狱里已做着最后的准备。他想那些判他死刑的人，其实并不了解他的一生。他向看守人员要纸笔，对他们说要写坦白书。看守人员就给他送来了。金诵盘便忍着病痛，坐在地铺上，以膝盖作桌子，坦坦白白地回顾起自己的一生来。监房光线很暗，他又深度近视，但仍以顽强的毅力一笔一划地坚持写着。他不知自己所写的一切，会不会再被人视作"伪造"而不屑一顾，然而他已经心平如镜，视死如归。

金定国的信终于寄到了北京，黄炎培和邵力子接信后立即去向周恩来总理汇报，周总理听后大吃一惊，立刻拟下电文："查明金诵盘下落，予以特殊照顾。"

并让秘书急电致华东军政委员会主席饶漱石，令其亲自督办此事，做好妥善安排。饶漱石接电后，就让苏南行政公署的专员去监狱处理此事，并嘱他将金诵盘接到无锡城里，代表党和政府向金诵盘作了赔礼致歉。后来，苏南和苏北两地合并成立江苏省人民政府，金诵盘老先生被任命为江苏省爱国卫生委员会的顾问，还当选为省政协的委员。这样，金诵盘一家又来到了南京城生活。他们先住在福佑路 40 号，后又搬至宁夏路 1 号，与一户德国人合住一楼。金诵盘考虑得很周到，要儿子出去找工作，并叫金定国改名为上大学曾用过的"金勉之"。后金勉之回到上海，在同学的介绍下，学得了电镀手艺，并与戎翠娥结婚。直到 1958 年春金诵盘患胰腺癌去世，夫人谭郁芳独自回黎里安度晚年。

蒋纬国与金定国

　　1989 年 11 月 11 日，在台北举行孙中山先生诞辰 124 周年纪念会上，蒋纬国披露了一则鲜为人知的"经纬安定"史实。

　　1990 年 8 月 12 日，上海新民晚报《五色长廊》栏发表了一篇《"经纬安定""定"何在?》的文章，首次向社会披露了金定国仍然健在的近况。不过，金定国早在新中国成立初期已改名为"金勉之"了。《新民晚报》的消息传出之后，立刻在大陆及台湾、香港，澳门、美洲引起了回响，全国各地新闻记者蜂拥至合肥采写这一热门新闻。金定国所在原江淮汽车厂政治部专门派了两名工作人员协助接待。当时正值 7 月高温季节，金定国每天安排各地记者几十人次。全国各地报纸都做了报道，台北的《中国时报》《中时晚报》《联合报》及《自立晚报》等数十家报纸，都在头版醒目地位报道了此事，《人民日报》海外版、香港《文汇报》、美国《世界日报》等等报纸也都做了报道。当时正在美国纽约长岛度

蒋氏父子

假的蒋纬国，阅读《中时晚报》《中国时报》后，获知喜讯，激动得热泪盈眶。他在 1991 年春节前夕向合肥江淮汽车厂发了一封长达 7 页的信件，信中概述了他去台湾以后的情况和家庭情况，在信内称金定国为"定国爱弟"，并在随信附来的彩照上用金粉题写了赠言："初次得获通讯，纪念万里寻亲。"流露了蒋纬国的思念之情。以后蒋纬国与金定国开始了书信往来，并相互派员去对方问候。

金定国在给蒋纬国的信中写道："我知对故土故乡，怀有深厚的感情。所以我在此信中寄以对你和台湾亲友们的想念之情……"蒋纬国在一次来信中写道："民国三十八年五月二十一日赴港前，曾亲至南京雨花台，拾回雨花石，一直安置于身边的案桌……"这一盘雨花石正寄托着蒋纬国无尽的思乡之念。又云："定国爱弟，我们兄弟在战火硝烟中匆匆分离，一别竟逾四十余年，而今藉鱼雁相通互，弥足珍贵也，甚至不久即能重聚……"后来蒋纬国又派台北电视台节目主持人等分别去上海及合肥看望金定国，转致蒋纬国对他的问候。1992 年 2 月 29 日，应由台归来的蒋国亨（蒋纬国堂兄）之邀赴沪会晤。同时，上海市副市长谢丽娟等领导会见了蒋国亨和金定国。

1992 年 9 月，蒋纬国应美国华侨界文教等 6 团体联袂之邀，参加了洛杉矶举行的"当前中国统一问题之探讨"学术研讨会。蒋纬国即席以"论中国之统一"为题发表演说，表示反对"台独"，主张中国早日统一。1993 年 10 月初，蒋纬国受美国"海外兴中会""黄埔同学会"及"国策会旧金山分会"周年纪念联邀，特前往旧金山参与庆典。在美国接受《侨报》采访时，曾恳切赞扬邓小平创导的"有中国特色的社会主义"。蒋纬国充满激情地写道："这是一个伟大的时代，中国大陆的改革与开放正启动全中国人的希望，这是历史上空前的转型期。""在台湾地区的中国人应该放弃成见，从远处着眼，好自团结！"同时蒋纬国也特别关心大陆情况。当云南地震发生后，他曾参与组织"台湾爱心会云南救灾小组"，派人携款前往云南救助。在蒋纬国牵线之下，台湾各界人士集资 50 万元在江苏徐州筹建凤凰山庄，蒋纬国曾亲笔题字。

与此同时，金定国与香港永联公司联手，由永联公司捐赠 500 块瑞士进口手表送交安徽省贫困地区奖励优秀教师，以表示对希望工程的支持。蒋纬国得知此事后，即发来电传表示祝贺。

1993 年 12 月 26 日清晨 4 时许，蒋纬国突发主动脉夹层瘤剥裂，主动脉、颈动脉均发生剥离，肾脏发生缺血性梗塞，情况严重，病情危急。手术历时 4 小时半，终于成功，并于 1 月 24 日中午转入普通病房。金定国在得知蒋纬国患病以后，即发电传去台北表示慰问。蒋纬国又来信指出："要为全中国之统一而尽匹夫之责……"

如今，金定国早已结束隐居生活，出任安徽省人民政府参事、安徽省海外联谊中心基金会会长，与台、港、澳及海外众多的朋友建立了广泛的联系，为祖国早日统一，为增进世界各国人民之间的友谊，奉献出一份灼热之心。

（本文参考了盛安《两代风流——蒋经国　蒋纬国　戴安国　金定国和他们的父辈》和蒋公毅《陷京三月记》）

参考书目

一、张翰

《百城烟水》，徐崧，张文一，清康熙版线装本（黎里文史馆藏）

《赋海大观》，春江鸿宝斋书局，光绪甲午线装版（黎里文史馆藏）

《光绪吴江县志》线装本，丁正元，倪师孟（黎里文史馆藏）

《光绪吴江县续志》线装本，金福曾，熊其英（黎里文史馆藏）

《康熙吴江县志》木刻本，郭琇，1685年（黎里文史馆藏）

《张翰》，许佳明，陈志强，张舫澜，光明日报出版社，2015年9月版

二、袁黄

《赵田袁氏家谱》民国复印本

《一螺集》，袁仁，明代袁黄手抄本（张舫澜先生藏）

《了凡纲鉴》木刻本，袁黄，日本康熙版20册（黎里文史馆藏）

《袁了凡文集》线装本，袁黄，嘉善县地方志编委会办公室，2006年2月（黎里文史馆藏）

《了凡及其善学思想》，杨越岷，上海三联书店，2016年10月

《知县了凡行谊录》，梁德合，天津古籍出版社，2019年1月

三、赵磻老

《黎里志》木刻本，徐达源，徐氏孚远堂，1805年（黎里文史馆藏）

《古镇黎里》，李海珉，古吴轩出版社，2013年5月

《宋代齐鲁词人概观》，崔海正，中国文联出版社，2000年3月

四、周元理

《黎里志》木刻本，徐达源，徐氏孚远堂，1805 年（黎里文史馆藏）

《周氏家乘四卷》清代复印本

《黎里周官傅祠》，周赉生，苏州越洋印刷有限公司，2016 年 1 月

《红蕉馆遗诗》线装本，周光纬，1924 年（黎里文史馆藏）

《南社通讯处与寿恩堂随笔》，周赉生，苏州越洋印刷有限公司，2019 年 12 月

五、陆燿

《切问斋集》木刻本，陆青来，1796 年（黎里文史馆藏）

《甘薯录》，陆青来，复印本

六、徐达源

《黎里志》木刻本，徐达源，徐氏孚远堂，1805 年（黎里文史馆藏）

《黎里续志》木刻本，蔡丙圻，1899 年（黎里文史馆藏）

《写韵楼诗集》线装本，吴琼仙，乌程龙氏藏版，1970 年

《随园女弟子诗选》线装本，朱太忙，大达图书社（黎里文史馆藏）

《小仓山房诗文集》木刻本，袁枚，（黎里文史馆藏）

七、郭麐

《光绪吴江县志》线装本，丁正元，倪师孟（黎里文史馆藏）

《灵芬馆诗集》，郭频伽，扫叶山房，1913 年（黎里文史馆藏）

《灵芬馆杂著》，郭频伽，学识斋，1868 年

《郭濒伽手写徐江庵诗册》线装本，徐涛，1915 年（黎里文史馆藏）

《话雨楼遗诗》，徐涛，1868 年

《灵芬馆四种》线装本，郭频伽，上海中华书局（黎里文史馆藏）

八、蒯士芗

《黎里续志》木刻本，蔡丙圻，1899 年（黎里文史馆藏）

《雪泥鸿爪》，蒯庆生，水滴印书社，2016 年

九、张曜

《黎里续志》木刻本，蔡丙圻，1899 年（黎里文史馆藏）

《山东军兴纪略》，张曜，上海申报馆仿聚珍版复印本

《张曜年谱》，张怀恭，浙江古籍出版社，2009 年

十、柳亚子

《养余斋文集》，柳树芳，胜溪草堂，1847 年（黎里文史馆藏）

《分湖柳氏重修家谱》，柳兆薰，胜溪草堂复印本

《杏庐文集》线装本，诸福坤，1922（黎里文史馆藏）

《太平天国史料专辑》，上海古籍出版社，1979 年 10 月

《子美集》线装本，柳亚子，光文印刷所，1922 年（黎里文史馆藏）

《南社丛刻》线装本，南社诸人，1910 年（黎里文史馆藏）

《南社纪略》线装本，柳亚子，开华书局，1930 年（黎里文史馆藏）

《柳亚子自述》，柳亚子，人民日报出版社，2012 年 1 月

《柳亚子》，张明观，社会科学文献出版社，1997 年

《少石遗诗》，廖梦醒，三联书店，1979 年 12 月

《廖家两代人》，蒙光励，暨南大学出版社，2007 年 2 月

《苏南土地改革研究》，莫宏伟，合肥工业大学出版社，2007 年 3 月

十一、殷佩六

《江震殷氏族谱》，殷兆镛，清复印本

《殷谱经侍郎自订年谱二卷》线装本，殷兆镛，1901 年（黎里文史馆收藏）

《2010 年江震殷氏族谱修补本》，殷元骐等，2010 年（黎里文史馆收藏）

《民国连山县志》，广州天成印务局，1928 年复印本

十二、倪征噢

《淡泊从容莅海牙》，倪徵噢，法律出版社，1999 年 4 月

《我的一家》，陶承，人民文学出版社，1978 年 12 月

《倪徵噢传》，李伶伶，江苏人民出版社，2008 年 12 月

十三、殷明珠

《游庠录》线装本，薛凤昌

《2010 年江震殷氏族谱修补本》，殷元琪等，2010 年（黎里文史馆藏）

《影坛旧闻》，郑逸梅，上海文艺出版社，1982 年 1 月

十四、金诵盘

《两代风流》，盛安，安徽文艺出版社，1991 年 7 月

《陷京三月记》，蒋公毅，南京出版社，2006 年 9 月

跋

    乡贤，在往昔备受重视，绅士无不以能名列乡贤为荣。在民国时期，一度有过轰轰烈烈的各省乡贤评选活动，全国各省分别评选本省乡贤，每省对所评选出来的乡贤的事迹加以整理，刊印成书，推向社会，以至各地市镇也纷纷把乡贤评选推向一个高潮。

    黎里是一个具有深厚历史文化底蕴的江南古镇。西晋时的张翰，唐代寓贤陆龟蒙，宋代的赵磻老，元代的杨子山，明代的袁黄、汝行敏、毛寿南，清代的徐达源、周元理、陆燿、唐永龄、陈斯道、陈子松、张曜、凌泗、周宪曾，民国的倪寿芝、徐帆鸥、柳亚子、张肇甲、倪徽暎、陈洪涛、周湛伯、毛啸岑等等，灿若星辰。尤其在民国之前，有不少乡贤入祀吴江或各地的乡贤名臣祠。这些乡贤或领兵争战，保家卫国；或挺身而出，不畏强敌；或学者砚田躬耕，倡导教化；或义士铁肩担当，视死如归；或士绅热衷慈善，铺桥筑路……他们的懿德芳行垂范乡里，涵育着一代又一代的黎里乡风。

    由于本书篇幅有限，仅选取黎里历代乡贤中的代表人物，所以本书名为《黎里名贤》。随着黎里古镇的开发，黎里被推向世界，需要有一部专著介绍代表黎里的乡贤的风采。那乡贤是什么样的人物？起着什么作用？我认为，他们必须立足地方，立功、立德、立言。而本书选取的10多位乡贤，完全符合这样的要求。"道之统在圣，而其寄在贤。"寄即托也、寓也、传也，儒家之道需要通过一代又一代贤人志士的实践在现实中落实，实现代代传承。

    "在朝美政，在乡美俗"，《黎里名贤》写的正是这样一些著名人物、老故事，正是在这些好人好事的点滴累积中，吾国吾民能成长于此岁月静好之中，亦能更好地体现黎里古镇深厚的文化和历史底蕴。

本书的出版得到了区社科联、黎里古保办领导的关心和支持。在本书的编撰过程中，乡贤张翰一文参考了陈志强、张舫澜、许佳明先生合编的《张翰》，乡贤赵磻老一文参考了李海珉先生有关内容。又承分湖诗社社长张舫澜先生为本书作序，本书的题嵓选用了已故百岁老人朱漱新的题字，在此说明并致谢意。

2021 年中秋文荣于玉雨楼